本书是国家社科基金一般项目（编号：15BZW159）阶段性成果

本书得到郑州大学优势与特色学科"文选学与活体文献"项目资助

文本 传播 对话

梅启波 著

从比较文学影响研究到跨文化传播

中国社会科学出版社

图书在版编目(CIP)数据

文本 传播 对话:从比较文学影响研究到跨文化传播/梅启波著.
—北京：中国社会科学出版社，2017.1
ISBN 978 - 7 - 5161 - 9959 - 6

Ⅰ.①文… Ⅱ.①梅… Ⅲ.①比较文学—研究②文学理论—研究
③文化传播—研究 Ⅳ.①I0②G206

中国版本图书馆 CIP 数据核字（2017）第 042049 号

出 版 人	赵剑英	
责任编辑	陈肖静	
责任校对	刘 娟	
责任印制	戴 宽	

出 版	中国社会科学出版社	
社 址	北京鼓楼西大街甲 158 号	
邮 编	100720	
网 址	http://www.csspw.cn	
发 行 部	010 - 84083685	
门 市 部	010 - 84029450	
经 销	新华书店及其他书店	

印 刷	北京君升印刷有限公司	
装 订	廊坊市广阳区广增装订厂	
版 次	2017 年 1 月第 1 版	
印 次	2017 年 1 月第 1 次印刷	

开 本	710×1000 1/16	
印 张	18.75	
插 页	2	
字 数	273 千字	
定 价	69.00 元	

目　录

文　本

传　播

对　话

文 本

文本概念起源和发展

文本作为 20 世纪文学批评关键词之一，是一个不断发展和变迁的概念。从历史的角度看，"文本"概念是逐步发现，不断地被颠覆和重构的，那么我们有必要对文本概念这一诞生、发展的历史过程作一个清晰的梳理。

一　文本词源探讨

文本（text）在一般意义上是指按语言规则结合而成的字句组合体，它可以是一本书，也可以是一篇文章，甚至只是一个句子。从辞源学来看，它的印欧语词根是"texere"，晚期拉丁语出现"textus"和被动分词"texō"，其含义是编织的动作，或表示编织的东西。诸如"纺织品"（textile）、"建筑师"（architect）一类的词由此而来。到 12 至 15 世纪，中古英语"texte"指宗教仪式上引用的《圣经》经文，同时这一词也开始表示文章的结构、主体。中国的"文"辞源上与西方有相似的含义，《说文解字·叙》称："仓颉初作书，盖依类象形，故曰文"。其意思是物象均具纹路色彩，因以"文"来指称，"文"即物象之本。《周易·系辞下》记伏羲氏"观鸟兽之文"，即鸟兽身上的花纹彩羽是文；"物相杂，故曰文"，物体的形状、线条交错是文。《礼乐记》："五色成文而不乱"。色彩相互交错，这也是文。《左传·隐公元年》："仲子生而有文在其手。"这里文的是纹理的意思。《孟子·万章上》："故说诗不以文害辞"。这里的文有文字、文辞的意思。可见中西方"文"都有交错、编织等含义，因此在原初意义上，文本就是由符号交错、编织固定下来的东西。"文本"（text）一词从西方传播到中国又扩展出丰富含义，其中还有本文、正文、语篇和课文等多种译法。

实际上，文本并不是专属于文学的一个概念，它还出现在语言学、美学、符号学、文化学，以及哲学等人文社会科学领域。文本（text）概念种类繁多，广泛应用于各个学科，比如有学者就总结出如下几种：

（1）在最一般的意义上，文本就是指按语言规则组合而成的词句组合体，它可以短至一句话，也可长至一本书。（2）在较精确的意义上，文本指语言组合体中不同语言学层次上的结构组织本身，它可以指某一层次上的语言学结构（如音位层、语素层、词组层、句群层等等），也可以指各层次上语言学结构的总体。（3）在当代法国"太凯尔"派研究中形成了"文本理论"的专门学科，在他们的研究中文本成为神秘性的语言现象，强调文本自动的"能产性"，文本被看成是字词"生成性作用场"。（4）在当代一般符号学研究中，文本超出了语言现象范围，它可以指任何时间或空间中存在的能指系统，于是就出现了"画面文本"、"乐曲文本"、"建筑体文本"、"舞蹈本文"等概念，这种用法是为了表明这些非语言现象具有文本类似的结构组织。（5）在纯粹语言学研究中，text 指大于句子的语言组合件，中文一般译为"话语"。[1]

这里总结了广义的、狭义的、符号学，以及语言学等方面的文本概念。对语言学家来说，文本是任何由书写所固定下来的任何话语，指的是作品的可见可感的表层结构，是一系列语句串联而成的连贯序列或语句系统，它有待于读者的阅读。具体而言，文本是语言的实际运用形态，文本可能只是一个单句，例如谚语、格言、招牌等，但比较普遍的是由一系列句子组成。文本和段落的区别在于，文本构成了一个相对封闭、自足的系统。

---

① ［比］J. M. 布洛克曼：《结构主义：莫斯科—布拉格—巴黎》，李幼蒸译，中国人民大学出版社 2003 年版，原版作者序第 10 页下注释①。

"文本"（text）一词虽早已出现，但文学批评意义上文本概念的形成却是 20 世纪的事情。总体而言，古典文论主要探讨作者与作品的意义，西方传统文学批评的"作者"、"作品"、"作品论"就是在这一背景下出现的。传统的作品研究关注作品与作者、社会的关系，在批评中往往出现"以意逆志"的现象，而作品的独立自足性容易被忽视。这实际上引导西方文学批评长期将目光投向作品以外的世界，进行一种作家批评，或者历史和社会的批评。文本作为一种后起的文学观念，正是对这种文学研究方法的反思，它更关注作品自身存在方式及意义的生成。从这个角度出发，《牛津文学术语词典》给文本作了如下定义："文本是指一个作品原本实际的表达和含义，区别于读者（或导演）对作品的'故事'、'主题'、'潜台词'等的阐释。或者文本是指某一作为分析对象的特定文学作品。"①

文本理论和文本概念兴起的背后，是西方哲学在 20 世纪初经历的深刻变化，即由传统认识论向语言论的转向。与之相应，西方文艺理论也经历了一场大致相类似的转向。这就出现了许多以文本的语言或符号性特征为思考核心的文艺理论流派，诸如俄国形式主义、布拉格学派、英美新批评、结构主义、解构主义、现象学、阐释学等。这些学派的文本理论，就是要消解传统作品观所设置的"表面"和"深层"、"现象"和"本质"等种种二元对立。这种文本的认识不仅是对文本自身组成要素的重视和回归，更是对西方哲学中占主流地位的二元论和二元对立的认知方式的质疑。毫无疑问，这种超越传统二元论的文本观是有革命意义的，这成为当代西方文论的一个重要转折，使文学研究关注的对象由作品转向文本成为一种必然。

二　文本概念的基本意义

文本概念虽然繁多，真正意义上的文学文本概念却是由形式—结构主义文论提出的。形式—结构主义文论确立了文学文本概念的立足

①　[英] 波尔蒂克（Baldick, C.）编：《牛津文学术语词典》，上海外语教育出版社 2000 年版，第 224 页。

点和基本意义，我们对文学文本概念的一般印象也根源于他们的理论主张。

（一）从作品研究向文本批评的转向

20 世纪初，西方文学批评出现从作品研究向文本批评的转向。①俄国形式主义反对当时文坛的象征主义批评和肤浅的印象主义批评，"形式主义的主要目标之一就是促使文学研究的科学化。"② 正如艾亨鲍姆所言，形式主义的兴起是由一连串历史事件造成，而这种突变选择的最适宜的土壤便是诗歌。"彼得堡诗歌语言研究会"的什克洛夫斯基在 1917 年发表的《作为方法的艺术》一文中提出"陌生化"理论。"莫斯科语言小组"（1914—1915 年）的雅各布森提出文学研究的对象是"文学性"，即文学之所以为文学的东西。他们关注的都是文本的形式，即语言和技巧问题。在理论史上，俄国形式主义虽然没有明确地提出和使用"文本"这个概念，但他们在研究的过程中实际上已将文本作为自己研究的对象，这为文本概念的提出和界定奠定了一块理论的基石。

与此同时，英国意象派休姆发表《浪漫主义与古典主义》（1915年）一文，对英国传统的实证主义和浪漫主义批评展开批判，接着瑞恰兹和艾略特等在对浪漫主义的批判中为新批评提供了理论基础。艾略特提出"非个人化"理论，维姆萨特和比尔兹利提出意图谬误和感

---

① 其实最早的文本批评是中西方早已存在的文本校勘批评，主要关注文本版本分析与研究，考察的是图书制作、编排、媒介、文字、图画等因素，主要属于图书学和编辑学的范畴；本文这里的文学文本批评指 20 世纪西方基于语言哲学转向，关注文本符号、结构、意义，以及审美的研究，是属于文学研究范畴。当然，文本校勘的文本和文学文本批评的文本也不是截然分开的，不同学者各有看法。比如法国手稿专家皮埃尔在《文本发生学》一书中认为作者的写作计划、提纲、草稿、澄清稿，包括定稿等一系列起源性手稿材料只能称为"前文本"。见［法］皮埃尔—马克·德比亚齐《文本发生学》，汪秀华译，天津人民出版社 2005 年版，第 29 页。热奈特则认为一部作品的标题、引言、序跋，包括插图、封面装帧这些原本属于版本学研究的对象，虽然不属于正文，但属于"副文本"。见［法］热拉尔·热奈特《热奈特论文集》，史忠义译，百花文艺出版社 2001 年版，第 71 页。从互文性的角度出发，"前文本"、"副文本"实际与正文本在一定程度上又构成互文。

② ［荷］D. W. 佛克马、E. 贡内—易布思：《二十世纪文学理论》，林书武等译，生活·读书·新知三联书店 1988 年版，第 14 页。

受谬误。据现有资料显示，新批评的主将瑞恰兹的《文学批评原理》（1924 年）是较早关注文学本体批评的著作，他提出语义分析和文本细读。瑞恰兹在《实用批评》（1929 年）中指出应当把注意力放在作品本身，对文本进行"细读"（close reading），"任何一部值得尊重的诗歌作品都需要我们去'细读'……我们不能用外部标准来评判诗歌的意义。"① 对于理解一个文本和词的意义，瑞恰兹还提出了一个立足于文本的重要概念"语境"（context）："是用来表示一组同时再现的事件的名称，这组事件包括我们可以选择作为原因和结果的任何事件以及那些所需要的条件。"② 语境理论也很好地阐释了文本中词语意义的多变性和稳定性。瑞恰兹在《修辞哲学》（1936 年）中进一步指出："词语意义的稳定性只能来自于给予它意义的语境的恒常性，一个词意义的稳定成分不是被主观假定的，而总是被解释的结果。"③ 因此文本意义的稳定并不是源于作家和读者的主观，而是文本中具体的语境决定的。虽然瑞恰兹更多的是运用心理学理论和语境（context）的分析，但毕竟是立足于文本。韦勒克曾这样评价瑞恰兹："尽管运用了描述冲动、态度、欲念的心理学语汇，理查兹还是促进了着眼于文字相互作用和意象功能的诗歌文本分析。"④ 总体看来，新批评就是要努力建构一种科学、客观的文学批评，强调批评的对象必须是作品本身。塞尔登在评述俄国形式主义和新批评时说："形式主义和新批评派都把文学文本作为自主的（或'目的存在于本身的'）客体。"⑤

　　20 世纪 30 年代初，随着苏联政治形势的变化，形式主义受到批判而日渐式微，其发展逐渐向西欧转移。布洛克曼（J. M. Broekeman）

---

① I. A. Richards. *Pratical Criticism*. New York and London：Harcourt Brace Jovanovich, 1978，p. 195.

② 赵毅衡编选：《"新批评"文集》，中国社会科学出版社 1988 年版，第 296 页。

③ I. A. Richards. *The philospofy of Rheroric*. New York and London：Oxford University press，1936，p. 11.

④ ［美］韦勒克：《近代文学批评史》第五卷，杨自伍译，上海译文出版社 2002 年版，第 363 页。

⑤ ［英］拉曼·塞尔登编：《文学批评理论——从柏拉图到现在》，刘象愚等译，北京大学出版社 2000 年版，第 285 页。

为此专门写了一本《结构主义：莫斯科—布拉格—巴黎》的著作，描述了俄国形式主义文论旅行的路线图，从这本书中我们也可以看到文本这个概念的旅行和生成路线。雅各布森从莫斯科来到布拉格，开始借鉴语言学理论，用音位分析研究诗歌。按照伊格尔顿的说法，他们是将形式主义的思想在"索绪尔语言学框架中加以严格的系统化。"① 布拉格学派的形成代表了形式主义向现代结构主义的过渡。

20 世纪 60 年代，结构主义兴盛于法国，因为法国巴黎当时聚集了一批有意识地将索绪尔的语言学应用于文学研究的研究者。如法国学者列维—斯特劳斯的结构主义神话研究、格雷马斯的结构语义学研究、热奈特的叙事功能研究、罗兰·巴特的叙事层次研究等都对文学文本分析影响深远。莫斯科的形式主义指出了文学语言的重要性，法国结构主义关注的则是文学文本的深层规则和结构。形式主义走向结构主义，在于结构主义学者借鉴索绪尔语言学观点和方法来研究文学，认为文学批评主要应研究文学自身的内部规律，即研究文学作品的语言、风格、结构等形式上的特点。罗兰·巴特对文本概念的界定作出了重大贡献，他在刊登于《交流》杂志 1966 年第 8 期的《叙事作品结构分析导论》中引入符号学理论，提出了文学文本结构的层次分析。巴特后来又撰写了一系列著作和文章，把文本与作品区分开来。在巴特眼里，文学作品是作家创作的客观实在，而文学本文是文学作品的语言构成，是独立于作家个人背景与作品历史背景的封闭结构。

（二）形式—结构主义的文本概念

形式—结构主义文本概念的基本含义是：文本是有序的语言结构整体。正如瓦·叶·哈利泽夫说的："文本是言语单位本身井然有序的组织结构，这一观念在文学中最为根深蒂固。"② 20 世纪初期的新批评、俄国形式主义，以及结构主义的文本概念多基于此种概念。形式

---

① ［英］特里·伊格尔顿：《二十世纪西方文学理论》，伍晓明译，陕西师范大学出版社 1986 年版，第 124 页。

② ［俄］瓦·叶·哈利泽夫：《文学学导论》，周启超等译，北京大学出版社 2006 年版，第 300 页。

一结构主义文本概念的立足点有两个：一是语言，二是结构。

语言是形式—结构主义首要的关注点。俄国形式主义的文本观念是：文本是一种陌生化的语言客体，文学文本的本质特征是文学性；新批评的文本观念是：文本是语言的有机整体，文学文本的本体是其肌质。这两个文论流派没直接定义本文概念，但其对文学语言，以及文学语言形式的论述都涉及文学文本的立足点。俄国形式主义诗学特别注意的就是语言的声音层次，雅各布森把它称作是"功能音位学"，他认为："诗学研究语言结构问题，正如绘画要涉及其结构一样。既然语言学是关于语言结构的普遍性科学，那么诗学可以视为语言学不可分割的组成部分。"① 他认为文学的首要问题是，什么使得语言信息转化为艺术作品。他反复强调："我所谈的诗学主要探究符号结构，也就是说是关于符号学的。更精确地说，是艺术作品的语言符号。"② 托马舍夫斯基也立足于作品的语言分析，他就曾提出"作品的表达系统，或称作品的本文"③，托马舍夫斯基虽然提及文本概念和语言表达的关系，但并没明确将文本与作品相区分。托马舍夫斯基特别强调文本这个表达系统的根本就是语言，这显示了形式主义对语言的重视。托马舍夫斯基同时也强调这种表达系统并不是对称的、封闭的，不是各种符号的简单相加，而应该是被感觉为动态的、整体的语言表达形式。他指出"艺术作品的本质不在于具体的表达特性上，而在于将表达结合成为某些统一体，在于词语材料的艺术构成。"④ 托马舍夫斯基强调文本的词语材料构成，且特别指出这种语言表达组合的统一性，这种整体性的文本观在西方理论界是较独特的，但往往被人所忽视。俄国

———————

① RomanJakobson，"Linguisties and poeties"，*Selected Writings* Ⅲ：*Poetry of grammar and Grammar of Poetry* Hague：Mouton，1981，p. 18.

② RomanJakobson，"On poertic intenions and Linguistics and Linguistie Devices in Poctry：A Disoussion with professors and Students at theUniversity of Cologne"，in Krystyna Pomorska and Stephen Rudy（eds.），*Verbal Art*，*Verbal Sign*，*Verbal Time*，Basil Blackwell Publisher Ltd.，1985，p. 72.

③ ［俄］鲍里斯·托马舍夫斯基：《诗学的定义》，《俄国形式主义文论选》，方珊等译，生活·读书·新知三联书店1989年版，第77页。

④ 同上书，第84页。

形式主义的代表人物什克洛夫斯基也非常重视艺术文本的语言，他在其《词语的复活》（1914 年）中推崇艺术作品的语言，"诗语比日常语言更优秀，因为它有其他的功能，表达方法的设置是它的特点。"① 什克洛夫斯基始终强调语言的中心位置："词语、词语间的关系、思想、思想的嘲讽、它们之间的不协调性才是艺术的内容。"② 十九世纪末、二十世纪初文艺批评强调文学和生活的必然关系，语言结构被贬低为工具性存在。什克洛夫斯基则认为语言才是文学作品内在自律性之所在，"词语的复活"正是为了还原文学的这种本源性。也正是在"词语的复活"基础上，什克洛夫斯基才提出"陌生化"这一代表性理论。

　　结构是形式—结构主义文本概念的另一立足点。在形式—结构主义看来，文本是由语言构成的具有一定结构的系统，结构是文本内在稳定的秩序，是文本各个部分和层次之间的关系。可以说，结构有如文本的骨骼、架构，结构的规则和逻辑决定了文本的特性。对于结构，在俄国形式主义看来，文本的语言形式因素（或者说结构）是凸现文学性的一种本体性因素③；在新批评看来，结构是关系。他们提出有机的结构理论，认为文本结构呈现矛盾的对立与统一，是一个充满悖

---

　　① В. Б. Шкловский. Zoo или Письма не о любви. Санкт-Петербург: Азбука-классика. 2009, стр. 218.

　　② Ibid. , стр. 70.

　　③ 在俄国形式主义那里，结构属于形式。形式是指文本语言、结构、表现手法等的综合，是文本的实体性因素。西方传统理论，自亚里士多德以来就强调内容决定形式的二分法，俄国形式主义对此强烈反对。什克罗夫斯基就认为不是文本内容决定形式，而是"形式为自己创造内容"，甚至"内容是形式的一个方面"，"形式就是使语言表达成为艺术品各种手法的总和"。比如他认为故事只是材料，而情节就是语言、表现方法，技巧构成的形式。什克罗夫斯基以"材料"和"形式"的二分法置换传统的内容与形式二分法，大大扩大了形式的因素。参见［苏］维·什克罗夫斯基《散文理论》，刘宗次译，百花洲文艺出版社 1994 年版，第 31 页（或参见 Шкловский В. Б. О теории прозы. Москва. Изд: Советский писатель. 1983. стр. 37）。什克洛夫斯基诗学前期使用的"形式"（форма）指各种方法的总和，后期评论也常使用结构（структура）一词。"структура"在俄语中是个外来词，特指语言、组织等的结构。什氏认为结构主义者研究的只是表面问题，不是本体性问题。在他看来，"结构主义者对封面感兴趣，应更准确地说，结构主义者研究的是作品的包装，而不是作品本身。"参见 Шкловский В. Б. Избранное в двух томах. Том второй. Москва: Художественная литература, 1983. стр. 110. 什氏坚持形式的本体论，而批判结构主义的立场可能稍有极端，很大程度上是源于与雅各布森的论战。

论与反讽的有机体。比如兰色姆提出"构架—肌质"说，他认为，一首诗由一个逻辑的构架（structure）和它各部分的肌质（Texture）构成①。其中"架构"是诗歌可以用散文转述逻辑内容，诸如思想主题，而诗的本质在于附丽于构架上的肌质。兰色姆认为"肌质不会消失，而会长久地留在记忆当中。肌质甚至会确定结构的形态，而不是相反。"② 按照后来他的学生布鲁克斯的批评，兰色姆提出用散文转述的构架部分只不过是"脚手架"，不是诗歌的真正内在结构，这些部分是外在于文本的。显然早期的新批评只不过是试图打破自亚里士多德以来的"内容—形式"说，强调更多的是内在的形式部分，但将形式与内容完全割裂，过于绝对化了。

在结构主义看来，结构不仅是文本的构造物，而且本身就构成文本规则，秩序和逻辑。结构主义语言学家皮亚杰认为结构有三大特性：整体性、转换性和自我调整性。整体性指结构中各部分是按照一定组合规则构成的；转换性强调结构中的各个部分可以按照一定规则相互替换而不改变结构本身；自我调整性指结构的自足性。结构主义者认识到语言结构具有转换生成性，进而提出文本的表层结构与深层结构，而且这些结构层次是紧密联系的。布拉格学派认为，一个文本或者一个句子在语言学上可以分为语音层、音位层、语法层、语境层等若干层次，但这层次并不能独立产生意义。"属于一个层次的所有单元只有在与上一层结合才能产生意义。一个音位，不管描述得多充分，其本身没有意义，只有在结合入字词后才会参与意义。"③ 比如格雷马斯则提出表层叙事结构是本文的横向组合，而深层结构则是纵向结构。深

---

① "texture"可以说是与文本（text）紧密相连的一个词，其原意是"织物的质地，织质"、"构造，结构，纹理"或皮肤、肌肉的"组织"，英文解释是"the arrangement of the threads in a textile fabric"或"arrangement of the parts that make up something"。参见《牛津现代高级英汉双解词典》，商务印书馆1993年版，第1196页。"texture"在以兰色姆为代表的新批评那里主要指文学文本中那些不属于抽象意义或架构（structure）实在特征，特别是诗歌的押韵、和声、双声、谐音等相关效果，然而这个词常常又涵盖辞藻、意象、韵律和押韵。参见［英］波尔蒂克（Baldick，C.）编《牛津文学术语词典》，上海外语教育出版社2000年版，第224页。

② 约翰·克罗·兰色姆：《新批评》，王腊宝译，文化艺术出版社2010年版，第165页。

③ J. Vachek, *A Praque School Reader in Linguistics*，Indiana Univ Press，1964，p.468.

层结构并不具备叙事性，但它影响着文本的表层结构，它是文本的功能结构。对文本概念的结构作具体分析的是结构主义的罗兰·巴特，他在《叙事作品结构分析导论》（1966 年）中将作品结构分为三个层次：功能层、行动层和叙述层。功能层是文学作品中最小的叙述单位，在功能层中，意义是衡量的标准［其意义同于普罗普和和布雷蒙（Bremond）］；行动层则是人物层，主要是处理人物关系的结构［其意义同于格雷马斯，当他把人物说成行动位（actant）时］；叙述层考察的是叙述人、作者和读者的关系［大致来说，它相当于托多洛夫的"话语层"］。巴特强调："必须记住，这三个层次是按照一种渐进的整合样式互相连接的。"① 也就是说这三个层次密不可分，在互相组合中将文本变成为一个封闭自足的深层语言结构。巴特认为文本是以独立自足的语言结构而非作者为中心的，这是文本与作品的最大不同。这些关于文本语言和叙事的分层分析理论，也启发了后来诸如英伽登、杜夫海纳、哈特曼、凯塞尔、苏珊·朗格、弗莱，以及韦勒克和沃伦等一大批理论家对文本结构的进一步探讨。

　　总体来看，形式—结构主义文论从语言和结构两个层面确立了文学文本这个概念，把它作为文学研究的立足点和基础，无疑使得文学研究成为一个有了明确对象的科学研究。此后出现的众多文本概念都是建立在形式—结构主义文本概念基础之上，即便是对其反叛，在某种意义上是对这一文本概念的扩展。

三　"文本" 意义的扩展

　　自形式—结构主义提出后，文本概念逐渐成为 20 世纪文学批评的核心关键词，出现了众多的文本概念。这些文本概念之间由于理论基点的不同，都存在一定差异，但在理论旅行的过程中，这些理论又往往存在互相批判、借鉴、吸收的关系。本文正是要厘清文本概念的基本意义与其拓展意义之间的关系，以及文本概念在不断扩展过程中，

---

① ［法］罗兰·巴特：《叙事作品的结构分析导论》，《符号学历险》，中国人民大学出版社2008 年版，第 110—111 页。

增加了哪些核心要素。

就概念而言，形式—结构主义文论首先确立了文学文本这个独立的概念，但很快这种封闭自足就被打破，文本概念被解构和重新定义，并不断丰富和发展，出现了越来越多的文本概念。

（一）"互文性"的文本

1967 年，德里达的《语音与现象》、《论文字学》、《书写与差异》这三大著作的出版标志着解构主义的兴起。20 世纪 70 年代，随着后结构主义走向解构主义，文本的概念有了进一步发展。在对文本概念进行阐发的学者中，有后结构主义的罗兰·巴特，还有法国的克里斯蒂娃、德里达和福柯等。随着德里达到美国讲学，解构主义理论传到美国，形成以保罗·德曼等为代表的耶鲁学派。法国的解构主义主要是通过批判"逻各斯中心主义"来解构文本，而耶鲁学派更多的是从实践上对文本作解构批评。在结构主义那里，文本是多层次，具有多义性的，也是封闭可数的，但在解构主义的文本那里，能指不断激增，而所指延异，甚至迟迟不露面，这样文本意义具有不确定性和无边界性。解构主义实际是对结构主义的扬弃，它在反对传统二元论认识论和语言观上与结构主义有一致的地方。为了把握解构主义与其他思维方式的区别，无疑必须上溯到像"能指—所指"和"共时性—历时性"这样的一对对概念。在解构主义那里，语言与人的关系发生了颠覆性的逆转，人不再是借语言来言说，相反是语言借人来言说自身；同样，作者和读者不是借助语言来传达其意图，而是文本借助作者或读者来传达自身。传统意义上的作品、作家、读者与世界之间的关系因而都发生改变，文本与世界之间的关系亦不再是传统的反映与被反映、模仿与被模仿、形式与内容的关系。

在此背景下，朱丽娅·克里斯蒂娃提出了"互文性"（intertextuality）概念。她认为互文性是读者阅读和感知的主要模式，读者在阅读或阐释文本时，通常必须汇集一个以上的互文本来加以审视。互文性这个概念可以追溯到巴赫金，他认为"文本只是在与其他文本（语境）的相互关联中才有生命。只有在诸文本的这一接触点上，才能迸发出火花，它会烛照过去和未来，使该文本进入对话中。"①
1966 年，克里斯蒂娃在巴特的研讨班上介绍巴赫金的对话理论时，就
创造了"互文性"这一概念。1969 年，她在《符号学》一书中正式提
出："任何文本都是由引语的镶嵌品构成的，任何本文都是对其他本文
的吸收和转化。"② 克利斯蒂娃还提出"现象文本"和"生成文本"概
念的区分，她认为"生成文本"积淀着厚重的历史记忆，所以当现象
文本与之建立联系就形成能容纳历史、文化的网络。克氏的互文性概
念提出后，被不同思想背景的学者接受并加以阐发，这一概念有多方
面的意义。

　　一方面，互文性表明文本构造和生成是动态、网络的。"互文性"
的英文"intertextuality"一词来自拉丁语"intertexto"，本意为"交
织"。在《文本的快乐》(1973) 一文中，巴特分析了文本的生成过程。
巴特形象地将文本比作编织加以说明，他认为"文（Texte）的意思是
织物（Tissu）；不过迄今为止我们总是将此织物视作产品，视作已然
织就的面纱，在其背后，忽隐忽露地闪现着意义（真理）。如今我们以
这织物来强调生成观念，也就是说，在不停地编织之中，文被制就，
被加工出来；主体隐没于这织物——这纹理内，自我消融了，一如蜘
蛛叠化于蛛网这极富创造性的分泌物内。"③《文本的快乐》主要说明
文本不再是面纱，其背后亦无隐藏的真理。文本的生成在于语言肌理
之中，在符号滑动和浮沉不定、撩拨人的意义闪现的狂欢中。这里巴
特文本的概念实际上是对克里斯蒂娃"互文性"（intertextuality）的
概念发展。巴特也曾用"洋葱"比喻过文本，文本就好似洋葱，有分
层的皮而无所谓的核心，但巴特用"编织"比作文本强调的是其动态
变化的过程，而且这种编织是无规律的，即文本不再有"确定性结构"

---

　　① 〔苏〕米哈伊·巴赫金：《巴赫金全集》第 4 卷，白春仁等译，河北教育出版社 1998 年
版，第 380 页。

　　② Julia Kristeva, "Word, dialogue and novel", *The Kristeva Reader*, ed. TorilMoi, Ox-
ford: Basil Blackwell, 1986, p. 37.

　　③ Roland Barthes, Richard Miller, *The Pleasure of the Text*, Oxford: Blackwell, 1990,
p. 64.

和"规则",而是不确定、多元化的。

另一方面,互文性表明文本意义是处在多个文本符号系统之间,总是在不断建构和自我消解之中,并且不断走向文本之外。罗兰·巴特在《作者的死亡》(1968 年)中提出,文本"只不过是包罗万象的一种字典,其他所有的字都只能借助于其他字来解释,而且如此下去永无止境。"① 这一文本概念可以说是解构主义文本概念中富有代表性的,它表明文本意义的不确定性,以及相互关联性。由于语言系统内部层级的区分,能指不断出现,而所指不断的转移,意义处于不断延宕和滑落之中,处于不同文本的互相解释中。互文性的提出不仅受巴赫金的影响,更重要的是受到索绪尔和雅各布森的符号学影响。索绪尔、雅各布森最初是试图通过纵横交错的语义关系网来确定文本的自恰性,然而互文性的提出说明纵横两根意义轴上建立的联系无不通向文本之外的其他文本,甚至还有学者阐发这种互文还通向现实、历史、文化和文学传统。克里斯蒂娃的"互文性"实际是对结构主义的一种消解,说明了文本结构不可能成为与外部世界老死不相往来的独立自足体,预示了"结构之梦"的破灭。

互文性概念和德里达的思想给罗兰·巴特很大启发。罗兰·巴特在《作者的死亡》(1968)、《形象、音乐、文本》(1968 年)、《S/Z》(1970 年)、《从作品到文本》(1971 年),以及《快乐的文本》(1973年)② 等论著中从更广泛的角度讨论了文本的特征,及其与作品的区别。按照巴特的论述,作品与文本的差异表现在以下方面:(1) 在本体层面,作品是作者创作的可见和可读的实体,而文本则是可写的,在无数读者的个人经验中被感知,与作者的"激情"或"品味"无关;(2) 在文类层面,作品是意识形态的产物,而文本则不只限于文学,

① 郑法清、谢大光编:《罗兰·巴特随笔选》,百花文艺出版社 1995 年版,第 305 页。

② 值得注意的是,文本对于巴特来说是一个持续关注且不断发展的概念。学术界一般认为 1968 年后,罗兰·巴特就转向后结构主义,但在有些问题上并没有一个绝对的区分。比如对文本与作品的区分,巴特就是长期关注的。特别是在反对作品的外在研究,强调文本语言和符号特性方面,巴特在后期很多论述与结构主义时期存在一致性。当然巴特在后结构主义时期更多强调文本意义的不确定性,这是对前期观点的拓展,也是结构主义与后结构主义住区别之所在。

还包括其他各种艺术以及文化产品；（3）在符号层面，作品限于所指，而文本则是能指，是一种纯粹的能指游戏，是对符号的体验；（4）在读者阅读层面，作品是一种文化消费，带给读者的只是一种愉悦，而文本是一种游戏、劳动和生产，带给读者的是一种极乐或快感。巴特在《从作品到文本》（1971 年）中不仅指出"文本是对符号的接近和体验"，他还指出了文本作为话语的存在。他说："文本则由语言来决定：它只是作为一种话语（discourse）而存在。文本不是作品的分解成份"。① 正从以上诸多方面，巴特完全将文本概念与作品区分开来。1973 年罗兰·巴特撰写《文本理论》一文，这是为法国《通用大百科全书》增添的三万字左右的新词条。在该文中巴特指出"任何文本都是互文文本；其他文本存在于它的不同层面，呈现为或多或少可辨认的形式——先前文化的文本和周围文化的文本；任何文本都是过去引语的重新编织。"②

围绕互文性的文本概念，罗兰·巴特提出了一系列相关概念，诸如"可读的文本"和"可写的文本"，以及"悦之文"和"醉之文"等③，而最重要的是文本活动（activity of the text）的提出。在《作者之死》中，巴特分析了语言在文学活动中的功能。他说："就语言学的角度而言，作者不外是写作的个例，正像我不外是说我的语言的个例：语言把握了'主体'，而不是'个人'把握了语言。"④ 在巴特看来，作者既不是文本的开头，也不是文本的终极，他只是文本的"造访者"。也就是说，在语言活动中，起决定作用的不是作者而是语言。巴特说："对他，同时对我们来说，发言的是语言而不是作者：写作即是通过某种绝对的非个人性完成的，在那里只有语言在起作用，在'写作'，而不是我在写作。"⑤ 因此巴特认为在文本中作者是死亡的，没

① ［法］罗兰·巴特：《从作品到文本》，杨扬译，《文艺理论研究》1988 年第 5 期。

② ［法］罗兰·巴特：《文本理论》，史忠义译，河南大学出版社 2009 年版，第 302 页。

③ 相关界定参见本书第七章"延异"部分相关论述。

④ Roland Barthes：*The Death Of The Author*，in p. Rice and P. Waughed：*Modern Literary Theory：A Reader*，Edward and Arnold，1989，p. 116.

⑤ Ibid.，p. 118.

有任何存在价值，也不起任何作用。巴特进而怀疑批评的元语言地位，认为批评家自以为是在对文本进行分析、判断、解码，是在用一种安全的外部语言，然而上述文本的理论表明，关于文本的批评话语，本身同样不过是一种文本活动（activity of the text）而已。他认为所谓元语言是不存在的，而且写作和阅读的主体不一定非要和客体（作品）语句相关，而一定要和场所（文本、话语）相关。所以任何解释作品的元语言，都不过是文本自身无尽的再生产过程中的一个阶段。至此，巴特用"文本分析"方法代替了他早期的"结构分析"。他认为后人对前人文本的解读反过来构成并不断地构成前人文本的一部分，他强调要致力于倾听文本中的多重声音，通过对代码的多重化来揭示处于互文性中的文本，使文本与语言无限相连通。文本概念由此从结构的稳定走向一定程度的消解，而文本的意义空间无疑大大拓展了。

（二）现象学、阐释学与接受美学的文本概念

20 世纪 60、70 年代，除了解构主义外，德国、波兰等国家的现象学、阐释学和接受美学等领域的学者也从哲学和美学的维度提出自己的文本观。这类文本观基于胡塞尔的现象学，他力图"回到事情本身"的理论主张又直接启发了他的学生海德格尔，以及英伽登、伽达默尔、伊瑟尔等人的文本理论和文本概念。

将胡塞尔现象学运用到文学文本阐释的首推罗曼·英伽登，其大作《文学的艺术作品》（1931 年）认为文学作品的文本是作者意向性的对象，且"文学作品是一个多层次的构成"。英伽登的文学作品结构包括四个异质而又相互依存的层次：（1）字音与高一级的语音构造；（2）不同等级的意义单元；（3）再现的客体及其各种变化构成；（4）多种图式化观相、观相连续体和观相系列。在四个层次基础上，英伽登认为还有一个"形而上质"的层次（崇高的、悲剧性的、可怕的、神圣的），他认为通过这一层面艺术可以引人深思。① 英伽登认为这四个

---

① ［波兰］罗曼·英伽登：《对文学艺术作品的认识》，陈燕谷等译，中国文联出版公司 1988 年版，第 10 页。

不同层次都含有"不确定"点和"空白",有待读者的想象性阅读才得以具体化。英伽登给予读者积极地位,但他又设定了一个以文本为中心的概念,即艺术质量。他认为不同读者的具体化有不同的审美价值,其价值的大小取决于具体化的方式是否符合作者的本来意图。同属现象学的杜夫海纳在《现象学与文学批评》将文本分为这三个层次:物质质料、现象、意蕴。其中现象的意义广泛,杜夫海纳不仅将文学作品作为现象,就是作者也是现象,而一切现象都具有意义。这种意义类似于中国的意蕴,杜夫海纳说:"这是一种不确定而又肯切的意义,它是人所不能主宰的;但只要我们抛开思想,诉诸感受,自能觉察其富于丰盈。"①

海德格尔认为本文的意义不取决于客观存在的文本,而取决于"此在",即读者所处的历史时代和现实生活等状况。伽达默尔受海德格尔的思想提出视域融合说,并以此建立了系统的现代阐释学。传统阐释学家诸如施莱尔马赫、狄尔泰等都以作者为中心,将解释归为"避免误解的艺术",现代阐释学则将焦点转移到文本,为文本阐释重辟了一条新的路径。现代阐释学的文本观是与理解的此在性和有限性、理解的历史性与开放性,以及理解的语言性和思辨性有关的,这应该说是对结构主义和解构主义的双重扬弃。伽达默尔的解释学理论对理解文本作了这样的描述:"谁想理解某个文本,谁总是在完成一种筹划。一旦某个最初的意义在本文中出现了,那么解释者就为整个本文筹划了某种意义。一种这样的最初意义之所以又出现,只是因为我们带着对某种特殊意义的期待去读本文。"② 这就是说对文本的理解,或者说一个文本的产生就是对该文本的前见进行验证、补充、修改的过程,同时也是前见不断产生的过程。

法国学者利科则在反思现代阐释学的基础上提出了他自己的"文本中心论阐释学",这一学说建立在一个简明的文本概念上:"文本就

---

① 郑树森编:《现象学与文学批评》,东大图书公司1984年版,第67页。
② [德] 伽达默尔:《真理与方法》,洪汉鼎译,上海译文出版社1999年版,第343页。

是任何由书写所固定下来的任何话语。"① 这一概念包含了两个层面的含义。首先，文本属于话语（discourse）。它意味着文本不能简单化为个别可理解的句子的相互关联，文本应该是带有隐喻性的话语，这种话语具有自律性。利科认为话语是由"事件"与"意义"这两端之间的间距和张力构成的，"这种张力导致了作为一个作品的话语的产生，说和写的辩证法和那个丰富间距概念的文本的全部其他特征。"② 在利科看来，话语作为语言的实现，承载着事件与意义的张力，是文本理论的基本单位。其次，文本是被书写固定的话语，书写的固定化是文本自身的构成因素。"只有在本文不被限制在抄录先前的谈话，而是直接以书写字母的形式铭记话语的意义时，文本才真正是文本。"③ 由于书写的固定，文本实现"间距化"，文本的语境可能打破了作者的语境，文本与作者的主观性无关，也与读者的主观性无关。利科认为阐释学并不是要揭示文本之后的意图，而是展示文本面前的世界，揭示文本所指向的存在可能性。总之，利科这一概念表明揭示文本的自律性和间距化才是文本阐释或者文本特性之所在。正如《解释学与人文科学》一书序言作者汤普森所说，"利科尔精心创造的解释理论与文本的概念密切相关。这种相关说明了利科尔思想发生了离开其早期著作的变化。在他早期的著作中，解释是与真实符号的复杂结构相联系的。现在，对于书写的话语来说，不再是符号而是文本决定解释学的对象范围。"④ 可见现象学和阐释学的文本概念既坚持文本的独立自足，又使得文本重新向读者、历史以及无限的意义敞开，使文本概念更加丰富。

形式—结构主义文论把人们的思考引向语言的结构与语义，海德格尔则启示人们从语言的发生学意义上来思考文本。当海德格尔以"在场—不在场"理论重新界定时间性之后，"视域融合"成了重要的

---

① ［法］保罗·利科：《解释学与人文科学》，陶远华等译，河北人民出版社1987年版，第149页。

② 同上书，第136页。

③ 同上书，第149页。

④ 同上书，第15页。

阐释学情境。文本解读的过程成为读者发现自我、发现生活与人生意义的过程，亦即个体的精神建构过程。以伊瑟尔和姚斯为代表的"康斯坦茨学派"即"接受美学"的文本理论也持有相似观点。伊瑟尔在《文本的召唤结构》（1970 年）中区别了一般性文本和文学文本：一般性文本使用的是一种"陈述性的语言"；文学文本使用"描写性语言"，它没有确定的对象性，而是从生活世界里取来素材创造自己的对象。这样文学作品的文本既不能与"生活世界"的现实对应，也不能与读者的经验完全等同起来，这些差异形成了文学文本中多重不确定性和意义空白，构成文本结构。伊瑟尔在《阅读活动——审美反应理论》（1976 年）一书中进一步阐述了文本的这种"召唤结构"。基于此理论，伊瑟尔对文本（text）与文献（document）作了区别。他认为传统的研究使文学作品降格到了文献的水平，"文学本文（text）就被解释成对时代精神、对社会环境、对其作者的神经病以及对诸如此类东西的证明；这些本文因此被压缩到文献（document）的水平，这样就被剥夺了那些使它们区别于文献的方面，……它们不能丧失它们的交流能力，这正是文学本文的一个突出特征。"① 在伊瑟尔看来，文本之所以不同于文献正是在与它与读者之间的交流，并且伊瑟尔将没有经过读者阅读的文本称为"第一文本"，与读者发生审美交流的则称为"第二文本"。值得注意的是，阐释学和接受美学的重要动机乃恢复文本的历史性。比如姚斯就希图另建一条历史通道，即解读文本的效应史，这是由文学文本、文学欣赏者共同演绎，依赖文学性而建立的历史。由此推进一步，它就变成了一个后现代命题，即文学文本创造了历史。

美国当代阐释学家格雷西亚（Jorge J. E. Gracia）则并不认同那种过于强调读者，而否定作者对于文本的地位的倾向。格雷西亚认为 20 世纪以来语言哲学普遍认为文本有一种超越于作者的自足性，特别是罗兰·巴特的《作者之死》（The Death of the Author）强化了这一观

---

① ［德］W. 伊泽尔：《阅读活动：审美响应理论》，霍桂恒等译，中国人民大学出版社 1988 年版，第 29 页。

念。格雷西亚认为文本在本体论意义上是非常复杂的，是由被认为与意义有某种精神关系的实体构成的。文本总是某些意义的集合体，但是与它们的意义一样，它们可以是个别的，也可以是普遍的。作者这个概念也不是单一的。尽管历史性的作者往往被认为是典范，人们仍然可以区分出一个文本的许多作者和与之相应的多种功能。同时，读者无论就其概念还是功能而言也都不是单一的。与历史作者同时代的读者，他的功能就是去理解文本。文本绝不可能没有读者，因为作者包含了读者的功能。与作者一样，读者也有可能被推翻，如果他们扭曲了文本的意义。基于作者、文本和读者的上述关系，格雷西亚这样界定文本："一个文本就是一组用作符号的实体（entities），这些符号在一定的语境中被作者选择、排列并赋予某种意向，以此向读者传达某种特定的意义。"① 可以看出现象学、阐释学、接受美学，无论是从文本出发，还是与之相关的作者和读者出发，其理论都大大丰富了我们对文本意义的理解。

（三）文化符号学文本概念

这类文本概念将文本的语言扩展到文化符号，这样就大大扩展了文本概念的外延。这类概念的代表人物有 20 世纪 60 年代的符号学理论家洛特曼②。一般认为洛特曼属于结构主义，实际上他不仅继承了索绪尔结构主义语言学的传统，而且还积极吸收了皮尔斯符号学理论，并在一定程度上实现了对这两大传统的超越，由此提出自己独特的文本概念。洛特曼在其代表作《艺术文本的结构》中提出"在某种程度上，文本就是整体的符号，一般语言文本中的所有单个的符号都是位于文本层次之下的构成要素。"③ 当然洛特曼在此所说的文本是指艺术文本，洛特曼指出艺术文本与一般语言文本的联系就是它们都是由符号构成的；而它们的区别则在于艺术文本是一个整体的、不可分割的

---

① ［美］乔治·J. E. 格雷西亚：《文本性理论：逻辑与认识论》，汪信砚、李志译，人民出版社 2009 年版，第 16 页。

② 尤里·米哈伊洛维奇·洛特曼（Юрий Михайлович Лотман，英文名为 Juri M Lotman，1922—1993），犹太人，苏联最重要的符号学—信息论美学家，塔尔图学派的代表人物。

③ Лотман Ю. М.，Структура хубожественного текста，СПб，1998，стр. 34.

符号，而一般语言文本则是由离散符号构成的。洛特曼还借鉴生物学理论，把作为人类创造性精神劳动结晶的艺术文本，当作有生命的生物体来看待，这使得艺术文本成为一个无尽的信息源。洛特曼指出，"艺术文本，正如我们已阐明的那样，可以看作是以特殊方式建构的融合了大量浓缩信息的结构机制。"[1] 这样，文本被定义为完整意义和完整功能的携带者。洛特曼在把艺术文本看作是一种特殊的语言符号构成物的同时，又把雅各布森的文化传播理论和现代信息论引入文本理论，于是文本成为一种保存、传递和产生信息的机制。

洛特曼在《文化符号学研究纲要》（1973 年）一文中进一步指出，"文本的概念具有特殊的符号学意义。一方面，文本不仅具有自然语言的信息，而且还是整体意义的载体——仪式、造型艺术或音乐剧就是如此。另一方面，从文化的观点来看，并不是所有的自然语言信息都是文本。从所有自然语言信息的集合体中，文化区分出并认为只有那些特定的作为某种语言风格而确定的信息，如'祷告'、'法律'、'小说'和其他信息，即那些具有整体意义和行使统一功能的信息。"[2] 由此可见，在洛特曼的文化符号学理论中，文本的内涵和范围更加宽广，其文本概念不仅指诗歌、音乐、绘画等艺术文本，而且还包括法律、宗教等广义的文化文本。正如瓦·叶·哈利泽夫所说的，对于塔尔图学派来说"'文本'一词还用来指称客观现实中存在的事物总和。"[3] 实际上，洛特曼把文本看作是文化的基本单位和重要的构成要素，并且进一步提出了文本集合构成了人类的整体文化的观点，由此也可以得出艺术文本包括在文化文本之内的结论。

洛特曼还特别分析了文本分层的有限性和相对性。洛特曼在其《艺术文本的结构》一书中指出："文本同时具有两种（或多种）语言，因此不仅文本的构成要素具有双重（或多重）意义，而且所有的结构

---

[1] Лотман Ю. М.，Структура хубожественного текста，СПб，1998，стр. 281.

[2] Лотман Ю. М.，Семиосфера，Санкт-питерпург：Искусство，СПБ，2001，стр. 508.

[3] ［俄］瓦·叶·哈利泽夫：《文学学导论》，周启超等译，北京大学出版社 2006 年版，第 305 页。

成为信息的载体。因为它们把自己投射到另外的结构规范中来发挥作用。"① 同时他也指出艺术文本是用有限的空间来模拟无限世界的模式。可见洛特曼是把文本的多结构性、多义性与文本界限的相对性结合在一起考察的。比如我们将普希金一组诗中的某一首作为文本考察，它的结构层次是有限的，而这首诗与诗组中其他的诗之间的关系又可以看作不同的文本层次。在文本与外文本的辩证关系中，文本形成了包含着许多亚文本的文本系统。洛特曼指出，"在我们了解了文本的结构，了解了在特定符号层次上某一要素表达上的缺失并不意味着文本的断裂（为了解决这一问题，必须确定与之相应的要素加入了其他的结构层次）之后，我们就会明白，文本的概念显然不是绝对的。它与其他的一系列的文化历史和心理结构相互联系。"② 这实际指出了文本结构层次的相对性和有限性，这对我们文本进行界定时无疑具有启发性。

与洛特曼相呼应的还有法国符号学理论家让—克罗德·高概（Jean-Claude Coquet）。他曾同格雷马斯（Greimas）等共创符号学巴黎学派，进行文学符号学、叙事结构分析等方面的研究，代表著作有《文学符号学》（1973 年）。进入 80 年代后，他开始对结构主义进行反思，并批判其中的客观化、形式化倾向，提出建立一种融入话语、主体、现实等因素的主体或话语符号学。基于此种理论，让—克罗德·高概将文本归结为一种表达方式，"说文本分析的时候，应该把文本理解成一个社会中可以找到的任何的一种表达方式。它可以是某些书写的、人们通常称作文本的东西，也可以是广告或某一位宗教人士或政界人物所做的口头讲话，这些都是文本。它可以是诉诸视觉的，比如广告画。也就是说，实际上是一个社会使用，旨在介绍自己或使每个人在面对公众的形式下借以认识自己的表达方式。"③ 可见，让—克罗德·高概、洛特曼等人的文化符号学文本概念更倾向于将文

---

① Лотман Ю. М.，*Структура хубожественного текста*，СПб，1998，стр. 283.

② Ibid.，стр. 269.

③ ［法］让—克罗德·高概：《范式·文本·述体——从结构主义到话语符号学》，《国外文学》1997 年第 2 期。

本视为一种社会信息表达、传播的方式或载体。这种文本理论也是促使二十世纪六七十年代西方现代文艺理论的发展日益偏向文化研究的动力之一。

（四）超文本与泛文本

20 世纪六七十年代，以新历史主义、后殖民主义、女权主义等为核心的后现代主义与文化研究开始在西方蓬勃发展，传统的文本概念受到挑战，文本概念也显得驳杂。[①] 后现代主义与文化研究的兴起与资本主义的发展，特别是现代信息科技的发展密切相关。以文本作为分类，文化研究的对象大致可以分为两类：一类是从纯文学文本入手，分析其中的民族、阶级、权利、性别、身份等问题；另一类可以是分析网络文学、电影、电视，或者是更广泛的诸如广告、时装、居室装饰等文化现象中的意识形态问题。

文化研究的兴起，有人溯源到 20 世纪 40 年代德国法兰克福学派霍克海默和阿多诺对西方文化工业的批判。20 世纪 50 年代，英国 E. P. 汤普森与雷蒙·威廉斯等"新左派"展开对工人阶级文化和大众文化的研究，而霍加特 1964 年创建的"伯明翰当代文化研究中心"被认为是真正的文化研究的开始。20 世纪 80 年代，文化研究在美国得到蓬勃发展。文化研究并不是统一的批评流派，它们各自出发点和目的也有所差异，其根本特征是关注文本的话语和其中的意识形态。后现代主义同样关注话语和意识形态，比如新历史主义主张把"大历史"化为"小历史"，通过对被一般通史专家忽略的社会历史生活中的细节问题的挖掘，具体地修复文学与意识形态之间的联系。新历史主义理论上的奠基之作当推海登·怀特的《元历史：19 世纪欧洲的历史想象》（1973 年），该书前言中提出历史学家要建构一种诗意语言的方案。新历史主义的代表格林布拉特也把历史与文本视为一体，把作为话语形式的文学文本归结为一种权力关系的运作。

---

① 后现代主义与文化研究是两个不同概念，二者流派众多，也有交叉。这里将后现代主义和文化研究并列，并不是将二者等同，而是在文本概念上，二者存在某种一致，即二者文本概念都有泛化、扩大化的倾向。

后现代科技与消费文化形成了众多的综合文本，包括影视、广告、网络文学、流行歌曲、时装、玩具等，这些"文本"的出现对传统文本概念又造成一轮新的冲击。1962 年美国学者泰德·纳尔逊（T. H. Nelson）创造了"超文本"（hypertext）这一术语，当时作为情报管理方法提出，指在机能上面将文字、图像等有机结合，在必要的信息之间自由地定义其关系的一种思考方法。1965 年，纳尔逊在《文学机器》中对"超文本"作的界定是"非相续著述，即分叉的、允许读者作出选择、最好在交互屏幕上阅读的文本。"① 超文本的核心是"链接"，WWW（world wide web）最能体现超文本的面貌。超文本的链接在读者自由选择度上，对文本的随机生产性等方面都非过去的"文本"可比拟。超文本的突出特点有三：一是超文本语言不仅包括文学语言，还包括声音、图像等影音符号；二是超文本结构具有非线性或多线性，多个文本的链接不仅使其具有互文性，更重要的是超文本的交互对话性具有结构可变性，抵制单一修辞权威和线性因果组织等特点；三是超文本内容往往会涉及历史、经济、政治，以及文化等领域。

所谓"泛文本"是晚期资本主义消费社会的产物，它是众多文化研究者提出的。詹姆逊认为，"整个世界就是一堆作品、文本，时髦、服装也是一种文本，人体和人体行动也是文本……新式的社会科学认为社会是一种文本，因为社会包含了一系列的行为，这些行为就像是一些语言"②。詹姆逊认为行为、事件本身类似语言的能指，由此他将历史、文化等意识形态都归为文本，这使得文本泛化。从某种程度上说，泛文本就是对现实性不断地加以文本化，正如瓦·叶·哈利泽夫说的"'文本'一词还用来指称客观现实中所存在事物的总和"③。泛文本的产生原因是"不断变化的文化环境已经使我们实际上不可能去

---

① Nelson, *Theodore Holm*, *LiteraryMachines*, Swarthmore, Pa：Self-published, 1981, Quoted from George P Landow, *Hyper-text* 2. 0：*the Convergence of Contemporary Critical Theory and Technology*, Baltimore（Md.）：Johns Hopkins University Press, 1997, p. 3.

② ［美］弗雷德里克·詹姆逊：《后现代主义与文化理论》，唐小兵译，北京大学出版社 1997年版，第 204 页。

③ ［俄］瓦·叶·哈利泽夫：《文学学导论》，周启超等译，北京大学出版社 2006 年版，第305 页。

建构一个完整和谐的文本"，而且"现在文本的建构更多是其消费者，而不是话语生产者决定的"①。总之，泛文本是采用文学语言以及直接诉诸人的感官的符号和媒介（如视觉，包括图画、造型艺术作品；听觉，包括声音信号、音乐；或者是视听多种感官综合的，如戏剧、影视、网络媒体等）建构的充满现实性的文本。这样文本概念范围明显扩大，文本意义涉及社会、政治、经济、历史等多方面背景，甚至进入文化学领域②。可见超文本与泛文本的概念界定存在一定差异：泛文本是从文本形式、内容，以及背景的现实性出发，而超文本是从文本链接，以及媒介构成出发。20 世纪 60 年代，巴赫金在《语言学、语文学和其他人文科学中的文本问题：哲学分析之尝试》中将这多种符号链接的文本看作有联系的符号综合体。他把文本看作"任何人文学科的第一性实体和出发点"，但是巴赫金强调人文科学始终要立足于文本，他认为"如果在文本之外，脱离文本来研究人，那这已不是人文学科。"③ 可见后现代主义以及各种文化批评的文本概念已扩大到整个人文学科领域。泛文本、超文本等概念的出现实际是对传统"纯文学"的质疑，使得学界开始重新思考文学文本概念的界定。文化研究对超文本、泛文本的研究一方面使得传统的文本概念进一步受到挑战，另一方面也加重了对于文学文本研究的文化学倾向。

综上所述，20 世纪以来，文本概念是在理论旅行中产生并不断发展的，其传播路线图是：俄国—布拉格—巴黎—德国—美国，最后走向全球化。最初俄国形式主义提出"文学是语言的艺术"的文本理论，

① ［美］迈克尔·卡尔文·麦杰：《文本·泛文本·当代文化裂片》，《演讲与话语批评——当代西方修辞学》，常昌富等译，中国社会科学出版社 1998 年版，第 279—280 页。

② 有研究者将 context（也译为语境）翻译成泛文本，认为泛文本是泛指生活中一切可进行符号分析的文化产品。见董希文《文学文本理论研究》，社会科学文献出版社 2006 年版，第 306 页。在研究对象上，泛文本与文化符号学文本存在着一定交叉和重叠，二者差异在于：一，概念的提出理论流派不同，一个是后现代主义，一个是文化符号学；二，泛文本强调晚期资本主义充满现实性的消费文化，文化符号学文本强调人类文化符号的信息达功能。

③ ［苏］米哈伊·巴赫金：《文本问题》，载《巴赫金全集》第 3 卷，白春仁等译，河北教育出版社 1998 年版，第 316 页。

法国结构主义、后结构主义理论则致力于文本的结构的建构和消解，而现象学、阐释学和接受美学无疑使得文本理论和概念得到丰富，全球化背景下后现代主义和文化研究的出现又对传统文本理论提出挑战。这些理论看似存在巨大差异，但显然有着共同的因素存在，那就是对文本概念的持续关注和不断阐释。

文本概念的旅行及其核心要素的生成

文本（text）在一般意义上是指按语言规则结合而成的字句组合体，它可以是一个句子，也可以一篇文章，甚至一本书。它的印欧语词根"texere"表示编织的东西，如纺织品（textile）、建筑师（architect）一类的词由此而来。在晚期拉丁语（textus）和12—15世纪中古英语（texte）开始表示文章的结构、主体。20世纪西方语言哲学转向的背景下，文本理论开始兴起和传播，在这一传播过程中产生了形形色色的文本观念，以及概念。可以说文本理论和概念的产生是对应于一定的历史和社会语境的，文本理论从发源地产生，到被挪用，实质上是被吸收、规化、非历史化到新的地域的动态生产过程。本文将从萨义德理论旅行的视角考察文本理论及其概念的变迁，分析其概念在不同历史、文化语境的传播中是如何生成，及其核心要素是如何逐渐被发现与增长的。

一　旅行中的文本理论和概念

20世纪，西方文学批评出现从作品研究向文本批评的转向。众所周知，这些批评理论兴起的背后是20世纪初西方哲学的深刻变化：由传统认识论向语言论的转向。与之相应，西方文艺理论就出现了许多以文本的语言性特征为主要思考核心的文艺理论流派，诸如俄国形式主义、布拉格学派、语义学派、英美新批评派以及结构主义文论等。文本这些理论那里成为一种自足自律、自身封闭的本体论结构体系，从作品走向文本成为一种必然。

在理论史上，20 世纪初兴起的俄国形式主义虽然没有明确使用"文本"这个概念，但他们在研究中提出的"文学性"等理论，实际上已将文本作为自己研究的对象。这为文本概念的提出和界定奠定了一块理论的基石。布莱克曼（J. M. Broekeman）专门写了一本《结构主义—莫斯科—布拉格—巴黎》的著作，描述了俄国形式主义文论旅行的路线图，从这本书中我们也可以看到文本这个概念的旅行和生成路线。20 世纪 30 年代初，随着苏联政治形式的变化，形式主义受到批判而逐步式微。雅各布森从莫斯科到布拉格，开始借鉴语言学理论，用音位分析研究诗歌。按照伊格尔顿的说法，他们是将形式主义的思想在"索绪尔语言学框架中加以严格的系统化"①。布拉格学派的形成代表了形式主义向现代结构主义的过渡。

20 世纪 50、60 年代结构主义的兴盛于法国，是因为当时法国巴黎聚集了一批研究者开始有意识地将索绪尔的语言学应用于文学研究。如法国学者列维—斯特劳斯结构主义的神话研究，格雷马斯的结构语义学研究、热奈特的叙事功能研究、巴特的叙事层次研究等硕果累累。在莫斯科的形式主义看到了文学语言的重要性，而结构主义则关注的是文学文本的深层规则和结构。形式主义走向结构主义，在于借鉴索绪尔语言学观点和方法来研究文学，认为文学批评主要应研究文学自身的内部规律，即研究文本的语言、结构层次等方面的特点。

进入 20 世纪 60 年代末，随着后结构主义走向解构主义，文本的概念有了进一步发展。这可以说又一次大的理论旅行，其中罗兰·巴特、克里斯蒂娃、德里达和福柯等贡献最大。1967 年，德里达的《语音与现象》、《论文字学》、《书写与差异》这三大著作的出版标志着解构主义的兴起。后来随着德里达到美国讲学，解构主义理论传到美国，形成以保罗·德曼等为代表的耶鲁学派，更多的是从实践上对文本进行解构主义批评。而法国的解构主义则从符号学出发，对"逻各斯中心"的批判来解构文本。解构主义是对所有的权威、一元的反抗，当

---

① ［英］特里·伊格尔顿：《二十世纪西方文学理论》，伍晓明译，陕西师范大学出版社 1986 年版，第 124 页。

然也包括对结构主义文本中心论的彻底否定。解构主义实际是对结构主义的扬弃，特别是在反对传统二元论认识论、传统的语言观上与结构主义还有一致的地方。正如罗兰·巴特所说的"为了把握解构主义与其他思维方式的区别，无疑必上溯到像能指—所指和共时性—历时性这样的一对对概念。"①

与此同时，在德国、波兰等国家的现象学，以及阐释学也从哲学和美学的高度提出自己的文本观。阐释学的文本观是与理解的此在性和有限性、理解的历史性与开放性，以及理解的语言性和思辨性有关的，这应该说是对结构主义和解构主义的双重扬弃。阐释学继承了结构主义对语言的重视，阐释学认为"词在文学文本中首先获得其充分的自我在场"，② 因此不能从外在于其自身的东西去理解它，而是应该从文本的语言本身去理解。从这个角度看，阐释学的文本观与形式结构主义有着共同的理论立场。在阐释学看来，德里达的解构理论都过分忽视了作品本身的规定性，伽达默尔认为在主张文本的规定性和开放性方面现象学美学家英伽登采取"图式化"方式对文本进行分析是出色的。英伽登认为艺术作品作为一种"意向性关联物"只是一种图式化的抽象存在，充满无数的"不确定点"和"空白点"，有待通过读者的想象性阅读才得以确定化。英伽登这里实际上指出了，文本与读者的关系。值得注意的是，阐释学、接受美学的重要动机乃是恢复文本的历史性。如姚斯希图建构文本的效应史，这是依赖文学性而建立的历史，是由文学文本、文学欣赏者共同演绎。由此推进一步，它就变成了一个后现代命题，即文学性创造了历史。

20世纪六七十年代，随着晚期资本主义，特别是现代信息科技的发展，以西方马克思主义、新历史主义、后殖民主义、女权主义为核心的后现代主义与文化研究开始在西方蓬勃发展。在这种理论语境下，传统的文本概念开始受到挑战，文本概念也显得驳杂，出现超文本和

① ［法］罗兰·巴尔特：《结构主义活动》，见《当代西方艺术文化学》，周宪等译，北京大学出版社1988年版，第306页。

② 严平选编：《伽达默尔集》，上海远东出版社1997年版，第72、22页。

泛文本等概念。后现代主义与文化研究的文本大致可以分为两类：一类是传统纯文学文本，可分析其民族、阶级、权利、性别、身份等经济学、社会学的问题；另一类文本则是网络文学、电影、电视，或者是更广泛的诸如广告、时装、居室装饰等更广泛的文化文本。

综上所述，文本理论和概念在 20 世纪是一个在旅行中不断发展的，其传播路线图是：俄国—布拉格—巴黎—德国—美国，最后走向全球化。最初俄国形式主义提出的"文学是语言的艺术"文本理论无疑具有真理性，法国结构主义、后结构主义理论则致力于文本的结构的建构和消解，而现象学、阐释学无疑使得文本理论和概念得到丰富，全球化背景后现代主义和文化研究的出现又对传统文本理论提出挑战。这些理论看似存在巨大差异，但显然有着共同的因素存在，那就是对文本概念的持续关注和不断阐释。

二 文本概念的诞生与分类

20 世纪文本理论开始兴起和传播，在这一传播过程中产生了形形色色的文本观念，以及概念。这些文本概念之间由于理论基点的不同，都存在一定差异，但又相互联系，我们可以大致将概念分为以下三种：

（一）封闭的文本：形式—结构主义文本概念

俄国形式主义的文本观念是：文本是一种陌生化的语言客体，文学文本的本质特征是文学性；新批评的文本观念是：文本是语言的有机整体，文学文本的本体是其肌质。这两个文论流派没直接定义本文概念，但其对文学语言，以及文学形式的论述都涉及文本的重要观念。20 世纪 60 年代，结构主义明确提出了"文本"这个新概念。罗兰·巴特撰写了一系列著作和文章，将文本与作品区分开来。巴特在《形象、音乐、文本》（1968）中指出文本的语言特性："作品可以由语言外在多样性的技巧来界定，而文本则彻头彻尾的就是与语言同质：它就是语言且只能通过语言而不是自身呈现。换句话说，文本只能通过作品和创造感受：文本即是意义。"[①] 巴特在《从作品到文本》（1971）

---

① Roland Barthes. *Image-Music-Text*，Fontana Press，1981，pp. 39 - 40.

中进一步明确区分了作品和文本的关系。巴特否认作者对作品的决定作用，他认为文学作品并不是作者的个人产物，文学作品接近所指（signified），而文本则是对符号和语言的接近和体验。巴特指出"文本则由语言来决定：它只是作为一种话语（discourse）而存在。文本不是作品的分解成分；而恰恰是作品才是想象之物。"① 当然巴特在其他文章，诸如《作者的死亡》（1968），《S/Z》（1970），以及《快乐的文本》（1973）中都提及文本与作品的区别。按照巴特的观念，作品与文本的差异有四点：（1）在本体层面，作品是一个实体，一个可见的实体，而文本则只能在生产中被感知；（2）在文类层面，作品只是意识形态的产物中的文学这一类，而文本则不只限于文学，还包括其他各种艺术以及文化产品；（3）在符号层面，作品限于所指，而文本则是能指，是一种纯粹的能指游戏；（4）在阅读层面，作品是一种文化消费，作品带给读者的只是一种愉悦，而文本是一种游戏、劳动和生产，文本带给读者的则是一种快乐和极乐。总之，作品是作家创作的客观实在，而本文是文学作品的语言构成，是具有某种潜在意义的结构。

在区分作品与文本区别的基础上，巴特对文本做出基本界定："文本是对符号的接近和体验"。② 文本就是语言游戏、能指的无限增殖。在巴特看来，文本是独立于作家个人背景与作品历史背景的"能指织体"，这就肯定了文本是一个开放的动态系统，也意味独立封闭的文本是不可能存在的。

（二）敞开的文本：基于解构主义的互文本概念。

在结构主义向后结构主义和解构主义的理论旅行中，一个与文本相关的概念，也就是"互文性"（或者说文本间性）起到关键性作用。1966 年朱丽娅·克里斯蒂娃在巴特的研讨班上介绍巴赫金的对话理论时，她创造了"互文性"这一概念。1969 年，她在《符号学》一书中正式提出："任何作品的本文都像许多行文的镶嵌品那样构成的，任何

---

① ［法］巴特：《从作品到文本》，《文艺理论研究》1988 年第 5 期。

② 同上。

本文都是其他本文的吸收和转化。"① 克利斯蒂娃还提出"现象文本"和"生成文本"概念的区分，她认为"生成文本"积淀着厚重的历史记忆，所以当现象文本与之建立联系就形成能容纳历史、文化的网络。克氏的互文性概念提出后，被不同思想背景的学者接受并加以阐发，而这一提法对文本概念有三层意义：

首先，互文性表明文本构造和生成是动态的、网络的。"互文性"的英文"intertextuality"一词来自拉丁语"intertexto"，本意为"交织"。在《文本的快乐》(1973)一文中，巴特分析了文本的生成过程。巴特将文本比作编织加以形象地说明，他认为"文(Texte)的意思是织物(Tissu)；不过迄今为止我们总是将此织物视作产品，视作已然织就的面纱，在其背后，忽隐忽露地闪现着意义(真理)。如今我们以这织物来强调生成观念，也就是说，在不停地编织之中，文被制就，被加工出来；主体隐没于这织物——这纹理内，自我消融了，一如蜘蛛叠化于蛛网这极富创造性的分泌物内。"② 《文本的快乐》主要说明文本不再是面纱，其背后亦无隐藏的真理，文本的生成在于语言符号滑动和浮沉不定。这里巴特文本的概念实际上是对克里斯蒂娃"互文性"(intertextuality)的概念发展。巴特也曾用"洋葱"比喻过文本，文本就好似洋葱，有皮而无所谓的核心，但巴特用"编织"比作文本强调的是其动态变化的过程，而且这种编织是无规律的，即文本不再走向"确定性结构"和"规则"，而是不确定、多元化。

其次，互文性表明文本意义是处在多个文本符号系统之间，总是在不断建构和自我消解之中，并且不断走向文本之外。互文性的提出不仅受巴赫金影响，更重要的是受到索绪尔和雅各布森的符号学影响。索绪尔、雅各布森最初是试图通过纵横交错的语义关系网来确定文本的自恰性，然而互文性的提出说明纵横两根意义轴上建立的联系无不通向文本之外的其他文本，甚至学者阐发这种互文还通向现实、历史、

---

① ［法］朱丽娅·克里斯蒂娃：《符号学：意义分析研究》，引自朱立元《现代西方美学史》，上海文艺出版社 1993 年版，第 947 页。

② Roland Barthes, Richard Miller. *The pleasure of the text*. Oxford：Black well，1990，p. 64.

文化和文学传统。克里斯蒂娃的"互文性"实际是对结构主义的一种消解，说明了文本结构不可能成为与外部世界老死不相往来的独立自足体，预示了"结构之梦"的破灭。罗兰·巴特在互文性的基础上提出文本"只不过是包罗万象的一种字典，其他所有的字都只能借助于其他字来解释，而且如此下去永无止境。"① 这表明由于文本语言系统内部层级的区分，能指不断出现，而所指不断的转移，意义处于不断延宕和滑落之中，处于不同文本的互相解释中。自此文本概念从结构的稳定走向一定程度的消解。

最后，互文性还表明，文本是在与读者的互动对话中生成。克里斯蒂娃提出互文本，认为互文性是读者阅读和感知的主要模式，读者在阅读或阐释文本时，通常必须汇集一个以上的互文本来加以审视。

其实，现象学、阐释学的文本理论也与解构主义相似，这些理论对"文本中心论"进行了激烈的抨击，确定了以读者为中心的接受理论。姚斯的接受美学理论被认为是西方现代文艺阐释学的集大成者。1967 年，姚斯发表《文学史作为文艺理论的挑战》，标志着这一理论的成熟。最能表露姚斯文本观念的是下面这段话："一部文学作品，并不是一个自身独立，向每一个时代的每一读者均提供同样观点的客体。它不是一尊纪念碑，形而上学地展示其超时代的本质。它更多地像一部管弦乐谱，在其演奏中不断获得读者新的反响，使本文从词的物质形态中解放出来，成为一种当代的存在"。② 德国接受美学家伊瑟尔的文本理论也是这方面的代表，他在《阅读活动——审美反应理论》（1976）一书中区分"第一文本"与"第二文本"，认为文本具有一种召唤读者阅读的结构机制。伊瑟尔借助现象学家茵加登常用的"空白"和"不确定性"概念，认为意义不确定性与意义空白文本是召唤结构的基础。在此基础上，他还进一步提出"文本的隐含读者"概念。"隐含读者"这一概念标示出读者内在于文本的特征，也意味着文本潜在

---

① ［法］罗兰·巴特：《作者的死亡》，载《罗兰·巴特随笔选》，百花文艺出版社 1995 年版，第 305 页。

② ［德］姚斯：《接受美学与接受理论》，金元浦译，辽宁人民出版社 1987 年版，第 29 页。

的一切阅读的可能性。①

在后结构主义、解构主义、现象学，以及阐释学的这一系列文本概念中，最经典的还是 1973 年巴特在《文本理论》中所作的界定。这是巴特为法国《通用大百科全书》撰写的相当于三万左右汉字的新词条，在该文中巴特指出"任何文本都是一种互文，在一个文本中，不同程度地，以各种多少能辨认的形式存在着其他的文本；譬如，先时文化的和周围文化的文本，任何文本都是过去引文的重新组织。"② 这里巴特用"文本分析"方法代替了早期的"结构分析"，他认为后人对前人文本的解读反过来构成并不断地构成前人文本的一部分，他强调要致力于倾听文本中的多重声音，通过对代码的多重化来揭示处在互文性中的文本，使文本与语言无限相连通。总之，这种文本概念打破文本的独立自足，文本重新向读者、历史，以及无限的意义敞开。

（三）扩大化的文本：后现代主义与文化研究的文本概念

超文本和泛文本又是理论旅行到全球化时代出现的一类概念。1962 年美国学者泰德·纳尔逊（T. H. Nelson）创造了"超文本"（hypertext）这一术语，当时是作为情报管理方法提出的，是指在机能上面将文字、图像等有机结合，在必要的信息之间自由地定义其关系的一种思考方法。1965 年，纳尔逊在《文学机器》中对"超文本"作了界定是指"非相续著述，即分叉的、允许读者作出选择、最好在交互屏幕上阅读的文本。"③ 超文本的核心是"链接"，超文本的链接在读者自由选择度上，对文本的随机生产性，增添表现力等方面都非传统"文本"可比拟。

超文本是一种扩大化的文本概念，是语言学继续向符号学深入发展的产物。超文本是采用文学语言，以及直接诉诸人的感官的符号和

① ［德］伊瑟尔：《阅读活动——审美反应理论》，中国社会科学出版社 1991 年版，第 29、36—45、220 页。

② ［法］罗兰·巴特：《文本理论》，张寅德译，《上海文论》1987 年第 5 期。

③ Nels on, *Theodore Hol m*, *L iteraryMachines*, Swarthmore, Pa：Self-published, 1981, Quoted from*Hyper-text* 2.0：*the Convergence of Contemporary Critical Theory and Technogy*by George P. Landow. Balti more （Md.）：Johns HopkinsUniversity Press, 1997, p. 3.

媒介（如视觉，包括图画、造型艺术作品；听觉，包括声音信号、音乐；或者是视听多种感官综合的，如戏剧、影视、网络媒体等），以超链接的方式建构的充满交互性的文本。这样文本概念范围明显扩大，文本意义涉及社会、政治、经济、历史等多方面背景，甚至进入文化学领域，因此这种文本也被称为泛文本①。可见超文本与泛文本的概念界定存在一定差异：泛文本是从文本形式、内容，以及背景的广泛出发，而超文本是从文本链接，以及媒介构成出发。20 世纪 60 年代，巴赫金在《语言学、语文学和其他人文科学中的文本问题：哲学分析之尝试》中将这多种符号链接的文本定义为"有联系的符号综合体"。他把文本看作"任何人文学科的第一性实体和出发点"，但是巴赫金强调人文科学始终要立足于文本，他认为"如果在文本之外，脱离文本来研究人，那这已不是人文学科。"②可见后现代主义，以及各种文化批评的文本概念已扩大到整个人文学科领域，泛文本、超文本等概念的出现实际是对传统"纯文学"的质疑，使得学界开始重新思考文学文本概念的界定。

三　本概念的核心要素增长与发现

在理论旅行中产生的众多文本概念，往往受到不同理论语境的限定，而这些不同的限定又体现了文学理论的嬗变与转型。那么这些不断变迁的文本概念之间有什么关系，可以分为哪些类别，不同类别文本概念相区分的核心要素又是什么呢？通过总结上述三类文本概念，我们发现形式—结构主义文本概念的对象主要是文学文本，后面几类诸如"文化符号学文本"与"泛文本、超文本"的概念则有超出文学研究的倾向。这些文本概念在理论旅行中往往得到不断丰富和发展，这是由于不同国家、地域和文化的各个理论流派在学术背景和学术出

---

① 有研究者将 context（也译为语境）翻译成泛文本，认为泛文本是泛指生活中一切可进行符号分析的文化产品。见董希文《文学文本理论研究》，社会科学文献出版社 2006 年版，第 306 页。

② ［苏］米哈伊·巴赫金：《文本问题》，载《巴赫金全集》第四卷，河北教育出版社 1998 年版，第 300—325 页。

发点上存在差异，从这些各异的出发点来阐述文本概念则会发现文本的不同侧面，以及文本不同的内核要素。20世纪西方文本理论不断推陈出新，而文本的核心要素也是处于不断发现与增长之中，或者说我们研究者对其认识也是不断深入的。

（一）文本与语言、符号

如前所述，20世纪文本理论基于以索绪尔为代表的语言哲学的转向，强调文学就是语言的艺术，这是俄国形式主义、英美新批评，以及法国结构主义文本概念所坚持的，这里无须赘述。阐释学也继承了形式—结构主义对文本语言的重视，阐释学认为"词在文学文本中首先获得其充分的自我在场"，① 因此不能从外在于其自身的东西去理解它，而是应该从文本的语言本身去理解，将语言视为一种自律的存在，这提醒文学研究者应该关注文学语言的自身特性。从这个角度讲，阐释学在文本的语言观方面与形式—结构主义有着共同的理论立场。那么后来的解构主义，以及文化批评是否认同这一特点呢？

解构主义文本观立足点仍是语言和符号。德里达成功地摧毁了索绪尔的能指和所指概念的二元对立，他用"意义链"去取代结构，以"延异"、"播撒"等概念动摇了索绪尔的能指和所指、语言和言语等。值得注意的是，索绪尔提倡的语言符号只有差异而没有绝对关系的原理，却是为德里达一贯坚持的。德里达认为"假如人们抹去能指与所指之间根本性差异的话，那就等于说放弃能指这个词本身"②。在他看来"人们正是通过符号的概念才动摇了在场形而上学。"③ 所以在打破西方二元论和语言中心主义上解构主义与结构主义还是有一致的地方，即立足于文本的语言和符号，解构主义只是对那种大写的观念和"内在构图"式的文学批评的解构。

文化研究的文本更关注语言的符号性和社会交流功能。随着语言学的发展，20世纪中后期语言学迎来了索绪尔之后的又一次变革，即

---

① 严平选编：《伽达默尔集》，上海远东出版社1997年版，第22页。

② ［法］雅克·德里达：《书写与差异》，张宁译，生活·读书·新知三联书店2001年版，第506页。

③ 同上。

从结构语言学转向功能语言学。以韩礼德（M. A. K. Halliday，1925—）为代表的系统功能语言学不再将语言作为一个孤立的形式结构，而更强调语言的社会交流功能。韩礼德在《作为社会符号的语言》（1978年）中就提出组成语言的不是句子，而是语篇（text）。系统功能语言学强调语言符号的文化意义，这也是 20 世纪后期文学研究离开语言内部结构的宁静港湾，进入文本的文化符号研究的诱因之一。人是制造符号的动物，这是人区别动物的重要文明标志。语言是人类创造的众多文明符号中的一种，传统的文本研究观关注于此。人类创造的文明符号还包括图像、音乐等符号，以此类符号构成的绘画、雕塑、音乐、电影、网络超文本等则是文化研究关注的对象。传统的文学语言是不包括这些符号的，但我们不妨站在更高视野，也就是基于符号学的视点看，它们都是语言。洛特曼提出"从符号学的观点来看，文化既可以看作是个别符号系统的层级体系，又可以看作是文本和与之相应的功能的集合，还可以看作是产生这些文本的某种结构。"① 由此可见，洛特曼的文化符号学将文本视为文化的基本构成要素，文化研究实质上就是关于文本符号的研究。洛特曼在《漫谈俄罗斯文化》一书中以 18 到 19 世纪的俄国贵族生活为研究对象，利用丰富的历史材料，对官衔、舞会、决斗、纸牌、婚姻、女性世界、俄式花花公子、生活的艺术化等方面进行了细致的符号学描述和文本分析，现实中大量的文化现象在洛特曼看来都是活生生的文本符号。从卡西尔的文化符号学来看，"艺术的王国是一个纯粹形式的王国，它并不是一个单纯的颜色、声音和可以感触到的性质构成的世界，而是一个由形状与图案，旋律与节奏构成的世界。从某种意义上可以说一切艺术都是语言，但他们又只是特定意义上的语言。它们不是文字符号的语言，而是直觉符号的语言。"② 所以，站在现代语言学和文化符号学的角度，我们可以认为文化研究的文本语言是一个种广义的文化语言。

---

① 　Лотман Ю. М.，Семиосфера，Санкт-питерпург：Искуство-СПБ，2001，стр. 516.
② 　［德］恩斯特·卡西尔：《人论》，甘阳译，上海译文出版社 1985 年版，第 215 页。

（二）文本与结构

在形式—结构主义看来，结构是文本构成的规则、秩序和逻辑。从罗兰·巴特，到现象学的英伽登和杜夫海纳等都关注文本结构，提出了自己的文本结构理论。韦勒克在《二十世纪文学批评中的形式和结构概念》一文中考察了从"形式"到"结构"的发展。韦勒克论述了新批评、形式主义对形式的研究，认为基于亚里士多德的"对形式和内容的区分已站不住脚了"，他提出以文本的"内部研究"作为批评的方向。① 韦勒克、沃伦在《文学理论》的"文学作品的存在方式"中指出英伽登的文本分层理论有从具象到抽象的逻辑性，同时他们认为文本是"一个为某种特别的审美目的服务的完整的符号体系或符号结构"。韦勒克认为在英伽登的基础上，文本的这些层面完全可以重新细分为下面几个层次：（1）声音层面，谐音、节奏和格律；（2）意义单元；（3）意象和隐喻，即所有文体风格中可表现诗最核心的部分；（4）存在于象征和象征系统中诗的特殊"世界"；（5）有关形式与技巧的特殊问题。② 与英伽登、韦勒克、沃伦等众多近距离地从微观视角分析文本不同，西方也有少数学者从宏观视角来考察文学文本结构。加拿大原型批评理论家弗莱认为文学作品可以分为五个层次：文字相位、描述相位、形式相位、神话相位、总解相位。总解相位也就是文学作品同全部文学经验的关系，这是一个原型比较集中的阶段，多种原型密集地形成一个"原型中心"，反映了人类普遍的经验和梦想。弗莱提出了文学原型的概念，超越了具体文本的狭窄框框，而是在宏阔的文化传承中观照文本。弗莱认为："文学位于人文科学中，它的一端是历史，而另一端是哲学；文学本身并非一个系统的知识结构，批评家必须在历史学的观念框架中寻求事件，从哲学的观念框架中寻求思想。"③ 从弗莱的理

① ［美］R. 韦勒克：《二十世纪文学批评中的形式和结构概念》，载《批评的诸种概念》，丁泓、余徵译，四川文艺出版社 1988 年版，第 60 页。

② ［美］雷·韦勒克、奥·沃伦：《文学理论》，刘象愚等译，生活·读书·新知三联书店 1984 年版，第 165 页。

③ Northrop Frye：*Anatomy Of Criticism Four Essays*. Princeton University Press，New-York，1967，p. 12.

论我们可以看到本文分层界定的第二个向度，就是文本与外界的关系。无论是英伽登、韦勒克等人的微观分析，还是弗莱的宏观分层这是我们对文本分层分析时都不能忽视的。文本多层次立体结构意味着划出了文本本体的边界，这对于文本概念的界定来说是一个非常重要的前提。

当然，解构主义的出现是对文本结构有不变的中心的彻底解构。德里达对文本自身结构的质疑，无疑是宣布读者在文本中实现自己愿望的破产，而文本的各要素之间，除了运动和延异，没有明确不定的意义，也无恒定的关系，文本变成由无数意义的碎片。以对语言学和文本颠覆为主的耶鲁解构学派给人的印象就是他们只是在玩弄语言游戏，非但没有丰富文学的内涵，反而使文学失去意义和艺术价值。解构主义最初是为了从文本解读切入，以解构形而上学作为最终的目的。正如 J. 希利斯·米勒说的好，"解构主义既非虚无主义，亦非形而上学，而只不过就是作为阐释的阐释而已，即通过细读文本来清理虚无主义中形而上学的内涵，以及形而上学中的虚无主义的内涵。"① 实际上，解构后的文本并不是一堆无意义的文字符号的简单拼凑。在结构主义那儿，文本是静止、有内在中心的，文本的意义只能向内解释。解构主义的文本意义存在于这些元素之间或要素与理解者的语言所构成的新结构之中，因而是无限开放的，是在主客体的互相作用中，通过主体不断建构而产生的，所以解构主义是对文本结构有不变的中心的解构，而不是对结构的放弃。正如德里达所宣称的，解构一直是对非正当的教条、权威与霸权的对抗，它绝对不是否定，"它是一种肯定、一种投入，也是一种承诺"②。因此在解构主义那里，文本结构得到了充实。

后现代主义与文化研究也没有放弃对文本结构的关注。在巴赫金看来，文学文本结构是作者与作品中主人公的关系，从根本上讲"表

---

① ［美］J. 希利斯·米勒：《重申解构主义》，郭英剑等译，中国社会科学出版社 1998 年版，第 109 页。

② ［法］雅克·德里达：《书写与差异》，张宁译，生活·读书·新知三联书店 2001 年版，第 16 页。

述结构是纯粹的社会结构"。① 詹姆逊对此有类似且深入的论述，他用
"内在性"和"超越性"这两个哲学概念取代韦勒克的"内部的"与
"外部的"的划分，来分析文化研究的文本结构形式。詹姆逊在《马克
思主义与形式》、《政治无意识》等几部重要著作中对艺术形式的"内
在性"作了详细论述。詹姆逊发挥了本雅明和阿多诺"内在形式"的
思想，又吸收了结构主义特别是列维—斯特劳斯神话学和格雷马斯结
构语义学的成果，对于"内在形式"的构成和它与现实的关系作了独
特的解释。他还用格雷马斯的"语义的矩形"分析了康拉德《吉姆爷》
中人物的矛盾结构关系，把这种关系还原为资本主义社会生活中"行
动"与"价值"的矛盾结构，并把艺术作品视为对这一无法解决的矛
盾的想象性的或形式化的解决。在这里形式与内容的关系就不再是存
在于作品内部的塑造与被塑造关系，而是文本结构与社会生活结构的
平行关系。

（三）文本与读者

对于作品来说，读者是外在的；对于文本来说，读者则是内在因
素之一。罗兰·巴特在从结构主义向解构主义转变过程中，某种程度
上逐渐转向了阅读现象学。《文本的快乐》主要说明文本背后不再有隐
藏的真理，文本的生成在于语言符号滑动和浮沉不定，在于读者阅读
的游戏之中。巴特在《S/Z》中用"可读性文本"和"可写性文本"
区分传统小说与 20 世纪的文学作品，认为前者的意义是封闭的；后者
则强迫读者去添加意义。古典文本以明确性和完整性自诩，是一种令
人厌恶的大杂烩；当代文本则失去稳定性，是完全属于读者的。可写
性的文本是我们自己的写作，是意义框架的开放，是语言的无限。可
读性文本则只是"作品"（products），而不是"创作"（productions）。
类似的区分还可见于艾柯的《作者的角色》（1981 年），相应的术语是
"敞开的文本和封闭的文本"（open and closed texts）。还有些学者也将
读者纳入文本的内在因素之中，如巴赫金认为人类的思维就是现成的

---

① ［苏］米哈伊·巴赫金：《巴赫金全集》第 2 卷，李辉凡等译，河北教育出版社 1998 年
版，第 452 页。

文本和在建文本这两个文本的对话，实际上就是两个主体，即读者与作者的相遇。文本间的接触是对话性的接触，其背后是主体与主体的接触，而不是普通语言学中符号与符号的接触，物与物的接触。巴赫金认为文本不是物，所以绝不可把第二个意识、接受者的意识取消或淡化。① 可见，读者是文本的重要因素。

　　真正将读者纳入文本的是阐释学与接受美学。阐释学对读者作了界定，认为任何理解都是作为有限性和历史性存在的人的理解，读者的存在也是一种作为有限性和历史性的存在，而且一切阅读活动都必须在读者和文本的互相作用下才能实现。"从阐释学的立场——即每一个读者的立场出发，文本只是一种半成品，是理解事件中的一个阶段。"② 这些实际上都为接受美学和读者反应理论提供了哲学基础，这种对解读主体理解的重视又是与解构主义相通的。这一理论流派对"文本中心论"进行了激烈的抨击，确定了以读者为中心的接受理论。姚斯的文艺接受美学理论被认为是西方现代文艺阐释学的集大成者。1967 年，姚斯发表了《文学史作为文艺理论的挑战》，标志着这一理论趋于成熟。最能表露其文本观念的是姚斯下面的这段话："一部文学作品，并不是一个自身独立，向每一个时代的每一读者均提供同样观点的客体。它不是一尊纪念碑，形而上学地展示其超时代的本质。它更多地像一部管弦乐谱，在其演奏中不断获得读者新的反响，使本文从词的物质形态中解放出来，成为一种当代的存在"。③ 德国接受美学家伊瑟尔的文本理论也是这方面的代表，他在《阅读活动——审美反应理论》（1976 年）一书中认为文本具有一种召唤读者阅读的结构机制。伊瑟尔借助英伽登常用的"空白"和"不确定性"概念，认为意义不确定性与意义空白文本是召唤结构的基础。在文本召唤结构理论基础上，他还进一步提出"文本的隐含读者"概念。"隐含读者"这一

---

　　① ［苏］米哈伊·巴赫金：《巴赫金全集》第 4 卷，白春仁等译，河北教育出版社 1998 年版，第 305 页。

　　② 李建盛：《理解事件与文本意义》，上海译文出版社 2002 年版，第 184 页。

　　③ ［德］H. R. 姚斯：《接受美学与接受理论》，金元浦、周宁译，辽宁人民出版社 1987 年版，第 29 页。

概念标示出读者内在于文本的特征，也意味着文本潜在的一切阅读的可能性。阅读文学文本对读者的想象力是一种极大的激活和挑战，所以伊瑟尔肯定地说："由于文学作品文本的现实性不存在于客观事物的世界中，而存在于读者的想象力之中，与那些表达某种含义、陈述某种真理的文本相比，它便具有一种优越性。……文学作品的文本之所以能够摆脱历史的局限性，首先并不是因为它们体现了某种永恒的、超越时代的价值，而是因为，它们的结构允许读者参与到虚构的事件中去。"① 总之，文学文本的特性在于它不是确定对象的复制，而是文本召唤结构和读者想象力之间的不确定性事件，读者的阅读效应对文本的实现起到关键作用。因此，读者也是文本生成的核心要素之一。

（四）文本与审美

强调审美可以说是文学文本的基本特征。美作为一个哲学和美学范畴，在古希腊就已确立。到 18 世纪中期，美学成为一个专门的哲学学科，审美则成为人类艺术、生活重要的价值判断。文学作为艺术的一种，追求审美当然是其基本特征。如前所述，20 世纪初文学批评就是要摆脱社会的、道德的、历史的批评，转而追求具有审美特征的文学性。英美新批评尽管没有使用"文学性"术语，但作为一种形式主义文论，新批评关于诗之本性的界定也显示其审美追求。新批评把语义问题作为"诗性"的存在场域，作为诗性之根本的"反讽"，只是语境与文本语义之间的一种悖谬式的关系，而语义的历史陈述内涵并无诗学的价值。维姆萨特和比尔兹利通过否定"意图谬误"和"感受谬误"斩断了诗的"本体"与"效果"的联系后，诗的存在便完全告别了历史，成了一种词语的形式化舞蹈。俄国形式主义则是进一步从词语的构成性出发，明确提出探讨一种纯粹自我的、审美的文学性。正如雅各布森指出的"我们所强调的，不是艺术的分离主义，而是审美功能的自律性。"②

---

① ［德］伊瑟尔：《文本的召唤结构》，章国锋译，《外国文学季刊》1987 年第 1 期。

② Roman jakobson, "what is Poetry?" in Krystyna Pomorska and Stephen Rudy（eds.）*Language in Literature*. Cambridge，Mass：Harvard University Press，1987，p. 378.

形式—结构主义文论将文学性界定为一种封闭于文本之中的修辞技艺，而现象学文论则想要让文学性呈现于读者参与其中的文学活动。其中现象学的"意向性"和解释学的"主体间性"理论构成了审美主观主义文本理论的主要内容。关于文学性，英伽登在《对文学的艺术作品的认识》中总结得很好。英伽登把所有的语言作品，包括科学著作，都称为文学作品，但对于具备"文学性"的语言作品，英伽登则称之为"文学的艺术作品"。在英伽登的术语中"艺术"意味着一种审美价值，即文学性的体现。那么文学作品怎样区别于文学的艺术作品呢，他认为："文学的艺术作品不是为了增进科学知识而是在它的具体化中体现某种非常特殊的价值，我们通常称之为'审美价值'。"① 英伽登把文学作品描绘为一种"意向性客体"，文本只是保存这种"意向性投射活动"的物理手段，而审美价值的实现则依赖于读者的"意向性再构造"。我们可以看到，从早期形式—结构主义到现象学，其批评关注点无论是文本内部语言，还是外部的读者，其立足点还是在于文本的审美和文学性。

（五）文本与意识形态

在后现代主义和文化批评看来，文本除了审美特质外，还与历史、政治等各种意识形态密不可分。以阿尔都塞、伊格尔顿和詹姆逊等人为代表的西方马克思主义文艺批评家将文学活动视为一种独特的审美意识形态生产。在他们看来，文学文本活动本身作为一种表意实践方式执行着文化与政治职能。在文本意识形态的生成方面，伊格尔顿认为文本是一系列复杂、多元的历史因素决定的产物，文本处于多种意识形态不断组合之中，他认为"在这点上，意识形态的东西以其表面的'单纯性'反照于文本的复杂性"②。伊格尔顿进而认为文本是由一般生产方式最终决定，作家借助一定审美形式和相对独立性的文学生产方式加工而成的审美意识形态。在詹姆逊看来，文本只不过是一个

---

① ［波兰］罗曼·英伽登：《对文学的艺术作品的认识》，陈燕谷等译，中国文联出版公司1988年版，第154—155页。

② ［英］特里·伊格尔顿：《文本·意识形态·现实主义》，张冲译，王逢振等编《最新西方文论选》，漓江出版社1991年版，第428页。

工具，他在《政治无意识》中提出文本阐释的三个视界：政治的、社会的和历史的。他在该书前言中明确宣称他所提倡的文化研究不再是面对某一特定文化文本的客观结构的本质研究，按他的"元批评"的策略，"我们研究客体与其说是文本本身，毋宁说是阐释，我们是借助这些阐释来面对和利用文本的。"① 而且他明确指出了这种阐释应该是以文本的政治阐释为前提，"更恰当地说政治阐释是所有阅读和阐释的绝对视界。"② 我们知道文化研究从在英国的诞生就是针对权利、政治等社会文化问题的。文化研究并非只是纯粹的、具体文化类别的理论探讨，它与社会关系、政治制度有着密切的联系，其使命就是分析在具体的社会关系和环境中文化是如何表现自身和受制于社会与政治制度的。正如约翰·罗预言的，"21 世纪的文化研究还将始终如一的呼唤民主权利。除了呼吁在教育、就业、政治等领域推行平等参与的传统口号外，还将支持在信息和技术产业方面实行平等共享的原则。"③ 所以文化研究者的对象不再是传统的文本，而且文本对于他们来说也不再具有传统文学研究本体性的价值。其实，巴赫金早在《马克思主义与语言哲学》（1929 年）中就提出符号与意识形态密不可分，他说"哪里有符号，哪里就有意识形态"。他认为"在话语里实现着浸透了社会交际的所有方面的无数意识形态的联系"。④ 因此，以符号构成的文本，在后现代主义与文化批评那里，只不过是意识形态的具体化。

　　从文本理论和概念在西方旅行的路线和历程来看，文本概念是在旅程中不断丰富和发展的。在这一演变历程中，文本与语言、结构、读者、审美，以及社会、历史等各种意识形态之间的关系被逐渐发现，我们对文本的这些核心要素的认识也是不断深入的。其中语言、结构、读者这三点是

---

① ［美］弗雷德里克·詹姆逊：《政治无意识》，王逢振等译，中国社会科学出版社 1999 年版，第 3 页。

② ［美］弗雷德里克·詹姆逊：《快感：文化与政治》，王逢振等译，中国社会科学出版社 1999 年版，第 19 页。

③ ［美］约翰·罗等：《关于文化研究的对话——约翰·罗访谈录》，《文艺研究》2001 年第 1 期。

④ ［苏］米哈伊·巴赫金：《马克思主义与语言哲学》，载《巴赫金全集》第 2 卷，李辉凡等译，河北教育出版社 1998 年版，第 359 页。

所有文本共有的核心要素；审美是文学艺术文本必须有的核心要素；社会、政治、历史等各种意识形态则是文学艺术文本可能有，而文化研究文本，以及其他社会科学文本所必须有的核心要素。那么界定文本概念时候，我们必须历史地看待文本概念的发展，全面考虑其核心要素。

多重维度下文本概念的重构

在新世纪转折时期，文学理论界持续讨论的一个事情就是文学文本概念的重新界定。这种讨论背景是由于文化研究对传统文学研究的冲击，以及对传统文本概念的挑战。面对这一问题，众多学者讨论都纠缠于文学理论边界问题，而对文本概念没有进行明确界定，也有学者提出对文本进行界定提出一些有启发性的建议，比如有不少学者提出的文本系统分层说。文本分层无疑是文本结构特性之一，但仅此一点无法界定文学文本这样一个不断发展变迁的概念，而且当前文化研究正是对传统文本分层概念的冲击。笔者认为学界对于文本结构特征的认识一直秉持分层性这一特征，而忽视了其他特征如文本的整体性，以及动态性。实际上，文本概念的界定应从分层性与整体性，以及动态性相结合，从多个角度展开讨论。

一 文本概念的分层性

西方理论界一直关注文本的结构特征。比如布格兰德（de beaugrande）和哲斯勒（dressler）从文本语言学的角度总结了有关文本性（textuality）的七个准则：凝聚性（cohesion）、连贯性（coherence）、意向性（intentionality）、可接受性（acceptability）、语境性（situationality）、信息性（informativity），以及互文性（intertextuality）。[①] 另外瓦·

---

① de beaugrande & W. Dressler. *Introduction to Text Linguistics*. London/New York：Longman. 1981. 转引自 Wales，Katie. *A Dictionary of stylistics*. Harlow. longman. 1989，459. 凯蒂·威尔士认为这七个文本特性标准提供了界定文本特性的相对可行的标准，但并不是全部。凯蒂·威尔士认为可能有研究者还会认为文本还应该有艺术或审美性、虚构性等等其他特性。

叶·哈利泽夫认为,"文本(任何一种文本:无论语言学视角中的,还是符号学和文化学视角中的)的通用特性指的是稳定性、不变性和自我平等性。"① 这些论述都总结文本的某些特征,但西方文本特性中最主导的还是分层性。

文本分层最早可以追溯到新批评的兰色姆提出的"构架—肌质"说,他认为一首诗由一个逻辑的构架(structure)和它各部的肌质(Texture)构成。1966 年,罗兰·巴特发表《叙事作品结构分析导论》,他把文本结构分成三层:功能、行动、叙述。后来英伽登将文学作品分为四个层次:(1)字音与高一级的语音构造;(2)不同等级的意义单元;(3)多种图式化观相;(4)再现的客体及其各种变化构成。在四个层次基础上,英伽登认为有一个"形而上质"的层次(崇高的、悲剧性的、可怕的、神圣的),通过这一层面艺术可以引人深思。② 而同是现象学的杜夫海纳在《现象学与文学批评》将文本分为这三个层次:质料、现象、意蕴。其中意蕴似于中国的概念:"这是一种不确定而又肯切的意义,它是人所不能主宰的;但主要我们抛开思想,诉诸感受,自能觉察其富于丰盈。"③ 一般认为,对文本结构层次分析集大成者是韦勒克、沃伦。他们将文本分为下面几个层次:(1)声音层面,谐音、节奏和格律;(2)意义单元;(3)意象和隐喻,即所有文体风格中可表现诗最核心的部分;(4)存在于象征系统中的特殊"世界";(5)有关形式与技巧的特殊问题。④ 与韦勒克等从微观视角审视文本不同,弗莱则从宏观视野来考察,将文本分为五个相位:文字相位、描述相位、形式相位、神话相位、总解相位。从上我们可以看出,西方理论多从分层的角度界定文本。这样不少研究者试图从中国古代诗学理论中挖掘与现代文本分层相关的论述。中国古代文本分层也的确

---

① [俄]瓦·叶·哈利泽夫:《文学学导论》,周启超等译,北京大学出版社 2006 年版,第304 页。

② [波兰]罗曼·英伽登:《对文学艺术作品的认识》,陈燕谷等译,中国文联出版公司 1988年版,第10 页。

③ 郑树森编:《现象学与文学批评》,东大图书公司 1984 年版,第 67 页。

④ [美]韦勒克、沃伦:《文学理论》,刘象愚等译,生活·读书·新知三联书店 1984 年版,第165 页。

是遵循由浅层具象到抽象的思路，认为文本大体由语言、形象和意义构成。中国古代最早在《周易》中提出言、意、象的关系。《周易·系辞上》有"书不尽言，言不尽意"，而"圣人立象以尽意"。这表明了中国古代对语言、形象、意义等因素的重视。老庄，以及之后的杨雄、王充、王符、王弼等都论及此。中国早期关于"言、意、象"的论述多是从哲学层面进行讨论，但给文学和艺术上的启示是艺术就是，文艺应以有形有限的形式去表达无形无限的"道"，人们对于艺术之"道"的把握与认知也必须超越作品的语言和现象层而进入深刻的意义与情感世界。这极大地影响了魏晋时期中国文论思想。钟嵘《诗品序》云："故诗有三义焉：一曰兴，一曰比，一曰赋。文已尽而意有余，兴也；因物喻志，比也；直书其事，寓言写物，赋也。宏斯三义，酌而用之，干之以风力，润之以丹彩，使味之者无极，闻之者动心，是诗之至也。若专用比兴，患在意深，意深则词踬。若但用赋体，患在意浮，意浮则文散，嬉成流移，文无止泊，有芜漫之累矣。"① 这里钟嵘实际上把诗分为三个层次：（1）文或者词层面，意深则词踬，意浮则文散；（2）技巧（赋、比、兴），专用比兴则意深，但用赋体则文散；（3）诗味层，三义综合使用，则意味无极。

刘勰在《文心雕龙》中提出文本批评的六个层面："一观位体，二观置辞，三观通变，四观奇正，五观事义，六观宫商。"② 香港中文大学的黄维梁认为刘勰的"六观"说非常周延，与西方的种种文学理论比较，有过之而无不及。黄维梁认为"六观"可以对应现代文本批评的六个层次③：第一观位体，就是观作品的主题、体裁、形式、结构、整体风格；第二观事义，就是观作品的题材，所写的人事物等内容，包括用事、用典等；第三观置辞，就是观作品的修辞手法；第四观宫商，就是观作品的音乐性，如声调、押韵、节奏等；第五观奇正，就

---

① （梁）钟嵘：《诗品序》，载郭绍虞主编《中国历代文论选》（一卷本），上海古籍出版社1979年版，第107页。

② 刘勰：《文心雕龙—知音》。

③ 黄维梁：《〈文心雕龙〉"六观"说和文学作品的评析》，载《文心雕龙研究》（2）〔1995年北京《文心雕龙》国际学术讨论会（国外及港台）论文集〕，北京大学出版社1996年版。

是通过与同时代其他作品的比较，看该作品的手法和风格是正统的，还是新奇的；第六观通变，就是通过与前代作品的比较，看该作品如何继承与创新。这种文本分层观与英伽登、韦勒克等人的理论可以说是异曲同工。

二 文本概念的有机整体性

我们今天可以西方理论再阐释中国传统文本理论，发掘其相关性，但任何阐释都一定程度上存在误读。而且更为重要的是，我们不是要追问的中国文论和西方文论相同的是什么，我们不需要看西方有什么理论，就必须在中国传统中相应寻找什么理论，这其实体现了一种文化自卑。我们要承认中国传统文论与现代西方建立在现代语言哲学上的文本观存在根本区别，我们所要要做的是寻找中国文论与西方文论有什么差异，中国古代文论有什么可以贡献出来解决世界当代文论面临的问题，这才使我们思考的出发点。

中西文本理论的主要差异在于，中国的文本理论是有机整体论。中国古代文论与其说是对文本分层，不如说更注重文本整体中的各个要素的综合分析。比如刘勰的"六观说"虽然分层细密，但其更注重的是这几个层次间的和谐关系。刘勰认为这几个层次关系是一个活的整体，犹如一个活生生的人："必以情志为神明，事义为骨髓，辞采为肌肤，宫商为生气。"[①] 神明、骨髓、肌肤、生气为人所不可或缺的四大要素，没有情志和事义的文本犹如失去了神明和骨髓的人。同样徒有情志和事义而无辞采和宫商的文本，又像鬼魂幽灵。刘勰直接以人体喻文本，使其理论有人本意义和人学精神。唐代白居易曾指出："诗有三体。以声律为窍，以物象为骨，以意格为髓。"[②] 中国文论明代胡应麟也用形象的语言描述了文本的有机整体性。他说："诗之筋骨，犹木之根干也肌肉，犹枝叶也；色泽神韵，犹花蕊也。筋骨立于中，肌

---

① 《文心雕龙·附会》。
② 白居易：《金针诗格》，载胡经之主编《中国古典文艺丛编》（二），北京大学出版社 2001 年版，第 80 页。

肉荣于外，色泽神韵充溢其间，而后诗之美善备，犹木之根苍然，枝叶蔚然，花蕊烂然，而后木之生意完。"[①] 胡应麟用人和树双重有机体来喻文本，强调文本的内容与辞采二者同样重要，强调二者的和谐统一。清代李重华也有类似的看法："诗有三要，曰：发窍于音，征色于象，运神于意。"[②] 这些都是关于文学文本要素既分层，又同属一个有机整体的论述。

我们可以看出，中国古代文论往往将文本的构成、要素视为一个整体。中国文论往往用人或植物、动物等生命有机体来比喻文本，赋予文本以血肉和生命。当然西方也有将文本视为整体的论述，但只是少数派。如艾略特认为，不仅每个具体文学作品本身是一个有机整体，而且以往的一切不朽作品也构成一个完美体系，新的作品诞生于这一传统体系。另外，西方文论即便存在文本整体论，但大多缺乏有机整体和生命意识。如亚里士多德《诗学》中提到，美是一个活着的整体，但其依赖于两个因素：大小和秩序。西方文本理论继承了亚里士多德的这种等级、秩序观，特别是 20 世纪现代文本理论更倾向于微观、细致的分层分析。[③] 中国文本理论虽然强调分层，但与西方不同的是强调和谐统一关系。中国人总是强调言与意、文与质、形与神、情与理等的对立统一，反对重质轻文，或重言轻意之类的偏激行为。这种差异的背后是两种不同的哲学和文化观念：中国人倾向于"天人合一"、"和谐统一"；西方人则更强调主观与客观的对立，以及细致分析。

三　文本概念发展的动态性

文本不仅是一个分层的结构体系，而且是历史、动态发展的。任何单一的现象，决不可以从其复杂的全部生成过程中抽离出来做孤立

---

① 《诗薮》外编卷五。

② 李重华：《贞一斋诗说》，载《清诗话》，上海古籍出版社 1999 年版，第 44 页。

③ 当然，20 世纪西方也有学者对此有反思，比如韦勒克后期思想有所转变，对在《文学理论》中提出的结构分层有所反思。他在《比较文学的危机》一文中说："我以为，唯一正确的概念无疑是'整体论'（hilostic）的概念，它将艺术品视为一个千差万别的整体，一个符号结构，然而却是一个隐含着并需要意义和价值的符号结构。"［美］雷纳·韦勒克：《比较文学的危机》，见丁泓译《批评的诸种概念》，四川文艺出版社 1988 年版，第 276—277 页。

的讨论。历史意识和文化美学形式是不可分割的，所以我们在探讨文本概念时，必须将它放入其所生成，并与别的因素密切关联的历史语境中去透视。

文本概念的动态性表现之一就是其发展的历史性，文本概念在 20 世纪发展是动态的和不断变迁的。20 世纪，在西方语言哲学兴起的背景下，西方文学批评出现从作品研究向文本批评的转向。西方文艺理论就出现了许多以文本的语言特征为思考核心的文艺理论流派，诸如俄国形式主义、布拉格学派、语义学派、英美新批评派以及结构主义文论等。文本在这些流派那里成为一种自足自律、自身封闭的结构体系。正如瓦·叶·哈利泽夫说的："文本是言语单位本身井然有序的组织解构，这一观念在文学学中最为根深蒂固。"① 而紧接着后结构主义的克里斯蒂娃则提出互文性，认为任何本文都像许多镶嵌品那样构成，任何本文都是其他本文的吸收和转化。巴特在互文性的基础上提出文本"只不过是包罗万象的一种字典，其他所有的字都只能借助于其他字来解释，而且如此下去永无止境。"② 德里达的解构主义文本概念则注重文本意义的不稳定性，以及深层结构的消解。解构主义打破文本的独立自足，现象学和阐释学则认为文本是在与读者的对话中生成的。现象学文论家英伽登认为艺术作品作为一种"意向性关联物"只是一种图式化的抽象存在，充满无数的"不确定点"和"空白点"，有待通过读者的想象性阅读才得以确定化。英伽登还明确提出了文学文本的审美性："文学的艺术作品不是为了增进科学知识而是在它的具体化中体现某种非常特殊的价值，我们通常称之为'审美价值'。"③ 审美正是文学文本区别与其他社会文本的一大核心要素。同时阐释学也对读者作了界定，认为任何理解都是作为有限性和历史性存在的人的理解，一切阅读活动都必须在读者和文本的互相作用下才能实现。1967 年，

---

① ［俄］瓦·叶·哈利泽夫：《文学学导论》，周启超等译，北京大学出版社 2006 年版，第 300 页。

② ［法］罗兰·巴特：《作者的死亡》，载《罗兰·巴特随笔选》，百花文艺出版社 1995 年版。

③ ［波兰］罗曼·英伽登：《对文学的艺术作品的认识》，陈燕谷等译，中国文联出版公司 1988 年版，第 154—155 页。

姚斯发表了《文学史作为文艺理论的挑战》被认为是西方现代文艺阐释学的集大成。最能表露姚斯文本观念的是下面这段话："一部文学作品，并不是一个自身独立，向每一个时代的每一读者均提供同样观点的客体。它不是一尊纪念碑，形而上学地展示其超时代的本质。它更多地像一部管弦乐谱，在其演奏中不断获得读者新的反响，使本文从词的物质形态中解放出来，成为一种当代的存在"。[①] 20 世纪 60、70 年代，后现代主义与文化研究（后殖民主义、新历史主义、女权主义、西方马克思主义等）开始在西方蓬勃发展，泛文本、超文本诸种概念的出现使传统文本概念受到挑战，进一步打开了文本与外部世界和意识形态的大门。以阿尔都塞、伊格尔顿和詹姆逊等人为代表的西方马克思主义文艺批评家将文学活动视为一种独特的文本审美意识形态生产。[②] 在他们看来，文学文本活动本身作为一种表意实践方式执行着文化与政治职能。

从文本概念动态发展的历史中，我们可以看到文本的核心要素从语言、结构到审美，以及意识形态不断出现，这是一个历史认识不断深化的动态过程。其中语言、结构这两点所有文本共有的核心要素；审美是文学艺术文本必须有的核心要素；社会、历史各种意识形态则是文学艺术文本可能有，而文化研究文本，以及其他社会科学文本所必须有的。那么界定文本概念时候，我们必须历史地看待文本概念的发展，全面考虑其核心要素。

文本概念的动态性表现之二是文本与读者、外部世界对话的动态性。艾布拉姆斯在《镜与灯》提出了著名的艺术四要素：作品、艺术家、世界、读者。相应地他把艺术理论分为模仿理论、表现理论、实用理论和客体理论，其中作品是中心，与其他三者联系。他把这种三角关系表现如下（图一）[③]：

---

① ［德］姚斯：《接受美学与接受理论》，金元浦译，辽宁人民出版社 1987 年版，第 29 页。

② ［英］特里·伊格尔顿：《文本·意识形态·现实主义》，张冲译，王逢振等编《最新西方文论选》，漓江出版社 1991 年版，第 428 页。

③ ［美］艾布拉姆斯：《镜与灯——浪漫主义文论及批评传统》，郦稚牛等译，北京大学出版社 1985 年版，第 5—6 页。

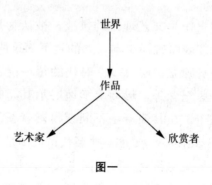

图一

20世纪初，形式主义、结构主义等文论开始了由作品向文本的转变。这种文论把文本的语言、结构、叙事方式等形式因素作为一个封闭而自足的整体。后结构主义则开始反思这种封闭结构，比如巴特界定文本与作品的不同就是在于，文本与读者是一种双向结构的过程。后现代文化研究则进一步把封闭的文本打开，使文本向世界敞开，文本是在与世界的对话和重构中生成的。因此华裔学者刘若愚修改了艾布拉姆斯的示意图（见图二）：

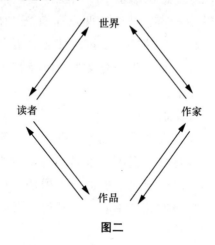

图二

刘若愚说："这种安排展示出四个要素之间的相互关系是怎样构成了整个艺术过程的四个阶段的；我所说的艺术过程不仅是指作家的创作过程和读者的审美经验，而且也指创作之前的过程和审美经验之后的过程。"他认为这样的调整可以包容埃布拉姆斯四种难以包括进去的理论，调整后艺术过程形成一个双向运动的圆圈。① 其实，刘若愚的这种理论构想是来源于中国文学的整体视野。中国传统文论中，整个文本是动态的，生成的状态，如有机的生命体。文本与艺术家、读者和世界也是相互对话中生成的。文本理论的有机整体观要求不孤立研究文本的要素，而是从联系和整体之观念出发审视要素；不空泛地考察文本整体，而是把整体视为各个要素有机联系、不可分割的构成。

实际上，当前的文本研究更需要这种整体视野和开放眼光，因为文学本身一个开放的，复杂的和发展的概念。在人类的远古，文学（诗）与音乐、舞蹈、宗教、政治是统合在一起的。随着社会的发展，"文学"独立出来，但与相关科际仍然会有各种联系。近代以来相当长时间里，由于人们通过科际划分建立的壁垒，把这种联系阻断了。进入后工业社会，这种壁垒不断受到冲击，无论在自然科学、人文社会科学领域，所谓交叉学科的不断涌现即是明证。仅就文学而言，戏剧、小说、诗歌等体裁已经融于整个文化网络之中。特别是泛文本、超文本的利用使得传统文本从一个文本走向复数的、开放的文本状态。如果说过去对"读"、"写"还能清晰划分界线的话，在各种资讯交叉弥漫的今天，这种线性思维已面临挑战。各种泛文本、超文本犹如一个生生不息的网络，在这一网络中，你既是读者、接受者，也是作者、创作者。从这个角度看，新世纪以来围绕文本进行的文化研究与文学研究的争论其实是个伪命题。因为从来就没有什么纯粹的文学与文学研究，从中外历史来看，文化研究对西方文本理论提出的挑战是传统的分层、明确界定成为不可能。可以说文化研究打破了西方20世纪文本研究僵化的视角，而必须要采取一种动态的、综合整体的视野来重新审视文本与创作者、世界，以及接受者的互动关系。

四　文本概念的重构

从上面论述可以看出，中国文本概念注重文本的整体意蕴，西方

---

① ［美］刘若愚：《中国的文学理论》，田守真等译，四川人民出版社1987年版，第14—19页。

现代文本理论则注重语言、结构等因素。因此文本的价值和意义是由多方面因素决定的，不能仅仅从某一角度去看文本，更不能仅据某一因素和特征而确定文本概念。文本概念的重构必须从分层性、整体性、动态性三个维度出发。

从文本分层性出发看，文本是按照一定秩序和等级组织起来的多层次结构。具体进行文本分析时，我们应该进行微观的分层分析。据此我们可以将文本分为三个层次：话语层、现象层、意蕴层。[①] 实际这三个层面，可以向下继续再分为更小的层次。

第一层，话语层。还可分为语言、符号、话语三个层面。第一个语言层是指传统语言学文本，包括语音和字形、词、句、篇等构成的语言审美系统；第二个符号层是由语言、声音、图像等多种符号构成的特殊系统；第三个层次则是指语言和符号系统以某种特定的方式，即话语的方式进行传播。简而言之，文本概念第一层就是涉及多重层次的话语传播系统。[②] 具体到每个层次，又是一个大的系统，还可向下可以分为不同的层次。我们以第一个语言层为例，从语言学的基本

[①] 童庆炳等编的《文学理论教程》（高等教育出版社 1992 年版）首次将本文层次分为：文学话语层面、文学形象层面和文学意蕴层面。这种文本层次三分法给中国文学理论教材留下了深远影响，之后很多教材都采用了这种方式来界定文本概念，但后来论述者未能深入细分而流于空泛。

[②] 文本和话语（discouse）最初是西方文本语言学的一对关键词。迈克尔·斯塔布斯（Michael Stubbs）指出在某种程度上文本与话语是同义的，但二者区别在于：文本一般是书写的，而话语可能是说的；文本可能是非交互性的，而话语是对话性的。杰弗里·利奇（Geoffrey Leech）则认为二者区别在于：话语是说话者和受话者的言语交际，是人与人之间的活动，其形式由其社会目的决定；文本也是一种语言交流（可以是口语的，也可是书写的）但更多是一种听觉或者视觉媒介编码信息。参见 Hawthorn，Jeremy A glossary of contemporary literary theory. Oxford Univ Pr. 1992，p. 256. 这里话语作为一个"信息编码"被很多理论家，诸如雅各布森等接受并广泛应用。话语是一种自发的和一定情景下存在的，在一定情景下会消失，但如果能进入更高一层次则会成为文本存留下来。比如一个预言、一则医嘱、一个口号、一个谚语，以及一个广告，如果能进入意群、意象、现象层，它们则可以固定成为一个文本，永久流传。另外后现代的一些理论家也将文学文本归结为一种话语形式，比如福柯的权利话语理论，葛兰西的文化霸权理论，巴赫金的文本对话理论等。伊格尔顿总结这些理论认为，作为阶级、民族、性别的话语与意识形态是统一体，是刻写在文本的语言、结构和形式之中。见伊格尔顿《历史中的政治、哲学、爱欲》，马海良译，中国社会科学出版社 1999 年版，第 114 页。总之话语实际是渗透在文本的语言、现象、意识形态三个层面之中的。

概念出发，至少可以分为三个层次：语音、语法、语义。比如形式主义、新批评都从语音出发分析文学性，刘勰所提出的宫商也是指语言的声音、韵律、节奏；另外语言的辞、色、体、气等文本美感问题也是在此基础上展开。其他层次也可如此细分，在此不再赘述。

第二层，现象层。也可分为意群、意象、现象三个层面，即通过语言等符号媒介的基础上展现出具象性的部分。意群往往是句子，或者是众多符号组成，复杂的意义就由此展开。意群中语言和符号话语趋向复杂，话语的各种变调、种类混杂、引语、典故、原型、模仿、扭曲、反讽等形式开始出现。新批评和英伽登论述的文学性在此生发；弗莱的描述相位和形式相位所指就是这些问题；刘勰的"置辞"、"变通"、"奇正"也与此相关。随着意群和符号系统中客观世界事物的形、景、事、态等因素开始进入文本，就展开了下面两个层次：意象，或者虚拟现象世界。《周易·系辞上》曰："圣人有以天下之赜，而拟诸其形象。"① 传统诗歌重意象，叙事作品和现代影视文本则重再现形象化世界。西方文论中韦勒克、英伽登对此都有论述，如英伽登认为对文学文本的具体化最终要落脚到客体世界的现象层面。

第三层，意蕴层。包括意蕴、意识形态、道与形而上三个层面。从文学文本来说，中国重视意蕴。《周易》提到的"立象以尽义"，就是要从现象进入意蕴层面。刘勰、钟嵘都认为诗最高之品是有滋味和意蕴。西方文论则认为这种意蕴具有诸如崇高、悲壮、神圣等特征。英伽登认为文本的现象层最终指向这些"形而上质"的审美。如黑格尔所言，"意蕴总是比直接显现的形象更为深远的一种东西"，是"一种内在的生气，情感，灵魂，风骨和精神"。② 当然这种韵味是需批评者挖掘体会的，韦勒克认为这个层次诗歌是通过隐喻、象征等手法表现，叙事性文本则是通过种种叙事技巧来展现。

当然，并不是所有的文本都具备意蕴这个审美层面的因素，这就是艺术文本与其他社会科学文本的区别；同时文本也不仅仅只具有审

---

① 《周易·系辞上》，钱仲联主编《十三经精华》，湖南教育出版社 1992 年版，第 30 页。

② ［德］黑格尔：《美学》第一卷，朱光潜译，商务印书馆 1997 年版，第 25 页。

美的文学韵味，它还可能包括社会、政治、历史、文化等意识形态因素，以及还更高层次的东西谓之"道"，或者形而上哲学。刘勰说："心生而言立，言立而文明、自然之道也"，"是故道沿圣以垂文，圣因而文明道"① 这就是说在意蕴之上还有更高层次的东西，中国是"道"，西方则是诸如社会、历史，以及文化等意识形态方面因素，以及哲学等非意识形态的形而上的因素。如果研究者从文本的现象层考察的目的不是审美意蕴，而是考察政治、历史、社会学等方面意识形态因素，以及哲学，则是进行纯粹的文化研究，或者人文社会科学的其他研究；但是如果从语言层、现象层出发，考察文本的哲学、历史和社会意蕴后，最终回到文本的文学性上，用以加深对文学的认识，那仍然是文学研究。

值得注意的是，文本不仅是一种分析对象和方法，更是一种观念；文本不仅是一个独立封闭的多层次结构，而且内部各要素之间是和谐整体，是与作者、读者，以及外部世界相贯通对话的有机整体。我们必须从历史与当下理论与文化语境出发，建构动态发展的文本系统。具体到文本概念，我们应该融合西方现代理论与中国文化传统，从系统分层与整体和谐两个角度考察文本概念，这样最终形成一个动态的、发展的文本系统。这要求我们必须打破各种理论研究各自设限，各执一词争论不休的片面性和局限性。关于文本内部要素的研究，是立足于语言层、形象层和意蕴层展开的分层研究。文本各层次上有单元分布关系，不同层次上有融合关系。这种分层的文本应该是一种动态的和谐组合，文本内部各个层次是互动、对话的。就文本与外部世界而言，创作者、世界、接受者三者实际与文本密不可分，构成文本的三个支点，或者说等角三角形的三条边，它们共同构成一个生气灌注的文本系统。借鉴艾布拉姆斯和刘若愚的文学创作模式，文本概念可以用下面这么一个图式表现（见图三）：

在上图中，等边三角形分层的部分看似是文本中心，其实文本是三角形分层部分与世界、创作者、接受者之间的平等对话中共同构成

---

① 《文心雕龙·原道》。

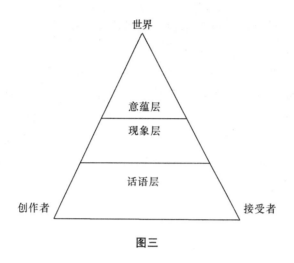

图三

的。从根本上讲，文本并不是诸如三角形、圆形之类的机械的图式和理念客体，而是一种意向性的整体观念性的东西，是一种动态的生成过程。文本是在创作者与接受者，以及世俗存在和现实文化的复杂关系中得以实现的。因此上图其实就像拿一个放大镜放在刘若愚图式中"作品"上的结果："作品"是一个动态的、多层对话的系统。同样，依次将放大镜的视野转移到世界、创作者、接受者上，我们可以发现它们也是分成若干层次的系统。所以，我们的文本观要超越传统的作者、读者中心或者外部世界中心。文本应该是以多层次立体结构为基础，在创作者、接受者，以及世界之间进行对话和互动，形成一个整体的动态对话系统。

综上所述，文本不仅仅是一个分析对象，或者研究方法，从根本上讲更是一种动态的、发展的观念。而任何观念，决不可以从其复杂的生成过程中抽离出来做孤立的讨论，历史意识和文化美学形式是不可分割的，所以我们在探讨文本概念时，必须将它放入其所生成，并与别的因素密切关联的历史语境中去透视。那么建构文本时我们既要考虑文本概念在历时传播中核心要素的不断增长，也要考虑共时上中西文本观念的结构特征，最后还要考虑到当下时代文化语境的变迁。从文本的核心要素看，语言是文本的实体，结构是文本的筋骨，审美是文本的神韵，意识形态是本文的气度；从中西文本结构特征来看，文本是多层次与有机整体的结合；从当代文化语境看，文本是与作者、读者和世界动态交流的话语系统。

这样我们暂时可以得出这么一个文本定义：文本是由语言或其他符号组成的结构整体，是在与创作者、接受者，以及世界的话语交流中形成的一个富含意义、形象、审美，以及其他意识形态的一个动态的、发展的、多层次系统。当然这个文本的定义只是当前历史与文化语境下的总结，随着文学理论和其他社会科学的发展，肯定还会有新的文本观念产生。

多维视野下文学体裁的分类

文学体裁指根据文学作品在描写对象、结构布局、语言运用、表现手法、美学风格等方面的不同而划分出的不同类别。中国古代文论中的"文体"或"体"有体裁之义，和西方"genre"意思相近。文学体裁的分类标准不同，分类结果就会不同。文学体裁分类标准纷繁、体系各异，但并不是说它没有一定内在逻辑和规则的。笔者认为，文学体裁分类在文学发展史上有其规律与特征，只有抓住这些特征才能把握文学体裁分类中的变与不变，对其有清醒认识。

一 体裁分类的动态性

文学体裁分类的动态性是指体裁分类会随着文化时代、审美意识、文学思潮的变化而变化，因此不能把体裁系统看作是一个静止的对象。不同历史时期的体裁分类，还能反映不同时代文化的变迁。因为文学是一定的社会生活在人的意识反映中的产物，文学体裁作为文学形式的一个要素，它的形成归根到底也是适应了一定社会生活的需要。由于社会生活的发展，人类认识活动的日益深化，就必然要求适于反映这种生活内容的文学体裁的产生，因而文学体裁的分类必须遵循动态发展这一客观规律。马克思在谈到希腊艺术时曾经指出："任何神话都是用想象和借助想象以征服自然力，支配自然力，把自然力加以形象化；因而，随着这些自然力之实际上被支配，神话也就消失了"[①]。它

---

① ［德］马克思：《马克思恩格斯选集》第2卷，人民文学出版社2012年版，第113页。

说明了神话这种文学体裁只能在生产力水平和人们的认识水平都还十分低下的社会阶段产生，随着社会生活的发展，随着自然力的被支配和科学技术的发达，它们就必将逐渐在内容和形式上发生各种演变，产生新的体裁。

文学体裁的分类，是文学发展到一定阶段的产物。由于不同民族有不同的文化背景和学术传统，因此对文类的认识和划分不尽相同。欧洲流行的"三分法"也是在历史动态发展中形成，所谓"三分法"是根据作品塑造形象的不同方式而将文学作品划分为三大类：叙事类、抒情类、戏剧类。亚里士多德的《诗学》第 3 章中就有"三分法"的雏形。亚里士多德之后的贺拉斯在《诗艺》中也是持三分法，再以后的德国黑格尔和俄国别林斯基都采用了这种分类方法。但随着社会文化的发展，出现更多的文学体裁，这种分法就显得大而宽泛，不够具体。比如同是抒情作品，除抒情诗以外，还包括抒情散文等。如果按照这种分类法，便会把同时讲求韵律、节奏的诗歌被生硬的分为两类——抒情类和叙事类。事实上亚里士多德在《诗学》中依据文本模仿现实的手段只区分了史诗和戏剧两大类，而并没有提及抒情诗，当抒情诗在文学中的地位逐渐提升之后，"二分法"才由"三分法"所替代，热奈特认为，将"诗歌自然形态"划分为抒情诗、叙事诗和戏剧这种结果，是在亚里士多德之后很久才出现的。在亚里士多德那里，叙事性模仿只与戏剧性模仿相对立，直到很久以后，主要从16 世纪起，非模仿性的诗歌才成为文学文本中的一员，构成体裁分类的"三位一体"结果。① 这也体现了文学体裁分类是在社会历史中动态发展的。

中国的文类研究源远流长。中国古代文学体裁多以韵律、骈散和句读等形式因素作为分类标准，名目繁杂，但大体可囊括为"两分法"：韵文和散文。又比如我国最早的文学体裁分类只是"二分法"，也就是"文学"与"文章"尚未分家时的一种粗略的分类方法。它是

---

① ［法］达维德·方丹：《诗学——文学形式通论》，陈静译，天津人民出版社 2003 年版，第 125 页。

根据作品的语言是否押韵而把所有的文章分为韵文和散文两个大类。韵文指有一定节奏和韵律的作品，如诗、词、歌、赋、铭、诔等；散文是指没有固定节奏和韵律的作品，如神话、寓言、游记、小品、小说、论、表、奏、檄，以及历史、哲学、各种社会和人文科学的文章等。在魏晋以前，有韵的韵文作品叫"文"，无韵的散文作品叫"笔"。如刘勰说："今之常言，有文有笔，以为无韵者笔也，有韵者文也。"①那时的"文笔之辨"，也就是韵文与散文的区别。这是由于中国小说、戏剧成熟较晚，所以在文学体裁的分类理论上，相当长的一段时期内只分为诗歌、散文两大类。后来随着文学样式增多，不能适应文学体裁发展的需要，人们不再使用这种分类方式，而出现了众多其他文学分类法。就某种体裁内部来说，也是发展变化的。例如我国的小说这一体裁，就经过了六朝志怪、唐宋传奇、宋元话本到明清章回小说和"五四"以后的新小说等不同的发展阶段，而各个阶段都有着不同的特点。文类的这种动态性一方面这是与文学自身创新发展的要求密切相关，另一方面从根本上讲还是由社会历史条件发展变化决定的。随着近代科学技术的高度发展，特别是摄影技术与录音技术的发展，在戏剧艺术的基础上，产生了电影艺术这一综合艺术的新形式，因而又相应地诞生了电影文学这一新体裁。其他如广播小说、电视剧、科学幻想小说、网络文学、摄影文学等等，都是随着近现代社会生活发展才出现与发展起来的新体裁。因此，文学体裁分类是具有动态性的。

二 体裁分类的多样性

中外历史上的体裁分类纷繁多样，而文学种类划分标准的多样化，导致了对文学特征及本质的不同理解。这由于社会生活和人们艺术创作经验日益丰富，文学体裁也越来越丰富，越来越多种多样。文学体裁的多样化，是社会生活多样化的反映。另一方面，文体分类是在一定的审美意识、文学理论的基础上展开的，分类所依据的理论对问题的着眼点、切入角度不同，分类的结果就会有相应的差异，所以才会

---

① 刘勰：《文心雕龙·总术》。

有"二分法"、"三分法"、"四分法"等不同的分类结果，这也造成了体裁分类的多样性。

亚里士多德根据作品塑造形象的不同方式而将文学作品划分为三大类：叙事类、抒情类、戏剧类。布瓦洛则把文学区分为八个类型：田园诗、挽歌、颂诗、讽刺短诗、讽刺文学、悲剧、喜剧和史诗。有人认为它出于不同的题材、结构、诗的形式、篇幅、情感调子、世界观及观众。布赫林在《论创作类型划分学说》中利用中世纪文学的四种区分，以解释类型划分的依据：话语方式、风格层次、表达形式和对象。而德·加兰迪亚的《诗论》从词语形式、表达方式、叙述现实程度和感受四个角度，为13世纪的文学类型分门别类。奥夫相尼柯夫在《简明美学辞典》中则认为在美学理论中，人们曾经把各种不同的特征当作区分文体的基础：亚里士多德根据'摹仿'现实的方式；柏拉图根据特殊的表现形式；席勒根据生活内容的类型；黑格尔根据客观与主观的对比关系。……在20世纪，出现了为数众多的按形式特征进行文体分类的尝试，例如，根据心理特征（以思想、情感、意志为主），以及否定文体意义的倾向（克罗齐）。

在中国古代，文类基本上把最广义的文学都纳入其视野中。即把应用性文本和艺术性的文本都包括在内了，这是中国古代特别注重文章实际功用的缘故。如《尚书》所分的典、漠、训、诰、誓、命。以及蔡邕《独断》中的公文分类：策书、制书、诏书、戒书；章、奏、表、驳议等。从这些分类我们可以看出当时的政治制度和社会模式的发展变化。从《文选》诗、赋的详尽分类中，可以反映出先秦至梁的文学、民俗等文化概况。陈望道在《修辞学发凡》中也曾指出八种体裁分类的标准：1. 民族的分类（汉文体、藏文体等）；2. 时代的分类（建安、黄初、正始、太康、元嘉、永明等体）；3. 对象或方式的分类（骚、赋、颂赞、祝盟及描记、叙述、诠释、评议等）；4. 目的任务的分类（公文、政论、科学、文艺等体）；5 语言成色特征的分类（诗、散文等）；7. 表现上的分类（简约、繁丰、刚健、柔婉、平淡、绚丽、谨严、疏放等）；8. 写说者的分类（苏李体、曹刘体、陶体、谢体等）。钱仓水的《文体分类学》则把中国古代体裁分类标准概括为12

种：音乐、时间和格律、语言、结构、使用、等级、说话人、音乐曲调（包括语言、起源地、流行区等）、主唱者、篇幅、题材和时间。

事物分类的依据在于它们之间质的差异，体裁分类也主要根据体裁的个性特征。体裁的共性与个性的关系，是体裁分类的基点。然而，体裁特征归根结底是由体裁结构要素的质的差异造成的。韦勒克等曾论及文学分类的根据问题，认为从理论上讲体裁应被看作是一种对文学文本的分类，这种分类建立在两个根据之上，一个是外在形式（如特殊的韵律与结构），另一个是内在形式（如态度、情调目的——更粗略地说，题材和观念等）。[①] 而其中任何一个要素的强调、突出和变异，均会引起体裁特征的变化。因此，体裁结构中的任何一个构成因素，都能成为体裁分类的出发点和依据。采用何种分类依据，主要取决于人们认识体裁的特定角度，同时又决定了体裁分类模式的主要性质，这些都造成了体裁分类的多样性。

三　体裁分类的模糊性

体裁分类的模糊性指我们对文学体裁的划分，只是在文学类型学意义上的相对划分，而不是也不可能作出绝对的划分，各种文学体裁之间存在交叉和模糊地带。这是因为，首先，所有的文学体裁都只是对于过去文体的一种归纳和概括，它不可能涵盖未来可能出现的新的文学样式。其次，从方法论的角度看，我们也无法坚持一个唯一的标准对文学体裁作穷尽的划分，因为分类标准本身也是由社会大多数人约定俗成的。再者，文学体裁有其自身的基本规范，但不同的体裁之间又是相互渗透的，没有截然地分类界限。早在18世纪中后期就人提出文学无法分类，只能作出解释的观点，英国学者凯姆斯认为"文学类型互相包容，就像颜色一样，往往你中有我，我中有你，有时，很难区别彼此。"[②] 美国当代文论家詹姆逊则将文类视为契约，即一种双

①　［美］韦勒克、沃伦：《文学理论》，刘象愚译，生活·读书·新知三联书店 1984 年版，第 262 页。

②　Henry Home, Lord Kames. *Elements of Criticism*. New York：Johnson Reprint Corp，1971，p. 219.

方认可的约定，某种写作方式只要作者和读者双方能够接受，就可以流行。在这种契约中，文本可以在一定程度上改变读者的主观态度，反过来，读者的态度也可以制约和修正文本，而双方都必须遵守可接受性。詹姆逊还强调文类的异质并存，在詹姆逊看来，在后现代社会文类的统一性是一种虚假现象，作品不再是有机的整体，而是由相互矛盾、相互区别的不同层次组成的，是由分裂、异质和距离构成的游戏。

实际上，文学体裁分类之间没有不可逾越的鸿沟，一方面，从文体动态性来看，新文体和旧文体之间，也存在继承和借鉴的关系，各种文体之间必然存在模糊交叉地带。另一方面，社会生活是一个有机体，生活是多方面联系的，作者要表现丰富和复杂的社会生活，必然需要采用不同的表达方式和文学体裁，这也促进了文学体裁的互相影响和渗透。各种体裁和形式的相互交叉和渗透状况早在民间文学作品中非常突出，如我国著名的英雄史诗《格萨尔》，它是藏族的一部长达数百万行的英雄史诗，歌颂了英雄格萨尔降妖除魔、英勇战斗的光辉业绩。史诗虽以战争为主要内容，但它的抒情气氛很浓，形式上采用了韵散夹杂的说唱方式，一段韵文，一段散文，既有优美离奇的神话传说，又有扣人心弦的歌谣插曲。史诗大量地吸收、熔铸了藏族神话、歌谣、传说、谚语和藏族民间的生动口语，使史诗显示出雄浑壮阔、绚丽多姿的艺术风格。文学体裁的交叉到现代就更加明显，比如新闻和通讯，以及报告文学，杂文和小品，报告文学和传记小说等等，这些文体充分体现了文体的模糊性。可以说文学体裁"大体则有，定体则无"[①]，我们只有在肯定文学体裁的模糊性的基础上，来把握某种体裁的基本精神，才能大致"得体"，获得一个相对的体裁分类。

四　体裁分类的稳定性

文学体裁是在文学历史进程中逐渐产生并发展成熟起来的，并具有一定规范性和稳定性的。当值得注意的是，这种稳定是以动态发展

---

① 胡亚敏：《比较文学教程》，华中师范大学出版社 2004 年版，第 117 页。

性为前提，以多样性和模糊性为主要特征的。当面对一个文学文本时，体裁分类实际上是把当前的文本与历史形成的文学规范相对照和联系，以便把握文本的特点，对它作出恰当的阐释和评价。因此可以说，一个稳定的体裁理论中内含着历史动态因素。正如米哈伊·格洛文斯基所言，"只有把体裁置于长期的时间空间中考察，类属性的不变要素才能显示出来，才能使我们避免误区，把偶然性的、属于一定历史时期的因素当作长期要素，当作体裁本质的决定性要素。"① 在某种程度上，体裁是一个有内在规定性的范畴。我们不能因为体裁的动态性特征而简单否定体裁在一定范围内的稳定性。当然，也并不是文学作品中出现的任何个别特征都可以作为某一体裁确定的标准。

　　一方面，体裁的稳定性也包含着历史动态性和发展性。乔纳森·卡勒赞同体裁作为文学程式和规范必然包含历史因素这一观点，同时他还明确指出了与此相关的另一问题，即体裁理论能够反映个人创作与文学传统的内在联系。他说："创作一首诗或一部小说的活动本身就意味着介入了某种文学传统，或者至少与某种诗歌或小说观念有关。这一活动之所以可能，就是因为存在着这种文学体裁。当然，作者可以反其道而行之，他可以设法推翻体裁的程式，但是，这恰好正是作者创作活动的范围背景，正如试验之所以可能，是由于存在着遵守诺言的社会习俗一样"②。中外文学史上经常出现文学体裁的现存规则与创作实践的冲突。莎士比亚、陀思妥耶夫斯基都以自己的天才创作丰富和修正原有的体裁。在当代，作家们强烈的技巧观念，使他们不再谨守固定的体裁规定，而是力图寻求如何更好地表达自己情感的手段和技巧，从而忽视文学体裁的边界线。从某种意义上讲，现代的文类理论不但不十分强调种类与种类之间的区分，而且还把兴趣集中体裁之间的交叉与包容方面，常常出现新的文学体裁。从这个角度看，文学体裁的界定必须以历史眼光动态地考察。

---

① ［法］米哈伊·格洛文斯基：《文学体裁》，载《问题与观点：20 世纪文学理论综论》，天津百花文艺出版社 2000 年版，第 105 页。

② ［美］乔纳森·卡勒：《结构主义诗学》，中国社会科学出版社 1997 年版，第 177 页。

另一方面，体裁的稳定性是以模糊性和多样性为特征的。体裁是在一定历史环境和文化语境中形成的具有潜在规范性的东西，它必须是在一定时间和范围内保持着自己独特特征，具有属于自己本质性的特质。这种特质在一段时间内是具有标准性和规范性的。只有这一规定性特质的完全消失和变迁，这种体裁才会最终消失或者转化为其他的体裁。例如十四行诗，无论是彼得拉克的，还是莎士比亚的，如果不包括十四个诗句，也就不是所谓的十四行诗歌。比如中国古代的五言诗和七言诗，绝句和律诗也都有这种体例上的严格规定。即使在变化最多的小说体裁中，这种特征也是极为明显的。中西方各个阶段的小说虽然各具特色，但是小说最本质的特征叙事性却始终处于中心地位不可动摇，即使在所谓后现代的小说创造中，这种叙事性还是没有彻底消失。某些小说融入了散文、诗歌甚至戏剧的因素，但这些因素在某一段时期内永远居于次要地位，如果这样的位置进行了颠倒或者被颠覆，那么小说体裁也就会随之消失或者变成了其他的体裁类型。

从上面的分析可以看出，文学作品实际上是千差万别的，任何一种分类都可能出现遗漏和无法归类情况。文学创作的不断发展决定了文学题材的分类必须是相对的和开放的。文学体裁之间的互相渗透、吸收、借鉴乃至非文学因素的进入导致任何文学体裁都不会局限于它既有的要素范围，体裁界定不会仅由其不变因素来决定，它拥有一个庞大的包括多种可能性的文学场。可见，文学体裁必须是在动态性与历史性，多样性与模糊性的辩证关系中去把握。我们甚至可以说，文学体裁的分类实际上是一个永远走在途中的过程。

书信在非书信体小说中的艺术价值

书信体小说在欧洲启蒙主义文学中可谓是硕果累累。像理查生的《克那丽莎》、卢梭的《新爱洛依丝》、歌德的《少年维特之烦恼》等，都影响巨大。人们往往给书信体小说以很高的地位，特别是强调它标志着启蒙主义作家已从社会现象的外部观察深入到社会心理的把握等。但人们往往对大量存在于非书信体小说中的书信认识不足。毋庸置疑，书信是传递人类情感最丰富最有效的载体之一，特别是 20 世纪以前，书信善于刻画人物心理，以情动人的优点在书信体小说中已得以显现。但在书信体小说中，书信仅作为一种单纯叙述的方式，其弊端就显而易见了，即叙述过于单调。内容过于重复和冗杂，而书信的那种灵活以及应有的功能反而被抹杀。只有在非书信体小说中，其多方面的功能和审美价值才得以显现和大放异彩。现在仅从三个方面略加探讨：

一

书信往往能造成情节的跳跃和转换、发现与突转，并使之跌宕多姿而极富戏剧性。这是因为书信作为传递信息的媒介，有其独特的地方，即能克服时空距离。而小说家正是利用这点使情节变幻多姿而产生多种审美效果的。

首先，它能促进情节的跳跃和跌宕。由于信件能克服时空距离，因此它既可追述以往，又可预述未来，这样作家灵活的穿插信件往往使情节富于跳跃变化，使读者心情亦随之跌宕起伏。如《茶花女》中，叙述者有意省略了玛格丽特与阿尔芒父亲的一次重要谈话，以致读者对她背弃阿尔芒的行为感到费解和气愤。直到最后读到她留下的信，我们才明白而感到痛疚。当然此亦有发现的功能，但更重要的是这些信件仿佛把我们拉回到女主人公那痛苦难熬的时日，这样就大大增强了作品的悲剧感。此处信件的作用是对故事中省略遗漏的事件的补充和解释。而在情节上往往取到了像电影中的镜头闪回的效果，这样使情节极富变化。这在现代小说也常用到，甚至更大胆。比如《廊桥遗梦》中，弗朗西丝卡和罗伯特的爱情故事就是从女主人公面对着那保留了 22 年的三封信开始，而以她给自己孩子们的遗书结束的，这是一个极致，是一个整体的闪回。同时书信也提前叙述某种即将到来的事件，就如"闪前"一样，这样在时间上就有一种指向性而引起读者的期待，同时亦为后面出场的人物事件打下伏笔而使之不过于突兀。如《傲慢与偏见》中柯林斯先生的出场就是人未到而信先至，通过信件我们只能想象他为一个趋炎附势、愚蠢而不懂爱情的传教士。但这样始终给我们读者一定悬念，直到人物出场才不断填补这一空白。这样的例子亦很多。而事实上，许多小说都是通过多封信件交替使用这种"闪回"和"闪前"来打乱交错时序。从而使情节跳跃变换跌宕多姿，有种事件在时空中的真实存在感。

其次，能造成情节的发现与突转并使之有自然的戏剧性效果。戏剧性可以说是戏剧的生命，但同样给无数经典小说增色不少。巴尔扎克曾经说过，偶然是世界上最伟大的小说家。通过这种偶然性情节，人物间关系不是简单明了，直截了当，全部公开的，而是微妙、隐秘，

唯恐揭穿或尚待揭晓的复杂性因素在起作用，这样就造成情节的悬念、意境、波澜、生活底蕴、人物精神亦得以生动表现。现代高雅的小说家对之不屑一顾，但许多的作家，特别是在 19 世纪，他们有意识地用"发现"与"突转"造成情节戏剧性，有些甚至为追求戏剧性而牺牲情节的自然性。而利用书信则不同，它能极自然地达到发现与突转，这是由书信传递信息的特点决定的。如《傲慢与偏见》中，书信就很多。表面上看是空间距离，实际上是主人公心理上的傲慢与偏见的心理空间距离造成的。这种不平衡、距离，看似微妙、复杂，难以弥合，但通过书信却能很自然地达到。正是因为书信交流的间接性

而非直接性，达西才会在求爱失败后的那封信中放下那一贯的高傲而代之以坦诚；而另一封伊丽莎白舅母给伊丽莎白的信使她对达西有了进一步的"发现"，同时也进一步地"发现"了自己的偏见，最终故事达到高潮。正如亚里士多德所言，"一切'发现'中最好的是从情节本身产生的，通过合乎可然律的事件中引起观众惊奇的'发现'。"① 而信件正是如此，它在偶然性中给人合乎情理的必然性。这里有一个问题，就是信件为什么给人一种合乎可然律的感觉。书信不断打破故事的平衡，造成情节的突转，而让人觉得极自然。这是由于书信会给人一种虚幻的真实感觉。如戴维·洛奇所言："一般来说，小说中一提到背景就会使人注意到文本背后'真'作者的存在，因而破坏了读者对虚幻现实的幻觉，但书信体小说中，这样做反而会加强这种幻觉的真实感。"② 81 而在非书信体小说中。这种感觉会更强，更有真实感。因为，在书信体小说中，读者还是可以隐约感觉到书信背后的作者，感觉到书信是作者的一种叙事方式，而在非书信体小说中，书信好像很自然的只是人物之间的交流，而不会想到作者的存在。像《红与黑》中的匿名信、揭发信、假情书就非常多，每封信都使情节波澜起伏。《阴谋与爱情》中路易斯被迫写给卫队长的情书亦引起这种效果。特别有一类像遗书之类的书信往往携带着惊人的消息和不可告人的隐秘，使情节发生突转。如《卡斯特桥市长》中，亨察尔的妻子给他的遗书中，揭开了秘密，即他们的女儿并非亲生，这样人物关系发生了改变。又如《荆棘鸟》中72岁的玛丽·卡森给拉尔夫的那封信，特别是所附的遗书，使小说中所有人物的命运都发生了改变。这样的例子实在太多。在读这些信时我们往往想到的是写信人而非作者。试想若不是通过信件，那将给我们一种什么感觉，那就是感觉作者在编故事，在讲古希腊神话一样。而作家利用书信的超时空和虚幻的真实感，就能极简单有效地打破情节平衡造成与现代作品的平淡情节、单纯主题而截然不同的戏剧性情节。

---

① 〔希腊〕亚里士多德：《诗学》，载《诗艺》，人民文学出版社1980年版，第55页。

② 〔英〕戴维·洛奇：《小说的艺术》，王峻岩译作家出版社1998年版，第25页。

二

　　书信最大的价值在于提供了多样的叙事角度和方式，使小说呈现多维立体的真实感。众所周知，叙述在小说中占有重要地位，同时叙事的无限丰富性也正寓于叙述方式的奇妙组合之中。而书信更是将此种魅力发挥到了极致。一般来说，传统小说多采用第一、第三人称或称聚焦型非聚焦型，无论如何，视角总像镣铐一样在某种程度上束缚了作家的自由叙述，高明的作家总会想到各种方式去获得自由。书信就是一个非常好的方式，它虽不能完全斩断单一视角的锁链，但它能像红舞鞋一样，使作家带着镣铐亦能跳出优美的舞蹈来，给读者以美的享受。

　　首先，书信能灵活而自然的转换视角。因为在信件的阅读过程中，视角就自然而然地由写信人转到了读信人，而且这一转换是如此的自然而合情理以至于我们从未觉察到。这种巧妙的转换，恐怕是许多作家绞尽脑汁都难以达到的。

　　其次，从叙述角度看，打破了单一视角局限，使整个事件立体凸现。这与信件的极度私人性质有关。不同的书信往往是从不同的叙述角度进行叙事的，即使是同一写信人也往往应与对象关系亲疏不同以及关系的微妙复杂。书信的内容与形式亦往往有很大不同，有时还会出现同一事件由不同写信人，不同的角度和不同的口吻，用书信叙述出来，这样可以产生相互补充或冲突的叙述。这种多重叙述即热奈特所谓的多重内聚焦型视角。最典型的是《查莱德夫人的情人》，其中有一段是讲查来德夫人到威尼斯休假后，从勒格贝传来了梅洛斯与其前妻之间的闹剧。查来德夫人先后受到三个人的四封信，对此事都以各自不同的立场作了不同的叙述，这样波尔敦的无聊、梅洛斯的坦诚，特别是克列福特的虚伪以及更深的心理都得以展现。这样的例子很多，像《苔丝》中，安玑离苔丝而去后，先后收到苔丝、"两个好心人"以及苔丝母亲的信亦属此类。这种叙述同立体主义绘画，从正面、背面等角度画某一物体的技法相似，人们将从多种叙述中了解到故事的丰富性和歧义性，就如面对毕加索的画一样，人们的眼睛不再只享受单一的画面而是叠合式的空间。与叙述角度相对应的还有叙述者的类型问题。小说中一般有多个写信人，那么叙述者必然有多种类型。我认为最有意思的是那种同叙述者即写信人为故事的次要，人物或旁观者，他们有机会接近主人公，但往往对主人公行为感到不可理解。像《查莱德夫人的情人》中，波尔敦太太就属此类。这种叙述者有不可小视的魅力。这样不仅适当拉开了读者与主人公的距离而且增加了作品的层次感和客观性。如波尔敦太太的信虽琐碎无聊，但不虚伪，不失于客观。同时这类叙述亦给作品留下耐人寻味的空白。

就书信的接受和阅读来看，书信有极强的心理辐射力从而引发人物复杂心理活动和读者特殊的心理感受。准确说来，书信的接受和阅读包括文本中的读信人（叙述接受者）和我们读者。毫无疑问，书信本身就能极细致地刻画人物心理，反映写信人丰富而复杂的心理活动。而书信又如一个极强的心理引力场，通过阅读它会引发另一个心理引力场即读信人的相应的一系列心理反应，而这两个心理场又相互生发辉映，形成书信体小说和其他小说形式所没有的丰富、复杂而真实的心理活动描写，相应地它又会给读者以特殊的审美感受。

一般来说，书信的接受者对书信的解读往往是从形式开始的，特别是写信人或涉及的事关系不一般时。他们就很注意诸如送信方式、信封、信纸、字迹乃至书信的长短等，这是一种很正常的心理过程，但这些往往能很细致地反映写信人与读信人的心理等一系列情况。如《红与黑》第 20 章是匿名信事件后，特雷纳尔夫人给于连的一封信，当于连看到特雷纳尔夫人叫仆人送来一本书时候，不由被这种轻率的送信方式吓得发抖。接着看到信是用针别着（非夹着），信上浸满泪水。平时拼法都很正确的她现在根本不顾拼法，何止不顾拼法，简直不顾一切。所以于连还未看信的内容就已感动了，感到了她是真正爱他的。所以书信的接受者往往能从书信的形式中解读出非语言性的丰富的内容。有时书信的长短亦能反映一定的内容，这种长短亦反映了一种叙事的节奏和感情的强弱，读信者往往能一看便感知。像苔丝在安玑弃她而去后先后给他写了两封信，一封较长，反映了她在思恋与痛苦中的煎熬，另一封则较短，反映了她内心极度的失望与疾愤以及心理的巨大变化。总之书信的形式有时传达的信息绝不亚于其内容，甚至还要大。

从对书信内容的解读来看，读信人会相应有一系列的心理反应。但由于写信人与读信人之间的性格、文化等方面的差异以及双方关系的微妙复杂，使得这种解读变得更为复杂，常伴有强烈变幻的心理反应。有时甚至会误读，这是很常见的。如《飘》中，思嘉丽偷看艾希礼给媚兰的信那一节，思嘉丽对信件从称呼到内容都作了大量细致的阅读，心情也时而紧张时而放松，最后得出的结论竟是艾希礼爱的不是媚兰而是她。心里很是高兴，其实这显然是她和艾希礼在性格和文化上的差异所造成的。再说这封信本身就不是给她而是给媚兰看的。

而正由于这种错位才导致了误读，而又正是这种误读才使人物性格鲜明凸现。同时由于人物关系的微妙复杂也会造成信件的误读。如《红与黑》中玛蒂尔德接连写了三封信向于连示爱，于连开始是欣慰，继而是猜疑，再后又害怕，思前想后，认定这是一个阴谋，而最后又下定决心。这一连串复杂的心理活动淋漓尽致的表现了于连的性格特征，而且这种误读反映了写信人和读信人之间的那种心理差距，而这一差距又使得二者性格特征等相互映衬而更加鲜明和有韵味。

从读者阅读的角度看，非书信体小说能给读者以特殊的审美感受。在书信体小说中，书信仅作为单调的叙述方式，多方面的功能往往被淹没，而在非书信体小说中，书信才给读者以全新的感受。我认为原因有二：

首先，从文体形式上看，非书信体小说中的书信，以异于一般叙述的格式、字体，打破了小说单一的文体形式而给读者以全新的视觉。当然亦有多封信件造成的视角、叙述角度的转变原因，这种转变使得事件如同不断旋转的多面体，而我们读者的视角如探照灯的光点，对事件的不同面进行立体的扫射。如此，它对单一叙事结构的抛弃，多种视角的出现使得连贯的整体不复存在，疑问的话语逐渐代替陈述的话语，使得我们读者的情感更加复杂化。

更重要的是，它还会给读者一种全新的心理感觉。它将读者置身于一种似乎是真的偷窥别人信件和内心隐秘境地，而且这种偷窥心理往往由于书信在小说中的那种虚幻的真实感而更加强烈。如《红与黑》第 20 章，在于连一打开那封信的同时，我们读者可能就会猜想这个外表高雅的女人会怎样想呢？这样就有窥探其内心隐秘的心理，逐渐我们看到了她那被压抑了的爱情爆发出来后的无所顾忌。最后这种心理还会驱使我们想知道特雷纳尔夫人设计的匿名信究竟写了些什么。我认为这种窥视会产生一种特殊的审美的效果。一般来说我们专心欣赏一篇小说时，诉诸的往往是情感而非理性，而在这种窥视的心理状态下，一方面使我们沉浸在情节中，另一方面又不会全部进入角色。如在前例中，不会将自己当于连。这样就有了一种审美的距离。正如斯巴雷所言："真正的审美立场要求一个假定具备这种立场的人，必须将自己分成两半：一半对某个特定对象感到移情，另一半则保持自由，即不是积极的进入这一过程，而只是观察这一过程的内容和形式，为了审美去体验某种东西，必须取得一定的自由。一种完全'无利害'的观照。"① 我认为窥视心理恰好能达到这一效果。

在此还想提到一点的就是，许多非书信体小说原本就是由书信体小说改编过来的。像奥斯汀的《爱玛》、《傲慢与偏见》等。我不敢说由书信体小说到非书信体小说的转变是小说艺术走向自由的标志，但至少是有重要意义的进步。同时书信作为一种亚文学或准文学，本身就有许多值得研究的价值，那么将书信这一文学形式放入到小说这一文学形式中必然会产生很多特殊的审美价值了。而这些非此一小文所能包揽。亦非我能力所及。

---

① 斯巴雷：《成年心理学》，中国文联出版社 1987 年版，第 349 页。

哈代小说中的罪感与救赎意识

关于哈代，一般研究者多关注他作品中的宿命论和悲剧色彩，而忽视了其中潜藏的宗教意识。讨论哈代宗教意识时，研究者往往关注他对基督教的批判，而忽视了宗教思想对他影响的复杂性。罪感和救赎意识是基督教的基本精神，也是西方文化的重要特征。从基督教诞生以来，西方人就常被罪感意识所缠绕，认为人生来就有原罪，必须在尘世受苦受难，因而产生使灵魂获得救赎的意识，以及对天国的渴望与上帝的追求，这些构成了西方宗教道德的基础。不可否认，基督教的宗教道德遭到了哈代的否定与批判，但即便是在对宗教道德的批判中，哈代也没有摆脱基督教罪感与救赎意识的影响，这在他对人物形象的塑造及小说意象的组合得到了充分的体现。

一 深沉的罪感

哈代早期的小说创作主要是《枉费心机》、《绿荫下》等一类田园颂歌式作品，《远离尘嚣》是此阶段的代表作。这一阶段哈代虽尽力赞美传统的宗教观念，却总是力不从心。例如《绿荫下》中宗教影响下传统的悔尔斯托克音乐队所遭遇的挑战。《远离尘嚣》中老底嘉中立区的人对宗教的不虔诚，体现出宗教所面临的不可避免的危机。哈代中期的作品逐步显露出他对宗教的怀疑和不信任态度，在这种思想的指引下，哈代陆续创作出《还乡》和《卡斯特桥市长》等一系列社会悲剧作品。后期哈代进一步转向创作像《苔丝》、《无名的裘德》等一类揭露西方人内心深沉罪感的作品。

《圣经·创世纪》有这样一则故事：亚伯拉罕敬畏上帝，要将唯一的儿子以撒作为牺牲奉献出来，天使在最后关头制止了他并让他代之以羊。[①] 从此"替罪羊"便成为救赎世人、警醒良知的代名词。它体现着一种让人自觉罪感而勇于牺牲的宗教精神，也有一种软弱无力、任人宰割的悲剧内涵。哈代的小说中，这种形象曾反复出现过，如苔丝、淑等，而苔丝最具代表性。小说开始，苔丝赶车去集市，老马与邮车相撞而丧命。这匹全家人赖以生存的老马名为"王子"，是幸福、自由的象征。它的死充满寓意，给苔丝的一生也蒙上了阴影。苔丝自己认为"既然老马死在我的手里，我想我应该做点事……"。这种赎罪心理使她甘愿将自己摆在顶替老马这个经济支柱的位置上，基于这种心理，她自愿到冒牌的本家去做工。其实她的母亲对即将发生的一切早有预感，送走女儿就等于为家人的幸福而献祭。苔丝终未摆脱亚雷的魔掌，这使苔丝终生蒙上了耻辱的印记，也拉开了她悲剧人生的序幕。对亚雷，她虽曾竭力躲避，但终未激烈地反抗，最后只是选择了离开，这是"羊"的柔弱无力的天性所决定的。

克莱以她命运中的"天使"的形象出现，但苔丝无法正视这种爱情，爱得愈深，心中的负罪感就愈重。这种罪感冷酷地提醒她：不能接受。她认定自己是个不洁的女人，仿佛那份创伤不是那个恶魔的过错，而只是自己终生无法洗去的罪责。即使在情感战胜理智，最终接受克莱的求婚后，那种罪恶感也时时折磨着她。苦难与罪恶的意识已深植于她的灵魂中，最后她心甘情愿地抛开个人的幸福，全身心地投入到奉献与牺牲中去。苔丝的观念里已没有了"我"，作为妻子，她只是丈夫的附属品，而且这种附属意识发自内心，非常自觉。这种深重的罪感意识是来源于基督教，"我是在罪孽里生的，在我母亲怀胎的时候就有罪了。"这是源于人类始祖亚当和夏娃偷吃智慧之树的果子而犯下的原罪。原罪论就是坚持人有罪，并用以论证上帝拯救恩典，宣扬人到世上，要虔诚向上帝忏悔以获拯救，求得来世的永生。而且夏娃偷食禁果，而夏娃又把它拿给亚当吃，从某种意识上说，女人是男人

---

① 《圣经·创世纪》，中国基督教协会印发 1994 年版，第 18 页。

获得拯救道路上的障碍，所以女人比男人多了一层负罪感。

当然，哈代作品中许多男主人公身上也都有深重的罪感意识。比如一直在忏悔而不得救赎的亨察尔，他在遗嘱中说，"不要告诉伊丽莎白说我死了，也不要为我悲伤。不要把我葬进神圣的墓地。不要请教堂执事为我敲丧钟。不愿意任何人来为我送葬。"这个遗嘱表明了他深深的罪感意识，他认为他所犯下的罪行是无法获得救赎的。即便是被人认为虚伪，轻浮，险恶的资产阶级代表的特洛伊中士，他也无法摆脱那种宗教罪感意识，因为在导致了范妮的悲剧后，他始终都无法摆脱那种罪感。罪感之下那苦难的命运、烦恼的青春、沉溺罪恶的灵魂、畸形的占有欲、人与人的冷酷等，成为哈代笔下永恒的主题。事实上，正是哈代小说人物都有深沉的罪感，其人物的刻画才有血有肉，才那么有悲剧性和对现实的批判性。

二　灵与肉的冲突

《无名的裘德》是最能体现哈代宗教思想的小说，就哈代创作的发展逻辑而论，它是《苔丝》的姊妹篇，在宗教主题上是一个不可分割的整体。小说讲述了贫苦善良的孤儿裘德奋发自学欲赴高等学府深造，但无入门之道。他与志趣相投的表妹淑·布莱德赫双双摆脱法定配偶而自由结合，但为社会所排斥，流浪街头，最后家破人亡。正是通过这部小说，哈代描写了神恩与天性的感召、异教灵魂的忧郁与孤独，以及灵与肉的冲突。

裘德和淑分别受神恩与天性的感召，但命运迥异。裘德的理想是献身宗教，传播基督教教义；淑则遵从与自己天性生活。淑是一个圣物制造所里的工艺家和设计师，虽然做的是神圣的宗教工作，但她的异教思想根深蒂固，且藐视宗教信条。随着情节的发展，裘德和淑的宗教观发生了转变：圣徒裘德变成了罪人，而异教徒淑变成圣徒。这种转变中充满了异教灵魂的忧郁与孤独。爱美是人之天性，但在基督教看来这是一种异教精神。淑有一次就情不自禁地从小贩那里买了两个赤裸的维纳斯和阿波罗石膏像，偷偷地摆放在屋里欣赏，她认为这两件异教神像比那些无聊的教堂里的东西好得多，"哼，不论什么东西，都比那种没完没结的教堂'玩意儿'好!"① 淑的这种行为在当时是大逆不道的异教行为。裘德尽管立志献身基督教，但深受异教文化的感染，异教文化与其天性相融，不可泯灭。"那时裘德反复地念那首诗，他的感情完全是受了多神论的支配，那是在青天白日之下，他永远也不会想去满足的一种感情。"② 有时作者甚至直接表达对古希腊罗马精神的向往，"我觉得咱们又回到古代希腊那种尽情享乐的生活里去了；咱们看不见疾病和忧愁了……"③ 人的感情是不可压制的，裘德和淑真心相爱，不婚而同居，这是更大的异教行为。哈代正是通过人物的追求表现出对古希腊罗马文化中那种自由奔放精神和性格的赞美。

裘德和淑的转变从根本上讲是体现了灵与肉的冲突，哈代借此揭开了人的"罪恶秘密"。《无名的裘德》中的主要矛盾就是围绕这个问题展开，哈代在小说序言中说过，他要把"灵与肉之间进行的生死斗争毫无文饰地加以叙说"。④ 在这里，哈代的社会批判实际上是以宗教批判为基础的。哈代指出这部小说充满对照："淑和她的异教神灵同裘德阅读希腊文圣约书的对照，圣徒裘德和罪人裘德的对照，异教徒淑和圣徒淑的对照。"⑤ 淑和裘德宗教观的变化悲剧性的揭露了两个痛苦灵魂的挣扎。而阿拉贝拉则是人欲与本能的化身，她折射出裘德身上作为人性方面的弱点——对肉欲的贪婪。裘德自己也意识到："就他整个人格而言，他情欲太盛，因此当不了好牧师，充其极只能希望在一生永不息止的灵与肉之间的内在斗争中，肉并不总是胜方。"⑥ 哈代在提及裘德与阿拉贝拉的交往时，几次用到参孙与大拉利的隐喻。在哈代笔下，裘德人物原型就是《圣经》里因好色而几度被其情妇大拉利出卖的参孙。同时，裘德对基督教深信不疑，发愿要当上学者，退一步也要做基督教神职人员，因此他常常为自己耽于淫欲而自责。他后

---

① ［英］托马斯·哈代：《无名的裘德》，张谷若译，人民文学出版社 2004 年版，第 123 页。

② 同上书，第 38 页。

③ 同上书，第 128 页。

④ 同上书，第 2 页。

⑤ ［英］托马斯·哈代：《哈代创作论集》，陈焘宇编选，中国社会科学出版社 1992 年版，第 380 页。

⑥ ［英］托马斯·哈代：《无名的裘德》，张谷若译，人民文学出版社 2004 年版，第 2 页。

来与阿拉贝拉在旅馆重逢，并再次与她同宿，事后他感到悔恨不已。因为在教会里，性爱被视为下地狱的罪恶，而裘德始终未能摆脱这种罪感意识。而最具悲剧意味的是，异教徒淑最终也无法摆脱那种基督教的罪感意识，经过灵与肉的搏斗回到费劳孙身边。她曾说过，"我哪，就又挣扎过，又斗争过，又斋戒过，又祈祷过。我现在已经把我的肉身差不多完全制服了。"罗伯特·海尔曼（Robert B. Heilman）认为在淑的身上始终存在着这样一个矛盾，"她拥有思想的自由，却没有行动和存在的自由"。① 最终淑完全屈服了，又重新回到她所不喜欢的丈夫那里，过着那种灵魂和肉体分离的生活，她惩罚自己，希望通过献身与上帝而获得救赎。

哈代在《无名的裘德》说中揭示了人的无意识和性本能对人的行为的作用，有些评论家视他为"弗洛伊德之前的弗洛伊德"。② 其实，哈代小说很多小说中众多男女主人公都如裘德和淑，他们的一生奋斗、追求，最后又在灵与肉的冲突中幻灭。那么，痛苦的灵魂如何获得救赎呢，这正是哈代一直苦苦追问和探索的。

三 无望的救赎

哈代早期对基督教很重视，一直认为基督教应该是西方社会的基石，希望以基督教的理性救赎人的灵魂。然而他深受古希腊古罗马文化的熏陶，后来又受到达尔文进化论等思想学说的影响，从而对人的本质有新的认识，这些使他对基督教有了一种矛盾的思想。

哈代出生在一个虔诚的基督教家庭，从小就受到基督教文化的熏染。哈代的祖父、父亲及叔父都是教堂乐队的成员，由于家庭的缘故，哈代很小就认识了斯丁兹福特教堂的牧师亚瑟·雪莱，7岁时就成为雪莱创办的教会学校的首批学童。雪莱极度推崇宗教传统，却又富革新热情，这种自相矛盾的心态对哈代可谓有潜移默化的影响。这一点，

---

① Heilmen, Robert B. Hardy's Sue Bridehead. R. P. Draper. *Thomas Hardy: The Tragic Novels*. London: Macmillan, 1975, p. 217.

② Rosemary sumner. *Thomas Hardy: Psychological Novelists*. New York, US. 1981, p. 2.

我们可以在哈代早期的几部田园小说中得到印证。19 世纪中后期，哈代发现在维多利亚时代的英国，人文精神没有生存的余地。《无名的裘德》中的一番话道出了哈代痛苦迷惘的心声："依我看，咱们社会这套规范准是哪儿出了岔子，这可得靠比我目光深远锐利的男男女女去探明究竟。"维多利亚时代曾为许多资产阶级史学家所津津乐道，被认为是大英帝国的鼎盛时期。但当时人们对现实社会的权威力量只能是尊敬而顺从，在正统价值观念下是人们精神受束缚的苦痛。因此哈代在很多作品中要批判那种认为维多利亚时代"在宗教、道德风尚方面都臻于至善的观点"①，但其作品中的众多主人公始终无法摆脱宗教道德的罪感意识，无法摆脱灵与肉纠葛的罗网。

实际上，所谓的罪感意识就是根植于古老的灵肉冲突，根植于人心中的价值理想与感观欲望的冲突。《新约·马太福音》描写了人子耶稣受洗之后，在旷野接受魔鬼试探的经过。这表明了对于人来说摈弃尘世的享乐易，但摆脱肉体欲望难，因为那根植于生命本体的本能冲动是那么强大，这是折磨他们心灵和罪感的根源。但另一寓意也是极其明晰的：人是有理性的，完全可以凭自己的意志选择活的方式。早期的基督教神学家圣奥古斯丁在其名著《上帝之城》中就系统论述了人的自由意志，他认为人作为高等创造物同低等的创造物之间的根本区别就在于上帝给了他们自由意志。也就是说，人可以而且应该对自己的命运负责，应该自己作选择，而他们赖以作选择的则是上帝所赋予的至高无上的理性。但是基督教的这种理性是排除了人的本能欲望的，是一种禁欲主义的理性。

十九世纪中期，基督教的理性逐渐受到怀疑，非理性思潮开始蔓延。哈代于 19 世纪 60 年代阅读了达尔文、斯宾塞、赫胥黎、米尔等人的著作，动摇了对上帝的信仰。真正对哈代一生产生转折性影响的则是荷雷斯·穆尔，荷雷斯刚刚毕业于剑桥大学女王学院，从事古典文学的研究和文学评论工作，正是他引导哈代走上文学创作道路，也促使哈代在宗教方面成为一个怀疑论者。哈代对人的本质有了新的认

---

① 《中国大百科全书·外国文学》，中国大百科全书出版社 1982 年版，第 397 页。

识：人并非是完全拥有自由意志的理性动物，人除了理性之外还有非理性的一面。因此，哈代特别注重从人的本能与理性的冲突塑造人物，寻觅人物悲剧产生的根源，这实际上是对基督教理性救赎意识的一种超越。但值得注意的是，哈代并不赞成废除基督教，而是寄希望于对基督教进行改造。在 1922 年发表的《晚期和早期的抒情诗》的前言《辩解》中，哈代表达了自己的看法："的确，宗教和完美理性的结合可能只是一种渺茫的希望，一种梦想。然而，如果要世界永存，两者须臾不可或缺。"① 显而易见，哈代是要人们对基督教理性精神加以审视，剔除基督教教义和信条中不合人性的糟粕。以现代的眼光看，哈代对人性深层底蕴的透视，揭开了人的意识的多层面和复杂性，应该说是对人的本来面貌的认识进了一步，追求的是一种超越宗教的完美理性精神。正是在这种意义上，J.C. 戴夫先生认为，"尽管哈代缺少来自信仰上帝的安慰，但比起那些指责他为异教徒和离经叛道者的人，哈代更加接近真正的基督教。"②

虽然由于时代的局限，哈代未能给在灵与肉冲突中挣扎的灵魂开出获得救赎的良方，但他的作品毕竟表现了时代的先进思想，对旧有的、习以为常的观念和制度提出严正挑战。所以对于哈代，一方面，我们要看到他对宗教的批判，另一方面，我们也不能忽视宗教对其创作的深远影响，这对全面准确地评价哈代无疑具有积极作用。

① Thomas Hardy. *Late Lyrics and Earlie*. London：Macmillan，1922，p. 17.

② Jagdish Chandra Dave. *The Human Predicament in Hardy's Novel*. London：Macmillan，1985，p. 137.

《荒原》中的人称代词分析

　　《荒原》一直被视为二十世纪最伟大的诗作。这首 433 行的长诗分 5 个部分，另外还有 7 页注释。这些文字使研究者多年来一直忙于考证诠释，因为基于传统的诗歌经验阅读《荒原》，那它简直就是疯人院的梦呓，不忍卒读：夹杂各种引证、说明，意象与幻觉、神话与现实，众多的人物，但人物仅用人称代词，"我"、"你"、"他们"等来代替，据统计，《荒原》全诗 433 行，人称代词就多达 158个，这意味着每 2.8 行就有一个人称代词。因此有人认为要解读《荒原》，就必须弄清楚人称代词背后的神话原型。于是，人们把注意力投向《金枝》和《从祭仪到神话》，去追寻每一个人称代词后面的人物：阿梯士、阿童尼斯、奥西利斯（Attis、Adonis、Osiris），还有圣杯传奇中的渔王。的确，"荒原"这个标题是源于这些神话，但形成荒原的原因究竟是什么？神话又是如何转换变形的？这些问题又往往使读者陷入神话的迷雾而忘记了阅读的真正目的，没有将《荒原》作为一个诗歌来思考。我们应该思考的是在渗入那么多神话的情况下，《荒原》是如何保持其独特的诗歌特性，《荒原》是如何创造其独特的现代性风格的，本文尝试从《荒原》人称代词来探讨这些问题。

一　人称代词——生命情绪的遮蔽与粉碎

　　传统浪漫主义认为，诗是诗人抒发情感之作。如华兹华斯所言，

"一切好诗都是强烈感情的自然流露。"① 列夫·托尔斯泰也在《艺术论》中谈道:"艺术起源于一个人为了把自己体验过的感情传达给别人。"② 而爱略特则提出截然相反的观点,其最重要的一个理论主张就是"非人格化"。他认为,"诗并不是放纵情感,而是避却情感;诗并不是表达个性,而是避却个性。"③ 那么《荒原》是否存在个人感情呢? 研究者也分为截然相反的两类:一部分人认为《荒原》体现了"非个人化"的理论,是对浪漫主义的彻底反动;另一部分人则又极力试图在《荒原》中寻找到爱略特个人情感的蛛丝马迹。笔者认为二者都有失偏颇,都各执一端而没有指出情感因素究竟是以何种状态存在于《荒原》中的。据统计在《荒原》的 180 多个人称代词当中,第一人称代词"我"就有 80 多个,比例是相当的高,所以不难想象为什么那么多研究者会不自觉的到《荒原》中去探寻作者的个人情感了。值得注意的是,这些"我"中所包含的不仅仅是对个人情感的一种抒发,而包含着对生命情绪、情感的一种释放。这种情绪有着丰富的含义与层次,却又都以一个人称代词来代替,所以这种深层次的生命情绪往往被遮蔽而为人所忽视。下面我们就以诗歌的第一节为例来分析。

冬天总使我们感到温暖,把大地/ 覆盖在健忘的雪里,用干燥的块茎/喂养一个短暂的生命。(最初的"我们"表现的是一种人类的集体无意识的情绪)

夏天卷带着一场阵雨/掠过斯塔贝各湖,突然向我们袭来;/我们滞留在拱廊下,接着我们在太阳下继续行进,/走进霍夫加登,喝咖啡闲聊了一个钟头。/我不是俄国人,我是立陶宛来的,是地道的德国人。(这里的"我们"变成了一群具体的集体的人了,他们或是朋友,或不是,用不同的语言交流。)

那时我们还是孩子,待在大公的府邸,/我表哥的家里,他带我出

---

① [英] 华兹华斯:《抒情歌谣集·序言》,参见《英国作家论文学》,汪培基等译,生活·读书·新知三联书店 1985 年版,第 16 页。

② [俄] 列夫·托尔斯泰:《艺术论》,人民文学出版社 1982 年版,第 46 页。

③ [英] T. S. 爱略特:《传统与个人才能》,参见胡经之等主编《西方文艺理论名著选编》,北京大学出版社 1986 年版,第 40 页。

去滑雪橇，/我吓坏了。他说，玛丽，/马丽，用劲抓住。于是我们滑下去。/（从这里的人称代词，我们进入一个女孩的童年回忆，进入某一个人的情感世界了。）

在山里，在那儿你感到自由自在。/夜晚我多半是看书，到冬天我就上南方去。/你！虚伪的读者！——我的同类——我的兄弟！（这里的"我"是谁？作者？还是某一个基督徒？）

从这些人称代词的变化中，我们经历了一系列的意识状态、情绪和情感变幻。而这首诗就是用这种方式来扩展的，其他的典故、神话内容都可以融入这个基本的框架之中。

首先，诗中有一种"深层的生命情绪"，这也许是一个种族的集体深层意识与生命情绪，而这也是诗歌的神话来源。比如下面这一节，"你双臂满抱，你的头发都湿了，我一句话/都说不出来，眼睛也看不清了，我既不是/活的也不是死的，我什么都不知道，"在这里，人类纯洁爱情枯竭的痛苦，通过"我"的意识与对话表现出来了。我们几乎完全没有必要去考证人称代词背后的人物是谁，我们就可以体会到这整个人类的深层感情，对爱情的体会。还有诸如对死亡的思考，如在伦敦桥上，"我"遇到了古罗马时代布匿战争中的老战友史德，并问他尸体是否发芽了。此处的"我"是谁？无从考证，可以是任何一个人，也可以是爱略特。此处"我"会想到些什么呢？古罗马的血腥，抑或一战的硝烟，还是其他更多残酷的战争？毫无疑问，这里实际上是整个人类对生与死的思考。这种整个人类的生命情感是潜藏在我们每一个人的内心深处的。像后面反复出现的渔王、泰瑞西斯等神话中的人物，都潜藏着诗人对人类以及现代文明困境的焦灼，是一种深层的生命情绪，那些人称代词只不过是对这种情绪的遮蔽。

其次，人称代词背后还有一个贬低了的集体情绪，即工业化时代众多被扭曲了的灵魂的焦灼情绪。在这个时代，人们生活在互不信任之中，相互猜疑，较量和玩弄对方。活着的人"叹息，短促而稀少，吐出来，/人的眼睛都盯在自己脚前。"这里我们可以感觉到整个西方社会人与人之间的貌合神离、尔虞我诈。即使在欲海中的男女，除了情欲的满足之外，心灵也还是在隔膜与虚无之中，他们处于一种漫无目的的虚空之中。"你在想什么？想什么？是什么呀？/我从来不知道你在想什么，想想看。/我想咱们是住在耗子的洞里。"这里的"我"是谁呢？它可以是任何人，"小职员"、"丽尔"、"打字员"等。这表现了现代文明下人普遍的无所事事、漫无目的，以及无法理解和沟通的痛苦。显然，我们都可以透过人称代词面具看到这种噩梦般的感受背后贬低了的集体情绪。

再次，诗歌中还有某一类个人复杂情绪。像年老的贵族玛丽那无人倾诉的孤独。特别是"火诫"那一节。"亲爱的泰晤士河，你轻柔的流，直到我唱完我的歌。""在来蒙湖畔我坐下来低泣/亲爱的泰晤士河，你轻柔的流，直到我唱完我的歌。/亲爱的泰晤士河，你轻柔的流，因为我说的不响也不长。/但在我身后，在一阵冷风中我听见/尸骨的格格声和吃吃的笑声传向四方。/而我在一个冬天的薄暮，离煤气场后面不远/在条滞留的运河上钓鱼/沉思我的兄王在海上遇难。"这里"我"反复低吟的那种无法被理解和沟通的痛苦，可以认为是任何一类荒原上有痛苦经历的人，我们也应该想到诗人从 1914 年到 1921 年中这 7 年的经历，他与妻子的种种不和引起的痛苦、烦躁和一度的精神崩溃，可以说这其中也有满腔的个人苦闷和抑郁的。

最后，"我"中还包含一个超脱于苦难，高高在上的叙事者。其中包含了一种希图拯救世人于苦难的情感，实际上也含有爱略特悲天怜人的宗教情怀。比如"你！伪善的读者！——我的同类——我的兄弟！"这句中的"我"是谁？是斯特森吗？好像是，但很明显更像一个外在于诗歌的叙事者，一个虔诚的基督徒，而且这种宗教情绪中又包含着矛盾。我们都知道爱略特于 1927 年加入英国的天主教，他个人试图通过皈依宗教到天国找到安身立命之地，同时也希图通过宗教来拯救荒原上受苦受难的灵魂，这种宗教情绪也是单一的人称代词所掩盖不了的。

通过以上的分析，我们可以看到小小的人称代词后面潜藏着丰富的、多层次的情感因素。这是否与爱略特的"非个人化理论"相悖呢？我认为爱略特提出对个人情感的避却并不意味着对诗歌中情感因素的否定，恰恰相反，他对诗歌中的情感因素是非常重视的。同样在《传统与个人才能》中他说过，"诗人的心就是一只贮藏器，捕捉与储藏无数的感情、词汇、形象，把这些东西储存在直等到一切能够结成一种新化合物的各种分子都在一起到来。"[①] 从这句话我们可以得出两点：一是爱略特并没有否定诗人的心灵与情感的因素；二是情感因素是以一种新的化合物的形式重新出现的。那么在《荒原》中肯定是存在情感的，但绝对不仅仅是个人的情感，而是某一种族深层的情绪、被贬低的集体情绪、某一类个人的情绪和宗教的情绪。当然，这种情绪并非像我以上分析的那样在诗歌中截然分开的，而是被爱略特心灵的容器锻造成的一种新的化合物，从而上升为一种更复杂的生命情绪。这种情绪又往往以单一的人称代词出现，所以很容易被遮蔽而为人所忽视。这种生命的情绪给人的感觉就像火、炎热和沙漠，又似沉闷空气中传来的雷声，这是一种需要我们用心灵与之对话的干渴与绝望，而这些都不是人称代词所能掩盖的。

二 人称代词——链接历史与现实画面的按钮

正如前面所论述到的，《荒原》中有众多的典故、神话、历史，那么爱略特是如何将他们融入 433 行的诗中的呢？我认为人称代词有其重要的作用。《荒原》实际上是由众多的场景，不同人物的对话组成的，而人称代词则是链接这些对话场景的按钮。

绘画性是《荒原》的一大特点，这是很多人都注意到的。《荒原》是极富有绘画色彩的，它可以说就是很多幅色彩斑斓的油画组成的。有自然景观：早春的丁香、深冬的寒雪、火红的岩石、闷热的沙漠；也有社会生活：人流熙攘的街头、嘈杂的酒吧；有动的：狂暴的大海、也有静的：轻柔的泰晤士河；有美丽的风信子花园，也有满是荆棘与坟墓的荒原；还有特写，孤独的、自言自语的贵族老妇人玛丽不就像一幅人物写生吗？那双臂满抱，头发湿漉的花信子姑娘和她背后的花园不像一幅写意画吗？这些画面都跨越了历史和空间，在诗歌中像片

---

① ［英］T. S. 爱略特：《传统与个人才能》，参见胡经之等主编《西方文艺理论名著选编》，北京大学出版社 1986 年版，第 46 页。

断的浮现与旋转，这些研究者都注意到了。但他们忽略了的是，爱略特是如何将这些断片组合成一个整体，一个有诗意和节奏的画卷的，这和人称代词有什么关系呢？这将是我们下面要探讨的。

对话与互文性是《荒原》的另一大特色。《荒原》也可以认为是一部多幕话剧，而其背景是极有画意的。整首诗实际上就是由众多的不同场景的对话组成，这么多场景的对话，就好像许多帧画面一样。爱略特是如何将它们组合成紧凑而有诗意节奏的整体的呢？人称代词是功不可没的，我们还是看诗歌的第一节，诗歌的叙事者和人物都是不断发生改变的，相应地人物对话的场景也是不断变化的。从叙事者的角度看，一会儿是第一人称，一会儿是第三人称，一会儿又似乎某一特定的个人。如"冬天使我们温暖"中的"我们"就与"我们滞留在拱廊下"中的"我们"不同，接着诗歌进入到玛丽的回忆之中，再接着就是不知名者，花信子姑娘等。空间错位也有好几个回合，由荒原到斯塔恩贝各湖，到霍夫加登，再到大公府邸，接着到山上——红岩下——封信子花园。在这短短的一节诗歌之中，场景是不断变幻的，相应的人物也是不断变化，但在诗歌中不断变换的人物却都以一个人称代词"我"来代替。《荒原》的其他章节也是按这一模式来扩展的，即通过不断变化场景中不同人物的对话来扩展。这实际上体现了爱略特另一个非常重要而往往又为人们所忽视的一个创作原则，那就是诗歌的对话性。爱略特认为诗歌应该有三种声音，只是这三种声音的强度各有不同。他认为单独的戏剧独白是创造不出人物的，人物只有在行动中，在与虚构的人物的交流中才能创造出来。他虽然强调诗歌创作的客观性，但也不忽视读者的接受性，特别是他认为没有听众的诗算不上好诗。所以《荒原》中是充满对话性的，其中的人物或喃喃自语，或闲聊，或与读者打招呼。这些声音飘忽的来去，时断时续，时而清晰，时而模糊。对话的人物和场景是不断地改变，而人称代词却没有改变。就像刚才分析到的诗歌第一节，在同一人称代词下可以容纳众多的人物。通过同一人称代词，我们可以自由的进入不同的场景，历史的、现实的、神话的。这样诗歌就有了一种张力，在模糊性、虚幻性与片断性的对话中，在历史与现实，真实与虚幻中，给我们读者的心灵复杂的感受与思考。同时，这些不同的画面其实也是不同的文本。在创作《荒原》之前，艾略特就盛赞过乔伊斯《尤里西斯》的互文性。《荒原》本身实际上也是有众多文本构成的，像渔王和圣杯的神话传说，还有众多历史和现实的故事。这些文本往往相互关联，相互指涉，构成一个纵横交错的网络。这种互文性与艾略特对于文学传统的看法分不开，在他看来文学传统是作者跳不出的手掌，任何文本都不是独创，它往往由众多引证编织而成，它来自文本之外的众多传统文本。用罗兰·巴特的一个比喻就是：作者所创作的文本"只不过是包罗万象的一种字典，其所有的字都只能借助于其它的字来解释。"①其实人称代词不失为解读这一复杂"字典"的切入点，因为通过同一人称代词，我们可以自由出入不同的文本，从而将形式各异的文本连成一个相互指涉的有机整体。

　　同时，人称代词在《荒原》中可以代表任何一个人物。某一人称代词可以是渔王、西尔比、泰瑞西斯，也可以是小职员、酒吧的妓女、贵族，乃至不知名的妇女，甚至可以是爱略特。但正如爱略特自己所言，《荒原》中的人物并非戏剧角色。他们的出现有助于完成对客观现实的描写，或对话的某个主题思想。但他们的作用不在于表现自己，而在于表现客观状态，所以它们可以用同一个人称代词，甚至可以使任意一个符号。试想一下，即使不用正规的名称，或不用像"小职员"、"打字员"、"商人"、"水手"等习惯性的名称，而用"A"、"B、""C"、"D"等来指称人物，与用"我"、"你"、"他"、"她"等来代替人物会有什么不同的效果呢？用字母字符来指称人物也许会不习惯，也许会有损于诗的味道，但这样与习惯的人物命名方法，即用"小职员"、"打字员"等来命名在符号学的意义上并没有根本性的区别：它们的所指具有唯一性与确定性。而用人称代词"我"、"我们"等则不同了，因为人称代词在语法上具有模糊性和不确定性，这样同一人称代词就可以代替不同的人物，同一人称代词可以指向任何一个对话场

<hr>

　　① ［法］罗兰·巴特：《作者的死亡》，载《罗兰·巴特随笔选》，百花文艺出版社 1995 年版，第 305 页。

景。在此人称代词就像 powerpoint 所设置的按钮一样，本身并无特别的意义，但它可以使画面随意的切换，从而形成流畅的视频。《荒原》中的人称代词也正是这样将众多的人物和画面链接起来，在画面之间形成迅速的切换与跳跃，形成一个超文本，这是《荒原》具有现代性的一个重要原因。

总之，人称代词在《荒原》中只是一个符号、一个面具。它在对生命情绪遮蔽的同时，又能迅速的切换画面，将历史与神话，现实与虚幻链接在一起，形成《荒原》独特的现代节奏和文本结构。

传 播

文本理论和概念在中国传播

"文本"（text）是一个不断变迁的概念，其嬗变体现了文学理论和批评的方向。20世纪西方文学批评从作品转向文本，出现许多以文学文本为文学研究对象的文学理论派别。新批评、俄国形式主义以及结构主义认为文本是言语单位本身井然有序的组织结构。接着后结构主义的克里斯蒂娃和巴特提出互文本，打破封闭的文本概念。而解构主义、阐释学和现象学更使文本向读者、世界和无限的意义敞开。后现代主义和文化研究则提出超文本和泛文本的概念。这一系列的文本理论和概念都在中国得到传播、回响、争论、接受，以及变异，本文则试图梳理文本概念在中国传播的这一路线图。

一　文本理论和概念在中国传播

20世纪，西方文论逐渐由作家作品转向文本研究，产生许多形形色色的文本理论流派。20世纪80年代以来，中国学者们开始介绍西方文本理论，采取个案分析和整体梳理的方式介绍西方文本理论，具体可以分为三阶段。

20世纪80年代，初步认识阶段。西方20世纪一些重要文论流派受到关注，其著作陆续被译介到中国。从新批评、俄苏形式主义到结构主义，从罗兰·巴特、伽达默尔、伊瑟尔到德里达等成为个案研究对象。比如韦勒克等著的《文学理论》（刘象愚等译，生活·读书·新知三联书店1984年版），赵毅衡的《新批评——一种独特的形式主义文论》（中国社会科学出版社1986年版）及其主编的《新批评文集》

（中国社会科学出版社 1988 年版），比如什克洛夫斯基的《俄国形式主义文论选》（方珊等译，生活·读书·新知三联书店 1989 年版），托多洛夫的《俄苏形式主义文论选》（蔡鸿宾译，中国社会科学出版社 1989 年版），姚斯的《接受美学和接受理论》（辽宁人民出版社 1987 年版），伊格尔顿的《文学原理引论》（刘峰译，文化艺术出版社 1987 年版）等著作。这些译著使 20 世纪西方文论在中国广泛传播，这个阶段的特点是往往关注、突出各个理论流派的独特性，但对其文本理论的关注仅仅处于自发状态。当时国内学者对文本内涵也有不同的认识。"文本"一词最早引起国人重视是在 20 世纪 80 年代初，一般将其直译为"本文"—— 指作品存在形态本身，也有人译为"文本"。直到 80 年代中后期，罗兰·巴特的著作得到译介，文本这一概念才逐渐得到认同。① 国内学者在该词的译介方面达成共识，将其一律翻译为"文本"，以与"作品"概念相区别。

在批评实践方面，当时纯粹的文本批评也比较少。乐黛云曾在《读书》介绍了 1982 年在夏威夷召开的"批评方法与中国现代小说研讨会"的情况。此次研讨会上有学者"用类似（罗兰·巴特将巴尔扎克的一部短篇小说打散成五百六十一个阅读单位来进行分析，以说明各单位的不同形式以及其间的相互关系）的方法来分析茹志鹃的《百合花》，把这个短篇分解为十四个不同的形象系列，找出各系列的特点和相互关系以说明《百合花》的抒情特点与节奏感的来源"。② 这可能是国内较早有意识进行的文本批评的实例。后来的事实证明，巴特的这种后结构主义批评理论在中文语境与实践严重脱节。导致这种局面的原因一方面在于巴特的《S/Z》等相关著作在很长一段时间内没有得到翻译；另一方面，在于中国文学批评界中较少有人具有这种精细的文本分析所需要的耐心。

---

① ［法］罗兰·巴特：《文本理论》，《上海文论》1987 年第 5 期；罗兰·巴特：《文本的快乐》，引自特伦斯·霍克斯《结构主义和符号学》，上海译文出版社 1987 年版；罗兰·巴特：《从作品到文本》，《文艺理论研究》1988 年第 5 期；罗兰·巴特：《符号学原理》，李幼蒸译，生活·读书·新知三联书店 1988 年版。

② 乐黛云：《"批评方法与中国现代小说研讨会"述评》，《读书》1983 年第 4 期。

90 年代，中国学界开始有意识梳理西方文本理论。90 年代中国在继续译介西方各个流派理论著作的同时，学界以"文本"来串联 20 世纪西方各大文学流派，以此对西方文本开始作整体研究。学界比较早作出尝试的是吴元迈先生，他在《文学作品的存在方式》（海南出版社 1993 年版）中系统介绍了俄国形式主义、英美新批评、结构主义、存在主义、现象学巴赫金和西方马克思主义关于文学作品的观念与模式。吴先生虽然提出的还是"作品"这么一个概念，但反映了当时中国学界梳理文学存在方式的要求。真正以文本概念为主线考察西方文学理论的是 1993 年李俊玉的《当代文论中的文本理论研究》（《外国文学评论》1993 年第 2 期）。他考察西方文本理论发展历史，并将其分为三种：一是把文本作为一种纯形式的考察对象。主要是俄国形式主义、英美新批评、法国结构主义的文本理论。二是把文本当作一种"互文"。由克丽斯特娃提出，被解构主义者们广泛运用。三是泛文本研究。同年，赖大仁发表的《关于文学文本论的思考》（《中州学刊》1993 年第 2 期）一文把西方文论史分为：传统的内容与形式统一的文本论和西方现代形式主义文本论。当然，也有很多学者对西方某个理论家的文本理论进行评述的，这里就不一一介绍。总之，学者们从各自的理论基点出发，对西方文本理论作了不同的分类与界定，以此为基点来概括文本理论的基本内涵。与此同时，他们也对西方文本思想的不足与缺陷开始反思，立足于改造和吸收其合理内核。

2000 年至今，中国学者开始反思文本概念的界定。如果说 90 年代中国学界还只是对西方文本理论进行梳理和甄别的话，2000 年以后中国学术界开始真正反思西方的文本概念。具体而言，这种反思又分为三个层次：

首先，对西方个别理论家文本理论的反思和评论大量涌现。罗兰·巴特作为西方文本理论的重要建构者，其文本理论独树一帜，因而受到中国理论界关注。如陈平《罗兰·巴特的絮语——罗兰·巴特文本思想评述》（《国外文学》2001 年第 1 期）一文从"作者之死"、阅读、叙事、文体和快感等几个方面探讨了巴特的文本理论。董希文的《超越文本：詹姆逊的泛文本理论与批评》（《学术论坛》2005 年第 8 期）就詹姆逊泛文本理论产生的基础、内涵与特征及意义进行了深入研究。康澄的《文本——洛特曼文化符号学的核心概念》（《当代外国文学》2005 年第 4 期）一文对洛特曼文化符号学中文本理论的内涵、实质及其发展变化。另外新世纪还有两个热点：一个是克里斯蒂娃的"互文性"的研究成为热点①；另一个则是以网络文学为主的超文本、泛文本研究的兴盛。② 这两个热点的出现也有其时代背景，那就是新世纪文化研究的兴起对传统文学文本的解构和冲击。"互文性"证明传统封闭的文学文本的是不可能的"结构之梦"，而超文本、泛文本概念的出现则是要求扩大文学理论研究范围和文学文本的概念内涵。

　　其次，在梳理和研究西方文本理论的基础上，学者们开始从中国传统的学术资源中挖掘文本思想，并将中西文本思想加以比较研究。张瑞德的《中西方诗学文本理论之比较》（《郑州大学学报》（哲学社会科学版）1999 年第 3 期）从文本的结构层次、文本的价值和意义三个方面比较了中西方诗学的文本理论。黄小伟《〈文心雕龙·神思〉中的互文和互文性分析》（《江西社会科学》2007 年第 8 期），焦亚东《互文性视野下的类书与中国古典诗歌》（《文艺研究》2007 年第 1 期），付国锋《析〈文心雕龙·章句〉的文本观》（《语文教学与研究》，2006年，第 28 页）则是用西方的文本思想来重新审视中国古代文学研究方式，从而给传统的学术研究提供了新视野。专著方面，专门论及传统文本理论的不多。傅修延《文本学——文本主义文论系统研究》（北京

---

　　① 克里斯蒂娃与罗兰·巴特同为后结构主义，克里斯蒂娃的理论译介到国内比较晚，90 年代后期有一些论文介绍，但直到 21 世纪才引起广泛关注。代表性论文有陈锡麟：《互文性理论概述》，《外国文学》1996 年第 1 期；黄念然：《当代西方文论中的互文性理论》，《外国文学研究》1999 年第 1 期；查建民：《从互文性角度重新审视 20 世纪中外文学关系》，《中国比较文学》2002 年第 2 期；陈永国：《互文性》，《外国文学》2003 年第 1 期；崔柯：《文本与主体革命——克里斯特娃的文本理论》，《文艺理论与批评》2012 年第 1 期；赵毅衡：《论"伴随文本"——扩展"文本间性"的一种方式》，《文艺理论研究》2010 年第 2 期。特别是赵毅衡将伴随文本分成六种：类文本、型文本、前文本、元文本、超文本、次文本，这无疑大大扩展了互文性的内涵。

　　② 李莉：《超现实与网络文学的大众性》，《湖南师范大学学报》（社会科学版）2001 年第 5 期；严峰：《超文本与跨媒体的文学》，《中国比较文学》2002 年第 4 期；黄鸣奋：《网络文学之我见》，《社会科学战线》2002 年第 4 期；许苗苗：《网络文学的五种类型》，《甘肃社会科学》2002 年第 4 期。

大学出版社 2004 年版）的最后一部分涉及文本观念的中西比较。作者认为中国古代诗学与小说评点中蕴藏着丰富的文本理论，既有专题阐发的滔滔雄辩，也有吉光片羽式的隽语精言。张法的《走向全球化时代的文艺理论》（安徽教育出版社 2005 年版）的第三章"文本：全球化时代文艺作品的理论定性"认为文本是一种追求确定性的虚实结构。张法指出西方文本理论重视语言构成，中国意境理论是轻言重意。总体来说，新世纪以来中国学者开始挖掘中国文本理论，虽然论著不多，但仍富有启发性。

最后，总体研究文本理论和建构中国的文本理论。21 世纪初先后出版了几本研究文学文本理论的专著，这些著作对西方各形态的文本思想进行整理与研究。如赵志军在《文学文本理论》（中国社会科学出版社 2001 年版）首先对"文学文本理论"作了界定，然后分析了俄国形式主义、巴赫金学派、塔尔图学派等的文学文本理论。面对兴起的网络文学，以及文化研究，黄鸣奋则提出建立"超文本诗学"①。中国社会科学院刘顺利的博士论文《文本研究》（2002 年）则认为文本可以不仅仅是文字形态的文本，还可以包括口头、体态语以及电影、电视等多种形态。董希文的《文学文本理论研究》（社会科学文献出版社 2006 年版）一书则认为文学文本理论是在语言论转向过程中兴起的一种新型文学理论观念，它强调文本自身的自律性和意义解读的多种可能性，立足文本语言、结构本身特征来研究文学。戴阿宝在《文本革命——当代西方文论的一种视野》（辽宁大学出版社 2007 年版）一书中就文本理论的出场语境、与传统作品理论的差异等问题作了探讨。蒋济永在《文本解读与意义生成》（华中科技大学出版社 2002 年版）中从文学性角度区分了文献文本、文章学文本与文学文本的区别，并借鉴英伽登现象学理论指出，要从审美经验出发进行文本解读。该著作重点虽然是论述文本解读，但其特色是旗帜鲜明的坚持了文学本文的文学性和审美性，并在论述时对中国传统美学有所阐发，在当时国内学界多在探讨文化研究对文学研究冲击的情况下，这一提法是难能可贵的。

---

① 黄鸣奋：《超文本诗学》，厦门大学出版社 2002 年版。

在梳理西方文本理论和挖掘中国传统文论的基础上，有学者进而提出建构中国文本批评学、文本学的构想。学术界也充分认识到了文本理论对当下文艺学学科的影响，希望在总结以往学术成果的基础上整合中西文本思想，为构建文本学、文本批评学这一新的学科扫清障碍。刘俐俐《跨学科视野中的文本批评学的构想》（《学术研究》2004年第3期）一文提出"构建文本批评学的构想"，她所界定的文本批评学的性质是将文本从文学史的架构中解放出来，直接对文学作品进行分析，目的是揭示和描述文学作品艺术价值形成的原因和机制，其目的是将西方的文本理论转换为方法论，强调方法意识。如果说以上还是对文本学学科的构想，那么傅修延的《文本学：文本主义文论研究》（北京大学出版社2004年版）一书则是对这一构想的实践。作者不仅评析新批评、形式主义、结构主义以及与其相关的经典叙事学、后结构主义、解构主义、后经典叙事学的文本主义文论，而且还花了大量的篇幅来分析中国传统的文本观念。该著作不乏原创性和真知灼见，但在对中国文本理论的挖掘方面仍稍嫌不足。

二　文本理论和概念在中国的接受

随着西方文本理论在中国的传播，中国学界对文本理论和概念的认识逐渐深入，并促进了中国文学理论的发展，给中国文学理论发展注入了活力，具体表现如下：

首先，文本概念的引入打破传统的文学研究观念，提供了对文学批评和研究对象新的认识。20世纪80年代，与西方文本理论相关的一系列著作翻译到中国，中国文学理论也从传统社会、历史和道德的批评转而关注文学本身，从文学的外部研究转向内部研究。西方文本理论的这种意义，李洁非当年在论述巴特"作者死亡"时就说得很好："我觉得罗兰·巴特'作者死了'这句话在中国当代批评中所起到的最好效果莫过于，评论家既因此改变了过去那种服从、论证作家的意识，又不至于拿一些理论教条在自己与作家之间砌起一道无形的墙，而恰恰是借助于这种对'作者'的超越反过来建立我们真正的作家研究——这种研究并不是为树立作家权威而效劳的，毋宁说是我们尝试文学的现象描述与艺术分析的开端。"① 到后来的解构主义、后殖民主义、后现代主义的文本理论在中国掀起热潮，受到广泛接受，也多起到类似作用。

其次，文本理论的引入，给中国批评者提供了行之有效的批评方法和手段。文本理论引入后，中国批评者的眼光从社会、历史转向了文本内在的语言、结构和叙事，并且采取了一系列行之有效的手段来分析文本。二十世纪西方文论的一个重要特点就是理论的批评化。比如新批评的文本理论主张主要是通过"细读"批评方法体现出来的，而新批评的理论家再阐释其对"细读"的重要理论术语时都是以具体文本案例分析为依托展开论述。比如形式主义的托多洛夫是在对薄伽丘的《十日谈》的文本分析时提出其"叙事作品语法"的理论；新批评燕卜逊在《含混七型》中对诗歌的分析充分展现了其"细读"的理论主张；巴特的《S/Z》对巴尔扎克小说的分析、列维—斯特劳斯的《结构人类学》中通过对俄狄浦斯神话的分析都体现了他们结构主义批评的手法。这种文本理论与文本分析相结合的方法深刻影响了中国，特别与西方结构主义相关的叙事学理论在中国发展比较好。特别是杰姆逊在北大的演讲，带来了中国叙事学文本分析的繁荣。1986—1992年是对叙事学译介的最活跃的年头，西方最有代表性的叙事理论作品基本上都是这期间翻译过来的。与此同时，中国本土化的叙事研究也有了显著成果②，叙事学的理论成为中国文学界进行文本分析的有效手段。

最后，西方文本理论对中国文学理论本身发展、文艺实践活动展开及文艺学学科教学、研究与建设都很有借鉴与启发作用。不少文学理论教材都引入文本概念，这都极大促进了中国文学理论建设。20 世纪 90 年代以前中国文学理论教材都是关注文学作品，而童庆炳、王小

---

① 李洁非：《文本与作者——一个小说叙述学难题》，《艺术广角》1989 年第 1 期。

② 具有代表性的论著有陈平原的《中国小说叙事模式的转变》（1988）、胡亚敏的《叙事学》（1994）、罗钢的《叙事学导论》（1994）、杨义的《中国叙事学》（1997）等。他们在借鉴西方叙事理论的同时，也以中国所特有的文学资源和话语形式，展开了自《诗经》以来的包括《山海经》、话本小说、《水浒传》、《红楼梦》等古典文学以及现当代小说的叙事研究，丰富了叙事学理论，为西方叙事学理论的中国化做出了自己的努力。

新等编的《文学理论教程》（高等教育出版社 1992 年版）被公认为
"更新换代"的教材，而"换代"的标志之一就是引入"本文"概念：
"'本文'，在英文中是原文、正文的意思，这里用来指由作者写成而有
待于阅读的单个文学作品本身。"① 这里该教材虽然使用的还是"本
文"一词，但它对本文和作品作了一定区分，告别了传统作品论教材
的表述。另外值得一提的是，该教材首次将文学作品的本文层次分为：
文学话语层面、文学形象层面和文学意蕴层面。这种文本层次三分法
给中国文学理论教材留下了深远影响，后来很多教材都采用了这种方
式来界定文本概念。到了 20 世纪初期，随着对文本概念认识的深入，
又出现一批教材对文本概念进行重新界定。如南帆的《文学理论——
新读本》（浙江文艺出版社 2002 年版）就有专章"文本"内容，梳理
了新批评以来的文本理论、后结构主义的文本理论，以及俄国形式主
义和英伽登的理论。王一川的《文学理论》（四川人民出版社 2003 年
版）专设一章分析了文本含义及其发展，较为详细地探讨了文本的各
种分类方式及其研究价值。而童庆炳新编的《文学理论教程》（高等教
育出版社 2004 年版）则有两个亮点：一、借鉴文本观念构筑理论体
系，突出作品（或文本）形式因素在体系中的重要地位。以专门章节
论述了叙事、抒情技巧问题，突出了原先被忽略的形式因素。二、引
进"文本"范畴，在分析其内涵及发展基础上，以"文本"为理论支点
突出其重要性，构建较为新颖的理论体系。所有这些，都显示了文本
观念向文学理论的渗透。董学文的《文学理论学导论》（北京大学出版
社 2004 年版）从文学语言的角度对文学文本与非文学文本进行了区
分，认为文学文本的语言指向是感觉、情感，思想、观念不直接呈现；
非文学文本表达的是概念、判断、推理，是思想观念。王先沛、胡亚
敏主编的《文学批评导引》（高等教育出版社 2005 年版）具有鲜明的
特色就是没有拘泥文本概念的界定，而是强调了文学批评要以文本的
文学性为对象，该教材对文本文学性作了富有启发性的论述。南帆新
编的《文学理论》（北京大学出版社 2008 年版）将西方文本概念发展

---

① 童庆炳主编：《文学理论教程》，高等教育出版社 1992 年版，第 177 页。

分为三个阶段：一、从作品到文本；二、互文性；三，作为话语的文本。这种思路明显比其 2002 年版的要清晰和准确。值得注意的是，国内不少文学理论教材处于不断改版中，不同版本教材对文本有不同界定和梳理，从中我们可以发现中国学界对文本概念的认识是不断深入和全面的。

三　文本概念在中国文学批评中的变异

首先，文本概念在中国传播的过程中，往往呈现多义性，或界定模糊。文本概念在中国传播过程中，认识并不系统，往往是零散化甚至是相互抵触的。特别是 20 世纪 80 年代，文本概念与作品概念并不清楚，翻译上等同，出现种种混乱。到 90 年代，不同理论家站在不同西方理论流派的立场上，各据一词，对文本界定也存在一定差异。比如有学者站在形式主义和阐释学等立场，王一川解释，"文本，顾名思义，就是指'本来'或'原本'意义上的、仿佛未经过任何人阐释的对象，它的意义总是有待于阐释的、向读者开放的。"[1] 冯寿农则站在结构主义理论角度认为，"'文本'顾名思义就是以文为本，与'人本'相对而言。……，60 年代结构主义批评宣称'作者死了'，文学的确不再是'人学'了，不再'以人为本'了，文学真正回到了它的本体，它的本真——'以文为本'了，文学批评转向内部，就是转向文本。"[2] 黄鸣奋从传播媒介的角度提出，如果着眼于信息编码技术的话，可以把文本分为三种类型：一是语体文本，即用体态语言编码，通过躯体显现的文本；二是物语文本，即诉诸通信工具，通过一定的物体来显现的文本（如实物信等）；三是口语文本，即诉诸人所特有的第二信号系统、通过特化的语言符号来显现的文本。而"文学文本"就是以语言文字为媒介创造出的语言织体。[3] 而有些关于文化批评的研究中对文本的界定的。如王晓路等著的《文化批评关键词研究》中

---

① 王一川：《杂语沟通》，湖北教育出版社 2002 年版，第 223 页。
② 冯寿农：《文本·语言·主题》，厦门大学出版社 2001 年版，第 13 页。
③ 黄鸣奋：《超文本诗学》，厦门大学出版社 2002 年版，第 24 页。

文本词条中认为"在消费社会日常生活中大量涌现的'文学文本'，就是这种以时空区隔来割断读者与文本间实意义联系，从而将生活事件、器物等实用文本文学文本化的实用性与文学性互为表里的文本。"① 这些文本概念的界定不乏深刻性，但往往从某一个理论或角度出发界定文本概念，缺乏历史的考察和整体关照。

其次，中国文本概念界定往往模式化，缺乏创新和超越性。2000年以后，中国开始出现很多对文本概念的界定，但这些概念的界定大多是来自文学理论教材这类著作。一方面，教材必须有一定规范性，对一个概念的界定往往必须科学严谨，这导致很多概念的界定不敢越过既有理论框架，缺乏创新性；另一方面，教材往往受制于其体例，往往缺乏对前人研究广泛的资料，其概念的界定也就缺乏创新的基础。这些著作对文本概念的核心要素，以及文本结构的特点缺乏分析。这些文学理论教材中关于文本概念一般是将文本结构分三个层次，这实际是受童庆炳主编的《文学理论教程》（高等教育出版社1992年版）的影响，后来很多教材都采用了这种方式来界定文本概念。比如杨春时的《文学理论新编》（北京大学出版社2007年版）中将文本结构分为：文学的表层结构——现实层面；文学的深层结构——原型层面；文学的超验结构。郭昭第的《文学元素学》（中国社会科学出版社2006年版）中将文本分为：文本的语言结构、文本的形象结构，以及文本的意义结构。当然有一些教材开始注意到分析文本的结构和要素特征。欧阳友权的《文学理论》（北京大学出版社2006年版）不仅将文本分为三个层次，还注意分析了文本的要素，但他将文本的内部构成要素归为文学作品的内容和文学作品的形式之间的关系，这又使文本界定回到了作品界定。总之，这些文学理论教材中文本概念的界定虽然认识了文本结构是分层的，但并没有分析这些层次之间的关系，以及层次内部的关系；另外较少认识到文本除了分层特性之外的其他特征，诸如互文性，文本与世界、作者等的关系也有所忽视。

---

① 王晓路等：《文化批评关键词研究》，北京大学出版社2007年版，第215页。

最后，中国往往关注理论本身，进行文本实践批评的不够。由于文本理论主要来自于西方，所以中国一直致力翻译和介绍西方理论，而具体运用进行批评实践的则不多。像英美新批评、形式主义、结构主义、后结构主义、读者反映批评等受到中国学界追捧。但这些流派的理论实际是立足于批评实践的，比如新批评、形式主义的文本细读，文学性等文本理论主要是在对象征主义等现代派诗歌的评论中建构的；罗兰·巴特的《S/Z》，雅各布森对《猫》也是进行细致的文本解析，而其本文理论也是立足于这种批评实践的。中国则介绍西方的文本理论居多，像他们这种对文本的深入分析往往做得不够。

当然，还有中国学者提出建构文本学体系，有些文本概念甚至超出文学批评范围。比如赵汀阳提出综合文本（syntext）①，他提出这种综合文本是向所有人文社会科学学科和思维方式开放，它允许而且要求各种学科和不同思维方式产生艺术性的结合。综上所述，西方文本概念在中国现代文化语境下，发生种种变异，那么变异原因有那些呢。

首先，文本概念在中国传播时间不对称性。文本在西方是一个历史和发展的概念，是一个逐渐发展和认识的过程。从形式主义注重文本的文学性和美学特征，到结构主义认识到文本的语言和结构，再到解构主义认识到文本的非自足性，到现象学、阐释学打开文本的历史背景，以及后现代主义、文化批评打开社会，文化更广阔的空间。文本概念的发展不是一蹴而就，是与西方社会历史，哲学思潮演变息息相关的，是一个历史的概念。而文本概念在中国传播的时间较短。从80年代开始引进，到90年代逐渐明晰，再到2000年后西方开始质疑时候，才短短的30年时间。所以中国的文本概念发展更多是对西方的一个引进和阐释。中国传播文本概念时候出现混乱和界定不清的情况，正是这一历史现实的反映。

其次，中国传统上缺乏西方语言哲学的演变，特别是缺乏形式主义那样的批评传统。因此学界很多试图从中国传统去挖掘有西方文本

---

① 赵汀阳：《综合文本》，《南方文坛》2004年第4期。

批评的传统，或者用西方文本理论阐释中国文论，但很容易出现简单比附，往往会牵强。比如杨杰的《意境说与文本理论》①一文认为中国的意境说，与产生在20世纪西方的文本理论有相通之处，该论点看似有新意，但实际缺乏学理基础。因此界定文本概念，在梳理西方文本概念的同时，也应该重新认识中国传统文本理论，要正视中西文论存在的差异性。

最后，当前文本概念受到冲击是中西方文论界共同面临的问题。21世纪初，西方同样面对和反思文化研究对文学的冲击，20世纪西方基于传统语言学分层分析的文本无法容纳庞杂的文化研究文本概念。可以说，中国开始接受文本概念的同时，也正是西方开始反思这一个概念的时候。中国学界同时面对西方历史的文本概念，又面对当前西方理论界的混乱，所以中国学界在新世纪对文本概念的认识又出现一定的反复和混乱。

从西方文本理论和概念在中国传播的历程，我们可以发现中国学界对西方文本理论和概念的接受经历了一个从自发到自觉的过程。当前不少学者开始致力于建构中国的文本学，这都体现中国学术的那种理论热情和特有的宏观视野。总体来说，我们对文本理论和概念的研究取得了一定成绩，但仍存在一定不足。特别是在创新方面，我们不应该总是跟在西方理论后面。其实当下学界与西方面临相同的理论困境，因而我们可以在挖掘中国传统文本理论进行更深入的研究，真正形成有特色的文本理论，解决当前世界文学理论的问题。

---

① 杨杰：《意境说与文本理论》，《文艺理论研究》1992年第5期。

20 世纪 30 年代中国留欧知识分子
与跨文化传播

从跨文化传播的角度看，留学生作为传播主体对欧洲文化与文学在中国的传播有着独特作用。在跨文化传播中，一个有效的传播至少包含三个关键要素：传播主体、接收者和经过编码的信息。① 传播主体对于选择什么信息传播，传播方式，以及如何进行信息编码等因素都有至关重要的影响，而接收者则由于阶层，知识背景，政治立场等因素对信息接收的选择，以及信息编码的解读都存在差异。欧洲文学在 30 年代中国传播的进程中，留学生在某种程度上既充当传播者又承担接收者的双重角色。所以留学生对于欧洲文学在中国的传播意义重大，本文对欧洲文学在 30 年代中国传播主体的考察就主要集中在留学生身上。

一 留学欧洲历史和数据统计

据"大秦景教流行中国碑"记载，欧洲基督教文化早在唐朝就已传播于中国。元朝大军西征时也有与十字军相遇的历史记载。但欧洲文明与中国实际性的接触，并对中国文化产生一定影响则始于明朝万历年间。以利玛窦为代表的欧洲传教士和以徐光启为代表的中国知识分子对欧洲文化在中国的传播，对中西方文化融合做了有益的尝试和贡献，并

---

① 关世杰：《跨文化交流学：提高涉外交流能力的学问》，北京大学出版社 1995 年版，第 48 页。

取得了一定成果。然而随着利马窦的去世，罗马教廷和清朝皇帝都对异质文化采取排斥政策，欧洲文化在中国传播的通道也随之切断。

直到鸦片战争打开中国国门后，清政府才认识到向"洋人"学习的重要性，中国留学生的历史也就开始了。中国近代第一批官派留学生是 720 名 12 岁—15 岁的留美幼童。由早期留美的容闳提议，经曾国藩、李鸿章奏请慈禧批准后从全国选招的，1872 年至 1875 年分四批赴美。不久有人剪掉辫子，改长袍马褂为西装，见师长羞于跪叩，还有人随房东去基督教堂。选带幼童出洋的清朝官员认为学生离经叛道，1881 年奏请慈禧批准，将全部幼童遣送回国。第一次留学计划遂告失败。第二代是光绪初年派出的海军留学生近百人。他们分赴欧洲各国学习，回国后成为重要的海军将领。其中，北洋海军将领刘步蟾、林泰曾、林永生等在甲午海战中壮烈殉国。第三代是 20 世纪初的留日潮。当时正值国防崩溃，民怨沸腾之际。1903 年清廷采纳张之洞奉诏拟定的《奖励留学毕业生章程》并公布实施，鼓励留学。每年赴日青年多达万人，分官费、公费和自费三种。同盟会的主要领导人和地方分会主盟人大多就是留日学者，这是发起留日潮的人始料不及的。第四代是庚款留美生。1907 年美国将其分到的庚子赔款中的超过实际消耗部分退还 1078 万美元，用于在中国办高等教育和中国学生留美。1911 年中国为选拔和预选留美学生建立清华学校，选派庚款留美学生 1971 人。他们当中很多人归来后成了学科奠基人和学术栋梁。

留学欧洲则主要有两个潮流。一个是留法勤工俭学学生。从 1915 年开始，中国知识界激奋于振兴中国的科学技术，鼓励青年向西方学习，发起成立"留法勤工俭学会"。与此同时，一些曾在法国留过学的留学生根据自己节俭苦学的生活经验，并针对当时留学欧洲费用高昂的问题，发起创立"留法俭学会"。该会在"改良社会、首重教育"的旗帜下，以"拟兴苦学之风，广辟留欧学界，欲造成新社会、新国民"为宗旨，竭力倡导去"民气民智先进之国"的法国和西欧留学。[①] 他

---

① 清华大学党史教研室编：《赴法勤工俭学运动史料》第一册，北京出版社 1979 年版，第 168 页。

们的主张，不仅获得当时任教育总长的蔡元培的全力支持，而且也受到青年学生的普遍欢迎。不久，第一次世界大战爆发，法国因战争而向中国招募了大批劳工。为了解决数以十万计的赴法华工的生活用语和教育问题，"留法勤工俭学会"应运而生。1916 年，中法两国联合成立"华法教育会"，在该会大力推动下，各种类型的留法勤工俭学预备学校在各地纷纷成立。与此同时，在五四新文化运动和苏联十月革命的影响下，人们的思想认识和价值观念发生了极大的变化。当时，"劳工神圣"的口号响彻全国，工读主义的思潮风靡各地。在这种历史潮流的推动下，留法勤工俭学运动亦走向高潮。在里昂、北京等地都设有分会，招寻自愿赴法求学的青年，逐步形成全国性潮流。此举延续了 20 多年，为以后中国的政治、科技、文化、艺术各项事业的发展做出重大贡献，培养了大批栋梁人才，如周恩来、邓小平等。但当时知识分子仍然觉得五四时期留学欧洲，学习欧洲的力度还远远不够，如吴敬恒言，"於吾今日之停顿之风气。中有所谓二十五分之欧化。……即以十五年之内前后有三十万人在东京下车之故。至於欧化则美国风气稍有一丝游离於今日日化空气之中。亦以美国留学生。向来比较为特多。至欧洲风气。今日中国空气。中毫未含有可觉之成分。此吾十年居外两度回国而自身视觉之。亦尝为同去欧洲者所共觉之也。"① 也就是说五四时期，中国受到欧洲文化和学术风气影响非常大，但留学欧洲人数还是比不上留学日本和美国的。

另一高潮则是在 1927 年到 1937 年期间。1927 年国民政府定都南京以后，中央和地方政府继续向美、英和西欧各国派遣官费留学生，每年有 100 人左右，自费留学的人数也日益增长。他们为中国科学研究体系和工业基础的建立，以及文化事业的发展作出了巨大贡献。30 年代留学人数在中国留学史上是远远超过以往的。据统计，抗战前夕海外中国学生人数大约在 1 万人左右。这个数字在今天看来可能不算多，可是从当时的教育状况和比例看确是惊人的。1934 年，全国大学

---

① 吴敬恒：《欧化枝谭》，《国民》1919 年第 1 卷第 1 期。

和专科学校在校学生人数为 41700 人。[①] 与之相比，国外留学生与国内大专生的比例约为 1：4，所以留学生问题是考察 30 年代中国文学和社会问题所不能忽视的。而且在这庞大的留学潮中，欧洲人数在留学生总数中占有相当大的比例，我们可以从统计数据来看 30 年代中国学生留学欧洲各国情况：

表1　　　　　1929—1937 国民政府留学欧洲学生统计数据[②]

年代＼国家	英国	法国	德国	意大利	比利时	瑞士	瑞典	荷兰	丹麦	波兰
1929	49	165	86	1	56					
1930	16	142	66	2	42			1	2	
1931	25	106	84	1	26	1	3			
1932	56	108	64		10					
1933	75	45	68	2	14				1	
1934	121	42	61	10	16	1		1	1	
1935	102	55	101	2	15	5		1	1	1
1936	86	22	117	6	7	2				
1937	37	14	52	1	4					

从上图可以看出，30 年代中国留学欧洲主要以法国、英国、德国、比利时、意大利为主。而且二三十年代，由于欧洲各国物价和汇率长期波动不定，中国留学欧洲学生则往往随物价的波动而更换留学国家。当法国留学生活价格便宜时，他们就到法国留学；当英国物价下跌时，他们又前往英国，很多学生还如此往返数次。所以留学欧洲的学生很多不仅仅留学某一国，或某一个学校的，那么那么考察他们所受的影响也不能单单考虑某一个国家，而是要从多个国家，或者是整个欧洲的角度出发。

就 30 年代中国留学生的专业情况来看，1933 年前，文科类（包括文、法、商、教）学生多于理工科（比如理、工、农、医）学生。自从

---

① 《中央周报》1936 年第 439 期。转引自王奇生《留学与救国——抗战时期海外学人群像》，广西师范大学出版社 1995 年版，第 25 页。

② 参见国民政府教育部档案，中国第二历史档案馆藏，全宗号 5，案卷号 15316。

1933 年后，国民政府提倡多派遣理工类留学生，文科类的学生比例才有所下降，但文科留学生所占比重在 30 年代仍然相当大。我们可以参考下表：

表 2   30 年代留学生文理科专业比例[①]

年代 学科	1930	1931	1932	1933	1934	1935	1936	1937
文法商教	55.5%	49.1%	59.4%	48.5%	49.8%	51.4%	46.2%	37.7%
理工农医	43.9%	48.9%	40.0%	51.0%	50.2%	48.6%	52.5%	62.3%
其他	0.6%	0.2%	0.6%	0.5%	0	0	1.3%	0

当然由于欧洲各国之间的差异，留欧人员分布上也有很多差异。比如留学法国的文科学生居多，因为二三十年代，法国是欧洲乃至世界的文化艺术中心。而留学德国学生专业则主要是医学、化学等理工科。据统计，1937 年 700 名留德学生中，50% 学化学、机械和电机，40% 学医学和陆军，其余只有 10% 学习文科[②]。30 年代留学德国理工科偏多主要有三点原因：（1）九一八事变后，蒋介石政府致力于军事建设，派遣大量军官赴德深造；（2）德国也正想与英美等列强争夺中国的留学生。1936 年 2 月，德国驻华大使陶德曼还专门到国民党中央电台发表讲话，介绍德国大学的情况，欢迎中国学生前往留学，为此德国政府在中国设立了多个辅助赴德留学的机构，并与中国在互换留学生问题上达成协议；（3）国民党政府 30 年代大力提倡理工科教育，而德国确实在这些方面比较突出。

二 留学欧洲知识分子与留美、日、俄的统计比较

在中国留学生研究领域，一般比较重视留学日本和美国。有研究者认为，中国留学史可以以五四为界，前期主要是留学日本，后期则主要是留学美国。[③] 如果把留学欧洲与留学日本、美国作个比较可以

---

① 中华年鉴社编：《中华年鉴》（下册），1948 年版，第 1747 页。

② 《我国留德学生之状况》，《兴介日报》1937 年 3 月 5 日。

③ 参见王奇生《中国留学生的历史轨迹》，湖北教育出版社 1992 年版，第 267 页。

看出，这三者在中国留学生中成三足鼎立之势，如下表：

表3 30 年代留学欧洲、美国、日本学生人数统计[①]

年代 国家	1929	1930	1931	1932	1933	1934	1935	1936	1937
欧洲	357	271	246	238	206	253	283	240	108
美国	272	158	115	99	186	254	294	255	202
日本	1025	590	83	227	219	347	447	496	49

这里留学日本多以自费为主，因为前往日本留学有"路近、费省、文同"的便利，而且按当时国际惯例，邻国不需要护照，所以留学不受政府规定的留学资格限制，很多不够留学资格的人大量负笈日本。自甲午之战后，中国往日本留学的人数就高居不下，而到 30 年代政府派往日本留学生人数实际上已经大大下降。比如 1929 年，公费留日学生仅 2 名，但自费达到 1023 人，1937 年 49 人全为自费。

至于留学苏俄，在中国留学史上所占比例则一直不大。直到 1921 年初，俄共中央成立东方共产主义劳动大学（简称"东大"）开始才有一定数量中国学生前往留学。东大主要是为东方各国培养革命人才，在东大成立第一年，中国留学生人数有 36 人。[②] 这之后又有刘少奇、任弼时、肖劲光、聂荣臻、王若飞等前往留学。中国学生大批留学苏联则是 1925 莫斯科中山大学成立之后，这正是孙中山先生实行联俄、联共、扶助工农三大政策之时，国民党中央选送了两期大约 800 人左右前往苏俄学习。1927 年蒋介石叛变革命，国民党政府则停止选送学生留苏，中山大学到 1930 年也就停办了。据统计，自 1925 年—1930 年，在苏俄中山大学等学校留学的国共两党的学生人数总计达 1300 余人[③]。由于中山大学主要为中国革命培养领导人才，所以其学制仅 2 年，而且不开设自然科学课程，只开东西方革命运动史、辩正唯物主

---

① 参见国民政府教育部档案，中国第二历史档案馆藏，全宗号 5，案卷号 15316。

② ［苏］B. H. 乌绍夫：《20—30 年代苏联为培养中国党和革命干部所提供的国际援助》，《党史研究资料》1988 年第 12 期。转引自王奇生《近代留学生与中国》，湖北教育出版社 1992 年版，第 79 页。

③ 同上书，第 80 页。

义、历史唯物主义等马列理论课程和党建、工人运动等课程。

关于30年代有留学欧洲、日俄、美国背景知识分子的比较。1934年顾凤城编撰的《中外文学家词典》，收录现代中国作家217名，其中留学出身的89人（留日39人，留美12人，留欧34人）。1937年小岛友于编撰的《现代中国著作家》，录载作家322人，其中留学经历的155人（留日57人，留美48人，留欧46人）。本人根据已有史料将活跃于30年代的，而且在文学创作上与欧洲联系密切相关的作家统计列表于下：

表4　　30年代与欧洲有关系（多是留学或游历的）的作家统计表①

姓名	籍贯	生卒	毕业学校	留学时间	留学国家和学校	主要经历和代表作品
老舍	北京	1899—1966	师范学校	1924—1930	伦敦大学	1926年加入文学研究会。1930年回国后任济南齐鲁大学、青岛山东大学教授。1938被选为文协理事兼总务部主任。代表作品：《二马》、《骆驼祥子》。
钱歌川	浙江桐乡	1903—1990	日本某大学	1936—1939	伦敦大学	1939年回国后任武汉、东吴等大学教授。代表作品：《地狱》（译）。
巴金	四川成都	1904—2005	成都外国语学校	1927—1928	法国	曾任中华全国文艺界抗敌协会理事。代表作品：《爱情三部曲》、《激流三部曲》、《憩园》、《寒夜》。
曹禺	湖北潜江	1910—1996	清华大学西洋文学系	—	无	代表作品：《雷雨》、《日出》、《原野》等。
萧乾	黑龙江省兴安岭	1910—1999	燕京大学	1939—1946	英国剑桥大学	抗战期间任《大公报》国际问题社评兼复旦大学新闻系及英文系教授。《梦之谷》、《负笈剑桥》，翻译：《好兵帅克》、《大伟人江奈生·魏尔德传》、《尤利西斯》。
钱钟书	江苏无锡	1910—1998	清华大学外国语文系	1935—1938	英国牛津大学英文系、法国巴黎大学研究院	1938年回国曾任昆明西南联合大学外文系、湖南师范学院、上海暨南大学外语系教授。代表作品《人·兽·鬼》、《围城》、《七缀集》、《谈艺录》、《管锥篇》等。

---

① 表4、表5、表6、表7主要是本人根据一些文学史料总结综合，所以还存在不够全面的问题。

姓名	籍贯	生卒	毕业学校	留学时间	留学国家和学校	主要经历和代表作品
杨绛	江苏无锡	1911—	苏州东吴大学	1935—1938	英法	剧本有《称心如意》、《弄真成假》、《风絮》；小说有《倒影集》、《洗澡》；论集有《春泥集》、《关于小说》；译作有《1939年以来的英国散文选》、《小癞子》、《吉尔·布拉斯》、《堂吉诃德》等。
卞之琳	江苏海门	1910—2001	北京大学	1947—1949	游学英国牛津	与何其芳、李广田合出诗集《汉园集》而并称"汉园三诗人"。另有诗集《三秋草》、《鱼目集》、《慰劳信集》、《十年诗草》。
许地山	广东揭阳	1893—1941	燕京大学	1924—1926	牛津大学曼斯菲尔学院	曾任中华全国文艺界抗敌协会香港分会常务理事，代表作品：《命命鸟》、《落花生》、《春桃》等。
梁宗岱	广东新会	1903—1983	广州培正中学	1924—1931	法国	《晚祷》、《诗与真》等；翻译：《浮士德》、《莎士比亚十四行诗》等。
王统照	山东诸城	1897—1957	中国大学	1934—1935	欧洲	《一叶》、《山雨》、《童心》、《夜行集》、《江南曲》等。
戴望舒	浙江杭州	1905—1950	震旦大学	1932—1935	法国里昂中法大学	1932年参编《现代》，1936年与卞之琳、孙大雨、梁宗岱、冯至等创办《新诗》月刊。代表作品：《我的记忆》、《雨巷》、《望舒草》等。
曹葆华	四川省乐山	1906—1978	上海大学文学系、震旦大学法文班、清华大学研究院	—	无	1939年赴延安历任鲁艺文学系教员，中共中央宣传部翻译科长、编译处副处长。代表作品：《寄诗魂》、《落日颂》；翻译梵乐希的《现代诗论》、瑞恰慈的《科学与诗》。
苏雪林	安徽太平	1897—1999	北京高等女子师范	1922—1925	法国里昂国立艺术学院	1931年任教于国立武汉大学。代表作品：《棘心》、《绿色》。
艾青	浙江金华	1910—1996	杭州西湖艺术学院	1929—1932	法国	《大堰河》、《北方》、《向太阳》、《归来的歌》等。
冯至	河北涿州	1905—1993	北京大学德文系	1930—1935	德国海德贝格大学、柏林大学	1923年起先后参加和发起组织浅草社和沉钟社。1935年回国后，先后在上海同济大学、西南联合大学和北京大学任教授。代表作品：《十四行诗》、《东欧杂记》、《杜甫传》、《十年诗抄》、《诗与遗产》、翻译：《海涅诗选》、《德国，一个冬天的童话》等。

续表

姓名	籍贯	生卒	毕业学校	留学时间	留学国家和学校	主要经历和代表作品
宗白华	江苏常熟	1897—1986	同济大学	1920—1925	法兰克福大学和柏林大学学习哲学和美学	回国后曾任东南大学哲学系、中央大学哲学系教授。代表作品：《艺境》、《流云》、《美学散步》；译著：《判断力批判》、《欧洲现代画派画论选》。
朱光潜	安徽省桐城县	1897—1986	香港大学文科教育系	1927—1933	英国爱丁堡大学文科硕士学位，法国斯特拉斯堡大学文科博士学位	回国后曾任北京大学、四川大学教授、武汉大学教授、教务长。代表作品：《悲剧心理学》、《文艺心理学》、《西方美学史》，翻译黑格尔《美学》等。
王光祈	四川温江	1892—1936	中国大学法律系	1920—1936	柏林大学专攻音乐学、德国波恩大学博士	民族音乐学的奠基人，1934 年以《论中国古典歌剧》一文获波恩大学博士学位。代表作品：《东方民族之音乐》、《欧洲音乐进化论》、《中国音乐史》、《东西乐制之研究》、《东方民族之音乐》、《中国诗词曲之轻重律》、《翻译琴谱之研究》等。
刘半农	江苏江阴	1891—1934	常州中学	1920—1925	欧洲	回国后任北京大学教授，代表作品：《瓦釜集》、《半农杂文》等。
陈寅恪	江西义宁	1890—1969	上海吴淞复旦公学	1911—1925	德国柏林大学、瑞士苏黎世大学、法国巴黎高等政治学校经济部、德国柏林大学研究院	1930 年后，兼任中央研究院历史语言研究所研究员兼第一组（历史）主任、故宫博物院理事、清代档案编委会委员。代表作品：《韦在秦妇吟校笺》、《金明馆丛稿》、《寒柳堂集》、《柳如是别传》等。
陈学昭	浙江海宁	1906—1991	上海爱国女学文科	1929—1935	法国克莱蒙大学文学博士	1923 年参加文学团体浅草社。代表作品：《忆巴黎》、《延安访问记》、《工作着是美丽的》等。
傅斯年	山东聊城	1896—1950	北京大学	1920—1926	英国伦敦大学研究院、德柏林大学研究院	曾主编《新潮》杂志，五四运动学生领袖。1926 年冬回国后先后在中山大学、北京大学任教，作品有：《傅孟真先生集》。

姓名	籍贯	生卒	毕业学校	留学时间	留学国家和学校	主要经历和代表作品
傅雷	上海	1908—1966	上海同济大学附中	1927—1931	巴黎大学巴黎卢佛美术史学校	1931年回国受聘于上海美专。代表作品：《傅雷家书》；翻译：《约翰·克利斯朵夫》、《高老头》、《欧也妮·葛朗台》、《邦斯舅舅》等。
陈铨	四川富顺	1903—1969	清华大学	1928—1934	美国阿比林大学、德国克尔大学	回国后先后在武汉大学、清华大学等任教。代表作品：《天问》、《野玫瑰》、《黄鹤楼》、《狂飙》、《金指环》、《无情女》、《兰蝴蝶》等。1936年著《中德文化研究》。
包尔汉	新疆温宿	？—1989	—	1929—1933	德国	1949年任新疆省主席，代表作品：《火焰山的怒吼》。
高长虹	山西盂县	1898—？	山西省立第一中学	1930—1937	欧洲	1924年至1929年间发起并组织了"狂飙运动"，创办《狂飙》等多种进步刊物，代表作品：《献给自然的女儿》。
李金发	广东梅县	1900—1976	南洋中学	1919—1925	第戎美术专门学校和巴黎帝国美术学校	回国上海美专执教，同年加入文学研究会，1936年任广州美术学院校长。《微雨》《雕刻家米西益则罗》、《意大利及其艺术概要》、《德国文学ABC》、《异国情调》等。翻译：《古希腊恋歌》、《托尔斯泰夫人日记》等。
孙伏园	浙江绍兴	1894—1966	北京大学	1928—1929	法国	曾任《晨报》副刊、《京报》副刊、《中央日报》副刊编辑；1928年主编《当代》。代表作品：《伏园游记》、《鲁迅先生二三事》。
朱自清	浙江绍兴	1898—1948	北京大学	1931—1932	英国	回国后曾任清华大学中文系主任。代表作品：《桨声灯影里的秦淮河》《背影》、《荷塘月色》、《欧游杂记》等。
李劼人	四川成都	1891—1962	—	1919—1924	法国	《死水微澜》、《暴风雨前》、《大波》、《旅法华土之现状及其将来》
李健吾	山西运城	1906—1982	清华大学	1931—1933	法国巴黎现代语言专修学校研究福楼拜	回国后在中华文化教育基金董事会编辑委员会工作。1935年任上海暨南大学文学院教授、上海孔德研究所研究员。抗战时期，是上海"孤岛"话剧界的成员。代表作品：《意大利游简》、《草莽》、《青春》、《咀华集》、《福楼拜评论》；翻译：《这不过是春天》、《莫里哀喜剧集》。

续表

姓名	籍贯	生卒	毕业学校	留学时间	留学国家和学校	主要经历和代表作品
成仿吾	湖南新化	1897—1984	东京帝国大学	1928—1931	法国	曾主编共国柏林、巴黎支部机关刊物《赤光》。1931 年回国后，担任鄂豫皖苏区省委宣传部长兼黄安（红安）县委书记，译有《共产党宣言》。
林语堂	福建漳州	1895—1976	上海圣约翰大学	1919—1923	美国哈佛大学，德国莱比锡大学	回国后曾任北京大学英语系语言学教授、北京女师大教务长、厦门大学任文科教授，并参加鲁迅主办的"语丝杜"。1927 年到国民党武汉政府外交部任秘书，1932 年至 1935 年间，曾相继主编过《论语》、《人间世》、《宇宙风》等刊物，代表作品：《京华烟云》等。
沈宝基	浙江平湖	1908—2002	中法大学服尔德学院	1928—1934	里昂大学文学博士	翻译：《雨果诗选》、《巴黎公社诗选》、《贝朗瑞歌曲选》、《鲍狄埃革命歌曲选》。

表 5　　　与日本有关系（多是留学或游历的）的作家统计表：

姓名	籍贯	生卒	社会出身	留学时间	留学学校	主要经历和代表作品
郭沫若	四川	1892—1978	地主兼商人家庭	1914—1923	九州帝国大学医学科	1926 年任北伐军总政治部主任，30 年代任国民政府军事委员会政治部第三厅厅长。代表作品：《凤凰涅槃》、《三个叛逆的女性》等。
成仿吾	湖南新化	1897—1984	封建士大夫家庭	1910—1921	东京帝国大学军械制造专业	创造社主要成员，后参加长征任陕北公学校长；代表作品《流浪人的新年》。
田汉	湖南长沙	1898—1968	农民家庭	1914—1922	东京高等师范学校教育系	创造社主要发起者。代表作品：《获虎之夜》、《名优之死》、《回春之曲》。
李初梨	四川江津	1900—1994	破落家庭	1915—1927	东京帝国大学文学部哲学科	1928 年加入中国共产党，1930 年加入左联，40 年代任中共中央东北局宣传部副部长。代表文章：《从文学革命到革命文学》、《怎样的建设革命文学》。

续表

姓名	籍贯	生卒	社会出身	留学时间	留学学校	主要经历和代表作品
胡风	湖北蕲春	1902—1985	农民家庭	1929—1933	应庆大学英文系	回国后曾任中国左翼作家联盟宣传部长、书记，中华全国文艺抗敌协会常委。代表作品：《胡风评论集》。
周扬	湖南益阳	1908—1989	地主家庭	1928—1930	留学日本	1928年毕业于上海大夏大学，同年冬留学日本。1930年回到上海后，他参加领导了中国左翼革命文艺运动，主编"左联"机关刊物《拓荒者》。
张资平	广东梅县	1893—1959	破落家庭	1919—1929	东京帝国大学理学院地质系学习	创造社成员，归国后于湖北武昌师范大学任教。代表作品：《冲积期化石》《雪的除夕》、《不平衡的偶力》、《飞絮》、《最后的幸福》等。
夏衍	浙江杭州	1900—1995	破落小地主家庭	1920—1924	日本明治专门学校电机科	回国当选为"左联"执委。1933年任中共上海文委成员、电影组组长。创作有电影剧本《狂流》、《春蚕》，话剧《秋瑾传》、《上海屋檐下》，报告文学《包身工》。
欧阳予倩	湖南浏阳	1889—1962	破落家庭	1904—1906	明治大学商科，早稻田大学文科	回国后开办广东戏剧研究所，还与田汉等人组织了"南国社"。编导《三年以后》、《天涯歌女》、《潘金莲》。1937年与洪深等在上海主持戏剧界救亡协会，创作了弘扬民族精神的《梁红玉》、《桃花扇》、《木兰从军》等。
冯乃超	广东南海	1901—1983	华侨商人家庭	1924—1927	京都帝国大学哲学系，后改学美学与美术史	1927年回国后曾任左联和文化总同盟中共党团书记，并兼任《红旗报》编辑。1938年到郭沫若领导的政治部第三厅任职，并参加筹备中华全国文艺界抗敌协会，后任理事兼组织部副部长。代表作品：《红纱灯》。

续表

姓名	籍贯	生卒	社会出身	留学时间	留学学校	主要经历和代表作品
朱镜我	浙江鄞县	1901—1941	贫农	1924—1927	东京帝国大学	中国左翼作家联盟成立发起人之一，随后发起成立中国社会科学家联盟，担任第一任中共党团书记。之后担任了中共中央宣传部文化工作委员会书记兼中国左翼文化界总同盟党团书记，中共江苏省委宣传部部长。
穆木天	吉林伊通人	1900—1971	破落家庭	1926—1931	东京大学	1931 年加入左联。中国诗歌会发起人之一。左联时期著有《秋日风情画》、《平凡集》、《流亡者之歌》、翻译《青年煤炭党》等。

表 6   留学苏联作家统计

姓名	籍贯	生卒	社会出身	留学时间	留学学校	主要经历与代表作品
瞿秋白	江苏常州	1899—1935	破落家庭	1920—1930	莫斯科中山大学	1920 年以《晨报》、《时事新报》特约记者身份赴苏俄采访，任中国共产党的四、五、六届中央委员，五届中央政治局常委，六届中央政治局委员。1927 年八七会议上，担负起党的主要领导人的重任，主持中央工作。代表作品：《瞿秋白文集》。
蒋光慈	安徽金寨	1901—1931	小商人家庭	1921—1925	莫斯科东方大学	1927 年写出《短裤党》，大革命失败后写了《野祭》、《冲出云围的月亮》、《无产阶级革命与文化》。1928 年 1 月，主编的《太阳月刊》正式出版，在他和钱杏邨等人的倡导下，"太阳社"同时宣告成立。"左联"成立后，主编"左联"机关刊物《拓荒者》。

姓名	籍贯	生卒	社会出身	留学时间	留学学校	主要经历与代表作品
聂绀弩	湖北京山	1903—1986	贫农家庭	1925—1927	莫斯科中山大学	回国曾任中央通讯社副主任。1932年加入"左联"，1934年编辑《中华日报》副刊"动向"。1936年与胡风等编辑《海燕》月刊。代表作品：《婵娟》、《巨像》、《历史的奥秘》、《蛇与塔》等。
曹靖华	河南卢氏县	1897—1987	贫农家庭	1924—1925	赴苏联莫斯科东方大学学习	回国后在北平大学女子文理学院、东北大学、中国大学任教。代表作品：《铁流》、《城与年》、《我是劳动人民的儿子》等。
韦素园	霍邱县	1902—1932	小商人家庭	1921—1925	曾赴莫斯科考察学习	译著有俄国果戈理小说《外套》、俄国短篇小说集《最后的光芒》、北欧诗歌小品集《黄花集》、俄国梭罗古勃的《邂逅》等。

表7　　　　　　　　　　**留学美国的作家统计**

姓名	籍贯	生卒	毕业学校	留学时间	留学学校	主要经历以及代表作品
胡适	安徽绩溪	1891—1962	中国公学	1910—1917	康乃尔大学农学院，后转文学院哲学。1915年入哥伦比亚大学研究院	1917年回国，任北京大学教授，加入《新青年》编辑部，成为当时新文化运动的重要人物。从1920年至1933年，主要从事中国古典小说的研究考证，抗日战争初期出任国民党"国防参议会"参议员，1938年被任命为中国驻美国大使。

续表

姓名	籍贯	生卒	毕业学校	留学时间	留学学校	主要经历以及代表作品
罗家伦	浙江绍兴	1897—1969	北京大学	1920—1926	普林斯顿大学研究院、哥伦比亚大学研究院，1922 年起，又相继留学英、德、法等国	1918 年，为提倡文学革命而办《新潮》月刊。1932 至 1941 年期间任中央大学校长。
陈衡哲	湖南衡山	1893—1976	清华学堂留学生班	1914—1920	纽约瓦沙女子大学获文学学士学位、芝加哥大学硕士	1920 年回国，先后在北大、川大、东南大学任教授。1917 年创作了白话短篇小说《一日》、《小雨点》、《衡哲散文集》。新中国成立后，曾任上海政协委员。
冰心	福建长乐	1900—1999	协和女子大学文学系	1923—1926	美威尔斯利女子大学文学硕士	1926 年回国，任教于燕京大学、清华大学。《繁星》、《春水》,《分》、《冬儿姑娘》。
梁实秋	浙江余杭	1903—1987	清华大学	1923—1926	美国哈佛大学研究院	1926 年回国任教于南京东南大学，暨南大学。1935 年秋创办《自由评论》，先后主编过《世界日报》的副刊《学文》和《北平晨报》的副刊《文艺》。1938 年任国民参政会参政员，代表作《雅舍小品》、《英国文学史》，30 年代开始翻译莎士比亚作品。
闻一多	湖北省浠水县	1899—1946	清华大学	1922—1925	美国芝加哥美术学院	1925 年 5 月回国后，历任国立第四中山大学、武汉大学、青岛大学、清华大学、西南联合大学教授。代表作品:《死水》。

续表

姓名	籍贯	生卒	毕业学校	留学时间	留学学校	主要经历以及代表作品
林语堂	福建龙溪县	1894—1976	上海圣约翰大学	1919—1923	获哈佛大学硕士和莱比锡大学博士学位	回国后任北京大学英语系教授，北京女师大教务长，厦门大学任文科教授，参加鲁迅主办的"语丝社"。1927年到国民党武汉政府外交部任秘书，1932—1935年间，相继主编《论语》、《人间世》、《宇宙风》等刊物，代表作品：《京华烟云》等。
朱湘	安徽太湖	1904—1933	清华大学	1926—1929	美国	回国执教于安徽大学，1933年12月自沉于南京采石矶。代表作品：《石门集》、《中书集》、《海外寄霓君》等。
徐志摩	浙江海宁	1897—1931	北京大学	1918—1922	美国学习银行学，后前往英国留学	1923年发起成立新月社，后加入文学研究会。1924年创办《现代评论》，任北京大学教授。1930年任中华文化基金委员会委员，1931年创办《诗刊》季刊，同年11月遇难身亡。代表作品：《翡冷翠的一夜》、《猛虎集》、《云游》、《巴黎的鳞爪》，译著《曼殊斐尔小说集》等。
许地山	广东揭阳	1893—1941	燕京大学	1922—1927	纽约哥伦比亚大学获文学硕士学位	1927年回国在燕京大学文学院和宗教学院任教，1935年为香港大学文学院主任教授。著作有《空山灵雨》、《缀网劳蛛》、《危巢坠简》、《道学史》、《达衷集》、《印度文学》；译著有《二十夜问》、《太阳底下降》、《孟加拉民间故事》等。

续表

姓名	籍贯	生卒	毕业学校	留学时间	留学学校	主要经历以及代表作品
洪深	江苏武进	1894—1955	清华大学	1916—1922	俄亥俄州立大学学烧磁工程，1919年哈佛大学 G. P. 贝克教授主办的戏剧训练班	回国先后在复旦大学、暨南大学、山东大学、北京师范大学等校任教。成立了"戏剧协社"和"南国社"，代表作品：《申屠氏》《歌女红牡丹》。
熊佛西	江西丰城	1900—1965	燕京大学	1924—1926	美哥伦比亚大学获硕士学位	回国后在北平艺术师专任教。代表作品：《袁世凯》《新生代》。

三　留学欧洲知识分子的独特性

从上面的几个表格中的名单资料我们可以看出，相对留学日俄、美国的留学生来说，留欧的作家有自身特点和不同：

首先，留学欧洲作家的家庭出身、社会职业、经济收入多比较高。这一点留美学生和留欧学生情况是相似的。比如老舍虽然是出身于一个破落的旗人家庭，但出国前他任小学校长，工资每月有100块大洋，老舍说当时1毛5就可以吃顿很好的饭：一份炒肉丝，三个火烧，一碗馄饨带两个鸡蛋。他留学英国也是得到教会资助，在伦敦大学还担任教师职务。留学回国后，老舍先后任济南齐鲁大学、青岛山东大学教授，工资都在200个大洋左右，可以说老舍在生活上一直是衣食无忧的。即便像郑振铎他留学欧洲也是得到了商务印书馆的留学补助，每年可以领到一万元。① 所以他在欧洲可以安心学习，并有机会去剧院和咖啡馆等休闲场所。而留学日俄的多来自中国社会的中下层，多是中等地主兼商人、破落官绅、小商人，以及农民家庭。而二三十年代中国社会矛盾激化，下层社会的成长背景必然对这些留学日俄的学生性格气质和思想产生影响。留学日俄的学生不仅仅出身多贫寒，而

---

① 参见郑振铎《郑振铎选集》（下册），福建人民出版社1983年版，第904页。

且他们基本都是回国就失业，他们回国后的工作与经济收入也远不能和留学欧美的学生相比。表 5 和表 6 中，像郭沫若、成仿吾、田汉、钱杏邨、李初梨、蒋光慈、冯雪峰、胡风、瞿秋白、周扬等回国后基本没固定工作和经济来源。他们有的临时到大学兼课，或者在一些经济状况不好的杂志做编辑，写点文章拿稿费，他们生活多处于窘迫和飘零中。据周扬夫人回忆，30 年代的周扬，除了工作外，相当一部分时间要用来去"找钱"，经常向沙汀、周立波、章汉夫、夏衍等借钱，"当时我们生活很困难，几乎天天为生活作难"①，应该说留学日本和苏联的作家思想基本"左倾"，也和他们家庭出身和所处的社会阶层有很大的关系的。另外，这些作家选择左翼文学，也与他们留学国家左翼革命思想盛行有关。当然，有些同样出身贫寒的青年则选择自由主义作家的阵营，比如沈从文、废名等。

其次，从留学生的学历上看，30 年代欧洲和美国的学生学历一般要高于留学日本和苏联的。30 年代初期，国民政府加强了留学的管理。1933 年国民政府教育部颁布的《国外留学规程》规定，公费留学必须通过考试选拔。报考资格为：（1）专科以上学校毕业继续研究所学习学科或任与所习学科相关技术职务二年以上，并有专门著作或其他成绩者；（2）大学或独立学院毕业成绩优秀者。自费留学无须考试，但也必须是专科以上学校毕业曾任技术职务二年以上者才发给留学证书。在此规定下，30 年代留学欧美的留学生在学历上大大提高。据1934 年 8 月 17 日《大公报》报道："近年来关于留学生方面，有一个很好的现象，便是留学生在质上有极剧的改进。换言之，以前的留学生多半是到外国去入大学本科，甚或中学，现在大批的学生则多是入大学研究院，有的并已在国内有了两三年专门研究，或数年实际经验，专为到海外求得登造最后峰极的。"②而且欧洲和美国的学制上比较完备，要求比较严格，特别是英国和德国以论文严格著称，这点对培养

---

① 王蒙、袁鹰：《忆周扬》，内蒙古人民出版社 1996 年版，第 67 页。
② 《大公报》1934 年 8 月 17 日。转引自王奇生《留学与救国——抗战时期海外学人群像》，广西师范大学出版社 1995 年版，第 25 页。

留学生扎实的功底是非常有效的。比如钱钟书就是受不了英国严酷的论文答辩，以及寻章摘句的研究，最后放弃而前往法国游学的。而同期留学日本和苏联的学生在学历上就要相差很远。据统计，1935年赴日留学生中，大学毕业仅占11.8％，专科学校毕业生占12.7％，其余75.5％为大专学校肄业生和中学毕业生。① 之所以如此，主要是当时留学日本仍不需要护照和留学证书，不受国民政府教育部留学规程的约束，大量不具备留学资格的人前往日本，而且当时日本政府和学校为吸引中国学生前往也来者不拒。当时日本大学三年可以毕业，很多中学毕业生觉得花费较少的时间和金钱就可以换一个东洋学位，也颇划算，而且很多学校学制并不完备，本来留日学生声誉就不佳，鲁迅先生就笑话过，"有些留学生到日本去留学，到了日本以后，就关起门来炖牛肉吃，在日本住了几年，连日本话也不说，更不用说日本书了。"② 因此，相对留学欧洲和美国的学生，30年代中国留日学生的声誉和质量愈趋下降。

最后，留学欧洲的学生多重文学和学术。比如英国大学往往多贵族气和绅士气；法国则多浪漫和艺术气质；德国则重哲学玄思和精密科学，这些也或多或少地影响中国留学欧洲学生的气质，以及他们在中国社会和文化发展中的作用。蔡元培先生就说过："……剑桥、牛津诸大学，初不以科学为重，而在养成绅士之态度，此其为最著者。其他各种学校，亦多有此习惯。曾闻有一中国官费女学生，因其冠不合时式，而受校长之责问者。其不自由如此。"③ 蔡元培将它称之为不自由，这正是一种大学文化。徐志摩曾先后留学美、英，他比较两国的留学生活时候说："我在美国是整两年，在英国页算是整两年。在美国我忙的是上课，听讲，写考卷，龈橡皮糖，看电影，赌咒。在康桥，我忙的是散步，划船，骑自行车，抽烟，闲谈，吃五点钟茶、牛油烤饼，看闲书。"④ 实际上美国是新兴的资本主义国家，留学生往往是紧

---

① 《关于留学教育问题》，《留东学报》1935年创刊号。

② 章衣萍：《欧游随笔·序》，湖南人民出版社1983年版，第3页。

③ 蔡元培：《蔡元培全集》第3卷，中华书局1984年版，第281—282页。

④ 徐志摩：《吸烟与文化》，载《徐志摩全集》第2卷，天津人民出版社2005年版，第331页。

张而单调的学习生活，而欧洲剑桥则更多是一种优游闲适的生活气息。总体看留学欧洲这批学生不像留学日俄的比较倾向革命，也不像留学美国的多注重经济、政治。冯至在 1930—1935 年间留学德国，他对当时自己的思想评价在留学 30 年代欧洲的学生中很具有代表性：

> 从 1930 年到 1935 年 6 月，我到德国先后在柏林和海岱山学习。学习的主课是德国文学，副科是哲学和美术史。这正是国内革命战争、革命的反"围剿"与反革命的"围剿"斗争最激烈的时期，德国的社会也十分动荡不安。我从书本上得到一些知识，却也严重地脱离现实。①

说"严重脱离现实"可能是冯至对自身的严格评价，但也一定程度上反映了事实。留学欧洲的很多知识分子诸如钱钟书、宗白华、朱光潜等等多如此，都热爱祖国，关心民族兴亡，但他们更多是关注学术和科学，而缺少政治热情。这些或多或少影响到他们在 20 世纪中国社会发展中的作用，以及他们自身的命运。

四 留学欧洲知识分子与跨文化传播

在中国社会与文化的现代转型期间，留学生所起到的历史作用是相当重要的。正如田正平所言，留学的兴起正是中国人"经历了种种屈辱、痛苦、比较、反思之后，面对西方资本主义文化的冲击，所作出的重大文化抉择。"② 所以他们在中国现代化进程中有多种作用。关于留学生的意义，学术界近年来已有不少学者关注。比如周晓明将新月派留学作家群放入现代中国文化史的大背景下来研究，他认为现代中国留学生运动和留学文化具有双重地位和价值："一方面，它们以其自身格外显明的多源与多元品格而成为现代中国文化文学史卷中的一道亮丽风景；另一方面，它们又为整个现代中国文化文学从多源到多

---

① 冯至：《自传》，载《冯至全集》第 12 卷，人民文学出版社 1990 年版，第 607—608 页。
② 田正平：《留学生与中国教育近代化》，广东教育出版社 1996 年版，第 38 页。

元的演进，以及多源与多元间的良性互动，作出了独特贡献。"① 这里
周晓明将思想文化与文学史并置，界定有模糊不清之嫌。相对而言，
叶隽提出留学生的大文化史的意义倒显得更为恰当，因为"留学生往
往一身多任，同时在这几个领域内发挥作用，而且相辅相成、相得益
彰；割裂开来反而难得历史的真相与全貌。"② 据此，叶隽甚至将留学
生研究考察到政治文化领域，他认为大文化史的概念不一定完全排斥
政治。这些都显示了留学生的影响和意义不仅仅限于文学领域，而本
文并不是全面考察留学生在中国现代化建设中的作用，只是将留学生
视为传播的一个环节，即传播的主体来考察。留学生与文化传播密不
可分，首先人之为人就正在于传播，一个人的生活方式就是他的传播
方式，正如美国文化传播学者威尔伯·施拉姆所言："我们既不完全像
神，也不完全像动物。我们的传播行为证明我们完全是人"③。人存在
就要传播，正如存在就离不开空气和水一样。英国学者特伦斯·霍克
斯说："人在世界上的作用，最重要的是交流。"④ 而留学生在跨文化
传播与交流中最具代表性的，作为欧洲文学与思想在中国传播的主体
之一，他们在翻译，介绍欧洲文学上做的贡献和成绩，以及他们的创
作和思想上所受欧洲的影响，这些使得他们成为欧洲文化与文学在中
国传播的重要主体。比如老舍在伦敦大学东方学院工作了五年之久，
一方面他与英国下层人民进行广泛深入的交流，他和艾支顿同住了 3
年，助他译了《金瓶梅》，这不仅使他学习了语言，更重要的是更深入
地了解了中西民族文化心理的不同。另一方面，他还向英国学生讲授
中国文学，如"唐代爱情文学"的讲座就很受好评。在此期间，他更
是依次系统地念了荷马史诗、古希腊悲剧喜剧和短诗、古罗马文学、
文艺复兴时期的作品、17、18 世纪的作品以及英法小说。正如老舍回

① 周晓明：《留学族群视域中的新月派》，《华中师范大学学报》（人文社会科学版）2000
年第 1 期。
② 叶隽：《另一种西学——中国现代留德学人及其对德国文化的接受》，北京大学出版社
2005 年版，第 31 页。
③ ［美］威尔伯·施拉姆、威廉·波特：《传播学概论》，陈亮等译，新华出版社 1984 年版，
第 39 页。
④ ［英］特伦斯·霍克斯：《结构主义和符号学》，上海译文出版社 1987 年版，第 127 页。

忆说："1928 年至 1929 年，我开始读近代的英法小说"，"英国的威尔斯、康拉德、梅瑞狄茨和法国的福录贝与漠泊桑，都拿去了我很多的时间"①。1930 年老舍回国后先后在山东大学等学校从事教育工作，还系统编写了《文学概论讲义》、《世界名著研究》、《欧洲文艺心潮》、《外国教学史》等，在学术和传播欧洲文学方面取得了很大成绩。可见留学更多是一种跨文化的传播，是一个双向的交流。当然，本文更多是将留学生作为欧洲文化与文学在中国传播的主体，把留学作为一种背景来考察的。

（一）对科技、学术，以及教育的发展意义

首先，留学生在教育史上有文化传播的意义。从跨文化传播的角度看，留学生的教育意义是不可低估的。教育在文化传播方面功能强大，正如此，英、德等列强才紧跟在美国后面，在 30 年代相继将庚子赔款用于留学生教育，并以此吸引中国留学生。因为留学生回国后，往往到高校等教育部门从事教学，以及科研工作。如表 4 中，多数知识分子从欧洲回来后以大学为自己栖身之地，比如老舍、钱钟书、朱自清、朱光潜等都是如此，并为中国的教育工作作出了贡献，而他们对欧洲文化、学术等在中国传播的作用也是值得重视的。

其次，对中国科技与学术发展的意义。关于留学生对中国科技学术的推动，国内已有学者做过梳理，比如王奇生在《中国留学生的历史轨迹》中就有专章讨论"留学生与中国学术"，其中还特别论及"欧美留学生对科学的传播"②。而且 30 年代一般强调美国科技对中国的影响，但也有人还特别强调留德学生对中国科技发展的贡献③。不可否认美国和德国是 20 世纪的科技强国，而且国民政府一直强调留学生以科技为主。在 20 世纪 30 年代前半期，蒋介石国民政府与德国关系密切，派大量留学生往德国进修。30 年代下半期，德国与日本结盟

---

① 老舍：《读与写》，载《老舍生活与创作自叙》，人民文学出版社 1997 年版，第 325 页。
② 王奇生：《中国留学生的历史轨迹》，湖北教育出版社 1992 年版，第 281—302 页。
③ 叶隽根据在《另一种西学——中国现代留学学人及其对德国文化的接受》一书中分别列有"1848 年中央研究院院士中的留德学人简表"，"在西南联合大学任教授的留德学人简表"，"中科院学部委员里的留德学人简表"，以此来强调留德学人对中国科技发展的重要。

后，留学生方向则转向美国。实际上西方国家科技对中国的影响不应该仅仅强调美国，或者德国，这方面西方国家的影响都很重要。就科学家的人数而言，李佩珊对 877 位分布在中国各大学、科研机构、厂矿中的教授（或者相当于教授）级的科学家做了统计与分析：在 877 人中，有 622 人有过在国外留学经历。其中留学美国 393 人，占 59.3％；留学英国 92 人，占 13.7％；留学法国 35 人，占 5.3％；留学日本 34 人，占 5.1％；留学苏联 28 人，占 4.2％，留学瑞士 6 人，占 0.9％。① 从上面的统计可以看出仅留学英国、德国、法国的科学家人数就达到 161 人，虽然比美国少，但也占相当大比重。在整个中西文化交融的过程中，最初是西方传教士，但很快就由中国归国留学生担当了从传播到启蒙，直至建立我国学科门类体系的历史重任。其中很多留学海外的成为名师大家，或是成为中国众多现代科学的奠基人。例如：竺可桢，中国气象科学奠基人；胡明复，中国现代数学奠基人；赵元任，中国现代"汉语言学之父"；地质学是较早移入中国的学科，这门学科的奠基人丁文江（英国格拉斯哥大学地质学博士）、李四光（英国伯明翰大学硕士）都是留学欧洲的。所以 30 年代留欧学人对中国科技和学术发展功不可没。

（二）留学欧洲与 30 年代独立知识分子的形成

回首现代期的中国，离开了知识分子很难想象会是什么样子。从思想启蒙到社会革命，从教育，到科学技术的发展，都离不开知识分子的参与。知识分子在中国社会现代社会历次变革中都起着巨大的作用。五四时代的知识界革命是由知识分子发动的，接踵而至的社会革命也是如此。可以毫不夸张地说，离开了中国知识分子，中国的革命是不可能的。而 30 年代中国文学高峰的创造也是与知识分子分不开的。

"知识分子"是一个很复杂的概念，在中外有着各种各样的解释。对于所谓"知识分子"，历来有各种不同的理解与对待方式。迄今我们看到的最典型的界定主要是以下两种：一种是政治社会学的界定。中

---

① 参见留学生丛书编委会编《中国留学生史萃》，中国友谊出版公司 1992 年版，第 192 页。

国近几十年来流行的理解方式即属此类。《辞海》1989 年版对知识分子的界定是:"有一定文化科学知识的脑力劳动者。如科技工作者、文艺工作者、教师、医生、编辑、记者等。在社会出现剩余产品和阶级划分的基础上产生,……,知识分子不是一个独立的阶级,而分属不同的阶级。"① 这种界定过于宽泛,对于我们探讨的问题也无甚大的意义,暂且不讨论。

另一种是文化社会学的界定。它是来自西方、特别是欧洲的理解方式。《简明不列颠百科全书》解释说:"'知识分子'一词最早是指十九世纪俄国中产阶级的一个阶层。这样一些人受现代教育及西方思潮的影响,对国家的落后状况、沙皇的专制独裁产生不满,并在法律界、医务界、教育界、工程技术界建立了自己的核心,也包括了一些官僚、地主和军官。"② 法国具有现代意义的知识分子概念主要在著名的德雷福斯事件中表现出来。左拉的《我控诉》传达了一种新的知识分子的抗议精神。此后众多西方学者对知识分子做了界定,比如,哈耶克认为一个人之所以够资格叫做知识分子,是因他博学多闻,能说能写,而且他对新观念的接受比一般人来得快。③ 西方人常常称知识分子为'社会的良心',认为他们是人类基本价值(如理性、自由、公平等)的维护者,知识分子多根据这些基本价值来批判社会上一切不合理的现象。利奥塔就认为:"知识分子更像是那些设身处地为人、人类、民族、人民、无产阶级、全体生物或某些类似的实体着想的思想者。也就是说,他们是认同于一个被赋予普遍的价值的主体,并从这一角度去描述和分析为了使这一主体实现自己,或至少为了使这一实现有所进展而该去做些什么的思想者。"④ 鲍曼则将现代西方知识分子的形象描述为"立法者",萨义德对知识分子角色的界定,以独立、自由、批判精神为准则。强调唯有这种精神的知识分子才对人类社会有大的贡

① 参见《辞海》,上海辞书出版社 1989 年版,第 4538 页。

② 参见《简明不列颠百科全书》第 9 卷,中国大百科全书出版社 1986 年版,第 423 页。

③ F. A, Hayek, The Intellectual and Socialism, in The Intellectuals, edited by George B. de Huszar, Illinois, 1960, p. 372.

④ [法]利奥塔:《知识分子早进了坟墓》,陆兴华译,《世纪中国》2002 年 12 月 27 日。

献。书中第五章题为"对权势说真话",其中写道:"严格说来知识分子不是公务员或雇员,不应完全听命于政府、集团、甚或志同道合的专业人士所组成的行会的政策目标。"① 显然,如果全然按照萨义德的标准,不仅 30 年代,那么整个 20 世纪中国也没几个真正的知识分子。但我个人认为萨义德抓住了知识分子最根本的特征:独立和反抗权威。以此为标准,30 年代中国知识分子最具备这一特质,30 年代可以说是中国独立知识分子形成的时期。

中国现代知识分子自我意识的觉醒是在"五四"时期,当时知识者宣扬打倒权威、高扬主体人格,这使当时的知识分子获得可贵的现代自由、独立的精神品质。五四知识分子是活跃的,可谓是自由的,但无所谓独立,因为"独立"是相对某种压力和控制而言的。从历史的角度看,五四时期中国知识分子可以说是中国有史以来受政治压力最小的时期,时值清朝政权瓦解,而北洋政府无暇文化控制。五四知识者获得了巨大的自由空间,一方面他们追求知识上的自主,独立于政治、经济,以及传统文化势力;另一方面他们又往往追求超出他们知识领域的政治活动。这表现在五四知识者那种高高在上的启蒙者心态上,其实并未从根本上摆脱传统的"士"的模式。即便是站在时代潮头的胡适,也常流露出士大夫的潜意识。② 所以五四知识者还称不上现代意义的独立知识分子。而在 30 年代中国,革命意识的引进和传播,使得左联在知识界形成一种强势话语权力。而国民党政权又实行"白色恐怖"和严厉的文化控制。这样使得与欧洲相关的一批知识分子处于国民党的政治权力和共产党所领导的左联的话语权力的夹缝之中。他们既反对依附权力,同时也没有退回民间,他们坚持了他们的文学与文化追求,坚持了一种独立的姿态,并将中国文学在 30 年代推向一个高峰。

30 年代中国知识分子生存环境的恶劣是五四知识分子未曾遇到

---

① ［美］爱德华·W. 萨义德:《知识分子》,单德兴译,生活·读书·新知三联书店 2002 年版,第 75 页。

② 余英时:《中国知识分子的边缘化》,《二十一世纪》(网络版)2003 年总第 15 期。

的，一方面中国传统社会有浓厚的专事培养弄臣和吏官的文化，白色恐怖下的文网和政治高压，能保持人格独立，不依附于国家权力机关已经不容易；另一方面在"革命"、"阶级"、"暴力"、"斗争"、"血与火"、"你死我活"成为文化思想领域的"关键词"和时髦，左翼思潮和话语在知识者中形成权威的时代，能坚持个人的思想和学术更是不易，甚至是鲁迅在这种情形下也有妥协（参见林贤治《鲁迅的最后十年》）。但接受欧洲影响的一大批作家和学者，诸如巴金、老舍、曹禺、茅盾、戴望舒、朱光潜、钱钟书、冯至、梁漱溟、刘半农、陈寅恪等，他们多坚持自己的学术和文化思想，他们没有像胡适等留美学者那样倒向国民党政府，但也没有屈服于左翼的话语权威，而是保持一定距离，他们拒绝成为有机知识分子①。从本质上说，知识分子特性是反权力，也是反集体的。正因为如此，他们常遭到政治打击和社会的遗弃，常常被边缘化。著名的德国共产党人卢森堡，在她的一本历尽坎坷的小册子《论俄国革命》中写道，自由始终是持不同思想者的自由。在一个控制严密的国度和组织里，"持不同思想者的自由"遭到剥夺是必然的。为了免于孤立，知识分子只能放弃他的个人性，如中国士大夫所倡言的那样"合大群"；但是，倘使隐身于实际的或是虚构的组织中去的话，已经放弃独立思考的权利了。思想这东西，按其实质来说是超越组织的。倘若组织与思想不能相容，那么知识分子必须有勇气在两者之间作出抉择。在这里，我不否认 30 年代左翼作家中存在真正的知识分子。众所周知，很多左翼作家将矛头直指国民党政府，向国家权力挑战。他们最具有希尔斯所说的知识分子的浪漫主义和革命传统，但并不是所有左翼作家都称得上是真正的知识分子。鲁迅可以说是 30 年代左翼知识分子代表，他谈到左联时，就说过它"开始的基础就不大好，因为那时没有现在似的压迫，所以有些人以为一经加入就可以称为前进，而又并无大的危险"②。再后来鲁迅受到自己队伍的暗

---

① 有机知识分子是葛兰西所作的区分，是指那些成为一定的社会政治体制或社会利益集团的组成部分，并为该体制或利益集团作意识形态辩护的知识分子。

② 鲁迅：《致萧军、萧红信》（1934 年 12 月 10 日），见《鲁迅书信集》，人民文学出版社1976 年版，第 685 页。

箭，对所谓的知识分子看得更真切，他说："我看中国有许多智识分子，嘴里用各种学说和道理，来粉饰自己的行为，其实却只顾自己一个的便利和舒服，凡是被他遇见的，都用作生活的材料，一路吃过去，像白蚁一样，而遗留下来的，却只是一条排泄的粪。"① 这里鲁迅所指的"智识分子"其实就是指左联的一些帮派团体领导。如易卜生在《人民公敌》中所言，"世界上最有力量的人正是最孤立的人。"这实令人鼓舞，也令人寒懔。在三十年代要想游离于体制之外，不唯任何阶级或集团所动摇的知识者也同样是痛苦的。

在文艺思想上，受欧洲影响的那批知识分子多坚持"文学是人学"，或受欧洲唯艺术主义影响。反对空喊口号和宣传的文学。他们多坚持他们从欧洲得来的启蒙理想和人道主义精神，坚持以现代知识分子的姿态，顽强的以反封建作为他们的启蒙主题。比如老舍就呼吁要丢开"道"之类的尺子，跑入文学的乐园，自由呼吸那带花香的空气。像戴望舒、施蛰存、孙大雨、陈梦家、卞之琳等一批现代派诗人更是坚持自己的"纯诗"理念。正是以这种"纯诗"思想为信仰，戴望舒与纪弦（路易士）、金克木等都对"国防诗歌"颇有微词，认为"国防诗歌"是所谓"先悬目的必重功效"，这必然导致纯诗性的丧失，成为"既不是诗歌又和国防一点也不生瓜葛"的东西。当然，他们对国防诗歌的看法，受到了左翼诗人的严肃批评，这说明这两种文艺思想对立分歧之严重。再如施蛰存、刘呐鸥他们用自己家产创办《现代》杂志，他们所坚持的只是自己的艺术信念，他们不畏国民党政府的压力刊发左翼作品；他们也不惟文坛领袖鲁迅的抨击而放弃自己的艺术追求和立场。这一批知识分子在坚持清醒的自我认定的同时，不放弃现实关怀与价值评判，这种边缘立场的选择与坚守本身就是对一种价值信念的张扬与敢于担当知识分子道义责任的文化象征。一方面是对强大的意识形态霸权的反抗；另一方面坚持对个体生命本身的意义的关注，坚持个人化情感的表达和艺术的自由，这也是这批作家的共同特征。

———————————

① 鲁迅：《致萧军、萧红信》（1935 年 4 月 23 日），见《鲁迅书信集》，人民文学出版社 1976 年版，第 721 页。

　　还有一批知识分子也具有独立精神，那就是从事纯粹学术活动的，诸如钱钟书、朱光潜、陈寅恪、刘半农等一批学者。他们以清醒的价值判断和心性精神为依托，坚持在极为艰难的社会氛围中走一条真正的学术道路。30 年代多数知识者，将自己从事的文化工作从属于社会改革或者激进的社会革命，使得学术成为工具性的东西。而从事纯科学意义上的文化研究和重建，往往被看作等而下之的不急之务，遭人鄙视，但还是有少数学者不惟左右势力所动摇，钱钟书在《论文人》中谈到，"少数文人在善造英雄时势下，能谈战略，能作政论，能上条陈，再不然能自任导师，劝告民众。"[①] 这显然是有所指的。朱光潜于1933 年以《悲剧心理学》（英文）的论文获博士学位，并在国外出版，同年商务印书馆出版他的《变态心理学》，1936 年开明书店出版了他于 1931 年完成的《文艺心理学》。这三部书的出版，标志着中国现代形态的心理学美学正式成熟。特别是《文艺心理学》一书，将西方 21世纪以来文艺心理学的几个具有原创性的观点加以消化，结合中国古代的诗论以及古今中外的创作实例，体现了一种开阔的文化视野。但30 年代的中国，社会矛盾更为突出，文坛上也是"左联"的势力处于主流地位。朱光潜能潜心于他的"美感经验"研究，并不是没有压力的。其实在 1935 年，鲁迅就批评了他的文章说"曲终人不见，江上数峰青"，表面似乎是批评他的文章有"摘句"的毛病，实际上是批评他在那样一个战斗的时代主张古希腊的"静穆"是消极的。朱光潜的"静穆"与鲁迅的"雄大而活泼"、"明白而热烈"是形成鲜明对照的[②]。这里值得我们注意的是，朱光潜在 20 年代到 30 年代初，其中有八年时间在英、德、法求学，他的选择是与西方学术和思想对他的浸染分不开的。30 年代还有一大批曾留学欧洲的学者，诸如陈寅恪、刘半农，钱钟书等都是在默默从事学术活动的。钱穆曾感叹过，"30 年代中国学术界已经酝酿出一种客观的标准，可惜为战争所毁，至今未

---

　　① 钱钟书：《论文人》，载《钱钟书集·写在人生的边上》，生活·读书·新知三联书店2002 年版，第 54 页。

　　② 鲁迅：《且介亭杂文二集·"题未定"草》（七），载《鲁迅全集》第 6 卷，人民文学出版社 1981 年版，第 425 页。

能恢复。"① 这里我绝不是要贬低某一类知识分子来抬高另一类知识分子，在 30 年代那样一个年代，投身火热的社会革命值得歌颂，冷静的创作和学术也同样需要肯定。缺少任何一种，都无法构成一个伟大的时代。

总的来说，与欧洲相关的这批知识分子的独立，说到底就是坚持自己的个性与爱好的立场，以知识和良知为基点的独立立场。这种独立无疑是欧洲文学和思想能在中国得以深入传播的重要条件和基础，也是 30 年代中国文学与文化繁荣和多元化的重要原因。

---

① 转引自余英时《钱穆与中国文化》，上海远东出版社 1994 年版，第 15 页。

20 世纪 30 年代欧洲文学
在中国的译介和传播

在跨文化传播中，文学翻译是文化传播的一个重要媒介，也是文化形象塑造的重要手段。翻译是跨文化交流的起点，可以说是文化交流、文化影响的首要条件和步骤，同时也是新的异国文化形象形成的一重要条件。翻译文学兴盛于晚清，基于阿英的晚清小说目录，有学者考察出晚清有 479 部创作，628 部译作。陈平原就此统计 1899—1911 年间，至少有 615 种小说译至中国。① 到 20 世纪初期，中国对西方的翻译又有了一个高潮，特别是在 20 世纪 30 年代。早在 30 年代初，新文学的先驱胡适就进一步强调了这个问题：“文学的最终目的，自然要创造，但创造不是天上掉下石里迸出的，必然有个来源。我们既要参加在世界的文学里，就该把世界已造成的作品，做培养我们创造的源泉。”② 同时，翻译和同时期的文学思潮也有相互生发的关系，茅盾在评论王哲甫的《中国新文学运动史》（1933 年出版）时，谈到作者讲“翻译”与“整理国故”独立分为两章是不妥的，“因为‘翻译’和‘整理国故’也应和文坛潮流联系起来”③，所以从翻译来考察某一时代文学思潮是相当重要的，而考察中国文学中的欧洲形象，译介问题更是不可忽视。

---

① 陈平原：《二十世纪中国小说史》第一卷，北京大学出版社 1989 年版，第 28—29 页。
② 胡适：《论翻译——与曾孟扑先生书》，载《胡适全集》第 3 卷，安徽教育出版社 2003 年版，第 814 页。
③ 引自《文学》月刊 1934 年第 3 卷第 4 期。

一 译介概况

由于中国知识分子大规模的留学欧洲，同时他们对外国文学翻译的重视，20 世纪 30 年代对欧洲文学的翻译在数量有了很大提高，我们可以看相关统计：

表 1 　　　　　　　　　外国文学译介概览（1919—1940)①

年份 / 国家	英国	美国	欧洲大陆	亚洲（含日本）
1919	16	2	4	1
1920	11	2	8	1
1921	17	1	27	3
1922	8	2	25	4
1923	8	2	30	9
1924	7	2	25	5
1925	5	4	28	9
1926	7	2	24	1
1927	10	7	37	8
1928	15	9	77	22
1929	22	15	113	32
1930	27	15	112	22
1931	34	21	89	12
1932	26	20	49	16
1933	32	19	86	21
1934	36	32	91	17
1935	24	32	103	10
1936	39	22	157	11
1937	38	32	75	13
1938	17	15	34	12
1939	19	19	57	6

---

① 注：本表主要参考王建开《五四以来我国英美文学作品译介史》表 3-1，上海外语教育出版社 2003 年版，第 64 页。

续表

国家 年份	英国	美国	欧洲大陆	亚洲（含日本）
1940	17	24	75	9

上表统计可能不完全精确，但至少可以说明以下几点：（1）30 年代翻译数量远远要超过 20 年代；（2）对英国和欧洲大陆国家文学的翻译在 30 年代远远多于对美国和日本的翻译。仅从翻译来看，大致可以显示在欧洲文学对中国 20 世纪 30 年代的影响还是占相当大的分量。

30 年代中国对欧洲文学的译介主要集中在英国、法国、德国，以及中北欧和南欧一些国家。相对于中国来说，这些欧洲国家之间在文化上有很多共通之处，在文学发展上有着千丝万缕的联系，但在不同历史时期，这些国家的文学发展又有其相对独立性和特色，所以 30 年代中国对欧洲这些国家文学的翻译也存在一定差异性。

（一）中国 30 年代对英国文学的译介

英国文学与文化是西方对中国影响最早也最为重要的一个。从严复的翻译来看，他所译的重要的九本书中有六本是英国的，如赫胥黎的《天演论》、亚当·斯密的《原富》、斯宾塞的《群学肄言》、穆勒的《群己权届论》等。还有林纾所翻译的小说，也给晚清中国文学批评和小说创作提供了新鲜的血液。到五四时期对拜伦、雪莱作品的大量译介都对中国新文学产生很大的影响。很多人是 20 年代留学英国，而在 30 年代发挥着影响的，比如老舍、许地山、萧乾、钱钟书、杨绛、卞之琳、朱光潜等，这些作家和学者很明显都受了英国文学的影响。在这些人的推动下，30 年代中英文学关系进一步发展。例如，30 年代中国的英国文学研究开始非常繁荣：一类是概述性的著作大概有 18 部（20 年代只有 1 部，王靖的《英国文学史》（上海泰东图书局 1920 年）。概述性的文章大约 16 篇（20 年代只有 10 篇）[1]；另一类是作家作品的研究，20 年代研究热点主要是浪漫主义诗人，比如华兹华斯、拜伦、雪莱等，范围比较狭窄。到 30 年代后，随着对英国文学的了解

---

① 卢永茂等编：《外国文学论文索引》，河南师范大学中文系 1979 年版。

明显深入，研究面也更广了。对古典经典作家作品，比如对莎士比亚、弥尔顿等的研究明显增多。还有对现实主义作家关注也多起来，比如对狄更斯、高尔斯华绥、奥斯汀、丁尼生、哈代、萧伯纳等的研究明显增多。同时还有 20 世纪刚出现的现代主义作家诸如艾略特、伍尔夫、劳伦斯的作品和研究也开始在 30 年代中国流行。像 T.S 艾略特的诗作和理论主要就是在 30 年代被译介到中国，他的《荒原》对中国文坛造成了极大的冲击。像曹葆华就翻译了他的《传统与个人才能》（卞之琳有另一译本）、《批评的功能》、《批评中的实验》等文章，艾略特的《诗与宣传》、《勃莱克论》等论文也是 30 年代被翻译到中国的。

不似 20 年代摩罗诗人在中国激起热情，30 年代英国文学对中国文学的影响和其他欧洲国家相比似乎显得默无声息。但要注意的是，它的这种影响实际是更广泛和深入的。比如老舍，他是到英国之后才激起了文学创作的勇气。如他谈到他第一部小说《老张的哲学》的创作时就说过："况且呢，我刚读了 Nicholas Nickleby（尼考拉斯·尼柯尔贝）和 Pick wick papers（匹克威克外传）等杂乱无章的作品，更是使我大胆放野，写就好，管它什么"①。老舍从表现方法、叙事结构乃至创作思维上，都打上了英国和欧洲文学的印记，这些许多学者都有论述。他从古希腊以及古典派那儿汲取了"调和匀净之美"的甘露；从狄更斯、梅瑞狄斯、萨克雷等写实派大师那儿承接了"温情幽默"的阳光，而从康拉德等传奇派那儿借来的是海上"梦幻色彩"的风雨。老舍对英国文化和文学是相当欣赏的，他认为要吸收欧洲文化的优秀成分来改造国民性，其他作家如钱钟书，其作品中更是浸染那种英国绅士的幽默。许地山作品的宗教色彩和平民情节都离不开他在英国的那段经历。

当然受英国文学和文化影响的这一批作家无论个性人格，还是创作风格上都有很大的差异，但与留学其他国家的人相比较，他们又还是有明显的共同点的。那就是他们在中国 30 年代文学转向的时代，他

---

① 老舍：《我怎样写〈老张的哲学〉》，载《老舍生活与创作自叙》，人民文学出版社 1980 年版，第 4 页。

们多坚持一种温和、幽默的文化观，他们虽关注现实和广大人民生活，但很明显又都不愿意介入现实，特别是政治生活。他们的关注点多为文学、文化、宗教的学术问题，这多与他们留学英国的环境有关。英国文化本身就有保守主义特征，在二三十年代，英国保守党执政，外交上奉行绥靖政策，这些对与英国相关的作家也是有影响的。

（二）中国 30 年代对法国文学的译介

中法文学与文化交流源远流长，而五四的留法勤工俭学则使中法文学和思想交流达到一个新的高度。但五四时期对法国文学的翻译多为传统写实主义，比如对乔治·桑、莫泊桑、福楼拜、罗曼·罗兰等人作品的翻译。而 30 年代的译介则有很多变化，可以说"已取得前所未有的成绩。在这一译介大潮中，苏俄文学独占鳌头，而法国文学的翻译，无论在规模上或者是系统性上，都仅次于榜居首位的苏俄文学"①。首先，是对法国现实主义和浪漫主义文学的翻译。30 年代关于雨果的翻译，除了他的经典之作《悲惨世界》（伍允建译，上海黎明书局 1933 年 6 月出版）外，1935 年雨果百年纪念期间雨果的作品被大量译介。一些刊物更是竞相出版"雨果专号"，出现所谓的"雨果年"。最为突出的还是对 19 世纪批判现实主义的译介，比如对司汤达、巴尔扎克、梅里美、大仲马、福楼拜、莫泊桑等作家作品的译介。巴尔扎克除了很多短篇被翻译外，穆木天在 1936 年翻译了他的《欧也妮·葛朗台》。20 世纪批判现实主义文学中法国的巴比塞、纪德的作品也在 30 年代大量译介。

在法国文学翻译上必须提到的两个人就是李健吾和傅雷。李健吾 1931 年赴法国巴黎现代语言专修学校，研究福楼拜。1933 年回国后在中华文化教育基金董事会编辑委员会工作。1935 年他写的《福楼拜评传》出版，1936 年翻译出版《福楼拜短篇小说集》和《司汤达小说集》，同时还出版《咀华集》，奠定了他作为著名的法国文学研究家和文学评论家的地位。傅雷是我国现代卓越的文学翻译家和外国文学研

---

① 谢天振等主编：《中国现代文学翻译史（1898—1949）》，上海外语教育出版社 2004 年版，第 384 页。

究家,他在法国文学翻译方面做出了杰出的贡献。从1929年起,他一直致力于法国文学的翻译介绍工作,一生所译的外国文学名著多达30余部,其中以巴尔扎克的作品为主。他对待翻译工作严肃认真、一丝不苟的态度和在艺术方面极深的造诣使得他的译作达到了近乎炉火纯青的境界,不仅在中国,而且在世界上都赢得了极高的声誉。在翻译理论方面他独树一帜,认为翻译应该"重神似不重形似",突出强调了译文忠实性,在中国翻译史上占有非常重要的地位。

法国文学在中国形成的另一大潮流就是对法国自然主义和象征主义译介,并对30年代现代文学产生了直接、重大的影响,成为我国现代文学发展史上,接受欧洲文学影响、交融、碰撞最为明显的例证之一。属于19世纪自然主义文学的有龚古尔的《女郎爱里沙》、左拉的《卢贡家族的命运》在30年代中国都得到翻译。1934年,王了一翻译了长篇小说《娜娜》和《小酒店》,同年爱德亚·龚古尔的《女郎爱里萨》也由李劼人译出。

法国最主要的现代派诗歌,象征主义在中国30年代得到传播,主要有梁宗岱、戴望舒、侯佩尹、卞之琳、曹葆华、叶公超、萧乾等一大批人的参与。法国文学在30年代中国的影响可谓盛况空前,其中卞之琳和戴望舒的翻译成果比较突出。卞之琳对法国的翻译相当广泛,诗歌方面有波德莱尔的《音乐》、《波西米亚人》、《喷泉》;马拉美的《太息》、《海风》,果尔蒙的《死叶》、瓦雷里的《友爱的林子》;里尔克的《小说军旗手的爱与死》;1934年他还翻译了纪德的《爱尔·阿虔》和《纳蕤思解说》(《论象征》)。戴望舒对法国文学的接纳可以说是中国接受法国影响的一个代表。20世纪20年代,他主要受法国浪漫派的影响。到30年代,戴望舒转向对法国象征派诗歌艺术的吸收和借鉴,逐渐形成自己独特的诗歌风格。"望舒译诗的过程,正是他创作诗的过程,译道生、魏尔伦诗的时候,正是写《雨巷》的时候;译果尔蒙、耶麦的时候,正是他放弃韵律,转向自由诗体的时候。"① 由此可见,戴望舒的创作与法国象征派文学的影响是分不开的。这种影响

---

① 施蛰存:《戴望舒译诗集·序》,梁仁编,湖南人民出版社1983年版,第2页。

主要体现在 20 世纪 20 年代末及 30 年代初的作品中。在这期间，戴望舒陆续翻译了魏尔伦、波德莱尔、福尔、耶麦、果尔蒙、瓦雷西等人的诗作和诗论。这些象征派诗人对戴望舒产生了巨大影响，而这些影响对戴望舒来说，是存在于他的诗艺探索之中的。

（三）中国 20 世纪 30 年代对德国文学的译介

德国的伟大作家多既是诗人，又是哲学家和思想家。对五四文学影响最大的有尼采和歌德，到 30 年代仍是如此。但这时的德国文学更多影响了中国文学的诗与哲理的融合，生命意识的自我表现。受德国影响的代表是冯至、朱光潜和宗白华。

30 年代初期，德国法西斯主义思想对中国民族主义文学影响非常大。1932 年，在蒋介石授意下成立的"力行社"和"复兴社"就是代表。"复兴社"标榜一个主义、一个领袖，主张"酌采德、意民族复兴运动精神"，实行铁血救国。"力行社"则依托各地的文化学会，创办不少报纸杂志，宣传铁血救国主张，发表一系列介绍和主张用德、意法西斯主义救中国的文章。从 1932 年底起，法西斯主义成为国内思想界的热门话题。当时宣传法西斯的重要期刊有《黄钟》、《前途》、《血汗》、《社会新闻》、《人民周刊》等，而且影响都很大。此后在 1934 年《独立评论》上引起的"民主与独裁"讨论也与这一思潮有关，一些知识分子如丁文江等主张"开明独裁"，支持者甚众。关于德意法西斯的文章在 1933 年到 1936 年间的报刊杂志上是相当普遍的（当时不少杂志还出现了法西斯主义研究专号，比如《血汗月刊》第 4 卷第 3 号的"意德法西斯研究专号"，《进展月刊》第 2 卷第 9 期的"法西斯蒂研究专号"），这一思潮也带动了 30 年代中期对德、意文学的译介和研究。

同时，以王光祈等人组织"中德文化研究学会"① 在 30 年代也翻译了大量德国文学与文化书籍。他们编辑《中德文化丛刊》，还出版《中德杂志》译介德国文学，以及哲学思想，30 年代仅丛书他们就一

---

① 该学会于 1921 年"少年中国学会"中的一批留德学生发起，该会成员主要包括王光器、宗白花、郑寿麟、魏时珍、孙少荆、张梦九、詹学时、陈鹤鸣、金其眉、吴屏、王达生等人。该会宗旨主要是介绍研究中德文化，希望"两种文化结婚"，从而"产生第三种文化"。

下推出21种：

1. 《魏兰之介绍》　　　　　　贺麟等编译
2. 《阴谋与爱情》　　　　席勒著　　　张富步译
3. 《工作学校要义》　　　克申什太奈著　刘均译
4. 《德国史纲》　　　　　哈勒著　　　魏以新译
5. 《女青年心理》　　　　克奥娜著　　刘均译
6. 《五十年来之德国学术》　　　　　　中德学会编
7. 《给一个青年诗人的十封信》里耳克著　冯至译
8. 《德国的民族性》　　　黎耳著　　　杨丙辰译
9. 《斯托姆小说集》　　　斯托姆著　　魏以新译
10. 《德国史略》　　　　　斯提腓著　　魏以新译
11. 《快乐的知识》　　　　尼采著　　　梵澄译
12. 《汤若望传》　　　　　魏特著　　　杨丙辰译
13. 《葛德论自著之浮士德》歌德著　　　梵澄译
14. 《优美感觉与崇高感觉》康德著　　　关琪桐译
15. 《赫贝尔短篇小说集》　赫贝尔著　　杨丙辰译
16. 《亲和力》　　　　　　歌德著　　　杨丙辰译
17. 《历史之地理基础知识》哈兴额著　　张星烺译
18. 《哲学论丛》　　　　　文德班著　　关琪桐译
19. 《歌德短篇小说集》　　歌德著　　　杨丙辰译
20. 《拉奥空论》　　　　　雷兴著　　　常逊波译
21. 《中国宇宙观念论》　　佛尔克著　　王静如译

　　从上面丛书可以看出，30年代对德国文学、艺术，以及哲学等相关著作的译介是全方位的，而且是更加深入。比如歌德的译介，郭沫若在1922年翻译了他书信体长篇名作《少年维特之烦恼》在中国引起不小的巨浪，出现所谓"维特热"。郭沫若于1928年又翻译出版了《浮士德》第一部，但歌德的其他作品在五四时期的翻译并不多。而30年代则情况大为改观，职业德语文学翻译家周学普在30年代除了全译《浮士德》一、二部外，还译有好几部歌德名剧，如《葛兹》、《克拉维果》、《埃格蒙特》、《塔索》以及《歌德与爱克曼谈话录》等，这些还进一步促进了中国的歌德研究。就尼采来说，30 年代对他的研究和译介又有了新的进展。他的思想在 20 世纪初就由梁启超、王国维、鲁迅等介绍到中国，并在中国思想界引起振荡。但直到 30 年代，中国才有尼采著作的全译本出版。30 年代尼采中译本有：

1.《尼采自传》 　　　　　梵澄译　　　　良友图书公司 1935 年版

2.《苏鲁支语录》　　　　 梵澄译　　　　《世界文库》1936 年版

3.《朝霞》　　　　　　　 梵澄译　　　　商务印书馆 1935 年版

4.《快乐的知识》　　　　 梵澄译　　　　商务印书馆 1936 年版

5.《查拉斯图拉如是说》　 梵澄译　　　　（不详）

尼采在中国的传播可以说和梵澄这个人在 30 年代默默的工作密不可分，在中德交流史上是该铭记的一个学者。因为在 20 年代，欧洲思想和文学多是通过日本转译和介绍过来的。鲁迅就对这一状况作了批评，认为经过"日本的浅薄的知识贩卖者所得来的一知半解"的东西，到达中国后"其实是只有抄袭和盲目的应声"①。随着直接从德文对尼采的译介，30 年代中国开始了对尼采的研究，以及对尼采和鲁迅的关系研究。事实上，中国只有到 30 年代才真正对德国文学和文化有较深入的了解。有些作家在 20 年代多关注英法文学，到 30 年代也开始转向德国文学。郁达夫就是一个代表，他说"后来学到德文，与德国的短篇——或者还是说中篇来得恰当些——作家一接触，我才拜倒在他们的脚下…… 德国的作家，人才很多，而每个诗人，差不多总有几篇百读不厌的，Erzahlungen 留给后世，尤其是 19 世纪的中晚期，这种珠玉似的好作品，不知产生了多少。"② 应该说 30 年代中国才开始从整体上了解德国文学与文化。

（四）对中北欧以及南欧国家的文学的译介

中国 20 世纪 30 年代最有影响的文学社团是 1930 年成立的中国左翼作家联盟。"左联"在翻译方面最大的贡献在于它大量翻译介绍进步

---

① 鲁迅：《且介亭杂文二集·"题未定"草》（五），载《鲁迅全集》第 6 卷，人民文学出版社 1981 年版，第 387 页。

② 郁达夫：《林道的短篇小说》，载《郁达夫文集》第六卷，花城出版社 1988 年版，第 250 页。

文学，尤其是以高尔基为代表的苏联社会主义现实主义文学作品。左联广泛、系统地翻译介绍了马克思主义文艺理论，从而奠定了中国革命文学理论的基础。同时，"左联"也注重对中北欧"受损害民族"文学的翻译介绍。

30 年代对北欧和中东欧国家文学作品大量作品译介，对中国文学，特别是左翼文学有很大的影响。这些地区对中国文学的影响始于五四时期对"被损害民族文学"的介绍，而到 30 年代又达到一个新的高峰。值得注意的是 1929 年上海世界书局出版的茅盾翻译的《近代文学面面观》，书中收录了欧洲 9 个民族的近代文学，包括丹麦、挪威、冰岛和荷兰等北欧四国，还有葡萄牙和南斯拉夫等南欧三国。茅盾在序言中说，"介绍弱小民族文学是个人的癖性。"[①] 如果说 20 年代对中北欧这些国家文学的关注是与"个人癖性"相关，还不如说他认为这些"被损害的民族"与中国有相近的境遇，那么到 30 年代的认识则更加深入到这些民族文学内部了。比如对显克微支，鲁迅和周作人早在 1909 年出版的《域外小说集》中就译有他的三篇小说，五四期间又增录《酋长》。鲁迅是从"中国境遇，颇似波兰"来认识显克微支的，而到 30 年代对其认识更深入了。周作人在 1936 年就谈到，"波兰作家最重要的是显克微支（H. sienkiewiez），《乐人杨珂》等三篇我都译出登在小说集内，其杰作《炭画》后亦译出，而《得胜的巴耳忒克》未译，至今以为憾事。用幽默笔法写阴惨的事迹，这是果戈理与显克微支二人得意的事。"[②] 我们都知道巴金曾留学法国，受法国和俄国无政府主义的影响，但鲜为人知的是最初给他心灵种下无政府主义种子的却是波兰作家廖·抗夫和他的剧本《夜未央》。巴金在他 30 年代的代表作《家》中就有生动、详尽的描绘。廖·抗夫早年是波兰社会党活动分子，受迫害而流亡德国，在柏林写下《夜未央》却无法上演。后在巴黎艺术院公演，引起轰动，好评如潮，说它可以"列入不朽名作之林"，"把恐怖与温柔混在一起"。巴金在 1930 年翻译它的序言中就谈

---

① 茅盾：《近代文学面面观》，载《茅盾全集》第 33 卷，人民文学出版社 2001 年版，第 225 页。

② 知堂（周作人）：《关于鲁迅二》，《宇宙风》1936 年第 30 期。

到，"在这本书里面这个十五岁的孩子第一次找到了他的梦境中的英雄，他又找到了他的终生事业。他便把那本书当宝贝似地介绍他的朋友们。他们甚至把一字一字地抄录下来；因为那是剧本，所以他们还把它排演过几次。"[①] 在提到自己的信仰时，巴金在这里也是第一次表明，"这十年中我的思想并没有改变，社会科学的研究反而巩固了它。"[②] 巴金的处女作《灭亡》，毫无疑问是在《夜未央》的影响下写成的，写出了虚无主义的 moeuts，更写出了感情与义务之斗争，爱与死之角逐。这是欧洲戏剧的典型主题，也成为巴金以后的作品的重要主题。30 年代还有像茅盾、王鲁彦、周建人、耿式之、李开先、许念曾等人都翻译过欧洲"被损害民族"的文学。除了上面提到的几个人，30 年代以施蛰存和王鲁彦对"被损害民族"的文学翻译最为突出。比如施蛰存翻译了希曼斯基的小说《而祈祷者》（载《文艺月刊》1931 年第 2 卷第 11 期），热姆斯基的《强性》（《矛盾》1934 年第 3 卷第 3 期"弱小民族专号"）。特别是他将包括显克微支、莱蒙特，以及席曼斯基等在内的 8 篇小说改编成《波兰短篇小说集》于 1936 年由上海商务印书馆出版，而且 1937 年和 1939 年又连续 2 次再版，可见当时影响甚大。王路沿 30 年代先后翻译了普鲁斯的《信念》（《小说月报》1930 年第 21 卷第 1 期），Walewrcg 的《最后的幽会》（《文艺月刊》1933 年第 4 卷第 6 期），以及莱蒙特的《在雅室里》、《最后一个》等 5 个短篇小说。此外他还编辑出版小说以文集《在世界的尽头》于 1930 年在上海言行出版社出版。从被翻译的作家看，除了五四时期就关注的显克微支、普斯特、廖抗夫等，奥地利现代派作家显尼志勒的作品也是这一时期翻译到中国。另外，北欧戏剧大师易卜生的戏剧在 30 年代中国得到了进一步译介的同时，在中国的传播更是复杂多变，论文将在后面专门论述。

　　30 年代对南欧文学的翻译主要体现在对西班牙杰出文学家塞万提斯的《堂吉诃德》的翻译上。鲁迅曾于 1928 年约请郁达夫将屠格涅夫

---

① 巴金：《夜未央·小引》，载《巴金全集》第 17 卷，人民文学出版社 1991 年版，第 138 页。
② 同上。

的《哈姆雷特和堂吉诃德》从德文转译过来，发表在他们合编的《奔流》创刊号上。当时中国流传的还只有 1922 年林琴南和陈家麟根据《堂吉诃德》第一部编译的《魔侠传》。但 30 年代接连出版了 4 个版本，即 1931 年开明书店的贺玉波译本、1933 年世界书局的蒋瑞青译本、1937 年启明书局的温志达译本和 1939 年商务印书馆的傅东华译本。1933 年 8 月，戴望舒从里昂乘火车去西班牙旅行。在那段时间，他除了游历，大部分时间是上图书馆、逛书店和书市。他购买了不少西班牙语的书籍，光是《堂吉诃德》就买了好几个版本。他一直将翻译《堂吉诃德》当做自己一生最大的心愿。回国后经胡适的介绍，中英文化教育基金会曾约其由原文直接翻译这部巨著，但因战乱，30 年代只完成部分翻译。

30 年代中国对欧洲文学的翻译，虽然对欧洲不同国家文学翻译的选择有所不同，在翻译的内容和文体也各有侧重。但其总体精神是一致的：即迅捷地反映世界文学的最新成果，系统地介绍世界文学的优秀遗产。在沟通与交流中，为中国文学的发展提供借鉴，从而使中国文学自觉地汇入世界文学中。由于这一精神的贯穿，30 年代翻译文学成了一个整体。

二 译介中古典和现代兼顾

30 年代中国对欧洲文学的译介的一个重要特征就是对欧洲古典和经典文学的翻译与欧洲现代主义文学的翻译兼顾。古希腊罗马是欧洲文明的源头，要真正了解欧洲和西方，就必须对古希腊罗马文学有所了解。周作人在 30 年代曾多次呼吁了解希腊文学的重要性：

希腊的古典文化，对于中国的学术上重要的原因，由于希腊文化是西洋文学之祖，无论是科学和文学。并且希腊文化之探讨，比印度、阿剌伯容易了解，因为他和中国的儒家思想相同很多。"苏格拉底，即中国之孔子。"一语，实是。他们一样的追求生活之舒适，注重现在，取中庸态度，自然中看出人生。他们同样叫"过犹不及"，"满招损"的口号。这样类同的思想，东方的中国，决计容易了解。希腊的文学，是世界上伟大的东西。①

特别是有人谈中西文化时候，周作人并不赞成用两三句话概括西方文化，也不能只根据英美一两国现状而立论，而是应该从古希腊文化来探究西方文化，所以他大力提倡翻译和研究古希腊文学。我国最早译介的希腊文学是伊索寓言，1625 年西安印刷了法国耶稣会传教士金尼阁所译《况义》（又名《意拾（伊索）喻言》），再到 1857 年上海出版的《六合丛刊》有英国人艾约瑟介绍古希腊文学的文章。早在 1908 年出版的《域外小说集》中就有收录新希腊蔼夫达利诃谛斯的三篇小说。1915 年，周作人辑《希腊之小说》、《希腊女诗人》、《希腊之牧歌》等，总名为《异域文谈》出版。到五四新文化运动开始，又有吴宓、徐志摩、朱湘、杨晦、罗念生等也译介一些希腊文学。

但总体看来，五四以来中国文学界对古希腊罗马文学的了解是远远不够的，对于当时古希腊罗马古典作品译介的欠缺，郑振铎指出：

> 我们对于希腊罗马的古典著作，尤其特别地加以重视。荷马、魏琪尔的史诗，阿斯克洛士、沙福克里士、优里辟特士的悲剧，阿里斯多芬的喜剧，Hesod，Sappho，Pindar，Simonides，Horace，Ovid，Catullus，Lucrettius 的诗歌，Plato、Aritotle、Demosthenes，Caesar，Cicero，Lucian 的著作，乃至 Plutarch 的传记，无不想加以系统的介绍。这样，将形成一个比较像样子的古典文库。②

1931 年，周作人回答《新学生》杂志社"著作家生活之页"栏编者提问时还强调：

---

① 周作人：《略谈中西文化》，《人世间》1934 年第 1 期。
② 郑振铎：《〈世界文库〉发刊缘起》，载《郑振铎选集》（下册），福建人民出版社 1983 年版，第 1194 页。

1. 我志愿的学术　　　　　　希腊神话学；
2. 我今年拟着手的著译　　　希腊神话；
3. 我最爱好的著作　　　　　文化人类与民俗学的著作[①]

可以看出当时知识分子还是非常关注古希腊文学和思想的。由于译介的推动，30 年代中国学者也开始了古希腊思想研究。比如吴宓以《学衡》为阵地，连载了景极昌、郭宾禾翻译的柏拉图五大语录：《苏格拉底自辨义》、《克利陀篇》、《裴都篇》、《筵话篇》、《斐德罗篇》，还有向达、夏崇璞译的《亚里士多德伦理学》等重要著作，在 30 年代都分别单独成册出版。吴宓说："宓爱读《柏拉图语录》及《新约圣经》。宓看明：（一）希腊哲学，（二）基督教为西洋文化之二大源泉，及西洋一切理想事业之原动力。"[②] 吴宓还将柏拉图的理论应用于《红楼梦》研究。这体现了柏拉图、亚里士多德的理论在 30 年代翻译和研究的深入，但《学衡》的译介并没引起更多人的关注，所以这里涉及传播学中的接受问题，郭斌龢就说过，"吾国自翻译西籍以来，达尔文、赫胥黎、穆勒、斯宾塞之名，已家喻户晓。译柏拉图书者，尚不多见。按除本志所译五篇，及吴献书军所译《理想国》外。有张师竹君译之《柏拉图语录》，凡六篇，译文经张东荪君校阅，列入尚志学会丛书。民国二十二年五月，商务印书馆出版。每册定价壹圆。编者识。默查国人心理，缺乏想象，崇拜物质者，必不喜柏拉图。……读其全集，研究其思想之全部。此在今日学殖荒落，曲解西洋文化之中国，有志之士，所宜自勉者矣。"[③]

30 年代对欧洲文学古典文学翻译特别还表现在注重经典的翻译。比如余上沅在《翻译莎士比亚》中就提出，中国新诗的建设，新戏剧的建设，是用白话文做基础的，而同时我们看得出一个很明确的影响，就是外国文学的研究。但五四后十年来的努力，大部分还是文字的、

---

① 周作人：《著作家生活之页（答杂志问）》，《新学生》1931 年第 1 卷第 3 期。
② 吴宓：《空轩诗话》，载《吴宓诗集·卷末》，商务印书馆 2004 年版，第 297 页。
③ 郭斌龢：《柏拉图五大语录导言》，《学衡》1933 年第 79 期。

技术的模仿，而且新文字新技术的应用远未到纯熟的地步，所以他认为主张翻译名著，尤其是翻译莎士比亚。他认为翻译莎士比亚有两层好处："一层因为它是诗，一层因为它是戏剧。因为它是诗，在翻译上就得发生特殊困难；因为它是戏剧，译成以后不但可以读，并且可以到处去演。并且，这件翻译工作自身，便是一种教育，一种训练。"①他认为通过翻译经典可以对白话文、新诗的发展都有所帮助，他呼吁中国人能像日本人坪内逍遥一样，四十三年把莎士比亚全集译完，他认为在翻译的过程中："同时在进行期中，因为解决工具的困难，以及莎士比亚的启发，文学界一定可以得到许多意外的结果，惊人的作品。"②

30 年代，由于更多学者重视，莎士比亚戏剧翻译的更多了：

1930 年，《墨克白丝与墨夫人》，张文亮译，广州青野书局。

1930 年，《麦克倍斯》，戴望舒译，上海金马书堂。

1930 年，《第十二夜》，彭兆良译，上海中华新教育社。

1930 年，《周礼士恺撒》，袁国维译，上海中华新教育社。

1931 年，《李尔王》，孙大雨节译，《诗刊》第二期。

1931 年，《罕姆莱德》，孙大雨译，《诗刊》第三期。

1932 年，"志摩遗稿"之《罗密欧与朱丽叶》，《新月》第 4 卷第一期和《诗刊》第四期。

1935 年，《朱理亚＊恺撒》，高昌南译，《文艺月刊》第 7 卷第 2、3 号。

1935 年，《暴风雨》，高昌南译，《文艺月刊》第 7 卷第 6 号。

1935 年，文言译本《暴风雨》，余楠秋、王淑英合译，上海商务印书馆。

1935 年，《该撒大将》，曹未风译，上海商务印书馆。

---

① 余上沅：《翻译莎士比亚》，载王孙选编《新月散文十八家》，上海文艺出版社 1989 年版，第 360 页。

② 同上。

1935 年,《足本莎翁杰作集》,周庄萍、蒋镇、孙伟佛译,上
海启明书局。

除了这些翻译外,30 年代最著名的莎剧翻译还是梁实秋和朱生
豪。而朱生豪从 1935 年开始翻译,到抗战爆发翻译完成莎士比亚 9 部
喜剧。正是这大量的翻译和介绍,30 年代莎士比亚研究也取得了进
展。总体来看,莎士比亚戏剧的大量翻译充分反映了 30 年代中国知识
者对欧洲文学经典的重视。

30 年代对欧洲的翻译不仅仅注重传统和经典,对 20 世纪欧洲流
行的文学,以及思潮也相当重视。在流派上除了古典、浪漫、现实主
义外,像叶芝、伍尔芙、艾略特等现代派作家作品刚在欧洲大陆流行
就被介绍到了中国,这显示了当时中国文学与世界文学潮流的同步性。
有研究者统计了 20—30 年代对欧洲现代派诗歌的翻译:

表 2   30 种主要文学期刊对欧美现代主义诗歌的翻译 (1925—1937)[①]

诗人	波德莱尔	魏尔伦	魏尔哈仑	马拉美	雷尼蔼	兰波
被译诗歌	85	30	6	5	4	3
诗人	果尔蒙	叶芝	道生	里尔克	耶麦	核佛尔第
被译诗歌	17	16	9	7	6	5
诗人	梅特林克	保尔福尔	瓦雷里	西蒙斯	桑德堡	艾略特
被译诗歌	2	20	4	1	14	1

从上表可以看出,20 世纪欧洲影响比较大的现代主义诗人在 30
年代中国也都有译介。在介绍现代主义思潮方面做了许多工作并成为
主阵地的是《现代》杂志。《现代》1932 年 5 月创刊,1935 年 4 月停
刊。在短短三年左右的时间里,《现代》对象征主义、未来主义、意象
派诗歌、都会主义小说作了大量翻译介绍。创刊号上发表了安选译的
《夏芝诗抄》,同期还登载了署名"月"的《阿保里奈尔》,对未来主义
作了介绍。一卷四期上刊登了戴望舒的译作《世界大战后的法国文

---

① 参见耿纪永《欧美象征派诗歌翻译与 30 年代中国现代派诗歌创作》,《中国比较文学》
2001 年第 1 期。

学》、赵景深的《最近的意大利文学》，介绍了象征主义和未来主义。之后又发表了徐迟的论文《意象主义的七个诗人》（四卷六期），戴望舒的译文《叶赛宁与俄国意象派诗》和高明的论文《未来派的诗》（五卷三期）。《现代》同仁还较多地译介了以保尔·穆杭为代表的法国都市主义文学。《现代》创刊之前的《无轨列车》、《新文艺》、《文艺月刊》和停刊以后的《水星》、《文学季刊》等在译介西方现代主义思潮方面也作出了大量实绩。欧洲现代主义思潮的译介促成了 30 年代中国文坛现代主义思潮的勃兴。在这种思潮的影响下，30 年代中国出现了带有现代主义倾向的"新感觉派"小说与"现代派"诗歌，同时，也拓展了中国现代文学的领域和审美空间。

三 翻译和传播的组织性和系统性

30 年代翻译文学活动具有很强的组织性和系统性。主要是各个阶层、团体都非常注重外国文学的翻译，当然，由于团体性质差异，翻译对象的选择上也有一定差异。30 年代对外国文学进行系统和有计划的翻译的有以下几个团体和组织：

（1）由于"左联"倡导和组织的系统翻译。"左联"的成立标志着无产阶级革命文学正式登上历史舞台。它不仅是 20 世纪 30 年代中国文学运动的中心，而且也是翻译事业的中心。它不仅团结和培养了一大批文学家，创作了大量文学作品，而且组织了大批进步的翻译工作者，在翻译理论研究、培养翻译人才方面都取得了巨大成就。使翻译文学与无产阶级文学的关系更为密切。在"左联"成立大会上通过的理论纲领明确提出要经常"介绍国外无产阶级艺术的成果"，"建设艺术理论"。无产阶级革命作家鲁迅、瞿秋白、茅盾、郭沫若、冯雪峰、周扬、夏衍等纷纷响应"左联"的号召，致力于马克思主义文艺理论和苏联文学作品及各国进步文学作品的译介。"左联"刊物《萌芽月刊》、《拓荒者》、《巴尔底山》、《世界文化》、《前哨》、《北斗》、《文学月报》等实际上成了译介马克思主义文艺理论和苏联文学作品等的主阵地，同时欧洲无产阶级文学，以及受压迫民族的文学也大量被翻译和介绍过来。

（2）"中华教育文化基金委员会"的大规模译介。1930 年 7 月，中华文化基金委员会在南京召开第六次年会，会议决定设立编译委员会，胡适任主任，主要经费来自美国退还的庚款。会议拟定了一个庞大的翻译计划，要"选择在世界文化史上曾发生重大影响之科学、哲学、文学等名著，聘请能手次第翻译出版。"此计划中，张若谷主要翻译英国哈代的小说，罗念生翻译希腊戏剧，陈绵翻译小仲马的《茶花女》和法国戏剧，徐霞村翻译《鲁滨逊漂流记》，袁家骅、梁遇春、关琪桐译康拉德的小说。其中还特别包括翻译莎剧全集计划，胡适就此专门与在中国的英国文学理论家理查兹商讨，最后于 1931 年初成立 5 人小组，拟订就译文文体、译名统一，译稿审校等问题每年讨论一次。后因徐志摩坠机遇难和抗战爆发而搁浅，由梁实秋一人承担翻译任务，梁实秋在 1936—1939 年间就翻译出版了莎剧 8 种。

（3）进步的革命民主主义作家组织系统翻译。首先需要特别提出的是 30 年代影响甚大的《世界文库》，它以系统译介世界名著闻名。主编郑振铎草拟的《世界文库》第一集目录"外国之部"就包括了外国古代、中世纪、文艺复兴及十七至十九世纪及其后各时期的文学名著近四百种。它的周密的组织，得到了当时许多著名作家的积极支持，又出现了鸿篇巨制式的《世界文库》。它是我国最早的有系统、有计划地介绍古今中外文学名著的大型丛书，自 1935 年 5 月至抗战爆发，共出版外国文学名著一百多种。重要的译本有：鲁迅译《死魂灵》、东华译《吉诃德先生传》、烈文译《冰岛渔夫》等。这项被称为"中国文坛的最高努力"的工程，得到了蔡元培、鲁迅、茅盾等著名人士的支持，参加编译委员会的作家、翻译家有一百多人，被视为"全国作家的总动员"，"1935 年的伟大工作"。《世界文库》是 30 年代译介外国文学名著的一个重要阵地。

另外一个是《现代》杂志积极倡导、组织对欧洲现代主义文学理论与作品的译介。《现代》杂志同仁刘呐鸥、穆时英、施蛰存、戴望舒等积极组织，大力译介了欧洲象征主义、意象派、精神分析的理论和作品，使《现代》成了 30 年代中期中国自由知识分子鼓吹现代主义的

主阵地。施蛰存非常注重系统的对外国文学进行翻译，他 1934 年在
《现代·美国文学专号》的导言中就说得非常明确："在这里，我们似
乎毋庸再多说外国文学的介绍，对于本国新文学的建设，是怎样大的
帮助。但是，知道了这种重要性的我们，在过去的成绩却是非常可怜，
长篇名著翻译过来的数量是极少；有系统的介绍工作，不用说，是更
付阙如。……现在，二十世纪已经过了三分之一，而欧洲大战开始迄
今，也有二十年之久，我们的读书界，对二十世纪的文学，战后的文
学，却似乎除了高尔基或辛克莱这些个听得烂熟了的名字之外，便不
知道其他名字的存在。对各国现代文学，我们比较知道一点的是苏联，
但我们对苏联文学何尝能有系统的认识呢？这一种对国外文学的认识
的永久的停顿，实际上是每一个自信还能负起一点文化工作的使命来
的人，都应该觉得惭汗无地的。"① 施蛰存正是在这种情况下，做了大
量系统的翻译工作。

由于无产阶级革命作家、自由主义作家和革命民主主义作家的积
极倡导和周密组织，使 30 年代翻译文学得到了迅猛的发展。在各种文
学发展的过程中，拥有阵地往往是其成熟和繁荣的一个标志。二十年
代前后出现的大量刊物如《新青年》、《小说月报》、《创造》、《语丝》
等都介绍过外国文学，但它们还都不是专门性的翻译刊物。而三十年
代则出现了专门刊登译文的《译文》月刊和重点刊载外国文学的《世
界文库》。这些期刊的出现，标志着在 30 年代中国现代翻译文学的成
熟期、繁荣期已经到来。《译文》月刊创刊于 1934 年 9 月，前三期由
鲁迅亲自编辑，后黄源接编，次年 9 月出至十三期停刊，1936 年 3 月
复刊，至次年 6 月出至十六期停刊。在前后近三年时间里，《译文》共
发表著名文学翻译家鲁迅、茅盾、巴金、胡风、黎烈文、曹靖华等翻
译的一百多篇译作。侧重介绍了俄苏、英、法、德、日、匈等国的作
家作品，并且推出了"高尔基纪念特刊"、"罗曼·罗兰逝世纪念特
刊"。这个被鲁迅比为"野花小草"的月刊，由于它的特点是专门介绍
外国文学，所以它具有与过去任何一个刊物都不同的特色和作用，在

---

① 施蛰存：《美国文学专号·导言》，《现代》1934 年第五卷第六期。

繁荣三十年代翻译文学方面起到了特殊的作用。总之，由于上述三派的组织倡导各有侧重、各有体系的译介，终于形成了中国 20 世纪 30 年代翻译文学对外国文学翻译的全面性与系统性局面，这极大促进了欧洲文学在中国的传播。

易卜生戏剧在中国 20 世纪
三四十年代的传播

——从"娜拉事件"谈起

长期以来，研究者对易卜生戏剧在"五四"时期中国的接受和影响关注较多，但对其在三、四十年代中国传播的研究略嫌薄弱。1935年，上海、南京、广州等地大剧团先后多次公演了《娜拉》。其中南京磨风艺社的演出中，扮演娜拉的女教师被学校当局以"抛头露面，有伤风化，不能为人师表"为由开除其公职，酿成震动全国的"娜拉事件"，由此引发自五四以来又一轮关于女性的大讨论，1935年则被称为"娜拉年"。众所周知，《娜拉》在"五四"时期引起中国思想界的大震动，推动了当时社会文化的变革与进步。但到了 30 年代，中国却发生"娜拉事件"，这是否意味着易卜生戏剧在中国传播的倒退，或者说易卜生戏剧在中国发生了某些变异？本文将就这些问题加以探讨。

一 "娜拉事件"与易卜生戏剧在中国的传播

"娜拉事件"作为一个社会现象，最早可以追溯到"五四"时期。1918 年《新青年》设《易卜生专号》，刊登胡适等翻译的《玩偶之家》，由此在社会上产生一股"易卜生热"。这种影响今天的读者可能难以想象，茅盾在 1925 年曾经这样回顾："易卜生在我国近年来震动全国的新文化运动是有一种非同等闲的关系，六七年前，《新青年》出《易卜生专号》曾把这位北欧大文学家作为文学革命、妇女解放、反抗传统思想等新运动的象征，那时候，易卜生这个名儿萦绕于青年心胸中，传述于青年的口头，不亚于今日之下的马克思和列宁。"① 从某种意义上说，"娜拉事件"早在"五四"时期已在中国轰轰烈烈地上演了中国的"娜拉"在"五四"时期就出走了，而30年代的问题则是，娜拉是否该重新回家。1934到1935年，"娜拉走后怎样？"的问题再次被提出，并引起空前热烈的大讨论。讨论兴起与当时中国复古思潮的抬头有关，1934年初蒋介石推行新生活运动，提倡"中华民国固有之德性——礼义廉耻"。保守文人纷纷响应，如《国闻周报》发表署名"銅冰"的文章，批评鲁迅当年"娜拉走后怎样"中对经济权的鼓吹。作者宣扬新的贤妻良母主义，"仍要中国式的家庭的幸福"②。"銅冰"诋毁妇女解放，却也不是无的放矢。当初毅然离家出走的女子，多数都应了鲁迅预言的三种结局：不是堕落，就是回来，再就是饿死或自杀。30年代初发生了多起与女性婚恋问题相关的社会事件，引起了舆论广泛关注，比如"新女性"阮玲玉自杀的悲剧。曹聚仁称中国的娜拉"无论以什么方式演出，仍是以傀儡始，以傀儡终，丝毫没有变更。"③

　　国民党在文化上复古的同时，在国统区施行文化控制。一方面，他们大肆捕杀进步作家，查禁进步书刊。另一方面，用各种媚俗文化粉饰太平和麻痹群众。30年代中期的上海，略带色情的电影海报充斥着各大媒体。特别有声彩色电影的出现，中国电影界当时充满好莱坞浪漫风格。1935年，中国左翼戏剧家联盟（剧联）决定采取行动扭转这种颓靡的风气。当时"剧联"领导，诸如赵铭彝、金山、赵丹等提出"为了冲破敌人的封锁，开展更有效的斗争"的建议，并提出了"面向社会、提高艺术、保存实力"的方针。避免国民党新闻管制最有效的办法是演出外国名剧，但又要体现战斗性和艺术性，"剧联"最后决定了《娜拉》的全国公演。1935年全国各大剧团纷纷公演了《娜拉》，当时有报刊在消息中

① 茅盾：《谭谭〈傀儡之家〉》，载《茅盾全集》第33卷，人民文学出版社1981年版，第149页。

② 銅冰：《娜拉走后究竟怎样》，《国闻周报》1934年第11卷第11期。

③ 曹聚仁：《娜拉出走问题》，《申报》1934年7月10日。

称："今年可以说是娜拉年，各地上演该剧的记录六千数十起。"①
可见盛况空前。其中上海影响最大，在 1935 年 6 月下旬，上海业余剧
人协会在金城大戏院举行了《娜拉》的首场公演。导演团由万籁天、
金山组成，主要演员有赵丹、金山、蓝苹（即江青）等，演出博得极
大好评。但南京磨风艺社的情况就没这么幸运，南京的演出中，娜拉
由一位小学教师王光珍女士扮演，另外三位学生也在其中扮演了角色。
校方以"行为浪漫"为理由将她们解职开除了，此事在社会上引起极
大反响。茅盾为此专门撰文分析，十多年前《玩偶之家》介绍到中国
的时候，社会上没有妇女的地位。现在这种情况大为改观，职业女性
随处可见了，但不能就此认为女性社会地位已然大大提高了。茅盾认
为要真正提高女性地位，"还有比纯粹经济问题更中心的问题在那边
呢！"② 茅盾虽然没有明确指出那个更突出的问题是什么，但《娜拉》
的演出，以及"娜拉事件"引发的讨论又一次激发了人民追求自由
和个性解放的斗争。

40 年代，娜拉在中国的影响有了新的发展。郭沫若在"五四"时
期曾写过《三个叛逆的女性》，是典型的"娜拉剧"，其主旨是张扬个
性。但他写于 1941 年的《娜拉的答案》却明显转向了阶级斗争和革
命。此文原为纪念秋瑾革命生涯，郭沫若将参加革命前的秋瑾比作
《玩偶之家》中的娜拉，把出走后的娜拉比作参加革命的秋瑾。他把参
加革命看成妇女解放的终极道路："脱离了玩偶之家的娜拉究竟应该往
何处去？求得应分得学识与技能以谋求生活的独立，在社会的总解放
中争取妇女自身的解放；在社会的总解放中担负妇女应负的任务；为
完成这些任务不惜以自己的生命作牺牲——这便是正确的答案。"③ 由
此可见易卜生的戏剧在中国文学和思想的革命中总是走在前沿，而且
是不断发生变化的。

---

① 《娜拉大走鸿运》，《申报》1935 年 6 月 21 日。
② 茅盾：《〈娜拉〉的纠纷》，载《茅盾全集》第 16 卷，人民文学出版社 1988 年版，第 40 页。
③ 郭沫若：《娜拉的答案》，载《郭沫若全集》（文学编）第 19 卷，人民文学出版社 1992
年版，第 220 页。

二　易卜生戏剧在中国的接纳

易卜生对于世界戏剧划时代的贡献在于其内容和表现手法上，勃兰兑斯称之为"近代突破"。易卜生戏剧引入中国时，正值中国戏剧界对传统戏剧进行反思的阶段。《新青年》继 1918 年 6 月出版《易卜生专号》引起轰动之后，杂志在同年的第五卷第四号正式举起"戏剧改良"的旗帜，乘胜追击当时戏曲界封建复古潮流。胡适从文学进化论的观点出发，认为中国古典戏剧只是无用的"遗形物"。欧阳予倩则认为，宜多翻译外国剧本以为模范，然后试行仿制。

随着中国文学发展进入第二个十年，易卜生在中国的传播进一步深入。1928 年，鲁迅在其主编的《奔流》杂志的"H. 伊孛生诞生一百周年纪念增刊"上，高度评价了易卜生对中国戏剧的影响。在同年 3 月易卜生诞辰一百周年纪念会上，上海艺大和南国艺术学院的同仁都提倡要多演出易卜生的戏剧。田汉提议取消"新剧"这一名称，而代之以"话剧"，从此话剧一词不胫而走，沿用至今。此后不久，欧阳予倩到上海成立上海戏剧运动协会，提倡要群策群力排演易卜生的《群鬼》。这个名剧因种种原因没能演成，但这次剧团的会合对于中国戏剧界的团结和联合，以及 1930 年中国左翼戏剧家联盟（简称剧联）的成立都有莫大的意义。在剧联的推动下，30 年代有更多易卜生的作品被译介绍到中国：如 1931 年，潘家洵译《博克门》；1938 年，孙熙译《社会栋梁》、《野鸭》，次年他又译《海姐》（《海达·高布乐》）。这些译介扩大了易卜生戏剧在中国三、四十年代的传播。

在艺术表现形式上，易卜生戏剧给中国剧作家很多有益的启示。如在《玩偶之家》中，易卜生将"讨论"引入戏剧，一系列问题的提出，紧紧抓住了观众的注意力，促使他们去深入思考。这种尝试确实非常成功，英国著名剧作家萧伯纳将这种手法推崇为 19 世纪末 20 世纪初戏剧创作的新技巧。受易卜生的影响，不少中国剧作家也在作品中设置了"讨论"。在胡适、郭沫若、曹禺等人剧作中都可以看到对这种手法的借鉴。这种"讨论"的增多使得中国的新戏完全不同于传统戏剧，这也是田汉将中国的新戏正式命名为"话剧"的原因所在。可见，易卜生对中国话剧表现手法的影响是深远而具开创性的意义。

中国戏剧界从易卜生那里获得启示的同时，对其接受又存在一定的选择性偏差。易卜生的作品包含着从浪漫主义、现实主义到表现主义、象征主义等多种手法的过渡和融合。而胡适说，"易卜生的文学，易卜生的人生观，只是一个写实主义。"① 可见，中国话剧的先驱者往往将现实主义的批判性作为易卜生主义主要内涵，使关注焦点聚集在其批判性上而忽视了其他方面。而"五四"时期的这种误读，与当时中国戏剧界对萧伯纳的推崇是紧密联系的。当时中国戏剧领袖们都将萧伯纳与易卜生划为同一派的社会问题作家，这实际上忽视了易卜生戏剧对人物内心的细致分析。正如美国戏剧理论家劳逊所言："现代剧作家从易卜生那里学的许多东西都通过萧伯纳。现代戏剧家都钦佩易卜生紧凑的技巧，社会的分析和性格化的方法。但现代剧作家跟萧伯纳一样地把这些因素大大的变了质……易卜生式的对自觉意志的分析不再出现，代替它的是某些品质的组合。"② 所以我们比较容易理解中国戏剧界在艺术手法上选择了易卜生的现实主义方面，而对其注重个人内心体验，以及象征主义等现代主义手法关注较少。这种选择性偏差也一直影响到易卜生戏剧在中国三四十年代的传播。

三 易卜生戏剧在中国的变异

易卜生戏剧在中国的传播和接受可谓颇具戏剧性。从艺术手法层面看，易卜生戏剧在中国的传播可能只是选择性偏差，而其思想在中国却出现了某种程度上的曲解和误读。

一般认为易卜生思想的核心就是易卜生主义。有学者认为，"易卜生主义充满人文精神，是一种易卜生式的人道主义。"③ 它执着于自由，以及人的本质追求。正如易卜生在致勃兰兑斯的一封信中说："我首先希望你具有真正强烈的自我主义，这种自我主义一时会促使你把

---

① 胡适：《易卜生主义》，《新青年》1918 年第 4 卷第 6 期。
② 劳逊：《戏剧与电影的剧作理论与技巧》，中国电影出版社 1978 年版，第 356 页。
③ 王忠祥：《易卜生》，华夏出版社 2002 年版，第 85—86 页。

同自己有关的东西看成唯一有价值和重要的东西，而把其他的一切当作是不存在的东西，不要它这个看作是我兽性的一种表露。要对社会有益，最好的办法就是发展自己的本质。"① 易卜生主义本是西方人创造的一个词语，但在中国同样引起回响。中国新文学运动的领袖胡适认为，易卜生主义是一种"健全的个人主义"，他在《易卜生主义》一文中说："易卜生最可代表十九世纪欧洲的个人主义的精华。"② 在思想上，胡适对易卜生主义的认识可以说是比较准确的，也接近易卜生本身思想。

易卜生戏剧到中国后一直就与一个问题紧密联系，即妇女解放问题。这可以说是易卜生主义在中国发生变异的重要表现。胡适分析《玩偶之家》时认为，娜拉虽然是一个女子，但她更被视为一个有代表性的个体。值得注意的是，《玩偶之家》写成十九年后，易卜生应邀参加挪威女权团体的聚会，他在会上说他不是女权组织的成员，他的任务只是描绘人性。1935 年，"剧联"决定《玩偶之家》全国公演时，将剧名改为《娜拉》，矛头就直指"锢冰"等人对妇女解放运动的诋毁，可见他们特别关注女性问题。从追求个人主义到追求女性独立和解放，可以说是易卜生戏剧在中国发生变异的第一步。

30 年代，中国逐步陷入亡国灭种的境地，革命和救亡成为社会主潮。当时中国对《玩偶之家》的关注点由现实主义的批判性转向了革命斗争性。有外国学者曾指出，"对社会束缚的觉醒和从中解放出来，这二者的汇合似乎是《玩偶之家》在中国受欢迎的根源。"③ 实际上，30 年代大多数知识分子都认为，娜拉毫无疑问地应该觉醒，并且在觉醒中发现"出路"。争论的关键在于她觉醒的本质，即到底是什么束缚她，娜拉的出走代表个人还是某一共同体？到了 40 年代，有关娜拉的讨论则明确开始将妇女命运与所有被压迫的社会阶级联系起来。如郭沫若等人就宣称，个人解放和妇女解放必须以无产阶级和民族解放为

① F.L. 卢卡斯：《易卜生的性格》，见《易卜生评论集》，外语教学与研究出版社 1982 年版，第 347 页。

② 胡适：《易卜生主义》，《新青年》1918 年第 4 卷第 6 期。

③ Eide, Elisabeth. *China's Ibsen*：*from Ibsen to Ibsennism*，London，1987，pp. 193 - 222.

前提。在这种宽泛的解读中，如果中国的娜拉们希望获得自由，她们应当觉悟自己所受到的压迫的阶级本质，一出门就参加社会革命。所以我们可以理解"娜拉事件"的出现，不仅仅是个文学问题，背后有更多的中国社会政治因素。甚至可以说，关于娜拉的讨论已经完全中国化，成为中国自身的问题了。

易卜生戏剧在中国发生变异，也与易卜生思想本身的复杂性相关：一方面，他追求个性自由，具有人道主义；另一方面他也强调民族解放和国家独立。但我们应该注意的是，易卜生虽然致力于挪威民族解放，但他始终认为，社会所需要的只是个人精神的反抗。从总体来看，易卜生对政治是冷淡的。正如普列汉诺夫所言，"他主张'从人到人'，易卜生的思想一部分是道德的，一部分是艺术的，但是它始终是脱离政治的。"① 如果说"五四"时期中国是追求个性解放的时代，是易卜生主义适宜的生长土壤；而三、四十年代民族和革命的危机使得中国知识分子从对人的个人价值的思考转向对民族、国家自由的探求，这样易卜生争取民族独立自由的精神更吸引中国知识分子。

当然，个人自由与国家、民族的自由都属于自由的范畴。但其差异在于，易卜生将个人自由始终放在首位；中国知识分子则多强调国家自由和个人自由具有内在一致性，而且只有完成了国家自由，个人自由才能成立。中国知识分子从社会、革命的角度对"自由"进行言说和表述，相信个人自由与国家、民族在历史和逻辑上二者具有内在的一致性。但中国解放后，妇女是否就能真正自由了呢？事实和实际情况证明并不一定，"昔日文小姐，今日武将军"的丁玲感慨，即便是在"比中国其他地方的妇女幸福"② 的延安，做女人也不容易。所以中国的娜拉一直是在个人解放与社会解放、个人自由与国家独立的矛盾和冲突中寻求出路，这也许就是有关娜拉的争论会在中国不断上演的原因所在。

---

① ［俄］普列汉诺夫：《亨利克·易卜生》，见《易卜生评论集》，外语教学与研究出版社1982年版，第174页。
② 丁玲：《"三八节"有感》，《解放日报》1942年3月9日。

　　总之，易卜生戏剧在中国 20 世纪初的传播与中国社会的矛盾变化，以及易卜生本身的复杂性有关。在戏剧艺术上，中国选择性地吸取了他现实主义批判性的一面，而忽视了其他艺术手法；在思想方面，"五四"时期的中国知识分子吸取了他的个人主义，三四十年代，易卜生戏剧现实主义的因素大大扩张，其戏剧被利用来宣传革命，以及民族独立。中国文学也正是在不同时代根据自身需要来利用易卜生戏剧，从而使之发生变异，成为中国文学现代性进程的一部分。

20 世纪 30 年代中国游记
文学中的欧洲形象

　　法国形象学大师巴柔认为，异国形象创造有别于美学和修辞学意义上的人物形象塑造，它不再局限于作品中的某一人物形象塑造，而上升成了一个文化的形象塑造，是一个文化表征（cultural representation）的过程。不管是出于创造者纯粹的虚构或是真实的再现，形象均包容了创造者对一个不同文化的总体认识和态度。同时，形象创造还代表着一个群体对另一国家、民族的文化关照，所以它集中体现了一个群体的认知特点，是一个文化对另一个文化的言说。具体而言，作品中的形象可以借助多种形式得以表述，异国情调、异域风土、故事情节、人物、甚至一种观念均可代表异国形象。形象展现了与本文化相异的他者文化的某些特性，同时也传递着本文化的信息。正是由于异国形象蕴藏了丰富的文化内涵，所以对这一特殊类型的形象的认识便构成了比较文学研究一个独特而重要的分支——文学形象学。但是，由于形象创造同时涉及作为文化接受一方与影响发出的一方的关系，即主体与客体的关系，因而考察形象创造中主体与客体的内在联系，对于认识异质文化之间的同一性和差异性具有特殊启发意义。从对他者文化的阐释转向对自我的反思和确认是当代形象学研究的一个重大转向，这一研究范式的转换更加关注形象生成过程中主体与客体关系的界定，因而突显了形象创造者文化认同在形象生成中的作用。

　　异国形象创造是一个借助"他者"发现自我和认识自我的过程，是对自我文化身份加以确认的一个过程。这一立论应该说符合当代形象学研究范式转换的要求，表明了跨文化、跨种族的文学实践的内在逻辑性，"所有对自身身份依据进行思考的文学，甚至通过虚构作品来思考的文学，都传播了一个或多个他者的形象，以便进行自我结构和自我言说：对他者的思辨就变成了自我思辨"，① 并且这种自我思辨是以实现自我超越为终极追求的。欧洲文化与文学在中国的传播不仅仅靠留学生和译介，也包括留学或者游历欧洲的中国人写下的一些日记、游记、随笔，甚至小说创作，从中抒发他们对欧洲文化、文学的印象和看法，也折射出他们对本民族身份的思考，以及文化认同。

众所周知，游记作品为比较文学形象学研究提供了丰富的文本资源。当代形象学研究的奠基者巴柔教授十分重视游记作品，他在多篇论文中都论及游记在形象学研究中的重要地位，特别是它与社会集体想象物的关系。然而，"游记"是一种跨学科、跨文化的写作，它的界限不清、"身份"混杂，这既会使研究充满挑战，也会带来诸多尴尬。因此，对于游记涉及的特殊问题，需要进行专门的讨论。从总体而言，现存的理论与方法论似乎对这一点并未给予足够的重视，致使目前的论述较为零散、片面，缺乏应有的系统性。但西方学者历来重视研究游记，因为通过游记可以了解的信息异常丰富：包括人类认知的水平，一个民族对异域逐渐了解的过程，以及有关异域的信息在本土传播的情况等等。以上这些情况便构成了年鉴史学派称之为"思想史"的重要部分。特别是游记与社会集体想象的关系，它还在某种程度上折射出作者生活于其中的社会集体想象。形象学中的游记研究实际上可以发现在跨文化传播过程中一个民族的思想史、心态史。正如詹姆斯·克里福德提出的，应该把文化看作是居住地与旅行之间一个有待解释的东西，他认为"文化旅行"能使我们进入一个"跨文化进出口更宽广的世界"。② 而游记文学正是这种文化旅行的记录，研究中国近现代史上的游记文学，对了解当时中国人在跨文化传播中的心态有特别的

---

① 孟华：《比较文学形象学》，北京大学出版社 2001 年版，第 179 页。

② Clifford, J. 'Travelling cultures', in L. Grossberg, C. Nelson and P. Treicher（eds）Cultural Studiese, London: Routledge, 1992, p. 100.

意义。近现代是中国人对世界的观念发生重大变化的时期，而在这种变化中，对外部世界，对异国及异国人的认知和看法起到了关键的作用。同时，由于游记文学的某些特性，它在塑造异国形象时往往具有一些特殊功能①：

（1）游记生动、活泼，因而能塑造出个性化的形象。这种形象对已有经验具有挑战意义，它往往能够校正读者头脑中固有的"社会集体想象"，生成新的异国形象。同时，它还带来其他新的因素，诸如语言、词汇等，产生出新的意义。

（2）游记一旦进入阅读领域，便会导致新形象（意义）的扩散和传播。同时，这种传播的速度和广度都是别的文类所难以企及的。因为游记往往打着"亲见"、"亲历"的旗号，所以容易获得读者的信任。

正如此，中国早期的一些海外游记作品都大受欢迎。如斌椿的《乘槎笔记》、志刚的《初使泰西记》、张德彝的《欧美环游记》、郭嵩焘的《使西日记》、刘锡鸿的《英轺私记》等，这些作品在引导着读者走出了国门，在阅读中去游历异域的同时，也塑造了异域"他者"的形象，从中我们也可以看出当时国人的集体意识。

一　多样的欧洲形象

到 20 世纪 30 年代，随着国人往国外留学，游历的机会增多，有关域外的游记也越来越多，特别是关于欧洲的游记在 30 年代可谓盛行一时。单独成册出版的就有朱自清 30 年代的《欧游杂记》（1934 年）、《伦敦杂记》，郑振铎的《欧行日记》（1934 年），王统照的《欧游散记》（1937 年），李健吾的《意大利游简》（1936 年），刘思慕的《欧游漫忆》（1935 年），张若谷的《游欧猎奇印象》（1936 年），盛成的《海外工读十年纪实》（1936 年），王抟的《海外杂笔》、《海外二笔》（1936 年），刘海粟的《欧游随笔》（1933 年），陈学昭的《忆巴黎》，徐霞村的《巴黎游记》（1931 年），宋春舫的《蒙德卡罗》（1933 年），

———————

① 参见孟华《试论游记在建构异国形象中的特殊功能》，中华读书网，2002 年 9 月 19 日（www.booktide.com）。

邓以哲的《西班牙游记》（1936 年），邹韬奋的《萍踪寄语》（初集
1934 年，二集 1934 年，三集 1935 年）和《萍踪忆语》（1937 年）等
等。如刘思慕所言，"近来游记一类的货色在文学市场售出不少，单是
欧洲游记，也有好几种，恐怕快可以上'游记年'的封号了。"① 30 年
代游历欧洲作品大量出现，为应读者市场需求，不少作家又把 30 年代
前的游记又拿出来出版，或者又回忆重写。比如吴宓于 1927 年和
1930 年两次游历欧洲，写了些格律诗，"吾国人旅游欧洲作诗纪所闻
见者。昔有康南海先生之欧洲十一国游记中附载各篇。近年有吕碧城
女士之信芳集及李思纯君之旅欧杂诗。均为之甚工。且已裒集成
帙。"② 当时欧洲游记风行一时，除了这些已经结集出版的游记外，30
年代还有很多游记散见大小报刊，各大报刊或有单篇散记，或有各种
通讯连载的，可谓铺天盖地而来，这是中国散文游记文学中前所未有
的一种现象。欧洲游记表现了中国人对欧洲的印象，也传播了欧洲的
文化和艺术。这些欧洲游记所满足读者对异域的好奇，以及猎奇心理
的同时也塑造了一个复杂、多面的欧洲形象。大致看来，30 年代的游
记塑造的欧洲形象有以下几种：

（一）浪漫和梦幻的欧洲

　　到 30 年代欧洲旅行的人所写的游记大部分是把欧洲作为浪漫的想
象空间。比如刘思慕未到匈牙利的布达佩斯之前就对这个城市做了一
个想象性的描述：

　　　　异样的长桥，瑰奇的教堂和宫堞，宏丽的温泉浴场，冶媚的
　　音乐和舞蹈，在我的想象中构成一幅艳异的图画，愈益加强我欲
　　身履其境的渴望。③

　　我们看他用到的几个词语：异样、瑰奇、宏丽、冶媚、艳异。这

---

① 思慕：《欧游漫忆·自序》，载《野菊集》，上海文艺出版社 1984 年版，第 3 页。
② 吴宓：《欧游杂诗第一集》，《学衡》1932 年第 78 期。
③ 思慕：《欧游漫忆·自序》，载《野菊集》，上海文艺出版社 1984 年版，第 38 页。

些词语多是有那种浪漫色彩的，而且是极富想象性的。作者提到维也纳则是"五步一咖啡，十步一酒肆，美人如花，管弦妙天下"。他描述威尼斯时候就直接说：

> "威尼斯——于我有一点神秘的想象的魔力。浪漫的故事，中世纪的情调，商人王国的豪华，满载东方的珍宝和奇谈归来的海客，尤其那里的水，——把这中古的城包围"①

刘思慕笔下的欧洲可以说是美轮美奂的，这段描述已足以发现"他者"形象的反映。从词汇这个层次，人们就可以发现文学作品所带有的特定形象意义。在形象学中，对形象描述的词被分为"关键词"和"幻觉词"。所谓"关键词"，是指那些只能生发出单义的词；而"幻觉词"是指一些不仅用于语言交流，也可以用于梦幻和象征性的信息交流，这类描述并不忠实地代表现实中客观存在的"他者"，而更多是一个带有虚构性的异国空间。像刘的游记中充斥着"幻觉词"，这些"幻觉词"大量的使用就塑造了一个如梦似幻的欧洲形象。

当然有些游记只是映象式的，如浮光掠影，但有些这种印象式的感受用诗歌写出来，却另有一番味道，这种游记往往更给人一种浪漫的异国情调。吴宓1930年的游记是仿英国诗人摆伦（拜伦 Byron）的长篇纪行诗 Childe Harold's Pilgrimage 之第三曲 CantoIII 的，虽是古典诗歌，但满是浪漫主义的味道：

> 巴黎清晨到。烟雨层城匿。秀丽兼谐和。斑黝被古色。
> 民风称都雅。文物盛雕饰。威灵祷圣母。功烈念先德。
> 豪谈茗座里。照影镜湖侧。胜绝拉丁区。学问资饫食。
> 友生共欢宴。长途得憩息。三宿恋空桑。行役趋岛国。
> 吃饭在拉丁区诸小馆。每餐仅六七佛郎。且有红白酒一小瓶晚。清华毕业留学此间之章熊、秦善鋆、张企泰、吴达元、汪梧

---

① 思慕：《欧游漫忆·自序》，载《野菊集》，上海文艺出版社1984年版，第14页。

封等诸君。共十人。宴予及陶燠民君於上海楼。又至 Capoulade
咖啡馆坐谈。二十八日晨偕吴汪二君游圣母寺。(Notie Dame) 值
星期礼拜。十时。清华诸君共邀集卢森堡公园 (Jardinde Luxem-
bourg) 池边摄影。以为纪念。忆李思纯君巴黎杂诗"白石红栏
影、纤云淡月晖、横空珠树出、跳沫玉龙飞、低亚花三面、婵娟
水四围、也堪娱独客、无复念东归"之句。[见本志第十四期] 弥
觉其真切。公园石磴可自由坐息。至铁椅则每坐一次。取票价四
分之一佛郎。公园喷水池中有小儿放纸船钓鱼。又有乘小驴徜徉
者。而鲜花纷灿。点缀各处。值兹晴和日丽。尤为胜赏。十一时。
秦君等导游先贤祠。(Panthèon) 见福禄特尔、卢梭、嚣俄、左拉
诸人墓像。观壁画女杰贞德及贤王路易故事。予拟明春再来巴黎
久住。故游赏遂止於此。午后观拉丁区书店。①

　　吴宓的游记实际上和五四时期，诸如徐志摩等的差别不大，因为
先有的游记在传播过程中对人产生一定的影响，这种影响潜移默化的
形成了一种集体意识，一种对他者的形象观念，从游记中，我们可以
看到吴宓提到康有为的《欧洲十一国记》，还有吕碧城女士之信芳集及
李思纯君之旅欧杂诗等，在描写巴黎景色时候，脑海自然浮现李思纯
巴黎杂诗"白石红栏影、纤云淡月晖、横空珠树出、跳沫玉龙飞、低
亚花三面、婵娟水四围、也堪娱独客、无复念东归"的诗句，这说明
先有的形象会影响人对欧洲形象的看法。所谓异国情调都是个人或集
体通过话语或书面的途径而被制作得到描述的，有时通过口头传说，
有时通过新闻媒体，而更有影响力的就是通过游记文学作品。吴宓还
写了一些诗歌，描写牛津大学，雪莱墓地，莎士比亚墓地，爱丁堡司
各脱纪念塔，等，我们也可以看看《牛津大学风景总叙》这首诗：

　　　　牛津极静美。尘世一乐园。山辉水明秀。天青云霞轩。
　　　　方里集群校。嶙峋玉笋繁。悠悠植尖塔。赫赫并堞垣。

① 吴宓：《欧游杂诗第一集》，《学衡》1932 年第 78 期。

桥屋成环洞。深院掩重门。石壁千年古。剥落黑且浑。

真有辟雍意。如见泮池存。半载匆匆住。终生系梦魂。①

　　这虽是旧体格律诗，但我们仍明显可以感触到和徐志摩当年在康桥的感情是一致的，像"半载匆匆住。终生系梦魂"这句给后人塑造了一个庄严美丽的学术圣地形象，这也成为中国人对欧洲想象的一部分。在比较文学的形象学领域，形象首先是对一种异己的文化的印象，这种印象混杂着情绪和观念，借助某一个形象或意象描述出来的异国空间。实际这种印象以形象化的方式传达出来的是形象制作者自身的种种社会的、文化的、意识形态的范式。吴宓的游记多对欧洲一些闻名的古建筑、名人故居等都作了印象式的介绍，而介绍中间还加上一些浪漫的色彩。从吴宓的游记我们可以看到一个学者对欧洲文化的倾慕，即使这种意识是十分微弱的，甚至作者还在序言中对此作了申明：

　　　　於此须附言者。即予作欧游杂诗以陶情适意为主。故所记叙。皆琐屑有逸趣之事。至若各国政治经济之情况、学术思想之派别以及社会人生之重要问题。予亦颇留心。但专书具在。国人尽可取读。予所知微末。即欲贡献讨论。亦俟另篇。未可於欧游杂诗中阑入也。逆知国内师友人士。必有以予之玩物丧志、改其素行为忧者。故申明於此。②

　　这个申明显然是欲盖弥彰，正是那些"琐屑有逸趣之事"渲染出一种浪漫的异国情调。当然，有些游记也不仅仅只着力描绘欧洲异域浪漫风情，而是对异域风情追根溯源，做一个历史和文化的学术考察的。比如邓以蛰的《斗牛》就考察了西班牙的传统民族习俗；像张若谷的《游欧猎奇印象》则介绍了法国的狂欢节、比利时的圣诞节、奥地利维也纳的新建筑；像宋春舫的《蒙德卡罗》则详细地介绍了摩洛

---

① 吴宓：《欧游杂诗第一集》，《学衡》1932 年第 78 期。
② 同上。

哥这个世界著名的大赌窟各种奇特见闻。

（二）艺术的欧洲

30 年代游历欧洲的中国人，并不仅仅是流于山水，而是特别的关注欧洲艺术。去往欧洲留学、游历的中国人对欧洲的绘画、雕塑、建筑，以及音乐、戏剧等艺术成就无不倾慕。比如刘海粟 1929 年初到欧洲，两年半的时间内就游历了法国、意大利、德国、比利时和瑞士等，而且他早在赴欧之前就拟定了详细的研究计划与顺序：

1. 十九世纪以后迄于当代

2. 意大利及其他各地之文艺复兴时代

3. 十七、十八世纪二时代①

刘的游记也是以此为顺序的，他到欧洲后首先到现代艺术中心的法国，游历了巴黎圣母院，莫奈画院，香榭丽，游览众多博物馆、庙宇，以及私家收藏的十九世纪作品，作者游记的笔触也从古典派，洛可可，到写实派，以及印象派等。1930 年作者到意大利则游览罗马、米兰、威尼斯、佛罗伦萨各都，涉及绘画雕刻以及建筑。游记中到佛罗伦萨则对乔托、波提切利，到米兰则记达芬奇，罗马则记米开朗琪罗、安吉利科、李毗、拉斐尔，威尼斯则记贝里尼、提香、丁托列托、梵洪纳士、帝伯洛等作品，并以这些大家的作品对人文主义作了一个考察。告一段落后，作者又从意大利考察巴罗克艺术的来历，再回到巴黎，往比利时、荷兰，游记从巴洛克到罗可可，又从罗可可到古典派将十七、十八两个世纪的艺术作了细致描绘。看他的游记觉得欧洲给人的印象就是一个大的艺术博物馆展览，所以刘的游记可以说是欧洲艺术的旅行也不为过。

刘海粟游记中还常常对中西艺术进行了比较。比如他游览瑞士莱梦湖的时候，作者心醉于蔚蓝的天空，湖滨晴光的玲珑，秀雅的密林；有那山峦，积素皑皑，青白斑驳，抱层云而酣睡；还有在圣杨乔而夫

---

① 刘海粟：《欧游随笔》，湖南人民出版社 1983 年版，第 171 页。

的晚钟声中翱翔弄影的白鸥。作者感叹只有这样清奇的境域才能产生丰富和美满的作品：

> 如果我们从中世纪的绘画回顾到古代的雕刻，又从古代回顾到渺茫的太初，我们尤觉得人类的灵魂，永远在清明的日光下追求生命，追求拿文字、图画、石头所表现的艺术。而今我更知道气候、境域、风俗之与美术诞生的事实，是与在某地域内产生某种特殊的种植与草木是一样的。……有威尼斯（Venise）那样的碧波天光，才会诞生提香（Titian）、梵洪纳士（Veronese）那样丰富的色彩；有巴陂从（Borbiszon）的原野和森林，才会产生米勒（Millet）那样沉着朴素的诗画，和柯罗（Corot）那样缥逸出尘的奇作；有伦敦泰晤士河朦胧的苦雾，才有透纳（Turner）那种幻景；有巴黎赛纳河那样的多变，才有西斯莱（Sisley）那种发现。高更（Gauguin）流浪在泰赫地岛而后发现浓烈的装饰的返原的画面；德拉克洛瓦丰饶德浪漫的热情，也是到摩洛哥去带来的。以上是我偶然想到的真实的事实，其余还有无量数的伟大的作家和不朽的作品，都是象这样的诞生。[①]

这里的描写我们可以看出作者对欧洲艺术的倾慕，而且很明显作者是受到欧洲当时斯达尔夫人以及丹纳的地理环境说的影响，他继续谈到南洋产椰树、橡树，法国多葡萄藤和苹果树，中国产枇杷树，那么各国所产生的艺术品内容也和各自产的物种和环境相关。作者由此想到我们中国历来大艺术家的创作：王维居辋川之奇胜而得千载奕奕的云峰石色。荆浩浪迹在太行山之洪谷，每日上突巍峰，下澈穷谷，而成就了他高古浑沦的画派。李成避地营丘徜徉于烟云雪雾之间，而成其寒林迷离之妙笔，范宽卜居于中南大华，常常危坐山林间，终日纵目四顾，以求其趣而后发之毫端。郭忠恕隐于华山，而画天外数峰；董北苑卧于江南，而写烟雨疏林。黄子久每日看富春山，领略江山钓

---

① 刘海粟：《欧游随笔》，湖南人民出版社 1983 年版，第 43—44 页。

滩之概；探虞山而知朝暮之变幻，四时阴霁之气韵。倪迂浪迹五湖三泖而成其幽澹疏萧之趣。这里作者笔下的欧洲常常是与中国相互参照的对象。作者夸赞欧洲艺术繁盛，也由此想到当时的中国文艺界的混乱，到处起了什么"大学"、"学院"的招牌，在那儿空洞结社，马虎集会。但作者强调"我不是不爱中国的地域，更不是一味崇拜直脚鬼，也不是说只有巴黎、瑞士、意大利会有太阳；只是说中国现在的艺坛，浮浅虚伪，顽劣酷毒，凌夷到极点了。"① 我们可以看作者在看欧洲时候背后常有一个隐藏的参照物——那就是中国文化艺术，作者那种拳拳的爱国之心是显见的。像张奚若在给邓以蛰的信中就提到，以历史和建筑艺术而论，巴黎在全世界的大都会中除北京外，算是最美丽的了。② 而邓以蛰却对巴黎"卖弄风情的 Rococo 与炫耀招展俗到暴发户的气息的 Baroque 作风"感到很败兴，"柱子上塞些雕刻，已经够受，屋顶以上空间作背景，也来上一堆，不料我们国内用洋泥灰仿效门前石狮，鬼也不像涂上颜色，自作聪明的搬到门头上摆着，居然能在这样远的巴黎得到声援。"③ 这里其个人见解正确与否暂且不论，毕竟艺术欣赏很大程度上也取决于个人感受，但字里行间里，对中国艺术热爱骄傲之情是明显的。

（三）日常生活的欧洲

巴柔认为在形象学研究中，我们必须关注异国形象描写中那些接近人类学资料的文本，这种文本在人类学意义的层面上表示了一种"检查价值体系"的功能。如在艺术实践、宗教、音乐、服饰、饮食、居所等方面，"这些东西构成了形象的重要成分。在这个阅读层次上涉及的就是一种有意的和自觉接受的文化误读："就是在被当作证人来阅读的、作为信息总和的文本中寻找对他者的言说"④。

凡是到欧洲留下游记的，下面几个方面必然要有所涉及，公园、博物馆、咖啡馆、剧院，以及跳舞场等情色娱乐场所。像公园是欧洲

---

① 刘海粟：《欧游随笔》，湖南人民出版社 1983 年版，第 46 页。
② 参见邓以蛰《西班牙游记》，载《欧游三记》，辽宁教育出版社 1996 年版，第 66 页。
③ 同上。
④ ［法］巴柔：《形象》，载孟华主编《比较文学形象学》，北京大学出版社 2001 年版，第 170 页。

人休闲的场所，游记中也多也涉及。像吴宓游记中就写到卢森堡公园中的悠闲生活喷水池中有小儿放纸船钓鱼，又有乘小驴徜徉者……。像徐霞村对巴黎四大公园之一的绿克桑布尔公园的描写可谓细致，写到公园的人有涂着脂粉的妓女，有流氓式的中学生，有刚从父母手下解放出来的小姑娘，有带着黑领结，携着画具的艺术家。"他们都成群打火地互相打笑着，那种毫无顾忌的态度简直会使一个道学家立刻昏倒"。但公园的另一些地方又有不同风景：

> 一切都是充满了欢乐和阳光，在中间是一个园池，平平地装着水，如果天晴，就有成百的小孩围着池的四周放他们的小船……处处可见到一个老人静坐在椅子上或者在椅径间弓着背散步，白须尖尖挂在他们颔下。有几位则聚集在一片空地上打着不费力的门球。①

这里的欧洲完全就是《桃花源记》中中国人所追求的世外桃源。郑振铎对法国巴黎的博物馆，公园，古迹等作了详细描述，特别是有一段描写巴黎人马路边喝咖啡：

> 只好折回，到文明世界的"大马路"（Grand Boulevard）散步。车如流水，行人如蚁，也不过普通大都市的繁华景象而已。所不同者，沿街"边道"上，咖啡馆摆了好几排椅子，各种各样的人都坐在那边"看街"，喝咖啡。我们也到"和平咖啡馆"前坐着。这间咖啡馆也是名闻世界的。坐在一张小小的桌子旁边，四周都是桌子，都是人，川流不息的人，也由前面走过。我猜不出坐在这里有什么趣味。②

---

① 徐霞村：《巴黎游记》，载《欧游三记》，辽宁教育出版社1996年版，第144页。
② 郑振铎：《欧行日记六月二十八日》，载《郑振铎选集》（下册），福建人民出版社1983年版，第827页。

郑振铎在离开自己的祖国时候，曾希望"再见时，我将见一个光荣以境完全恢复的国家，是一个一切都安宁，自由，快乐得国家"①。而这种当街安静地喝咖啡的生活方式，在 30 年代中国是完全不可能想象的。况且郑振铎到欧洲之前就拟定了学习计划，他决心至少要做到："（一）多读些英国名著，（二）因了各处图书馆的搜索阅读中国书，可以在中国文学的研究上有些发见。"② 所以郑振铎显然不能理解欧洲人那种"闲适"的生活方式。当然，也有一些游记特别专注于欧洲人的一些生活细节，但这些细节中更能反映文化的差异。比如陈学昭对法国人一个日常生活小现象的描绘：

> 只有两件引起我的趣味上的注意：每天我上学校去，总要经过卢森堡园，那旁边有好几家大咖啡馆，咖啡馆的门外就镶着大镜子，恰恰公共汽车要近在那一家咖啡馆前停的，于是很多的旅客挤在那里不散。后来仔细一看，原是有许多人在那里照镜子，妇人拿出她的粉盒在擦粉，涂脂，照她们衣服的背影，男子们在那里照他们心修的头发，一个老头子在那里照他花白的胡子。……法国妇女最讲究装饰的了，也是社会上一般人所鼓励的，在我们学校里，只叫隔了一二小时，她们便要拿出她们的粉盒子来，再三的照，擦擦涂涂的，甚至于拿口沫在刷眉毛的，这是当作美，但在我却常常引起心里的腻烦。③

我们可以看到作者虽然腻烦，但还是不厌其烦的花了大量笔墨在这种小事情上，包括别人拿口沫刷眉毛的细节都不放过，作者认为法国妇女的那种借修饰而来美不是真正的美，真正的美是自然的，而且她认为倘若是修饰美也不应该当着大众之前的。作者还进一步谈到法国妇女虽然多受了普通教育，但谈到做学问是不可能的，而且那里所

① 郑振铎：《欧行日记五月二十一日》，载《郑振铎选集》（下册），福建人民出版社 1983 年版，第 828 页。

② 同上书，第 827 页。

③ 陈学昭：《海天寸心》，浙江人民出版社 1981 年版，第 137 页。

有的妇女杂志，无非是讨论如何装饰，头发如何剪的样式为好，以及哪种香水可以保持多久的香等问题。由此作者得出结论："法国妇女生活完全趋于物欲与性欲的，思想也远远赶不上中国妇女的进步。"① 这里暂且不论法国社会妇女思想状况，就作者单从照镜子等事情来作出判断，我们可以很清楚地看出这在某种程度上是对法国社会生活的一种误读，这一方面是由于生活差异造成的，另一方面更主要的是同作者本身的先有思想和写作目的有关的，陈学昭是五四开始就受到瞿秋白等影响的，是二三十年代中国妇女活动的先锋，她的《旅法通讯》也主要是寄给《新女性》杂志的，所以作者对法国妇女日常生活关注比较多，但其中的偏见和误读也是在所难免的。

（四）混乱和政治漩涡中的欧洲

经过 1929 年资本主义经济危机，30 年代的欧洲也开始了动荡不安。如刘思慕所言，30 年代的欧洲是在沸腾着的釜。比如他谈维也纳政治，比喻维也纳更是沸腾着欧洲的核心。而刘思慕选择了维也纳大学来反映欧洲的这种混乱，它可以说是欧洲十字街头的缩影。因为维也纳是中欧的名都，大学是欧洲老牌的学府，慕名负笈者来自欧洲各国，即在一个二三十人的研究班里，便有带点森林苍莽气味的芬兰人，野猫般的意大利人，长身整洁的丹麦人，头发和面型有点古意的希腊人，此外尚有捷克、南斯拉夫、立陶宛、苏格兰以至美国和东方人。"'民族十字街'的奇观，于此已可窥见一斑"②。他描写大学的建筑是古旧的如中国的太学和孔庙两庑的典型，但学校里学生的政治派别的分歧确非常严重，也是应有尽有：有穿褐衫的好汉，有天主教社会党的信徒，有奥国派的社民党，还有从希特勒的德国逃出来的自由主义者以至共产党，他们在学校中有他们的小团体，有他们自己的酒馆。说到教授们的臭味颜色，也可以说是兼收并蓄，各党派都有。学校里面有教授之间的斗争，也有教授与学生互相攻击，还有学生与学校的斗争、罢课。一个大学充分反映了 30 年代欧洲政治的乱象。

---

① 陈学昭：《海天寸心》，浙江人民出版社 1981 年版，第 117 页。
② 思慕：《野菊集·欧游漫忆》，上海文艺出版社 1984 年版，第 29 页。

　　如欧洲是一个复杂变动的概念一样，30 年代的欧洲就呈现出这种复杂多面性。30 年代的欧洲，不仅仅是繁华和浪漫的，也潜藏着巨大的危机。例如邹韬奋就没将笔墨停留于艺术和浪漫的欧洲，他把眼光投向了这些繁荣背后所掩藏的内在危机上面，他花了大量笔墨描写欧洲资本主义社会的阴暗面。比如作者一到欧洲就去了著名的城市威尼斯，他眼里所看到的并不是我们所期待的风光旖旎的水上威尼斯，他看到“在海边虽正在建筑一个高大的纪念塔，但我们在街上所见一般普通人民多衣服褴褛，差不多找不出一条端正的领带来。我们穿过好几条小弄，穷相更甚。”① 邹韬奋接着还描写了威尼斯小巷里卖笑的娼妓，这使我们看到了与朱自清笔下威尼斯完全不同的欧洲。接着我们随着记者行程到了罗马，记者先描述了罗马“表面”的众多胜迹，但出了城区就是“地狱”，到处是乞丐，如“堂皇的教堂下面有着黑暗的地窖。”② 接着又写到英国伦敦《大规模的贫民窟》，以及《经济难题——失业问题》等等，邹韬奋的游记都触及资本主义经济的黑暗之处。至于政治上，他的游记也花了大量笔墨涉及欧洲法西斯所造成的混乱。比如《褐色恐怖》中就对德国法西斯的“特别拘留所”作了详细的报道，邹韬奋刻画了“褐衫者”（国社党员简称 S.S，其中地位高的称 S.D，即褐衫者，也称冲锋团）的恐怖形象，褐衫者每天都将拘留所的人毫无理由拉出去毒打一顿，打得昏过去了，有医生打针救回来，醒后再打。因为德国政府也知道“惨无人道的残酷行为不是一件荣誉的事情，所以力守秘密。”③ 犯人挨了种种拷打酷刑，还有代受秘密的责任，即便在看守所里也得守口如瓶，稍有泄漏必遭毒手。又比如《所谓领袖政治》这篇文章，作者从德国人打招呼互称“希特勒万岁”谈起，并通过一个德国朋友的话指出“领袖崇拜的实质”：“有许多是在权威的压迫下，要保全自己的饭碗，不得不这样叫一下，在实际上所叫的不是‘希特勒万岁’是他们自己的饭碗‘万岁’。”④ 然后作者

---

① 邹韬奋：《萍踪寄语》，上海三联书店 1987 年版，第 40 页。
② 同上书，第 48 页。
③ 同上书，第 183 页。
④ 同上书，第 179 页。

又想到了中国国民党的"领袖政治",作者指出中国人所要重视的领袖是在行动上实事上有办法为大众努力的领袖,不是挂着空招牌摆着空架子的领袖……。在邹韬奋看来,欧洲发达国家生产力进步已和生产工具私有的社会制度不相容,造成了少数人的穷奢极欲和多数人的日趋贫困。

二　欧洲形象的生成和传播

游记在塑造异国形象在文化传播中的特殊功能,折射出社会集体想象,谢夫莱尔说过,游记说出了撰写者的精神、心理结构,常能揭示出对异国的先入为主的看法——集体描述。游记作者对所见所闻都经过重新组织、整理,经过等级化的处理,而这些必然会折射出作者所处的社会的先入之见。所以游记中的"形象就是一种对他者的翻译,同时也是一种自我翻译。"①

当然,游记塑造异国形象所反映的主体意识是有差异的,这由游记撰写者与观察对象之间的关系决定,这中间有几个因素,他者形象与塑造者处于一种不可或缺的必然联系之中,二者之间交互作用。由于形象的生产过程涉及的第一个行为是"观看"。因此,形象的塑造者首先便以注视者的身份出现,作为他者的异国则成为被注视者。虽然在双方的关系之中注视者与被注视者表现出了某种互动性,借用巴柔的表述即为"我注视他者,而他者形象同时也传递给了'我'这个注视者、言说者、书写者的某种形象"②。在观察者和被观察者关系中,观察者始终占据优势地位。决定如何去看的不是被观察者,而是观察者。当然,观察者择用的观察他者的方式并非是任意的,它必然要受多种因素的制约。这些因素至少包括以下几种:

首先,身份和观察角度。观察者到作为他者的异国旅行、访问或居住,不可避免地要有一定的身份。身份既赋予人既定的合法权利,也相应地对人的活动领域及方式做出某些限制。从某种意义上说,身

---

① ［法］巴柔:《形象》,载孟华主编《比较文学形象学》,北京大学出版社 2001 年版,第 164 页。
② 同上书,第 157 页。

份直接决定着观者在异国能够接触的人群，社会生活的层面，以及观察的角度。比如胡适 1938 年前往欧洲是作为"国民参政会"参政员的身份前往的，所以《胡适日记》中所涉及的欧洲多是政治会晤，这显然是受其身份限制所至。邹韬奋（1895—1944）是著名的社会活动家和新闻记者，在 30 年代是闻名一时的救国会七君子之一。他早年毕业于上海圣约翰大学，从 20 年代主编《生活》周刊起，他就投身新闻事业和社会活动中，以唤醒民众改造社会为己任，这也是他欧洲游记的主调，在旅欧游记中，邹韬奋以一个新闻工作者的敏锐感受，记录了欧洲的丰富的生活画面，而且思想鲜明而统一。邹韬奋以记者身份前往欧洲，并以记者理性的眼光来观察欧洲，所以他很少以个人主观直觉和情感抒发来组织文章。其观察、思考，以及素材的选取都存在明显的定势。表面上他是说"拉杂写来"，其实却是有为而作的。所以他的游记多放在社会现象上，并力图挖掘其深层意义，比如在《曼彻斯特》中作者描写到下榻旅馆的女服务员终日奔忙，但老板们却闲着无所事事，他就评论"劳逸的不均，人生的不平"；而从《华美窗帷的后面》房东老太太的孤寂劳顿生活中，作者发现的是资本主义经济关系下，普通人生活的困窘和人情的淡薄。读者从他的书中可看到，他的游记哪怕是对风土人情的记叙中都会上升到社会与人类学认识的高度，这些决定了其深刻性，但也决定了他在塑造欧洲形象时的局限性。

其次，先在经验。在所有制约观看方式的因素中，观察者的先在经验至关重要。因为观看者所拥有的经验世界、知识体系、价值参照、认知方式和伦理取向，决定着他在观看时所持有的立场、态度，以及价值评判标准。先在经验往往盘踞在人内心中，根深蒂固，不可避免地影响观察者对"他者"的看法和认识。戴望舒对此有独到见解：

西班牙的存在是多方面的。第一是一切旅行指南和游记中的西班牙，那就是说历史上的和艺术上的西班牙。这个西班牙浓厚地渲染着釉彩，充满了典型人物。在音乐上，绘画上，舞蹈上、文学上，西班牙都在这个面目之下出现于全世界，而做着它的正式代表。一般人对于西班牙的观念，也是由这个代表者而引起的。当人们提起了西班牙的时候，你立刻会想到蒲尔哥斯的大伽蓝，格腊拿达的大食故宫，斗牛，当歌舞（Tago），侗黄式的浪子，吉何德式的梦想者，塞赖丝谛拿（LaCelestin）式的老虔婆，珈尔曼式的吉泊西女子，扇子，披肩巾，罩在高冠上的遮面纱等等，而勉强西班牙人做了你的想象底受难者；而当你到了西班牙而见不到那些开着悠久的岁月的绣花的陈迹，传说中的人物，以及你心目中的西班牙固有产物的时候，你会感到失望而作"去年白雪今安在"之喟叹。然而你要知道这是最表面的西班牙，它的实际的存在是已经在一片迷茫的烟雾之中，而行将只在书史和艺术作品中赓续它的生命了。①

　　游记之所以是一种"集体想象物"就在于它受到作者的先有经验的限制。实际上，戴望舒的论述暴露了游记自身存在的一个悖论，那就是游记作者往往扮演了双重角色：他们笔下的异国形象是社会集体想象的产物，也必然受到先有经验的影响；同时，他们也是社会集体想象物的建构者和鼓吹者、始作俑者，他们所创作出来的游记反过来又对已有经验形成颠覆和挑战。30 年代游记呈现复杂的面貌也在于，它不仅仅是作者当时的所见、所闻，它也受到之前的游记，以及对欧洲的相关报道和记载的影响。另一方面，游记作品几乎无一例外地都会反作用于"社会集体想象"，它以一种解构的方式，造成那些约定俗成的社会规范与历史的断裂，由此颠覆那些"先入之见"，对传统起到某种革新的作用。像邹韬奋提到古罗马斗兽场就说，"我们在相片上，乃至在小学教科书上的插画里，早已领教过，所以见面如老相识"②。所以他对罗马的描写开始也有受到先在经验的影响，但通过进一步考

---

　　① 戴望舒：《西班牙旅行记之三》，载《戴望舒全集》（散文卷），中国青年出版社 1999 年版，第 19 页。
　　② 邹韬奋：《萍踪寄语》，上海三联书店 1987 年版，第 48 页。

察后，他又描绘了一个"外面"和"里面"完全不同的罗马形象，让读者对罗马有了新的认识。

最后，时间和频次。作为游历者，他一般只能在有限的时间内观察对象，而观看时间的长度就会影响到观看的方式，以及观看频次的高与低。时间的长短和频次高低也会使观者得到的他者印象有所不同。如果时间短、低频次，那么游历者只能走马观花，观看会使对象局部化、单维度化，对他者的形象把握也会流于粗浅浮泛和支离破碎；而时间长，频次高，对观察对象就可以获得整体化、多维度化印象，观者塑造的形象也趋于完整、细腻和有深度。与仅到欧洲观光的诸如朱自清等所描述的中国形象相比，邹韬奋所塑造和描述的欧洲形象要丰满许多，细腻许多，也更加完整，更具立体感。

三　欧洲形象传播中折射出的自我

形象学的形成，是在比较文学发展的后期，因为早期比较文学中的影响研究，关注得较多的是异国文学现象之间的"事实联系"。后来卡雷首先明确提出，所谓"事实联系"不必拘泥于考证，而应注意探讨异国作家间的相互理解，和作品在国外的成就和际遇，以及民族间的相互看法与幻象等，因为这些内容相对来说较为可信，而影响反倒很难估量。这里所说的"相互看法与幻象"等，实即今天所说的文学与文化交往中"他者"的形象。为当代的形象学研究真正奠定基础的，是法国学者巴柔。1989 年他在《比较文学概论》中撰写的"从文化形象到集体想象物"专题中提出了当代形象学的基本原则，认为形象是"在文学化，同时也是社会化的过程中得到的对异国认识的总和"，同时，"一切形象都源于对自我与'他者'，本土与'异域'关系的自觉意识之中"[①]。而游记文学中的这种意识是最为明显的，因为游记作者在一定程度上受到了集体想象的制约，因而他们笔下的异国形象也就成了集体想象的投射物。正如刘思慕在《欧游漫忆·自序》中所言："所写的纵然是或有其事，然也只是它的模糊的印

---

① 孟华：《比较文学形象学》，北京大学出版社 2001 年版，第 4 页。

象，歪曲与否不敢保证，'忆'而且恐怕流于'臆'了"①。在这一意义上，"文学中的异国形象不再被看成是单纯对现实的复制式描写，而被放在了'自我'与'他者'，'本土'与'异域'的互动关系"②，研究才成为可能。那么从 30 年代游记所塑造的欧洲形象，我们可以看到一个什么样的自我呢？

（1）从游记中折射出受歧视的自我

30 年代的中国仍然是一个弱国，一个弱国国民出游，必然要受到不公平对待，特别是出游地正是欧洲中心主义的发源地。那么，30 年代游记中自然会对这些有所反映。像王统照写于 1934 年的《欧游散记》中写到几个结伙去荷兰做小生意的山东老乡，他们最初出现时，外表笨拙、土气，行李是竹篮之类的国货，穿着不甚合体的西装，举止不够优雅，神情也很茫然，致使"几个大肚皮的西洋人不免多看几眼，中国的客人们也觉得奇异"。这里对外国人描述前加上"红鼻子"、"大胖子"等修饰词，其实是一种套话。所谓套话是形象的象征语言的再提炼，在当前形象学研究中正日益引起注意。顾名思义，套话是指某个民族长时间反复使用，用来概括他国或他国人形象的约定俗成的词语。犹太人在欧洲被称为"鹰钩鼻"，西方人在中国被称为"老毛子"、"洋鬼子"，新中国成立前上海的印度巡捕被叫作"红头阿三"，就都属于套话。巴柔说："作为他者定义的载体，套话是陈述集体知识的一个最小单位。它释放出的信息的一个最小形式，以进行最大限度、最广泛的信息交流。"套话的产生使得个人的文化表述，建立起一种社会的一致性，人人认可，人人使用，在话语交往中有约定俗成的所指。套话标志着对他者的固定的看法，也揭示出有关他者的某些本质化类型。但套话更多暗含着人的生理属性，带有贬抑甚或侮辱的意味。如中国人口中"红鼻子"，就符合这特点。其实，这种对他者的贬抑或侮辱恰恰反映了一种自卑心理。比如郑振铎在描写法国军官叱喝一个安南兵的时候，使用"红鼻子"、"大胖子"来描述那个军官，这看似对

①　思慕：《野菊集·欧游漫忆自序》，上海文艺出版社 1984 年版，第 3 页。
②　孟华：《比较文学形象学》，北京大学出版社 2001 年版，第 4—5 页。

法国军官的不屑，其实折射出弱小民族的那种内心愤慨。当郑振铎到马赛港时，描绘那个"检查官"时却强调"瘦弱"：

> "我们到头等舱取护照，那瘦弱的检查官坐在那里，一个个唱名去取。对于中国人，比别国人也并不多问，惟取出了一个长形的印章加盖于'允许上岸'印章之后；那长形的印章说：'宣言到法国后，不靠做工的薪水为生活。'啊，这是别国人所没有的！要是我的气愤更高涨了，便要对他说：'不能盖这个章！如果非盖不可，我便宁可不上岸！'然而我却终于忍受下去了！这是谁之罪呢？我很难过，很难过！"①

这里"瘦弱"的法国"检查官"仍能模式化功能的另一表现，就是大量套话的存在。这里郑振铎所受到的无言的歧视，实际上这种对中国人的歧视已经不仅仅的一种潜藏的意识，已经上升到了制度层面了。在文化交流中，当双方（指"他者"和"游记作者"）平等相处或倾心向往时，产生的异国和异国人的形象肯定是正面的。比如陈学昭《巴黎人》中的 Virginie 就被作者刻画得非常美丽，邹韬奋在《种族成见和梦想》中的 E 女士也是那么可爱。而当二者不平等交往，矛盾敌对的时候，游记作者往往从中既捕捉或夸大了"他者"的弱点或缺点，其中也沉淀了形象"制作者"阴暗的心理。所以无论郑振铎称那些法国人"大胖子"也好，"瘦子"也好，这恰恰折射出自身受歧视和低下的民族地位。

欧洲游记中还有大量涉及欧洲女子的，很多游记花大量笔墨描写异域女子的美丽，渲染一种异国情调的同时也折射出国人的一种自卑心理。当然，偶然也有得意的时候，比如刘思慕记载的一次舞会：

> 他苦等了许久才得与这两个女人中得瘦的一个共舞。他舞罢

① 郑振铎：《欧行日记·六月二十五日》，载《郑振铎选集》（下册），福建人民出版社1983 年版，第 873 页。

告诉我们，她的舞步怎样熟练，谈吐怎样轻柔。不消说，他是踌躇满志了。一会走来过一个卖玫瑰的女郎，我们怂恿他买一束花做见面礼，他含笑想了一下，就挑了一束红的托那卖花女讼到隔座，那女人向着老任微微一笑表示谢意。一会跳"探戈"的乐声起了，老任赶快起来来到隔壁的桌子去，到了那女郎的身旁时，已有另一个奥国青年向她鞠躬。但是那女人却没有理会他，反跟着老任到跳舞场去。一束玫瑰的魔力是可赞颂的呵！老任回来脸更现着得意之色，他骄傲的报告我们她的身世。①

从作者的叙述中，一个东方男性获得欧洲女性青睐的得意和沾沾自喜跃然纸上，但字里行间中国人的那种不自信是显见的。晚清中国文人旅客初到西方，不了解风俗习惯和性别观念的差异，往往一接触西方女性就认为"胡妇多情"，比如林械在《西海纪游诗》有诗为证："底事华番异致，黎情牵心；天然胡妇多情，子卿谁是？"思慕写的不至于像林械这么肉麻好笑，毕竟 20 世纪 30 年代中国人对欧洲风俗还是有所了解。盛成在《海外工读十年纪实》中就提到："确是令人迷的香槟酒和嫣然一笑的巴黎女儿，真是神仙也难守戒。……但是法兰西女子之嬉笑，并不见得含有感情，大多出之天性。无心笑语，不知害煞多少中国青年。病的，疯的，都以为西子多情，造成大错。"② 但 30 年代游记中类似的异国女子倾心中国人的例子非常多，这种冀图通过征服西方女性，而满足那脆弱得不行的民族自尊心，其实更折射出作者的自卑来。邹韬奋则如实地写出了欧洲人对中国的人看法。比如《出了世界公园》中描写了一个瑞士商人，作者这样写那个商人对中国的态度："像日本那样的民族应该让他们繁盛扩张起来，像中国这样的民族越少越好，至于理由恕我不便奉告了。"这件事例本身已令人愤慨，而作者更在事例之外作评价，他分析了那个瑞士商人的心理，说

---

① 思慕：《野菊集·欧游漫忆》，上海文艺出版社 1984 年版，第 34 页。
② 盛成：《海外工读十年纪实》，中华书局 1932 年版，第三章。转引自王奇生《中国留学生的历史轨迹》，湖北教育出版社 1992 年版，第 348 页。

他"一是崇拜强权，二是老实把中国看作劣等民族"，并指出这代表了欧洲一般人的普通心理，作者沉重感叹，"我常于深夜独自静默着哀痛，聪明才智并不逊于他国人的中国人，何以就独忍受这样的侮辱和蹂躏！"① 作者通过欧洲人看法，认识到自我，认识到中国在世界上的处境，作者的这种愤慨也影响读者的思考，思考中国的方向，让人奋发自强。

（2）从游记中折射出贫弱、混乱的国内环境

巴柔教授力主通过游记来研究社会集体想象。实际上，无论是描写浪漫和梦幻的欧洲，或者是记录混乱和动荡的欧洲，背后都有作者对中国的关照。

一方面，众多作家花大量笔墨描述生活的悠闲、浪漫，以及城市的现代化并非崇洋媚外，而骨子底里实际体现了一种希望自己的祖国也能够自由、富强的愿望。比如邹韬奋描述意大利虽然是欧洲的小瘪三，但现代化程度是非常高的，"虽然中国地域比意大利的大，但他们的铁路网联络全国各城市，路路通，我们却老是这几条铁路，好像就此中古似的"，"意大利不过是欧洲各国中的一个'瘪三'。"② 所以邹韬奋花费笔墨描写欧洲交通也只是希望中国能像欧洲国家一样得到发展。如张若谷所说，"而且身为异乡孤客，观光西方各邦，见闻虽广，感想也多。看到大都会中市政建设的美观，便要感叹中国市政的简陋污秽，看到彼邦实业的改良发达，和商战的剧烈竞争，不免又要感叹中国工业的幼稚。及商人的守旧；再看到列强积极扩充国防军备，自然又要忧虑到我们国家……左思右想，想到事事落在人后的中国前途，不由人不受到深刻的刺激，而思奋起，追他人的后尘。"③ 在邹韬奋的游记中有一个基本主题，那就是对整个人类发展趋势的估计，以及对中国社会出路的探究。邹韬奋说，"这些'寄语'虽是'拉杂写来'零篇短简，但是记者在观察研究的时候，在持笔叙述的时候，心目中却

---

① 邹韬奋：《萍踪寄语》，上海三联书店 1987 年版，第 59 页。
② 同上书，第 53 页。
③ 张若谷：《游欧猎奇印象》，中华书局印行 1936 年版，第 7 页。

常常涌现着两个问题：第一是世界大势怎样，第二是中华民族的出路怎样"①。所以邹韬奋全面，细致地描绘了欧洲资本主义国家社会的种种现象。他毫不讳言资本主义工业文明给欧洲发达国家带来的繁荣，报道了这些国家在交通、邮电、教育，以及公共福利等多方面取得的成就，并对这些成绩充分肯定。

　　另一方面，从某种意义上说文艺总是社会的表现和反映，其形象总能映照出社会现实的影子。他者形象虽然是形象塑造者的欲望投射之物，但它终究无法完全割断形象与产生形象的外部现实世界的渊源关系。他者的形象绝非是缺少社会现实基础的纯粹想象之物，它有着不可否认的社会基础和时代背景。形象的社会基础和社会环境背景不仅影响着其形象呈现的形态，而且还影响着观者所择用的观看方式、观看视角、形象塑者对他者的表达方式。有些作家，如朱自清、郑振铎等的游记中尽量不涉及政治，专注于欧洲风景，以及文学艺术的描写。虽然有些游记涉及政治，但也以轻松笔调和口吻。如刘思慕所言，"不错，在没有扯出民族文学的旗帜以前，'文学'的庭院里最好只谈风月，所以我在上文也以'神秘之街'那样的东西作题材，不过，风月谈倦了，谈锋也想换换方向。假如所谈的不是'管他娘'的'国事'，而只是外国政闻的鳞爪；并且不是板起面孔煞有介事地谈，而只是以谈风月的口吻出之，甚至像茶馆里说书先生说东周列国或三国演义那样信口开河。想也为聪明的读者所允许吧！"② 但涉及欧洲法西斯与中国政治的关系时候，作者不敢再深入谈下去，"不是'风月'谈的已不少，再谈下去恐怕笔尖儿一下子不听指挥，闹出乱子来，就此打住，还是谈谈风月吧。"③ 这里刘思慕虽然幽默讽刺，但确实折射出当时中国的政治状况。像陈学昭的几则《旅法通讯》就因为笔尖儿没听指挥引起不少风波，特别是其中有篇揭露新贵官僚子弟拿着官费，到法国吃喝嫖赌不学无术。当时法国和德国就有留学生发传单，扬言要

---

① 邹韬奋：《萍踪寄语初集·牟言》，载《萍踪寄语》，上海三联书店 1987 年版，第 4 页。

② 思慕：《野菊集·欧游漫忆》，上海文艺出版社 1984 年版，第 27 页。

③ 同上书，第 32 页。

打她，而且散播谣言说她是有政治色彩的人，以至于有两次学校都已经联系好了，校长出来问及国籍和姓名，立刻拒绝，"我们不接受共产党员"①。而国内则有国民党检查，扣押稿子，以至于后面的游记通讯不得不多次更换笔名。所以这些游记也折射出 30 年代国内政治环境的恶劣。

　　总体来说，30 年代游记文学虽然有关于苏联和日本的报道，但关于欧洲的偏多，而五四时期却没有这种比例失调的现象。这一时期游记的特点没有五四时期那么振聋发聩，一心关注社会思潮。五四时期的游记往往极度美化欧洲，或者简单只谈欧洲的政治、军事，至于文化也只是简单的平行比较。而 30 年代的游记大多绕开了政治性较强的社会现象，主要着眼于文化艺术方面。30 年代人也看到了欧洲丑陋形象的一面，比如欧洲的战争，以及资本主义的剥削。这些也从某种程度上表明了对欧洲文化认识的细致深入，这些大量的游记对欧洲从整体上有了一个新的认识。

---

① 陈学昭：《海天寸心·前言》，浙江人民出版社 1981 年版，第 11 页。

老舍欧洲乌托邦的幻灭与
中国文化身份的追求

　　20 世纪初，欧洲文明不断渗入我国，中国传统价值观念也发生着转变，这些对年轻的老舍产生了巨大的影响。1924 年，老舍留学英国，并应邀在伦敦大学教书，几年的英国生活，使他对欧洲文明有了更直观和深刻的认识。在此期间，他发表了《二马》等剖析国民性的长篇小说。在这一系列小说中，欧洲形象往往直接，或间接的出现。从中我们可以发现，老舍对欧洲文化的态度是复杂的：一方面，欧洲文化主要是作为反思和批判中国文化的参照物；另一方面，它又是老舍批判的对象。而为研究者所忽视的是，欧洲文化在某种程度上还对留学英国的老舍在认知结构等方面形成了某种制约。更明确地说，就是欧洲关于东方的知识对老舍认识中国文化和欧洲文化形成了某种定式，让老舍形成某种"自我东方主义"的思维方式，而老舍在小说创作中受这种思维方式影响而不自觉。30 年代老舍回国后，试图摆脱这种影响，在这方面开始了他痛苦的文化探寻。他的小说《猫城记》和《断魂枪》记录了这一转变历程。

一　《猫城记》与老舍欧洲乌托邦的幻灭

　　20 世纪 30 年代，内忧外患使中国社会陷入更深的黑暗。这惨烈的现实无疑给满怀热望和激情，想"赶快回国看看"的老舍泼了一头冷水。老舍回到祖国，看到"军事和外交种种的失败"①，他由希望之巅跌入失望的深谷。1932年创作的《猫城记》便传达了他这种悲观情绪。

《猫城记》讲述了"我"游历火星上猫国的经历，详尽的描写了猫国人的精神状态和生活方式。猫国民众又脏又懒，嗜食"迷叶"（暗指鸦片），精神萎靡。他们对自己同类凶狠暴戾，却又心性怯弱，畏惧外国人几乎是一种天性。他们在矮人国进攻时，争相逃跑或抢先投降。很明显，小说中的猫国其实喻指当时的中国。《猫城记》看似政治寓言，实际上属于对文化的观照和批判，小说批判了国民的愚昧、懒惰、守旧、势利、狡诈、不团结等因素。这其实也是老舍从欧洲留学回国后所见所闻的内心写照，小说中"我"在猫城所见满是肮脏、贫穷、战争、政治混乱……，只有一个景象是美好的，那就是在梦想中：

> 我睡不着了。心中起了许多许多色彩鲜明的图画：猫城改建了，成了一座花园似的城市，音乐，雕刻，读书声，花，鸟，秩序，清洁，美丽……②

这色彩鲜明，秩序井然的画面和猫城形成强烈对照，这景象很明显带有老舍留学的欧洲痕迹，也是《二马》中描写的英国才有的。对于"猫城"来说，这完全是一个乌托邦。关于乌托邦，曼海姆认为它体现的是想象与现实之间的差异，这一差异构成了对现实的稳定性和持久性的威胁。海德格尔则进一步从三个方面对乌托邦作了描述：第一，乌托邦主要对现实，即使形态保护和维持得以实现部分提出疑问，它起着颠覆社会的作用；第二，它对权威提出永久性的怀疑。第三，乌托邦按至善的纲领消除现实本身。尽管不同哲学和社会学家对乌托邦有不同定义，但总体看，乌托邦总在理想与传统间保持一定距离。

---

① 老舍回国不久发生9.18事变，日本大举侵占我东三省，国民党政府则消极抗日，积极反共。参见曾广灿、吴怀斌编《老舍研究资料》，北京文艺出版社1985年版，第533页。

② 老舍：《猫城记》，载《老舍全集》第二卷，人民文学出版社1999年版，第204页。

而且在某种程度上，乌托邦具有"社会颠覆功能"，它偏向于相异性，并不惜背离和批判自身的文化观念。在 18 世纪启蒙时期，欧洲知识者看到的中国就是一个乌托邦。晚年的歌德曾经创造了很多有关中国的形象，因为不满意当时欧洲政治的黑暗，歌德一度将眼光转向了东方。他在《西东诗集》和《中德四季晨昏杂咏》中描写的中国形象在某种程度上就属于乌托邦。到了 19 世纪，法国象征主义诗歌的大家马拉美发表了《对苦涩的安宁厌倦了》：我要放弃一个残忍国度/贪婪的艺术，笑对友人，/过去，天才，还有目睹/我痛苦挣扎的油灯陈旧的责难，/模仿心灵澄澈细腻的中国人/他醉心于狂喜的月下/在雪白的茶杯上，静心描绘那朵/奇花终岁，香泽他一生。

这里，马拉美将自己的国度说成"残忍"的，是因为他梦想的中国是一个乌托邦，同时也是对当时欧洲资本主义文化氛围的否定。在欧洲文明发展的不同历史阶段都有把中国当作一个乌托邦，其实乌托邦本身的真实与否并不重要，重要的是它对现实的批评和否定功能，也就是"社会颠覆功能"。

老舍的《猫城记》出版之后，梁实秋立即写了一篇评论，认为这是老舍创作上的一大进步，标志着老舍艺术思想的成熟。老舍借想象中的猫国把中国现代社会挖苦得痛快淋漓，而作者始终保持着一种冷静的态度[①]。个人认为，老舍并未能始终保持一种冷静的态度。在小说的起初，老舍还努力地使"我"保持一种"外国人"的身份，高高在上地冷眼旁观这个落后可怜的"猫城"。这种"冷静"源于老舍从欧洲归来时还带回一个乌托邦的理想，即以欧洲文化来观照和再造一个全新的中国。可是随着小说情节的推进和"我"对猫城生活的介入，老舍笔下的"我"便迅速显露了他真实的身份。在一种激愤、忧患的心态下，这种"乔装"再也不能维持下去。"我"对于猫城的种种看法与情感，完全不像一个误闯猫城的外国人，分明是一位深怀忧患的爱国者。事实上，"我"才是对猫城爱得最深，恨得最切的人。"我"甚至还自告奋勇地承担起考察猫城的责任，把疗救和启蒙的希望寄托在

---

① 梁实秋：《猫城记》，载《梁实秋文集》第七卷，鹭江出版社 2002 年版，第 198—199 页。

猫城的知识分子身上，表现出一种热情而乐观的心态。然而这种乐观心态没能维持多久，残酷的现实就迅速证明了这只不过是一个乌托邦式的梦想。猫城的文化骨子里的落后、封闭，使它缺乏涵纳异质文化的健全机制。外来的新东西传入之后，他们先是一阵惊慌失措，接着就是依了自己的塑模加以改造。老舍在作品中曾借小蝎之口感慨："新制度与新学识到了我们这里便立刻长了白毛，像雨天的东西发霉"。30年代鲁迅先生也曾深深感叹，"中国大约太老了，社会上事无大小，都恶劣不堪，像一只黑色的染缸，……每一新制度，新学术，新名词，传入中国，便如落在黑色染缸，立刻乌黑一团。"① 这与老舍的观点如出一辙。

猫城的民众固然是又懒又脏的愚民，而被"我"视为希望的知识分子竟然也是一帮虚荣，只知拍马和争吵的废物。即便是猫城的精英，如小蝎也早早地被磨灭了棱角。小蝎可谓是猫城最有头脑和见识的知识者，也是出国学有所成而归来的。但几经挫折之后，小蝎认定自己对国家毫无用处，只"是一个寄生虫"。他曾经怀有抱负，最终又归于敷衍的生存方式。由此可见，猫城文化具有强大的销蚀人心志的力量。小说中的"我"曾经试图以自己的热情和乐观来感染小蝎，使他振作起来。但可悲的是，最后不是"我"的乐观影响了小蝎，反而是小蝎的虚无与悲观改变了"我"。猫城的一切都证明"我"起初的乐观，不过是一个美丽而幼稚的梦。在小说结局，"我"的思想意识与小蝎已无多大差别，"我"拯救猫城的希望完全破灭。"我"的思想历程，完全是小蝎思想历程的一次重演。这种重演无疑具有普遍性，它在某种程度上体现了老舍回国后的心路历程，也体现了中国知识分子思想意识的这一宿命般的"回归"。这里所体现了一种乌托邦梦想的破灭，这或许是《猫城记》这部小说中最为触目惊心的悲剧性所在。

但乌托邦终究是一个梦，是与自身文化相异的理想，它和现实和传统之间有无法弥合的鸿沟存在。我们可以看看"我"梦醒后所得出

---

① 鲁迅：《两地书》，载《鲁迅全集》第十一卷，人民文学出版社 1995 年版，第 20 页。

的结论：

> 　　浊秽、疾病、乱七八糟、糊涂、黑暗，是这个文明的特征，
> 纵然构成这个文明的分子也有带光的，但那一些光明决抵挡不住
> 这个黑暗的势力，这个势力，在我看来，必须有朝一日被一些真
> 光，或一些毒气，好像杀菌似的被剪除净尽。①

在"我"看来，"猫城"最终会被一些"真光"，被"毁灭的手指"
剪除。在小说开始，我们还可以感觉到老舍式的喜剧色彩和荒诞可笑。
但到这里，一股透骨的悲凉从作品的深层弥漫开来，渐渐淹没了笑意，
以至于最后你会被那悲凉完全地攫住。总之，通过《猫城记》中"乌
托邦"的他者之镜，我们才发现"自我"是何其丑陋残缺，尽管这个
"镜中之像"与自塑的主体一样仍然是不真实的虚幻，都一样最终还是
要破灭而走向现实。

二　《断魂枪》与老舍对自我东方主义的突破

"东方主义"的概念来自巴勒斯坦裔美国学者萨义德（Edward.
W. Said），他赋予该词三个方面的含义，即关于东方的一种学术研究
学科；以东西方相区分为基础的一种思维方式；以及西方对东方进行
描述、殖民、统治的一种权力话语。② 而自我东方主义则是德里克（Arif.
Dirlik）对萨义德东方学的进一步发展。所谓自我东方主义，就是指欧
洲东方主义的认知和方法在二十世纪已经成了东方"自我形象的构成"
和身份认同的依据。或者说是指"东方文化身份的作家，以西方想象
自己的方式来想象自己、创造自己，从自己与西方文化的不同或者差
异里去肯定自我和确认自我，在跨文化传播中进行'自我再现'，而这
种'自我再现'往往与西方论述东方的刻板印象，或固定形象，也就

---

① 老舍：《猫城记》，载《老舍全集》第二卷，人民文学出版社1999年版，第388页。
② ［美］爱德华·W. 萨义德：《东方学》，王宇根译，生活·读书·新知三联书店1999年版，第3页。

是形象学所说的'套话'发生吻合，形成了与西方口味相同的'共谋'关系。"①

《猫城记》很大程度上是老舍受东方学影响的体现。这是老舍对民族文化批判的最尖锐的一部小说，显示了老舍深深的民族忧患意识，但其创作明显受自我东方主义思维的制约。小说中关于"猫城"人的形象恰好符合欧洲对中国的"言说"和"想象"。欧洲从 16—17 世纪开始出现"中国热"，对中国的形象言说多是一种美化。但这种热潮到 18 世纪开始消退，对中国的态度开始由尊崇到诋毁，由好奇到厌恶。笛福的《鲁滨逊漂流记》推翻了前一个世纪欧洲人对中国人的好的看法，小说中的中国人肮脏、懒惰、势利、狡诈……，笛福笔下的中国人完全被妖魔化了。到 1900 年义和拳运动后，欧洲更是加深了这种对中国的妖魔化，而且这种妖魔化中国逐渐成为一种"套话"，成为东方学的一部分，为普通人，甚至学者所接受。而老舍对猫国人的描述正是受欧洲东方学妖魔化中国的"套话"所制约的。小说出版后，受到了激烈批评，老舍开始反思，自己也认为那是个不成功的作品，包括思想上的不成熟。这实际上主要是因为老舍离开中国七年多，回来之后未能适应当时中国社会现实。在此之后，老舍思想以及创作发生很大的动摇，并作了调整。创作了《断魂枪》、《黑白李》、《微神》等一系列小说，开始了他新的思想探索。

特别是《断魂枪》，虽然只是一个短篇，但它是老舍里程碑式的作品，在老舍的小说中有特别的意义，这部小说表明了他开始重新审视传统文化。值得注意的是，这种审视不同于《猫城记》，以欧洲的视角看待中国传统文化；相反，老舍试图有意识地摆脱自我东方主义影响，寻求塑造真正的中国人形象。《断魂枪》讲述了曾威震西北、英名显赫的镖局老拳师沙子龙在动荡的现代社会中没落的故事。昨日的东方文明已被今日的"火车、快枪、通商和恐怖"的现代文明所取代。神枪沙子龙的镖局难以为继，无奈中改成了客栈。他的走镖事业作为古老

---

① 高鸿：《跨文化的中国叙事——以赛珍珠、林语堂、汤亭亭为中心的讨论》，上海三联书店 2005 年版，第 109 页。

文化的组成部分"被时代的狂风吹走了"。他情绪消沉，不肯将自己的绝技断魂枪传给后人，决心让"那条枪和那套枪法跟我入棺材"。这篇小说真切地反映出蜕变时代旧事物的衰微和那个时代的终结。

《断魂枪》其实有一种文化象征意义。因为武侠文化在中国传统文化中占有特殊的地位，传统的侠客身上总是笼罩着一个浪漫主义、理想主义的光环。而沙子龙身上曾有的光环却被西方的大炮轰得杳无踪迹，如天朝帝国一样从天上跌落凡尘。小说开始就没有将沙子龙前半生的辉煌从头道来，而是以一句"沙子龙的镖局已改成客栈"拉开了沙子龙悲剧人生的大幕。这一句话将沙子龙的尴尬、无奈处境表现无遗。小说的情节简单，主要以孙老者学艺为主线，串连王三胜卖艺、孙老者与王三胜比武、孙老者献技三个片段。小说并没读者所期望的中国传统式的经典情节，没让沙子龙一展他"断魂枪"的威风来挽回面子，而是以他断然拒绝王、孙的请求来结束了小说的主干情节。小说中，作者特别注重的是对沙子龙身份转换的心理描写。从"镖局"到"客栈"这是一种身份的转换，这种身份的转换中有一种常人无法体会的巨大心理落差。"客栈"使得沙子龙从一个盖世大侠变成时代的弃儿。小说多次写到沙子龙对自己这套枪法的爱惜。他常在夜间，把小院的门关好，耍他的"五虎断魂枪"，然后"摸摸凉、滑、硬而发颤的杆子"，这种举动显示出他对那套枪法的感情。小说从传统的外视角转向内视角，着重写沙子龙的内心世界，来表现沙子龙那种身份转换的心理变幻。沙子龙那悲哀绝望的心境由此隐显了出来，也充分体现出他对传统侠文化，以及自我处境现状与未来的清醒认识。沙子龙因此才没有了"较艺"的热情，没有了对过去被武侠视为生命的名声的维护，而任凭弟子们讯笑，默默忍受被世人慢慢遗忘。最后，作者对时代背景和沙子龙昔今处境作了一个交代："东方的大梦没法子不醒了"，"龙旗的中国也不再神秘"，"江湖上的智慧与黑话，义气与名声，连沙子龙，他的武艺、事业，都梦似的变成昨夜"①。

---

① 老舍：《断魂枪》，载《老舍全集》第七卷，人民文学出版社 1999 年版，第 328 页。

《断魂枪》实际上真实地描写了近代中国社会急剧变革的现实：古老的传统文化正被欧洲现代物质文明所替代。这种替代是以民族压迫的形式进行的，欧洲文化的不断渗透和中国人的身份定位的无着落形成巨大的反差和尖锐的对立。毕竟"龙旗的中国不再神秘"，那么什么才是真正的中国？什么才是中国人的魂？老舍小说真实地记录下这一历史进程中人们的复杂心态。也许作者对民族命运与出路的思考和关注还不明朗，但这种思考毕竟开始摆脱了欧洲东方学的束缚。

三　老舍对中国文化身份的追求

"身份"作为一个从心理学引入文化研究的重要概念，原意"就是一个个体所有的关于他这种人是其所是的意识。"[①] 但这种意识从何而来，各种理论对此却又众说纷纭。在跨文化传播与交流日益密切的今天，"身份"更是被置于一系列急迫的理论论争的核心。美国学者Hecht 从跨文化传播学的角度就此提出三点假设：（1）"身份是按等级划分的意义"；（2）"身份是他人赋予自身的意义"；（3）"身份是期待与动机的源泉"[②]。在 Hecht 看来，身份是在传播的过程中表现出来的。也就是说身份不仅仅是自我所能确定的，更多是靠他者赋予，是从跨文化交流中他人的信息中获得。它应该被理解为一种由环境和行为所产生的信息交流中所激发的认识。老舍从《猫城记》，再到《断魂枪》的创作历程，正体现了一种在跨文化交流与历史现实中不断追寻调整中国人身份认识的过程。

老舍早在《二马》中就开始了对中国人身份的探索，但又深受欧洲东方主义羁绊。一方面，他批判了欧洲中心主义。当时西方文学中的"中国想象"也激发了老舍的创作冲动，他看到一些没钱到东方旅行的西方人到伦敦中国城找写小说、日记和新闻的材料，在报道把中国人都写成"抽大烟，私运军火，害死人后把尸首往床底下藏，强奸

---

① Straffon, Peter, Hayes, Nicky. *A student's Dictionary of Psycholgy*, London: Edward Arnold, 1998, p. 87.

② Hecht, M. L., Collier, M. J., & Ribeau, S. *African American communication: Ethnic identity and cultural interpretation*. Newbury Park, CA: Sage Publications, 1993, p. 103.

妇女不问老少，和作一切至少该千刀万剐的事情的。"① 这完全是皮尔逊（Charles H. Pearson）"黄祸论"的翻版，最初写《二马》就是为了驳斥当时把中国人写成"一种奇怪可笑的动物"的作品而写的。但另一方面，老舍又受到东方主义的影响，或者说他存在着自我东方主义的倾向。从基本思想上看，《二马》并没有摆脱那种东西方文化简单比较的思维。在小说中，英国是一个近代的工商社会，重法理；而中国是一个传统的农业社会，重礼俗人情。小说还是重复着欧洲中心主义的"套话"：即从社会进化论的原则出发，认为西方文化优于中国文化，中国要发展就必须用西方文化来改造中国。文中老舍对英国文化的赞赏表露无遗，小说中塑造的小马等新人很大程度上就是按照英国人的标准来塑造的。关于李子荣这个人物，老舍说："那时在国外读书的，身处异域，自然极爱祖国；再加上看着外国国民如何对国家的事尽职责，也自然使自己想作个好国民，好像一个中国人能像英国人那样作国民便是最高理想了。"② 可以看出，老舍心中的中国文化身份是以英国文化为参照的。

当老舍带着欧洲乌托邦式的理想回国，面临的情况却让他失望而不能自已，所以创作了《猫城记》。老舍的那种强烈讽刺，有失其一贯平和心态，表现出一种"身份焦虑"。所谓"身份焦虑"，就是指身份的不确定性，即人和其生活的世界联系，有关生活的意义遇到解释的困难与危机，以及随之产生的观念、行为和心理的冲突体验。个体转换的每一个阶段都存在一种认同危机。这种危机常常伴随焦虑，而这种焦虑会引起自我知觉变得模糊不清，会威胁自我认同。安东尼·吉登斯认为"焦虑是所有形式危险的自然相关物。其成因包括困窘的环境或其威胁，但它也有助于建立适应性的反应和新的创新精神。"③ 所以身份焦虑引起重新发现自我的过程充满了"风险"，但也充满"机会"。

---

① 老舍：《二马》，载《老舍全集》第一卷，人民文学出版社 1980 年版，第 409 页。

② 老舍：《我怎样写二马》，载《老舍全集》第十六卷，人民文学出版社 1999 年版，第 174 页。

③ ［英］安东尼·吉登斯：《现代性与自我身份》，生活·读书·新知三联书店 1998 年版，第 174 页。

　　老舍的早期小说创作，诸如《猫城记》就是出于那种对中国文化身份不确定的焦虑的反映和思考。事实上，老舍在小说发表后受到很多批评，他也对中国文化身份进行了痛苦的思考，《断魂枪》正是这种思考的产物。老舍正是这样在不断与自我东方主义的斗争中前进，在痛苦的煎熬中寻求中国文化身份的。《断魂枪》中老舍不再是以欧洲文化来嘲笑，否定传统文化，而是冷静面对和接受欧洲现代文明冲击的现实。30 年代老舍开始致力于挖掘本民族的优良传统，并加以创新来应对日趋严重的民族危机，寻求新的民族文化身份。老舍在回国途中还创作了一部小说《小坡的生日》，其写作目的也是为了反思文化身份，去发掘中华民族的优良传统，要表明中国人的"祖先确有不甘屈服而苦心焦虑的去克服困难的精神"①，要表明中国人开发南洋的精神是其他民族难比的。而在《断魂枪》之后，特别是 30 年代中后期，老舍创作的了一系列聚焦于下层人民疾苦的小说，诸如《月牙儿》、《骆驼祥子》、《我这一辈子》。我们都可以从中看到一条清晰的一脉相承线索：那就是挖掘中国文化优良传统，寻求中国文化身份，塑造新国民，而不再仅仅将眼光放在国外，不再认为只有欧洲的道德伦理才能改造新的国民。像《病牛与病鸭》中的汪明远，《不成问题的问题》中的尤大兴等都是体现这一理念的新人物。这些人物或是朴素求实，不尚浮华；或是崇尚人与自然的和谐，重视人的道德情感；或是正直诚实，不畏强暴，这些都是我们民族文化中的优良传统，都是为老舍所推崇的。像勤劳善良的祥子，再到 40 年代《四世同堂》中"人格顶得起天来的"常二爷，《正红旗下》硬气的十成等，这些人身上都寄托着老舍对建设民族新文化人格的理想。老舍正是立足现代意识，以世界的眼光，对历史和传统加以择取，以建构新的民族文化身份的。

　　老舍的这一创作历程可以看出他早期文化身份的焦虑，也显示了中国知识分子的强烈的责任感。他一直在东方学与批判东方学之间摇摆斗争，但他最终摆脱了自我东方主义，逐渐走上建立民族文化自信，

---

　　① 老舍：《我怎样写〈小坡的生日〉》，载《老舍全集》第十六卷，人民文学出版社 1999 年版，第 177 页。

寻求民族文化身份的道路。在这一过程中，他用自己的创作解构了自我意识的外来话语霸权，从而获得文化主体性，建立了一种批判的立场。这一立场揭示了欧洲文化乌托邦的虚幻性，以及东方学意识形态的话语霸权，从而更有效地思考中国的文化现实——这是中国人文学者必须具备的主体立场，而与狭隘的民族主义无关。

巴金 30 年代短篇小说中的异国形象

——从《复仇》到《狗》看巴金思想的转变

关于巴金，研究者对他的长篇小说关注较多，对他早期创作的短篇小说则有所忽视。1927 年，巴金留学法国，寻找治国救人之路。苦闷之余，巴金将其爱憎宣泄于小说创作，他早期的这些作品多收录在《复仇》、《光明》、《电椅》等小说集中。一般研究者认为这些作品不及后期成熟，但在某种程度上，这些作品是巴金早期心理实录，对研究巴金思想形成有不可忽视的意义。特别是巴金早期小说很多涉及异国形象，这通常为人所忽视。当代形象学认为，对异国形象的言说，可以折射出社会集体想象，某种程度上也是对自我的书写。巴金的第一部短篇小说集《复仇》（1929—1931），塑造了一大批形态各异的欧洲人。1931 年，巴金创作的《狗》中也涉及异国形象，而这些形象前后有很大差异。本文试图从巴金这几个短篇小说中异国形象的差异，分析巴金回国后的思想转变和心路历程。

一 《复仇》 中的欧洲人画像

在《复仇》这部短篇小说集中，巴金以欧洲人及其故事为题材，描绘了一个色彩绚丽，充满异国风土人情的生活组图。《复仇》像一部散文，但又不同于 30 年代那些单纯描写欧洲建筑、风景名胜的游记散文。其实巴金的这些小说更多是风俗画，更多是关注人。巴金笔下有法国巴黎人、意大利人、德国人，也有犹太人；有统治阶级、贵族、将军，也有普通的市民、房东、乞丐、流亡者……，这个小说集可以说是对欧洲人的集体画像。具体来看，这些欧洲人的形象可以分为下面几类：

1. 以爱情的名义复仇的欧洲人。在《复仇》中，有很大一部分作品是写欧洲人的恋爱故事。比如《哑了的三角琴》、《不幸的人》、《洛伯尔先生》、《初恋》等，从表面上看这些作品主要写欧洲人对爱情的忠贞，实则包含着复仇的主题。这些小说都是讲男女相爱但又因社会等级和父母阻挠而不得分开的悲剧。其中《洛伯尔先生》最凄美，音乐师洛伯尔爱上一个叫玛丽的花店姑娘，但姑娘因母亲阻挠而嫁给别人。洛伯尔后来走遍整个法国，直到老他才在一个小镇得到玛丽的消息。他就在玛丽家的小河边住下，每天傍晚用他嘶哑的声音唱着情歌，但直到他去世也没能和玛丽见面。洛伯尔那坚贞而又无望的爱情让人悲叹，他一生从没有控诉，也没有诅咒，有的只是哀怨的歌唱，而这就是最大的控诉和诅咒，对不平等社会的最大反抗。

2. 社会底层受压迫者的复仇。巴金在《复仇》中充分体现了他对弱小民族和下层人民的同情。这在题名为《复仇》的短篇小说中得到集中体现，故事是一个犹太商人的妻子在反犹运动中被杀害，这个犹太商人悲痛欲绝，最后制造了轰动巴黎的鲁登堡将军的暗杀案。巴金欣赏这个犹太年轻人"以眼还眼，以牙还牙"的复仇精神。但巴金也指出这种复仇方式并不值得效法，他歌颂的不是复仇的行为本身，而是那种复仇的精神。在巴金看来，杀死赫赫有名的大人物鲁登堡的竟然可以是一个默默无闻的小商人，这说明小人物是不可欺的，弱小民族是不可欺的。

3. 流浪的欧洲人。欧洲大陆民族众多，各国犬牙交错，而且政治、经济交流的密切，所以各国之间人民的流动性极大。在欧洲历史上，比较早的有奥维德、但丁，近代有法国的卢梭、雨果、伏尔泰，德国的海涅、英国的拜伦等都是流亡者。流亡实际是人的一种生存方式，或特殊处境，但又是常人难以忍受的。《亡命》、《亚丽安娜》等就是描写欧洲流浪青年的故事和流亡心理。《亡命》描写了一个意大利革命青年发布里痛苦的一生，当发布里想到故乡，他痛苦得用牙齿咬自己的手指。他难以忍受这种如死亡一般的亡命生涯，他认为"流浪"对常人来说是神的诅咒。

4. 受战争蹂躏的欧洲人。《复仇》中《房东太太》、《丁香花下》、《墓苑》等一组小说是反映一战给人民带来的灾乱。《丁香花下》以一种抒情的笔调记叙了这场战争给人留下的伤痕。法国青年安德烈在战场上杀死了一个德国士兵,但他没想到这个德国青年竟是自己妹妹伊弗莱的情人,后来安德烈也在战斗中牺牲了。正如小说所说的,过去的战争依旧像噩梦一样地压住全法国人的心。小说没有给女主人公更多机会表露心声,只是以丁香花枝作暗喻,但那少女痛失爱情和亲人的悲惨命运跃然纸上。她哥哥和情人的命运,她自己的命运就是对这场战争最好的总结。

《复仇》集是巴金 1929 年回国后创作的,巴金实际还沉浸在对欧洲留学生活的回忆之中,当时有评论家认为这些小说是“美丽的诗的情绪的描写”。但在这些小说中,巴金所塑造的欧洲形象完全不同于30 年代那些中国游记文学的描述,如朱自清等人多描写浪漫的欧洲,笔下流连于欧洲的咖啡馆、剧院、美食、艺术之美。巴金的小说从另一个侧面反映了欧洲的现实,塑造了一个全新的欧洲形象,一个痛苦和渴望革命的欧洲。小说充斥着巴金的人道主义思想,巴金在《复仇》序中说这些故事的主人公都是人类的一分子,他们是具有同样人性的生物。《复仇》的十五个短篇中,除了《丁香花下》外,其他全是用第一人称写的。小说中都有一个叙事者“我”,有时饱含激情,有时冷静观察。这个叙事者和欧洲人的关系是什么呢?巴金说,“小说里的‘我’有男有女,有老有少,有中国人,也有外国人,有我自己,也有别人。我自己看看,觉得也不能说是完全不象外国人。我在法国住了两年,……我每天得跟法国人接触,也多少看过一点外国人的生活。”[1] 可以看出,叙事者“我”与欧洲人感觉是相互混杂的,从中我们似乎可以窥见巴金内心,以及中国现实的影子。

二 自我与他者的混杂

文化之间的交流总是伴随着一种文化对另一种文化的想象,这就

---

① 巴金:《谈我的短篇小说》,载《巴金全集》第 20 卷,人民文学出版社 1993 年版,第 524 页。

有了他者形象的产生，他者形象可以说对异文化书写必然产物。巴金的《复仇》看似描写异国故事，实际上也包含了作者个人的感受和生活经验，小说中他者与自我往往混杂在一起。

《复仇》中流亡者系列小说就反映了巴金当时在国外同一些无政府主义者接触的经历。巴金说过《亚丽安娜》描写一个波兰女革命家真实的生活，当时亚丽安娜遭到法国政府驱逐。"当她的背影在那所旅馆的大门里消失的时候，我的心里充满了献身的渴望，我愿意我能有一千个性命用来为受苦的人类牺牲，为了崇高的理想尽力。"① 这就是巴金创作的情绪来源。巴金说，"我们中国穷学生在巴黎的生活也跟亡命者的生活有点近似，国内反动派势力占上风，一片乌烟瘴气，法国警察可以随便检查我们的居留证，法国的警察厅可以随时驱逐我们出境。我的一个姓吴的朋友就是给驱逐回国的。……我的脑子里常常有那种人的影子，所以我在小说里也写出了一个影子。"② 这里的吴指吴克刚，中国早期的无政府主义者。当时还有留法勤工俭学的《工余》杂志主编李卓吾、冯紫岗，以及一些在法国流亡的欧洲人，经常和巴金聚在一起探讨社会问题和革命思想。所以《复仇》在某种程度上是作者自我思想的描述，也可以说是中国无政府主义革命青年自我形象的记录。

巴金喜欢用第一人称的写法。"自己知道的就提，不知道的就避开，这样写起来，的确更方便。"③ 但这种写法往往使得人物成为作者某种概念或情感的载体，这是巴金早期小说存在一个普遍的现象。像早期作品中的杜大心和李冷的塑造就是如此，他们身上有《复仇》中欧洲流亡者的影子，而与中国无政府主义者的实际情况有些距离。1927 年大革命失败，巴金曾积极参加的无政府主义运动陷入激烈的分化。到 30 年代，无政府主义作为一个政治运动在中国的政治舞台逐渐衰落。巴金为之努力了近 10 年的事业，像肥皂泡一样破灭了，这正是

① 巴金：《写作生活的回顾》，载《巴金全集》第 20 卷，人民文学出版社 1993 年版，第 550 页。
② 同上书，第 526—527 页。
③ 同上书，第 525 页。

他创作《复仇》这个集子的背景。巴金说："我在写作中所走的路与我在生活中所走的路是相同的……我确实爱自己的文章，因为每一篇小说都混合了我的血与泪，每一篇小说都给我叫出一声光明的呼号。"①巴金的小说是他生活足迹和情感的注释，他有关欧洲题材的小说创作同样具备了这些特点。

《复仇》不仅有巴金个人情绪，也折射出当时中国的社会现实。布吕奈尔认为，"形象是加入了文化和情感的、客观的和主观的因素的个人的或集体的表现。"②巴金《复仇》中塑造的异国形象所表达的思想感情，有些是他个人化的，但也很多是源自集体想象，折射出当时中国的社会状况。《复仇》中那些欧洲封建等级思想观念，人对人的压迫等，更合乎中国社会的实际情况。巴金 30 年代还创作了一些欧洲题材的小说，也影射出当时中国黑暗的政局。他创作了关于法国大革命的小说：《马拉之死》、《丹东的悲哀》和《罗伯斯庇尔的秘密》，企图"将百数年前的旧事重提，既非'替古人担忧'，亦非'借酒消愁'，一言以蔽之，不忘历史的教训而已。"③比如他写罗伯斯庇尔靠恐怖政策维持不了他的统治，实则是借以讽刺当时国民党政府白色恐怖的失败。《复仇》尽管写的是欧洲的人物和故事，但他所发泄的感情，却恰恰是中国现实的内容。他自己就说过，"所以我可以写欧洲人和欧洲事，借外国人的嘴倾吐我这个中国人的感情。"④

三 《狗》与民族主义的觉醒

巴金的《复仇》中所描写的欧洲人，不管其命运的多舛，也无论是农民、流浪者，还是革命者，他们多是善良和美好的，是令"我"感动和敬佩的人物形象。但同时期巴金的另一篇短篇小说《狗》（1931年）则描绘了另外一种异国形象：

---

① 巴金：《电椅集·代序》，载《巴金全集》第 9 卷，人民文学出版社 1989 年版，第 293 页。

② 孟华：《比较文学形象学》，北京大学出版社 2001 年版，第 113 页。

③ 巴金：《沉默集·序》，载《巴金全集》第 10 卷，人民文学出版社 1989 年版，第 170 页。

④ 巴金：《谈我的短篇小说》，载《巴金全集》第 20 卷，人民文学出版社 1993 年版，第 524 页。

我有黑皮肤，黑的头发，黑的眼珠，矮的鼻子，矮小的身体。

然而世界上还有白的皮肤，黄的头发，蓝的眼珠，高的鼻子，高大的身材。

他们一个，两个，三个在街上和人行道上大步走着，昂然地抬头四面张望，乱唱，乱叫，乱笑，好像大街上，人行道上就只有他们三个人。其余的人胆怯地走过他们身边，或者远远地躲开他们。①

"白的皮肤"的人是作为一个"其他人"的形象存在，是与"黄的皮肤"的"我"相对照的。这里他者与自我形象是明显对立的，萨义德认为，西方对东方的再现"有助于欧洲（或西方）将自己界定为与东方相对照的形象、观念、人性和经验。"② 反过来，通过对中国文学中西方形象的分析，特别是对形象生成中隐含的话语权力关系的分析，也可以对中国文化与异国文化进行重新认识和定位。

小说中"白的皮肤"的人满脸傲慢地环顾四周，人们恭敬地避开他们。"我"也时时提醒自己：不要挨近他们，免得亵渎了他们。可是有一次"我"终于挨近了他们。结果一只异常锋利的脚向"我"的左臂踢来，这只手臂像被刀砍断了一样，"我"痛得倒在地上乱滚。"我"满以为那伟大的人会道歉，可是从那伟大的人嘴里就吐出一个字"狗"，这时"我"才算受到启发：

我的手揉着伤痕，我的口里反复地念着这个"狗"字。我终于回到了破庙里。我忍着痛，在地上爬着。我摇着头，我摆着屁股，我汪汪地叫。我觉得我是一条狗。③

这里"我"是谁，是什么身份并不是我自己决定的，而是"伟大

① 巴金：《狗》，载《巴金全集》第9卷，人民文学出版社1989年版，第218页。
② ［美］爱德华·W. 萨义德：《东方学》，王宇根译，生活·读书·新知三联书店1999年版，第2页。
③ 巴金：《狗》，载《巴金全集》第9卷，人民文学出版社1989年版，第219页。

的人"说了算。"我"是被他者言说的,"伟大的人"才有这样的话语权力。"我"反复叨念着"狗",最终才领悟了这一道理,才明白了自己是一条狗,于是一身轻松。

巴金说过,"小说里那些'白皮肤、黄头发、绿眼珠、高鼻子'的'人上的人'就是指殖民主义者。小说的主人公是在诅咒那些殖民主义者。他并不是真正在地上爬,汪汪叫想变成一条狗。他在讲气话,讲得多么沉痛!"① 这里巴金的语气是极端的讽刺和痛心疾首的,表明了他极力要摆脱欧洲种族主义者的侮辱。因为堂堂的中国人竟然被人称作狗。其实早在 1907 年,李维清就首先提到了上海租界里的一个公园:

> 来自各国之人都能进入其中,包括亡国的印度人,甚至是洋人养的狗也能进去。惟独中国人不得入内。洋人欺人太甚,视我等如奴隶、牛马、刍狗……。②

长期以来,中国汉民族就通过肤色、头发、礼仪等外在的特征将"蛮"、"夷"同自身区别开来。中国人以天朝圣人之邦自居,而对那些低等民族的称呼往往加以动物性的偏旁。比如在有些少数民族的称呼上加"虫旁"(蛮、闽),有些加上"羊旁"(羌族),北方一些民族,比如狄则加上"犬旁"。然而到了现代,中国人则反过来被强加这一侮辱性的称呼,这令自大的汉人倍感震惊。从形象学的角度来看,形象是对他者的否定,在否定他者的基础上进行自我想象的肯定。每个民族和文化都有关于自我的想象与神话,这是他们建立自信的基础。雅利安人想象自己是世界最纯粹、高贵的种族,维京人想象自己是海洋和世界的征服者,日本想象自己是日出之国。中国则想象自己是中央之国,将其他民族形象塑造为"狄"、"夷"。同时,形象学提出形象制作者与形象的身份是经常在互换的。你在制作别人的形象,别人也在

---

① 巴金:《写作生活的回顾》,载《巴金全集》第 20 卷,人民文学出版社 1993 年版,第 518 页。
② 李维清:《上海乡土志》,上海古籍出版社 1989 年版,第 72 页。

制作你的形象。这种制作与被制作的情况，恰恰是两种类型的文化交往关系反映，其中可以折射出制作者与被制作者之间的权力地位，以及心态的变换。只不过中国人没想到是自己曾经给那些低等民族塑造的形象，反过来被以前认为是"狄"、"夷"、"洋鬼子"的欧洲人施加给自身。到 20 世纪 20 年代末，中国人对"华人与狗"这样的牌子再也无法忍受，许多作品都涉及这个"自我觉醒"的问题。[①] 唯独巴金的这篇小说将异国形象与中国人相对照，通过这种强烈对比，揭示了中国人作为"狗"的低下地位是由欧洲人的那种话语权力决定的。巴金也说过，"连'狗'字也是租界上的高等洋人和外国水手想出来的。"[②]

在半封建半殖民地的旧中国，帝国主义者在中国的土地上横行霸道，把"华人与狗不能入内"的牌子挂在门口，视中国人与狗同类。作者对此义愤填膺，于是便借《狗》里的主人公发出了"我要叫，我要咬"的反抗呼声，道出受压迫者的共同感情。巴金自己说过，"它有点像当时所谓'被压迫民族'作家写的小说，也只情调而言，我和那些作家有相似的遭遇，也可以说是共同的情感。"[③]

四　从他者走向自我

巴金从《复仇》到《狗》的创作历程，其实就是一个从他者走向自我的过程。巴金第一部被翻译成俄文的小说就是《狗》，发表在苏联《国外杂志》的 1937 年 9 号上。不过翻译家洒维利耶娃将《狗》的标题翻译为《我是谁?》，这个翻译的改变正体现了这个短篇小说的深刻主题，就是对民族文化身份的追问。

巴金当年留学法国住在巴黎拉丁区一间"充满了煤气和洋葱味的小屋"。异国他乡，寄人篱下，难免受到歧视和不公正待遇。巴金就常去启蒙主义思想家卢梭的铜像前，凝望先贤，排解孤独和对祖国的思

---

① 参见傅斯年《中国狗与中国人》(1919 年)，郁达夫《沉沦》(1921 年)，鲁迅《狗的扭曲》(1927 年)。

② 巴金：《写作生活的回顾》，载《巴金全集》第 20 卷，人民文学出版社 1993 年版，第 519 页。

③ 同上。

恋。尽管客观条件恶劣，他给自己制定的庞大的读书计划，其中包括卢梭、伏尔泰、雨果、左拉、罗曼·罗兰等人的作品。巴金受这些欧洲文化巨人的影响，相信普遍的人性，相信人类生而平等。与此同时，巴金也满怀着爱国之情。巴金在 1979 年再次到法国的时候，他住在凯旋门附近一家旅馆鸟瞰巴黎市，脑海里浮现的是祖国的种种景象。他身在巴黎，却每天好像回到了"亲爱的祖国和人民"的怀抱里"寻求养料"。① 这可以说是对巴金当年留学时思想的另一种注解，即无论在哪里，也无论他信仰哪种主义，巴金意识里首先出现的都是自己的祖国和人民。巴金留法多年，早期作品塑造了很多欧洲人形象，这些形象中也倾注了他的思想感情。巴金在《给〈复仇及其他短篇小说〉的法译者的一封信》中就谈及他本人从法国回来以后写作的"作品里还可以找到人道主义、无政府主义和爱国主义的混合物"②。但这之后，民族主义逐渐占据其思想主导地位。

曾经有人对巴金信仰过无政府主义提出过微词，但对于巴金来说，皈依一种主义显然不是他的目的，他所看重的只是生命本身。无政府主义最打动他的是它描述的那种生命的自由状态，而这点与他信仰人道主义是一致的。30 年代初，中华民族陷入空前的危机。巴金从欧洲回国不久就遇到"九一八"、"一二八"等事件，这些国难都对巴金从欧洲带回的无政府主义和人道主义提出挑战。他空前困惑，陷入了痛苦的深渊。巴金说："我的生活里是充满了矛盾的，感情与理智的冲突，思想与行为的冲突，理想与现实的冲突，这些就织成了一个网把我盖在里面。"③ 巴金站在欧洲文化和中国的现实面前：选择、扬弃，其人格的独特性和复杂性也就由此显现。在列强的暴力强权面前，巴金认识到无政府主义和人道主义的苍白无力。在《狗》中，"我"不断的追问，最终明白自己不过是狗。而且"我"逐渐认识到，共同的人性理想只是一个骗局。不存在平等这样的东西，只有两类界限分明的

---

① 巴金：《随想录·愿化泥土》，载《巴金全集》第 16 卷，人民文学出版社 1991 年版，第 456 页。

② 唐金海主编：《巴金年谱》，四川文艺出版社 1989 年版，第 258—259 页。

③ 巴金：《中国当代文学研究资料·巴金专集》，江苏人民出版社 1981 年版，第 241 页。

人。"我"宣称："我有了新的发见了。所谓人原来也是分等级的。"巴金开始了对个人出路，以及民族文化身份的新的探索。在痛苦的纠结和思考后，巴金最终找到答案，"在这时代是没有个人的出路的。要整个社会，民族，人类走上了康庄大道以后，个人的一切问题才能够得着适当的解决。"① 这种情况下，巴金开展了一系列文化救国活动，比如创办文化生活出版社，投身于 30 年代民族解放运动的洪流。

从《复仇》到《狗》，我们可以清晰地看到巴金从无政府主义和人道主义开始走向民族主义的历程。值得注意的是，在创作《狗》之后，巴金在信仰上仍保留着无政府主义和人道主义理想，另一方面，他在行动上却开始主动地投身于民族国家解放事业。这看似矛盾，但正是这种矛盾体现了一个真实的巴金。

---

① 巴金：《我的路》，载《巴金全集》第 13 卷，人民文学出版社 1990 年版，第 32 页。

对　话

从影响研究到跨文化传播与对话

　　全球化进程正在重塑世界，也深刻地影响了比较文学的研究范式。伴随着全球一体化，人类的精神世界也同样经受着一次革命性的洗礼。世界政治经济体系的变革催生东西文明的碰撞与融合，全球化与工业化、城市化、信息化和现代化共同作用于人类的上层建筑世界，全球价值观在不同文化的交流中经历着影响与传播、颠覆与重组的巨变。全球化带来的以互联网为依托的新媒介技术也在潜移默化地改变着人类的思维方式。"全球化"已经不仅仅只是加速了文化的碰撞和融合，同时也潜入到文化内部，对民族文化产生了不可避免的影响。全球化语境下，文学的跨文化传播进入研究视野。在全球的文化冲突与寻求文化身份认同的浪潮中，本土文学将如何在全球化与地域性、同质化与异质化两种力量的对峙与互动中保存其民族特性，进行有效的跨文化传播，是全球化语境下的重要研究课题。

一　从影响研究到异国形象研究

　　比较文学中异国形象研究最早源于法国。法国的形象研究则更多地受到了法国传统中的实证主义的直接影响，其比较文学形象学的研究更是如此。早在 20 世纪 40 年代，法国学者卡雷（Jean-Marie Carr）的著作《法国作家与德国幻象：1800—1940》（Paris，1947）从比较文学研究角度，探讨了不同作家对他国的想象和幻象。她的弟子基亚（Marius-Francois Guyard）在 1951 年发表了《比较文学》一书，书中有专章以"人们所看到的异国"为题展开讨论。基亚认为"寻找出这位英国戏剧家〔指莎士比亚〕对蒙恬了解了些什么和《论文集》中的内容有哪些被吸收进他的戏剧中去了"的研究，属于比较文学的研究，是"国际文学关系史"的"科学方法"。这里的所谓科学方法实则是由孔德开始的实证主义研究方法。由于实证精神"坚持使社会科学与其他全部基础科学协调起来，而不是使社会科学落进空洞无用的孤立状态中"，实证主义强调"真实"、"有用"、"肯定"、"精确"。基亚的研究在继承法国比较文学研究的基础上，实际用上了这种影响深远而起步于 19 世纪上半叶法国人自己探索总结的研究方法。基亚在谈到"人们所看到的外国"这门当时尚未确定名称的研究时，对其研究重点和研究原则作了如下归纳，"力求更好地理解在个人和集体意识中，那些主要的民族神话是怎样制作出来的、又是怎样生存的"，并认为这是五十年来法国所从事的具有远大前景的研究变化。基亚的说明不仅丰富了卡雷已经开始的该领域研究所概括的内容，即"各民族间的、各种游记、想象间的相互诠释"，而且在谈及个人、集体、民族这些名词时，不可避免地与文化联系起来，几乎为后人从事形象研究暗示了一个必须在文化背景下展开的前提条件。后来，法国学者达尼埃尔—亨利·巴柔（Daniel-Henri Pageaux）也对国际关系研究与比较文学形象研究，以及与诗学的研究关系得出了如下结论："在总体与比较文学中，我们应该把国际关系研究（对于他者的思考，媒介的书写，翻译的再书写，受形象书写控制的想象）看作是诗学思考不可或缺的准备。"

美国人的研究多集中于分析和批判通过形象建构中"自我"和"他者"的"清晰"定位而产生的"自我中心"观，越来越不重视所谓的"文学性"，其文化政治批评的目的尤其突出。即便在国际政治领域，形象研究虽更多地是为了探寻另一条路径帮助政策制定者强调文化对现实政治的作用，我们仍旧能够获知研究者本人所侧重的是"文化"而不是"现实政治"，更准确地说，是"文化政治"的研究。例如，美国康乃尔大学的卡莱尔·康色逊（Claire Conceison）写出的《意味深长的他者：当代中国话剧作品中对美国人的表述》显然更强调文化批判、对文化"他者"的研究。该论文堪称当今典型的文化批评个案集。论文对 1987 年至 1995 年期间的四部中国话剧作品（《中国梦》、《大留洋》、《鸟人》、《陪读夫人》）进行了形象研究的"套话"分析，所倚重的个案分析展示了中国人的美国形象之复杂性和多样性。论文作者应用后殖民理论中的流放说、套话理论、他者理论、西方主义等。1990 年，主要由美国哥伦比亚和耶鲁大学的教授学者撰写的论文集《西方文学作品中的亚洲形象》出版。这一部论文集主要探讨和研究了英、美、法、荷兰等国文学创作中所呈现出来的亚太近十个国家和地区的"虚构再现"。作为"帝国主义研究丛书"中的一本，丛书主编曼肯则（John. M. MacKenzie）在《总序》的开篇介绍该丛书的写作目的时提出，帝国主义远非一系列经济、政治、军事现象。它是欧洲世界处于优越性时期的一种思维习惯、一种占统治性的观念。这种欧洲优越性普遍存在于精神、文化、和技术的各种表述里。所以探索这些过去少有人涉足的各种表述里的帝国主义的现象，便是该丛书的用意所在。由于亚洲较之世界上其他地区给欧美人以更多的想象空间，所以，欧美人将他们的恐惧和抱负、梦想和欲望投射到亚洲国家。正是基于此，对亚洲国家在文学作品中的虚构再现所进行的研究成为本论文集的特点，而不同于过去的研究常常倾向于个人亲身经历的叙述。文学的异国形象不再被看成是单纯对现实的复制式的描绘，而是被放在了"自我"与"他者"，"本土"与"异域"的互动关系中来进行研究。"对异国人形象的研究从根本上讲实际上是对主体——他者对应关系及其变化形式的研究"[①]。

他者（Identity）最早是个哲学和逻辑问题（在哲学和逻辑里就译成"同一性"）。当把 identity 落实为人或者文化的身份时，这个问题变得复杂起来。最普遍的身份现象是作为一种社会制度意义上的身份。身份意味着社会等级、权利、权力、利益和责任。精神分析学创造性地把 identity 变成一个心理危机问题（在心理学里被很好地译成"自我认同"），特别是 Erikson 的《Identity：青年与危机》（1968 年）一书使得自我认同成为日常生活中的一个常见问题。Identity 问题远远

---

① 孟华：《比较文学形象学论文翻译、研究札记》，载《比较文学形象学》，北京大学出版社 2001 年版，第 5 页。

不仅是个关于事物和人的身份问题，它更多还涉及国家和文化的问题。在国家和文化层面上的 identity 问题（自身认同），也自古有之。从古代的"异教徒"、"正统和异端"、"华夷之辨"到现代的"阶级意识"、"东方和西方"、"资本主义和社会主义"诸如此类。文化自身认同在全球化和后殖民状态下变成一个时代的核心问题，其中一个原因就是文化自身认同变得含义不清，它不仅产生实践冲突，而且导致思想混乱。在建构一种自身认同时，他者是个必不可少的参考系，而且他者在原则上只能是个被贬损的对象，否则不利于自身认同的积极建构。这样的偏向必定加深不同文化或价值体系原来就已经很深了的鸿沟。除此之外，还必须考虑这样一种特殊的情景，当他者非常强大，并且被解释为理想榜样，那么就非常可能会出现对他者的过分美化，同时也就会对自己进行过度反思，从而形成一种爱恨交加的自身认同，例如中国在上世纪初的五四运动。其实被他者化的受殖民者如何解拆破除他者迷思，从"异我指涉"（hetero-referential）转向"自我指涉"（auto-referential）以及自我身份认同，一直是民族解放斗争中的一个关切点。第二次世界大战后不久，在曼诺尼（Mannoni）、塞沙尔（Cesaire）、法侬、敏米等的殖民心理研究中就已经论及。重新书写自我，除了法侬意义上的对抗，以确立一个新的坚挺的政治形象外，后殖民理论主要探讨的是如何在文化上重新确立自己的"身份"。当然法侬也指出，"为民族文化而战首先意味着为民族的解放而战，只有在这样的基础之上，才能进行文化建设。"①

　　关于他者形象的研究在欧洲比较盛行，与之相关的主体与文化身份问题也是当今文化讨论和文学研究中的重要课题。② 乔纳森·卡勒在《文学理论》这本小册子中将"属性、认同和主体"看作是现代西

---

① 法侬：《论民族文化》，见罗钢、刘象愚编《后殖民主义文化理论》，中国社会科学出版社 1999 年版，第 286 页。

② 从比较文学界的情况来看，第十九届国际比较文学大会（埃德蒙特，1994）的大部分议程集中在"文学与身份"问题。葡萄牙比较文学学会第二届国际会议（Porro，1995）和"文化对话与文化误读"国际会议（北京大学，1995）中，大量的论文以更明晰的方式来探讨身份问题。参见乐黛云、张辉主编《文化传递与文学形象》，北京大学出版社 1999 年版，第 342 页。

方理论关注的一个焦点，并加以专章讨论。萨义德的《东方学》对欧洲知识界建构的"他者"（other）问题的考辨，也为人们思考殖民时代以及后殖民时代的主体、认同与身份问题提供了一条基本的思路。如《东方学》绪言所指出的："对于西方而言，东方是重要的，它是欧洲最强大、最富裕、最古老的殖民地，是欧洲文明和语言之源，是欧洲文化的竞争者，是欧洲最深奥、最常出现的他者形象之一，此外，欧洲也有助于欧洲（或西方）将自己界定为与东方相对照的形象、观念、人性和经验。"① 在东方学看来，东方作为西方的他者形象存在，东方的贫弱只是验证西方强大神话的工具，与西方对立的东方文化视角的设定是一种文化霸权的产物，是对西方理性文化的补充。在西方话语看来，东方充满原始的神秘色彩，这正是西方人所没有的、所感兴趣的。于是这种扭曲被肢解的"想象性东方"，成为验证西方自身的"他者"，并将一种"虚构的东方"形象反过来强加于东方，使东方纳入西方中心的权力结构，从而完成文化语言上被殖民的过程。

德里克（Arif·Dirlik）认为，欧洲东方主义的认知和方法在二十世纪已经成了东方"自我形象的构成"和身份认同。在中国的异国形象研究中，研究者更多地集中在文化范围内，从对某种具有深远影响的"套话"清理到"文化政治"的研究。像孟华有关"洋鬼子"词源的探索，到西方人视野里的中国、中国人眼中的西方国家等。不论是从文学文化、从历史学和国际政治领域的探讨，我国学者注重国家间文化的影响，以及本国文化为异国形象形成所固有的限制。该领域的研究在我国出现虽早，却一直到近十年才有较多的讨论，其规模和深度都还有进一步拓展的前景。我国已经开始的该项研究中对深层文化的侧重符合于传统人文学科的所求，但该研究对文化现实的关注、对文化政治的关注，尤其是对如何吸收中国自身文化营养的关注，似还明显不足。同时，在中国讨论中国文学与欧洲的关系往往局限于欧洲东方学的框架内，一般是欧洲传教士和学者探讨中国文化与文学在欧洲的影响，或者欧洲文学中的中国形象问题，比如法学汉学家艾田柏

---

① ［美］爱德华·W. 萨义德：《东方学》，王宇根译，上海三联书店 1999 年版，第 2 页。

的《中国之欧洲》。而中国人的欧洲观念或者说中国文学中的欧洲形象则鲜有涉及的。现代中国作家大量的留学欧洲并写下了留学日记，笔下的欧洲形象实际上都隐含着运用"他者"视角，现代作家在文学创作中继续国民性批判和建设的时候，也多以欧洲文化来反思本国文化和文学。西方的中国形象研究属于形象学，该形象学也不属于比较文学或文学研究，而是属于比较文化或文化研究。比较文学形象学"过分"使用历史与文化分析研究文学文本，已经威胁到它的学科界限。①并且跨学科正在失去其学科立足点，造成所谓的"学科身份危机"，这完全是由学科规训下的观念误区造成的。

二　影响研究与跨文化传播学

从比较文学的角度看，形象学属于影响研究，而影响是有条件的，但也是文学交流中普遍存在的现象。特别中国现代文学的产生是一个"地方的和民族的自给自足和闭关自守状态"被"各民族的各方面的互相来往和互相依赖所代替"的时代，是"各民族的精神产品成了公共财产"的时代②。而近现代的中国，更是已经陷入世界资本主义的经济危机和世界无产阶级红色革命中。这种影响就更是明显和密切，当然与之伴随的变异亦是复杂的。文学研究中影响是比较复杂的，很多学者就将影响视为一种神秘的因素，正如布吕奈尔所说，"严格意义上的影响可以被确定为难以捉摸而又神秘的机理一样的东西"③。这是由于在影响——接纳这么一个过程中必然会有某种损失或者不恰当的理解，在接纳过程中必然会产生一些变异，而这种变异的机制尚未被完全了解，这也是影响研究常常被人所质疑的一个重要原因。特别是中国现代文学的影响研究更是复杂，因为涉及的因素很多，包括文艺思潮、时代思潮、作家等多方面因素。究其原因根本还在于很难有一个

---

①　周宁、宋炳辉：《西方的中国形象研究——关于形象学学科领域与研究范式的对话》，《中国比较文学》2005年第2期。

②　［德］马克思、［德］恩格斯：《共产党宣言》，见中译本《马克思恩格斯选集》第一卷，第255页。

③　［法］布吕奈尔：《什么是比较文学》，葛雷等译，北京大学出版社1989年版，第74页。

比较合理的解释模式①。其中一些中国学者认为："如果一种文化对另一种文化发生绝对的影响，只有在封闭的环境中才有可能。到了 20 世纪，整个中国文学文化就是在世界文学文化的整体格局中，中国本身就是存在于世界中的一分子，如果还是用考据方法，表面上很科学，实际上很不科学。影响研究产生的 18 世纪，交通尚不发达，所以会出现研究以欧洲为中心的文学贸易，这种影响线路图的研究方法已经过时，用它来研究 20 世纪中外文学关系时是很不可靠的。"②

按照马立安·高利克的说法，"影响就好像是来自作为发送者一方的一个刺激，这一刺激在作为接受者的文学中被'勾销'和'克服'"③。实际上，接纳影响的过程不仅仅是"克服"和"勾销"这么简单，有时还包括主动接纳的过程。

西方学者对于传播作过种种描述和解释，有的把它说成是"信息共享"，有的把它说成是"劝服影响"，也有的把它说成是"刺激反应"等等，这些都和影响研究相关。跨文化传播学最早也源于文化人类学，或者说是在对文化人类学批判的基础上发展起来的。文化人类学大体形成于 19 世纪中叶欧洲主义兴起的时候，也就是诞生于欧洲对文明社会与野蛮社会的区分前提之下。所谓文明社会就是欧洲，所谓野蛮社会就是欧洲之外的地域。比如德国的马勒茨克所提到的希腊人和非希腊人的区别，他认为海伦人（Hellene，古希腊人的总称）和野蛮人（Barbar，古希腊人对其他民族的贬称）之间的区分是严格的和不可更改的。海伦人是精英并优越于野蛮人的。希腊人占据着世

---

① 陈思和在《中国当代文学关键词十讲》中对影响研究，特别是在现代中国文学背景对考察单个作家所受影响的有效性和价值提出了质疑。他指出现代文学影响研究存在问题的两个原因：一个是缺乏系统的资料汇编和翻译研究研究；一个是中国现代文学研究中实证研究的不可靠性。而张哲俊在《比较文学的实证研究时代过去了吗?》，《中国比较文学》2000 年第 4 期对陈的第 2 个观点进行了置疑，经过讨论陈思和认为，大致上能用材料实证影响存在的有以下几个方面：作家，流派，时代。所以本文为了减少研究的范围和难度，较少具体作品分析，考察主要着眼于翻译介绍，以及欧洲文学思潮在中国三十年代特殊情境下的发展。所谓接纳和变异也主要指欧洲文学思潮和相关文化在中国的接纳和变异。

② 《"20 世纪中国文学的世界性因素"讨论会纪要》，《中国比较文学》2000 年第 2 期。

③ ［捷克］马立安·高利克：《中西文学关系里程碑》，伍晓明等译，北京大学出版社 1990年版，第 6 页。

界的中心，他们的习俗是评价和衡量其他低等民族的标准。在文学记载中，野蛮人是奇怪的、令人厌恶的、没有教养的、迷信的、愚蠢笨拙的、简单的、不合群的和没有法律的。野蛮人具有奴性并生性怯懦，感情无羁，他们是人性乖张、残暴和好武力的，是不忠实的、贪婪和饕餮的。从西方学科门类来看，文明社会的历史由诸如历史学、考古学、民俗学与社会学等部门承担，而针对非西方的野蛮民族则由人类学进行研究。正如前文所述，文化人类学家是服务于欧洲对土著文化的统治以及本国政治、经济利益的实现。从这个意义上讲，人类学最初只是"以文明自居的人类学家对于异族与异文化即所谓'野蛮'的认识"。而 20 世纪中后期，随着后殖民主义，解构主义的兴起，跨文化传播学对殖民主义时期以来的奠基于欧洲人类学基础上的思维方式进行批判。而且随着交通和通信技术迅猛发展，不同文化背景的人们之间的交往越来越频繁，在跨文化交流中，由文化差异造成的误解和冲突日益被人们意识到。在不同文化的互动交往中，尤其是人们试图跨越那些价值体系差异较大的文化进行沟通时，产生的误解就更大。这不仅给个人之间带来心理情感的隔膜和文化身份的疏离，而且还引起文化族群之间的关系失谐与冲突。在这种大背景下，如何高效率地与来自不同文化背景的人们进行交流，提高跨文化交流的能力，是社会现实向社会科学工作者提出的时代课题。1959 美国文化人类学家爱德华·霍尔的经典著作《无声的语言》出版，该书中首次使用了跨文化传播（intercultural communication）一词。他将跨文化传播定义为研究不同文化体系的社会个体或群体的信息传播和文化交往活动。①美国文化学者伍兹认为，文化的变迁事实上是采取四种方式进行的，渐变、发现、发明和传播。所谓的渐变就是从细微到重大、从局部到整体逐渐积累起来的，包括社会文化以及自然环境所引发的文化的变迁；发现则是对文化发展过程中被忽略的东西的重新认识，进行类似

---

① 传播学的跨文化传播与语言学中的跨文化交际如果从英语上看是一回事，都是" intercultural communication"，但如果从国内研究的成果看，又的确是不同的领域。跨文化交际重视的是语言教育，而跨文化传播重点研究的是传播的过程与手段。

福柯的知识考古之后而产生新的认识的过程；发明则是在基本没有明显预示的情况下，对现在所有的文化、自然环境进行所谓的"偶然性并置"而产生的崭新的变化；传播则是纯粹外来的东西通过自然的或人为的手段为现在的文化主体所接受，从而引发文化的变迁。在文化发展中，这四种方式实际上是错综复杂的，所以考察文化与文学的传播问题并不是一个线性的，完全可进行数量统计的问题。因此，像法国学派影响研究的那种账本式的研究理所当然受到挑战。

三 走向跨文化传播与对话的 "中国—欧洲" 文学研究

按照爱德华·霍尔的观点，跨文化传播（Intercultural Communication）是一种伴随人类成长的历史文化现象，也是现代人的一种生活方式。实际上，人类发展的历史就是文化传播的历史。人类历史史表明，人类在生产物质生活的同时，就开始生产精神交往的需要，如远古的洞穴壁画、结绳记事等，可看做是人类早期精神交往的凭证。按照马克思的观点，人的历史是从生产物质生活本身开始的，是在人的物质联系中演进的，但由于人在物质生活的生产中同时生产着人的精神交往需要，故而人在物质联系中不断地产生出精神联系。因此，随着生产力的普遍发展，人的普遍交往也建立起来，以致狭隘地域性的个人为世界历史性的、普遍的个人所代替。特别是工业革命后，生产力和社会分工的普遍发展带来了各民族的普遍交往，并把人们推到了这样的历史场景之中：每一个人的需要的满足都依赖于整个世界，跨地域、跨文化的相互了解、相互交流有助于开放自我、开放社会，从而更好地实现人的需要的满足。显然，从历史的层面上看，跨文化传播根植于人的普遍的物质交往和精神交往需要。传播是人的天性和文化特质，在人所处的环境中，存在着宇宙生命时空结构、自然资源结构、实践工具结构、媒介结构和社会关系结构。这些结构构成了人活动的客观基础。而人的活动就是在实践行动结构、认知结构和文化传播结构中展开的，[①] 所以，人类的生存和发展也离不开文化传播。

---

① 参见吴予敏《多维视野》，北京大学出版社 2001 年版，第 9 页。

跨文化传播理论发展过程中出现许多课题，比如传播中的文化变异性理论（theories of cultural variability in communication）、侧重跨群体/跨文化有效传播的理论（inter-group/intercultural theories focusing on effective communication）等等，这些对比较文学研究都有价值。而本课题则会借鉴有关调适（accommodation）、身份管理（identity management）、对新文化的适应/调整（acculturation/adjustment to new cultures），以及跨群体/跨文化传播等相关方面的理论。Hecht 等人（2005 年）建立了有关身份的传播理论（CTI）。Hecht 认为，"在所有的社会生活中都存在着异端与冲突……而这些异端的各个方面在所有传播的过程中体现出来"①。Hecht 认为身份是一种"传播过程"，身份相对稳定而又不断变动，应该在信息交换的语境中加以研究。

同时在跨文化传播学的发展过程中，建立了一系列的传播模式。传播学模式从最初直线模式（拉斯维尔模式，香农—韦弗模式），渐渐发展到循环和互动模式（如奥斯古德与施拉姆的"循环模式"，德弗勒的互动过程模式等）。直线模式在阐述人类的社会传播过程之际具有明显的缺陷：一，容易把传播者和受传者的角色，关系和作用固定化，不能发生角色的转换；二，直线模式缺乏反馈的要素或环节，不能体现人类传播的互动性质。正是在认识到直线模式的这些局限性，施拉姆、德弗勒等传播学者才开发出了其他类型的过程模式。这些模式也可供比较文学影响研究借鉴。霍夫兰认为要从最广的范围内来观察传播的全过程，把整个过程分为传播者的变异——渠道的变异和接收者的变异来着手。这实际是一种从微观和宏观两方面来把握转播的研究方法。

对于中国与欧洲文学关系的研究，我们可以考察传播的主体（留学与旅欧人员），媒介（考察主要着眼于翻译介绍），以及传播的结果（包括直接写出来的游记等，以及小说等作品）。与欧洲文化本身发展

---

① Hecht, M. L., Collier, M. J., & Ribeau, S. (1993). *African American communication: Ethnic identity and cultural interpretation*. Newbury Park, CA: Sage. p. 76.

的矛盾性和动态性一样，近现代中国文学与欧洲关系史也以立体的动态和多元因素的互动为表现形式，任何只截取其中一两个现象进行孤立和静止研究而完全撇开时空上的内在联系的做法都是不可取的，欧洲同一思想，或者文艺思潮，作家在近现代中国不同阶段，不同接受群中间产生的影响也是存在差异的。探讨的中国文学的欧洲形象并不仅仅局限于近现代中国，通常会将它与五四时期相对照，甚至追溯到更远。有些同是欧洲文化的问题，但不同派别、不同立场的人的看法也会存在不一致。所以关于欧洲文化在近现代中国的交流，可以建立如下模式①：

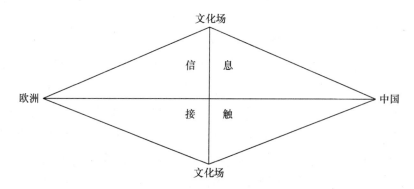

在欧洲与中国如同两个文化旋涡（文化场），要研究欧洲文化和文学在中国传播，实际也就是考察两个文化场之间信息传播和接受的过程及其结果。在信息传播这个过程中，我们可以考察下面几个媒介：留学与游学欧洲人员，译介书籍，游记文章；至于信息传播的结果则重点考察了文学作品中流露出的欧洲思想和观念。最后在考察整个信息传播接受的过程以及结果的基础上分析欧洲如何作为一个他者参与建构中国文学与中国民族身份的。

最后要补充一点的是，在上图模式中，发送和接受应该不是单纯的线形过程，而是存在一个反馈和交流的过程（这个模式对于考察较长历史时期中欧文化交流可能更合适，但中西文化传递是存在不对称

---

① 本模式实际是对雅克布逊的文化交流模式和霍夫兰的跨文化传播模式的结合。

性和不平衡性。在 18 世纪前，中国影响欧洲要多于欧洲，而近现代则更多是欧洲影响中国，赵毅衡曾把中西文化传递的不对称性和不平衡性称为文化交流的"双单向道"）。到了 20 世纪，中西方之间，南方和北方之间经济和人文交流进一步加深，互相之间不仅有影响，也都寻求对话和理解，双向对话和交流已经成为一种趋势。20 世纪人类社会的特征之一就是文化传播对人类社会和人类生活的全面渗透，特别是随着世界联系的紧密，随着中国进一步的纳入世界经济体系，西方文化和文学在中国得以进一步深入传播，与此同时，西方也寻求理解和认识中国，同中国开始对话和交流。

四　跨文化传播与文化利用

　　跨文化传播和对话中一个普遍存在的问题就是存在误读，以及误解。在很大程度上，这些误读其实与跨文化对话中的文化利用有关。文化利用这一概念，是史景迁在《文化类同与文化利用》中提出的。他认为欧洲哲学家和思想家对中国文化的态度实际上是一种文化利用，那些作家和思想家对中国文化的兴趣实际与中国现实本身无关。"大多数作家都是在他们感到所处的文化前途未卜的时候开始研究中国的。对于那些深怀不安全感和焦虑感的欧洲人来说，中国在某种程度上成了他们的一条出路或退路"。① 比如 18 世纪启蒙主义时期，孟德斯鸠把中国看成是高度法治的专制政体。揆内（Francois Quesnav）说《论语》都是讨论善政、道德及美事的内容，"此集所载德行原理之言，胜过希腊七圣之语。"② 伏尔泰则把以孔子为代表的儒家伦理道德看作是一种理性力量，并希望欧洲能拥有这种理性的力量来反对宗教神权；另外一些哲学家，比如赫尔德则认为中国是一具周身涂满香料的木乃伊，描绘着象形文字，并且用丝绸包裹着，就如冬眠的动物一样，体内血液已经停止。法国哲学家孔多塞将人类精神发展分为十个阶段，

---

　　① ［美］史景迁：《文化类同与文化利用》，缪世奇、彭小樵译，北京大学出版社 1997 年版，第 186 页。

　　② ［德］利奇温：《十八世纪欧洲与中国的接触》，商务印书馆 1962 年版，第 94 页。

而中国还只处于第三个阶段，中华文明停滞在人类历史进步的入口，"科学竟至沦为一种永恒的卑微"。① 黑格尔更是将中国置于世界历史的"史前期"。这些思想家把中国作为一个古老停滞的文化形象，将中国作为一个否定的"他者"，欧洲正是通过否定中国这个"他者"，从而"确立了欧洲与东方在空间与时间上的'等级'差异，这种'等级'构筑了欧洲对东方的权利秩序观念，并为欧洲资本主义经济政治扩张准备了意识形态的条件和基础。"② 正如史景迁所言，"中国在很长一段时间内一直是作为一个'他者'出现的，而它的有用之处或许也正在于此"。③

反过来文化利用这一理论也可以适用于中国社会对欧洲文化接受上。在晚清以前，欧洲对于中国，只是西夷和野蛮之地，是作为彰显天朝帝国作为世界中心地位的"他者"而存在的。到晚清之后，中国的中心地位完全被欧洲打破，天朝帝国的迷梦破灭了。到五四时期，欧洲成为"现代性"的象征，是作为一个进步的、先进的"他者"而存在的，是落后中国全面学习的对象。正如马泰·卡林内斯库（Matei Calinescu）所界定的欧洲资产阶级观念的现代性："它延续了现代思想史早期的卓越传统：进步的信念，坚信科学技术造福人类的可能性，对时间的关注，理性的崇拜，限于抽象的人道主义体系内的自由理想，还有实用主义取向，以及对行动和成功的崇拜等，所有这一切在不同程度上都和渴望现代的斗争密切相关，它们作为中产阶级所确立的成功之文明中的核心价值观而充满活力。"④ 这种现代性的追求可以说是促进欧洲文化和思想在中国五四传播的主要驱动。现代化对于中国知识分子来说，一方面是寻求富强以建立现代民族国家的方式，另一方

---

① ［法］孔多塞：《人类精神进步史表纲要》，何兆武、何冰译，生活·读书·新知三联书店 1998 年版，第 36 页。

② 高鸿：《跨文化的中国叙事——以赛珍珠、林语堂、汤亭亭为中心的讨论》，上海三联书店 2005 年版，第 150 页。

③ ［美］史景迁：《文化类同与文化利用》，缪世奇、彭小樵译，北京大学出版社 1997 年版，第 187 页。

④ Matei Calinescu, *Five Faces of Modernity*, Durham: Duke University Press, 1987, pp. 41 - 42.

面则是以欧洲现代社会及其文化和价值为规范批判自己的社会和传统的过程。因此，中国现代性话语的最为主要的特征之一，就是诉诸"中国/欧洲"、"传统/现代"的二元对立的语式来对中国问题进行分析。其实对前一种现代性的攻击已经是来自四面八方了。迈克·费瑟斯通（Mike Featherstone）认为，"从后现代主义的观点来看，现代性已被视为导致了将统一性和普遍性观念强加于思想和世界之上的探索，现代性将不会是普遍化的。这是因为现代性既被视为欧洲的规划，又被视作欧洲价值观向全世界的投射。事实上，现代性使得欧洲人可以把自己的文明、历史和知识作为普遍的文明、历史和知识投射给别人。"[①] 从后殖民主义来看，五四启蒙建立起来的中国现代性话语需要重新审视。中国的后殖民批评将发源于欧洲的"现代性"视为一个在欧洲特定空间中发生并对第三世界扩张的产物，认为欧洲现代性启蒙话语包含殖民话语，在欧洲不断地辩证式地重新肯定和重新中心化的过程中，东方作为失败的自我意识，而欧洲则作为一种自信的自我意识而存在；东方也是欧洲在构成有识主体（knowing subject）的过程中所需要的对象。因此，东方被要求提供无穷无尽的一系列奇怪异常的东西。五四启蒙在引进现代性话语的同时也引进殖民话语，并对自己的文化传统采取粗暴的简单否定的态度。"五四"以来中国现代性最重要的表征，就是将自己的文化传统"他者化"。[②]

实际上，现代中国也还存在另一种现代性的方案，主要是源于二十年代中后期兴起的社会主义和民族主义，但它仍主要是社会革命的现代性方案。它虽然不是卡林内斯库所说的那种审美的现代性，但它也是激进、先锋的，它构成了中国特有的情境。在中国这样一特殊情境中，也导致了对欧洲文化与文学现代性层面的反思，原有来自欧洲

---

① Mike Featherstone, *Undoing Culture*：*Globalization*，*Postmodernism and Identity*，London：Sage，1995，p. 10.

② 中国后殖民批评是在杰姆逊"第三世界文化理论"和萨伊德"东方主义"思想的影响下，于 20 世纪 90 年代初形成的。参见张颐武《"现代性"的终结：一个无法回避的课题》，《战略与管理》1994 年第 3 期；张法、张颐武、王一川《从"现代性"到"中华性"——新知识型的探寻》，《文艺争鸣》1994 年第 2 期；张宽《文化新殖民的可能》，《天涯》1996 年第 2 期。

的思想和文学思潮被利用、引申、误读或者曲解用以适应和解决中国当时的问题。这样，来自欧洲的思想和文学就出现了变种或者混杂，从而丧失原有的一致性而发生变异，也使得发轫于欧洲的现代性成为中国自身的现代性问题。所以我们考虑欧洲现代性在中国的传播和变异时候，要保持清醒的"中国现代性问题"意识。下面我们具体来看来自欧洲的人道主义、启蒙精神在中国如何被利用，以及发生变异的。

强调欧洲关于中国的表述的"形象"性或"幻象"性，则具有解构的意义。"我更关心中国现代文化中的'思想殖民'问题。现代以来西学东渐，我们似乎已经无法思考中国，除非在欧洲的中国观中思考，从历史到现实。比如说，中国历史停滞、中国封建专制、中国的国民性、中国的现代化发展道路等等，诸如此类的观点，都是在欧洲的中国话语中发生与交换的。①"异国形象是在四种跨文化传播模式中生成，而其中主客体间（中国与欧美、日本、苏俄等）互动中又会产生四组（8种：自信/自卑、平和/焦虑、羡慕/厌恶、接受/排斥）不平衡的文化态度和心理。在异国形象传播的不同模式中，传播主体和客体在"自我"与"他者"之间存在着不同的文化态度。包括：妖魔化与天使化、乌托邦与反乌托邦、全盘西化与自我东方主义、文化中心主义与相对主义等。

自晚清"睁眼看世界"以来，西学东渐日盛，"拿来主义"成为我们接受欧洲文化和理论的基本态度。这种开阔的视野和胸襟使得中国社会很快从传统走出而与欧洲接轨。异国形象的生成与跨文化传播中主体间性的关系密切，"主体—客体"在形象传播与生成中的交流最终会影响和决定这些心理因素。比如晚清国人以矛盾的心态看异国：一方面欧洲是野蛮侵略者形象；另一方面，国人认为其优点可以修补残破的中华文明。总体来看，晚清异国形象反映出国人建构新秩序的功利心理和难以舍弃的民族情感；"五四"时期主要以全面接受的态度面对他国，当时的知识分子在浪漫化异国的同时，也开始认识到各国的

① 周宁、宋炳辉：《欧洲的中国形象研究——关于形象学学科领域与研究范式的对话》，《中国比较文学》2005 年第 2 期。

矛盾；但也正是这种态度使得以"欧洲"为代表的欧洲一直为中国新文化运动先驱们借以参照的蓝图。除此之外，如何认识以"欧洲"为代表的欧洲，始终是中国文学与文化建设主要资源，是中国走向现代化的知识背景。这种以欧洲为楷模，以欧洲作为文化先锋代表的态度使得中国学界形成一种惟西学是瞻的价值准则。

实际上，这种"言必称希腊"的传统形成是与19世纪以来欧洲殖民主义扩张中建立起来的权力话语相关。在这种强势话语下，我们中国所认识的欧洲只是欧洲中心主义者权力话语制造出来的。反过来，我们所认识的中国往往也是欧洲东方主义建构出来的。在某种程度上，甚至可以说20世纪中国文化与文学的发展就是自我东方主义化的过程，我们几乎一直是在欧洲知识和欧洲的中国观中思考和认识自身，从历史到现实。比如说，中国历史停滞、中国封建专制、中国的国民性、中国的现代化发展道路等等，诸如此类的观点，都是在以欧洲为代表的欧洲的中国话语中发生与交换的。所以我们必须对中国知识界的这种"自我东方主义"进行反思。

从汉唐到清初，中国人都是以中央帝国的角度看待整个外部世界的，但晚清到五四，中国传统的"天下"秩序崩溃之后，已失去自身理解世界的观念模式，它所进入的有关世界秩序的话语系统完全是以欧洲为代表的欧式的，不仅包括欧洲文明自身的知识与价值，还包括欧洲的"中国形象"。这样，中国在欧洲话语中心话语系统中完成的文化认同，很可能认同的不是中国文明自身，而是欧洲的中国形象。

中国人对欧洲的认识与对外战争失败以及民族危机的加深有紧密关联。对外战争每失败一次，对欧洲的认识亦深化一次，引进的内容也深入一层。同时民族的危机感，民族认同感也加深一层。20世纪三四十年代中国知识分子是以世界的眼光，较平和的心态看异国。从20世纪30年代的留学、译介，以及游记中都可以看出当时的中国是更加开放，或者说更大程度上被纳入到资本主义的世界体系中去了。当时中国知识分子对欧洲文化的认识也是更趋深化和丰富，但同时也受到欧洲中心主义建立的权利话语桎梏。欧洲形象在30年代也出现多样性的特点，这种多样性的欧洲形象，一方面是欧洲本身的复杂和欧洲中心主义制造出来的；另一方面更是 30 年代中国当时社会不同矛盾层面的投射。比如 30 年代开始出现本位文化论，甚至一些更激烈的保守主义倾向，但这种保守主义并不是要返回晚清时期的所谓"中学为体，西学为用"，他们批判欧洲但并未丑化欧洲；至于所谓的"全盘西化"者，他们那种从欧洲返回中国问题的理论探索路径和文化普世主义态度也是一种开放进取的时代精神，是敢于越出"自我同一性"的樊笼，在"他者"中最大限度地"失掉自我"，以便最大限度地收获更为丰富的自我规定的勇气和信心。从黑格尔《精神现象学》来看，此自我意识发展的辩证坦途，有利于破除思想界幻想性氛围，从而为当时甚至以后中国民族身份的建构提供批判意识和知识准备。同时也推进了对外在世界的全面认识和自身文化的建构。而正是从他者文化认识的不一致和复杂性总体看来，中国人对异国的认识是不断发展和深入的，中国人对欧洲的认识，经历了一个从天朝帝国的角度看欧洲，到五四时期从欧洲的角度看欧洲和自己，到 30 年代后重新从自己的角度看欧洲和自己的过程，再到 40 年代从人类的高度看欧洲和中国自己。总之，欧洲作为一个文化"他者"，其形象也是在中国文化身份的建构过程中，不断变化和建构的。

历史诗学的叙事与意识形态分析

——从海登·怀特到詹姆逊

20 世纪 60 年代末以来，史学研究发生了巨大变化。过去习惯的那种静止的、结构的、进步的、宏大的历史观念越来越遭到质疑，学界开始强调多样的、随机的、相对的、能动的历史观念。在法国和美国等国家，一批历史学家不满足于现行的经济、社会与文化这种固定的历史研究模式，他们在结构主义，特别是后结构主义理论的指导下，吸收了社会学、人类学、符号学等学科的研究方法，逐渐发展和形成了一种新的研究范式。他们将此称之为历史研究的"语言转向"或"文化转向"，这就是历史诗学提出的背景。海登·怀特在 1973 年出版的《元历史：19 世纪欧洲历史学的想象》是最早最集中阐述后现代主义历史观和史学理论的著作。所谓的元史学就是跳出历史事实的研究，而在历史话语的层面，探讨历史话语的本质、历史话语与文学话语的关系等史学理论的总和。怀特的《元历史·导论》的副标题即为"历史诗学"，它表明任何历史都是一种历史哲学而任何历史哲学又都是一种历史诗学。历史诗学为海登·怀特首创，而杰姆逊又从叙事，以及马克思主义意识形态等角度将这一概念进一步发展。

一 历史的叙事化与叙事的历史化

在传统意义上，西方文学理论家认为历史讲实事，小说讲虚构。传统的历史诗学在史学与文学的叙述话语之间设定了一个不成文的相对界线：历史是"真实"之再现，而文学话语则以想象和虚构为基本特征；前者构成文学的"历史背景"或"语境"，后者则是前者的"前景"或"反映"；前者充当认知性的"知识"，后者则承担审美的或道德的"教化"。在这点上，詹姆逊和海登·怀特都打破传统观点，他们都把历史作为一种叙事。

在《元历史》（meta-history）中，怀特把历史学的解释划定为四种不同的比喻，着重探讨历史意识、历史表述的深层结构以及历史的学科价值问题，剖析历史文本背后的那个先于批评的"潜在深层结构"，即人们用来说明历史阐释之本质的认识范式，认为这个结构是"诗性的"和"语言的"（它因本质上属语言阐释而具有一切语言构成物所共有的叙事性）。进而怀特在《话语转义论》（tropics of discourse）考察了编年纪事与故事、情节编排与比喻类型的关系，他不再将"转义"及"比喻"视为对某种历史编纂学风格的命名，而将之上升为历史话语的本性，认为历史话语与文学话语有着共同的虚构性质，"历史的语言虚构形式同文学上的语言虚构有许多相同的地方"①。怀特承认历史是科学，是恰如其本然地叙述发生过的事，真实性、客观性是历史编纂最重要的要求，实录是其最基本的原则。但他认为历史又是艺术，历史的重心是人的行事及其所作所为，历史叙事和小说叙事都要阐明一个时间系列开始的局面怎样导致该时间系列终端的不同层面。讲故事的叙事体是历史学最基本的体例，因而与文学叙事一样共享着作为叙事形式的众多成规。尽管历史编纂者极其谨慎地把握历史话语，尽可能地符合客观与真实，但话语并不等于历史本身。怀特则认为历史事件只是故事的因素，历史学家可以对其情节进行随意的编织，像小说和戏剧中的情节编织技巧所做的那样，"通过压制和贬低一些因素，以及抬高和重视别的因素，通过个性塑造、主题的重复、声音和观点的变化、可供选择的描写策略，等等"以使其变成故事。这样，"多数历史片段可以用许多不同的方法来编织故事，以便提供关于事件的不

---

① ［美］海登·怀特：《作为文学虚构的历史文本》，载张京媛编《新历史主义与文学批评》，北京大学出版社1993年版，第163页。

同理解和赋予事件不同的意义"。① 他认同弗莱所说的，当一个历史家的规划达到一种全面综合性时，他的规划就在形式上变成神话，因此接近结构上的诗歌。历史家的任务不应该只限于对事件作流水账式的罗列，或对某一个或数个特定事件的意义进行分析，更重要的是研究事件发生的来龙去脉，或是在众多孤立事件之间建立起某种关系，或是从混乱而无条理的现象中找出某种道理和意义。所有这些活动都牵涉到观点的运用，情节的安排，人物的描写，是史家"以心同物"的结果，都有主观因素的介入。怀特的理论建构中，历史叙事由此赋予了"虚构的"或"隐喻的"特征。《比喻的现实主义》（figural realism）试图阐明比喻语言如何忠实地指涉现实，又何以比一般所说的直白习语或话语模式更具效果的问题，认为"直白语言与比喻语言之间的区别完全源自习俗惯例，因而应将这种区别联系于其所自出的社会政治语境来加以理解"。②

所以，詹姆逊认为怀特和那些宏大叙事史学家有所不同。一方面，他对历史话语的分析性毫无兴趣，这一点使他和巴特费尔德采用的方式区分开来；另一方面，怀特的历史著作也找不到我称之为对历史客体研究对象的叙事分析。这种分析方法是从普洛普，列维—施特劳斯，一定程度上还到格雷马斯就存在的传统。这种方法侧重于理顺历史事件本身，着重历史而非话语的。怀特则着重研究象征、语言，研究人们在社会中所形成的"形象"，以及这些"象征"被赋予意义的叙事方式。在这点上，詹姆逊是非常推崇怀特的，但他又同怀特等人有着很大的区别。

这种区别在于，詹姆逊强调历史叙事的同时，更强调叙事的历史化。杰姆逊提出，"历史本身在任何意义上不是一个本文，也不是主导本文或主导叙事，但我们只能了解以本文形式或叙事模式体现出来的历史，换句话说，我们只能通过预先的本文或叙事建构才能

---

① ［美］海登·怀特：《作为文学虚构的历史文本》，载张京媛编《新历史主义与文学批评》，北京大学出版社 1993 年版，第 163 页。

② Hayden White. *Figural Realism：Studies in the Mimesis Effect*. Baltimore：The John Hopkins University Press，1999，p. VII.

接触历史"。① 詹姆逊并不认为历史仅仅是文本，他对新历史主义的语言学转向作了批判，他指出它们彻底否定文本与政治、经济、宗教、伦理等的联系，抛弃文学文本的社会价值和历史内涵，而只是将文本的语言、结构作为文本的中心和灵魂，把语言视为无所不包的认识模式，这样也就不可避免地陷入了"语言的牢笼"。在詹姆逊看来，语言既不等于又不能取代历史，语言与历史的关系应该是语言与实在的关系，历史作为一种"实在"是产生一切语言和符号体系的基础。既然语言和符号体系都不能排斥历史而成为自律的存在，那么由语言构成的文本也就更不能成为抛弃历史的绝对自律的封闭体系了。所以他坚决主张的历史的叙事化事实上是叙事的历史化作用的结果。"历史化"，或者说，"始终历史化"，是《政治无意识》落笔伊始的头一句话，也是贯穿其始终的一个中心原则。就历史与叙事的关联而言，"叙事正是历史本身的自我意识的呈现"。他不满于结构主义者对历史极端的蔑视，认为历史并非完全是文本，尽管历史是在叙事的喻说中呈现，并总是伴随着修辞和阐释，但是"这些方法和技巧本身便是历史性不可扭转的，我们并没有随意构造任何历史叙事的自由"②。叙事，詹姆逊将之称为提供一种"幻像"（illusion）的行为，是对现实中问题的一种想象态的解决。单纯就叙事而言，它是完整统一，甚至和谐的。但是，这种和谐都含有一种意识形态性。叙事活动就是致力于令人相信它所提供的事件就是现实。如《水浒传》，它有限度地批判现实，为梁山聚义寻求解释；又毫不犹豫地维护现实，为招安寻找解释。这样，从起义到招安到失败，这个过程就不再是一种历史的断裂，而是一个可以把握的整体。由此，我们找到《水浒传》的症状（symptom）：叙事中宣扬与流露的矛盾——作者有意宣扬一种文化，文本却在无意识地流露着相反的情绪，造成这种结果的原因就是历史（化）。同时他进一步强调指出："历史不是文本，不是叙事，无论是宏大叙事与否而作

---

① ［美］弗雷德里克·詹姆森：《马克思主义与历史主义》，载张京媛编《新历史主义与文学批评》，北京大学出版社 1993 年版，第 19 页。

② ［美］弗雷德里克·詹姆逊：《拉康的想象界与符号界》，载《批评理论和叙事阐释》，中国人民大学出版社 2004 年版，第 107 页。

为缺场的原因（Absentcause），它只能以文本的形式接近我们，我们对历史和现实本身的接触必然通过它的事先的文本化（textualization），即它在政治无意识中的叙事化（narrativiation）。"① 所以在詹姆逊那里，叙事的历史化始终是与政治无意识密切相关的。

二　历史叙事的真实性与意识形态性

怀特历史诗学是关于历史的"诗性"问题的理论，它涉及历史及"历史修撰"的转义性、文本性、真实性以及意识形态性等，其理论基础主要有两点：

首先，将历史与"诗性"相联系。从历史上看，维柯是最早从"诗性"的角度将历史与文学关联起来的，他认为原始的历史是一种"诗性"历史。他提出了四种基本转义格：隐喻（基于相似原则）、转喻（基于邻接原则）、提喻（基于部分从属于整体的关系）和反讽（基于对立性），并将它们与人类文化史的各个阶段对应起来，发现了语言与现实、意识与社会之间的辩证关系以及文化史深层之"诗性"。怀特承继其"四重"转义学说并将之从人类文化史引向普遍的历史叙述领域，进而发现历史话语也受这些转义模式的制约，故历史的本性也是诗性的。这个诗性结构是潜在的和先于个人反思批判的，历史学家只能在这些转义格中做出选择，而无法在它之外叙述历史。历史话语与文学话语共同奠基于这个诗性结构，因而其间并无本质区别。所以怀特提出历史不具备特有的主题，历史总是我们猜测过去也许是某种样子而使用的诗歌构筑的一部分。这样，传统上归于文学话语本性的诗性就代替了真实性或客观性而成为历史话语的基础，甚至在"事件"层面，真实与虚构间的界限也瓦解了。

其次，怀特认为历史修撰总会涉及修撰者的意识形态倾向。曼海姆在《意识形态与乌托邦》中概括了19世纪和20世纪的政治和社会潮流中有代表性的"五种理想类型"。怀特将之重新合并以后提出了四

① ［美］弗雷德里克·詹姆逊：《政治无意识》，王逢振等译，中国社会科学出版社1999年版，第26页。

种基本的意识形态立场：无政府主义（否认制度和权威对人的用处）、保守主义（极力维持现状）、激进主义（要求改变和瓦解现状）和自由主义（相信人的善良和理性以及由此而建立的权威）。这四种立场并不是特定政党的标识，而是一般意识形态倾向。它包括对社会学科之科学性的态度、对人文学科的看法、对社会现状及其改造可能性的观念、对改变社会的方向及手段的构想以及历史学家的时间取向，等等。历史学家在选择特定叙述形式时就已经有了意识形态取向，所以他给予历史的特定阐释也必定携带着特定的意识形态含义。

基于此，怀特对历史叙述的"科学地位"提出质疑，认为历史不是"科学"，而是每种意识形态争取以科学名义把自己对过去和现在的一得之见说成"现实本身"的重要环节。这样，怀特就将话语深层的"转义性"与解释活动不可避免的"意识形态性"联系起来了。[①]

叙述结构模式	论证模式	意识形态的表现模式	喻说格
传奇、抒情诗	形势型	无政府主义	隐喻
悲剧	机械型	保守主义	转喻
喜剧	有机型	激进主义	提喻
讽刺剧	文本型	自由主义	反讽

这个总体对应图式显示，转义模式是其他三个四重结构的基础。但任何一个模式中的任一因素并不是与其他模式的任何因素随意相容的。这种同质关系并不总是一一对应地出现在具体历史著作之中。当我们试图确定四个"主要修辞格"（隐喻、转喻、提喻和反讽）和其他几组变量（弗莱的情节化、情节设置、叙事结构（emplotments），派柏主义者的世界假说和曼海姆的意识形态类型）之间的确切关系的时候，这成为一个悬置的问题，因为这些修辞格可能还会增加另外的变量系统到这本已复杂的类型学。在如上对应图式基础上，怀特得出结

---

① ［美］弗雷德里克·詹姆逊：《詹姆逊文集——新马克思主义》第1卷，王逢振主编，中国人民大学出版社2004年版，第194页。

论：不可能有什么"真正的历史"，任何历史都是一种"历史哲学"。历史修撰的模式实际上是对模式存在之前就已存在的"诗性洞察力"的形式化。人们没有理由宣称某种模式比其他模式更具"现实的"权威性。人们在试图反映一般历史时，总是在互相竞争的解释策略之间做出选择，而选择的最终理由与其说是认识论的，不如说是美学的或道德的。这样，历史话语的最终依据让渡给了传统的"文学话语"。

从怀特的这个模式可以看出，历史写作与文学写作有许多类似的过程。詹姆逊也认同对文本的意识形态分析。以小说为例，西方的长篇小说是资本主义时期出现的一种叙事体裁，同时，它又是以往时代各种叙事形式如神话、史诗、民间故事、传说、史书等等的综合体。这些以往的形式因素分别携带着原始社会、封建中世纪、资本主义初期的各种意识形态信息，因此，一篇小说文本可以看成不同意识形态信息的集结地。然而詹姆逊认为怀特的组合方式存在问题，即便我们合并世界观和意识形态两个相关层面，但由原型组成的变量系统仍然有十六种不同逻辑可能的合并关系存在。如果我们保持这三个系统的相互分离，可能性上升到 64 种；如果那四种修辞格也作为第四套变量（而不是作为它们合并的某种基层结构的话），那最终可能性多得令人惊愕的程度，这表明此种方法的某些地方存在问题。那么在编撰历史时候为了增加叙述的多样性，就有可能任意将因果关系硬套。

詹姆逊进而指出怀特这个模式最大的问题在于对历史真实性的否定以及其不可避免的历史循环论。维柯还将这四重喻说依次与神的时代、英雄的时代、人的时代、颓废与死亡的时代四个历史分期一一对应起来，认为它们各自都是逐次发展、阶段共存而又循环的。这里有明显的历史循环论的影子，不足也是明显的。比如，他只注意到认识在喻说的发生过程中的作用，而未能解释喻说如何参与认识的问题；再比如，他的喻说格与历史分期的对应论，缺乏必要的论证，更多的只是一种理论敏感和直觉。另一位后现代主义学者汉斯·柯尔纳（Hans Kellner）在《语言和历史表征》中也看到了叙述体所带来的问题，既然史学只是一种解释，那么为什么历史学家不愿采用文学比喻的方式使历史的演变活动变得更容易让人理解呢？那么是否存在历史真实的问题？

　　恩格斯曾经如此表述了著名的历史"合力"论："历史是这样创造的：最终结果总是从许多单个的意志的相互冲突中产生出来的，而其中每一个意志，又是由许多特殊的生活条件，才成为它所成为的那样。这样就有无数互相交错的力量，有无数个力的平行四边形，而由此产生一个总的结果，即历史事变，这个结果又可以看作一个整体的，不自觉地和不自主地起着作用的力量的产物……各个人的意志——其中的每一个都希望得到他的体质和外部的，终归是经济的情况（或是他个人的，或是一般社会性的）使他向往的东西——虽然达不到自己的愿望，而是融合为一个总的平均数，一个总的合力，然而从这一事实中决不应作出结论说，这些意志等于零。相反地，每个意志都对合力有所贡献，因而是包括在这个合力里面。"① 恩格斯简练地描述了历史结构的形成，尽管如此，人们还未曾看到哪一部史学著作完整地再现了这种结构，理由很简单：人类没有如此宏大的叙述话语，没有哪一种叙事话语能将参与历史地所有因素一网打尽，所以如何叙事某种程度决定历史的真实性问题。对于怀特元历史对历史真实的解构，詹姆逊重申了马克思和恩格斯的观点，"而我们自己仍然必须拒绝承认历史是会重演的，我们必须坚信元历史中的循环景象作为一个整体来看是只一种视觉幻象，这种幻象是由一系列现象——历史学和历史理论——自动发生作用所产生的。而且这种自动作用本身并不完全，只有当它重新融入文化社会历史的整体中去时，它才能被具体地理解。"② 他认为现在是读者再一次仔细思考马克思和恩格斯在《德意志思想体系》中提出地重要警告的时候了，也就是道德，宗教，形而上学，所有其他的意识形态和与之相应的意识形式不再保有独立的外观。它们没有历史，没有发展；但是人在物质生产和物质交流的同时，改变了他们真实的生存形式，改变了他们的思维以及他们思维的产品。

----

　　① ［德］恩格斯：《致约·布洛赫》，载《马克思恩格斯选集》第 4 卷，人民出版社 1972 年版，第 477—478 页。

　　② ［美］弗雷德里克·詹姆逊：《詹姆逊文集——新马克思主义》第 1 卷，王逢振主编，中国人民大学出版社 2004 年版，第 203 页。

所以，詹姆逊是坚持马克思的历史唯物主义的。首先是对生产方式这个历史范式的重新阐释，詹姆逊在方法论上强调以马克思主义为主导符码。《政治无意识》一书中提出了三个不同层次的语境：一个是社会历史的层面，一个是阶级间的互动关系，最后是生产方式，这是最大意义上的语境，作为他历史主义的框架。他说："马克思主义阐释学比今天其他理论阐释模式要具有语义的优先权。如果我们把'阐释'理解为'重写的运作'（a rewriting operation），那么我们可以把所有各种批评方法或批评立场置放进最终优越的阐释模式之中。文化客体按照这些阐释模式隐喻地重新写过。"① 这里所说的"最终优越的阐释模式"，无疑是指马克思主义模式，它优越于结构主义、心理分析、存在主义、现象学等等模式。詹姆逊所提倡的马克思主义阐释模式是指"生产模式"。因为"生产模式的概念制定出一个完整的共时结构，上述的各种方法论的具体现象隶属于这个结构。也就是说，当今明智的马克思主义不会希望排斥或抛弃任何别的主题，这些主题以不同的方式标明了破碎的当代生活中客观存在的区域"。② 这番话表明詹姆逊试图在广泛吸纳诸种研究方法的前提下，以"生产模式"作为统摄性的主导符码。这个主导符码优越于其他阐释方式的地方是它以整个社会为研究对象，而不是以某种表述形式为依据。他认为"生产方式"并不是那种令人生畏的"总体系统"，它包括种种对立的力量和自身产生的一些新趋势，既有残存的成为也有初生的力量，具体来说，要注意区别出在考察历史事件，引起更广泛的阶级和意识心态的冲突，传统和关注非个人的社会—经济系统等层面。詹姆逊认为历史诗学对历史学的冲击和影响，并不是从根本上否定历史的客观性，而应该是从更繁细、更具体的层面重构历史的客观性；它对历史学传统叙事方式的否定，也只是对传统历史学叙事方式的反拨和修正。

---

① ［美］弗雷德里克·詹姆森：《马克思主义与历史主义》，载张京媛编《新历史主义与文学批评》，北京大学出版社 1993 年版，第 18 页。

② ［美］詹明信：《晚期资本主义的文化逻辑》，张旭东编，生活·读书·新知三联书店 1997年版，第 147—148 页。

三 历史叙事的审美性与认知性

在怀特的历史诗学理论建构下，历史话语与文学话语在诗性和叙事性基础上融合为一，文学话语范式制约、渗透甚至替代了"历史话语"。尽管小说家处理的或许是想象的事件历史学家处理的是真实的事件，但连成一个可理解的整体、一个可被视为再现的客体的过程，却是一个"诗性过程"（poetic process），也就是一个审美的过程。怀特的历史诗学虽然提出了历史的审美性、文学性，并且理论探索也显示了一种伦理关怀和政治抱负：重构被怀疑论的魔眼穿成千疮百孔的"元历史"，在神话和科学之间寻觅作为历史话语深层结构的诗性。但他在审美（叙事形式）、认识（阐释策略）和伦理（意识形态）的多重观念构造活动之中、在文化语境和文本的互动中却失去了历史的"真实"，历史叙事的真实性和其认知性仍成为一个被悬置的问题。詹姆逊对历史诗学的贡献在于，他不仅进一步阐述了历史诗学的叙事性、审美性，以及历史叙事的真实性，更重要的是他进一步将历史叙事上升到认识论和审美的高度。

他盛赞卢卡契反对康德以来把文学艺术排斥在认识论之外的政治勇气，一再强调"叙事艺术是一种复杂的人类思维方式"。对列维—施特劳斯、拉康、德里达和福柯的理论贡献，詹姆逊在肯定历史叙事性的同时，仍然强调自己的"始终历史化"的立场。他认为"历史"是个认识论问题，"历史"既指实际发生的事，也指一种存在方式；人们通过叙事这种话语方式去了解历史，并形成历史的叙事；而历史又决定生产方式，因此必须重视认识主体对过去的理解和阐释行为；换句话说，人类的阐释行为本身就是叙事，而叙事也是历史自身意识的呈现。詹姆逊进而赋予叙事某种集体性质，把叙事看作"人类心智的核心功能或实例"。叙事成为人们的一种存在方式，只有通过叙事，人们才能把握他们与过去的联系，也只有通过叙事，人们才能为自己的经验提供存在的可能性，才能设想与未来的关系。由此，叙事在詹姆逊那里被提到认识论的地位，成为社会群体借以认识世界的工具，成为在历史中以及在与其他群体关系中进行自我定位的坐标系。

　　不过，叙事的这种认识功能又不同于明确的观念性的东西，在詹姆逊看来，"观念性的东西能取得的效果是很弱的，而文化中的叙事却具有很重要的作用和影响"。① 即具体的叙事所产生的效果远远超过抽象的哲学表述。总之，叙事在詹姆逊那里是作为多向中介的符码，具有广泛的适用性。也正因为如此，詹姆逊认为叙事这个范畴被证明是文化分析的最合适的方式。

　　在具体操作中如何达到历史叙事的审美和认知呢？詹姆逊主要通过寓言这一独特理论来达到的。关于马克思主义意识形态的历史性，从《政治无意识》就有体现，在杰姆逊的理论中，"历史"始终存在却又总是扑朔迷离。他认为对历史的分析有两种：一是对事件的历史分析；一是对历史分析本身进行分析，杰姆逊认同后者。他对历史的阐释就可称之为"重写的运作"（a rewriting operation），这样达到历史的过程就成了一种寓言式的解读过程。他钟情于本雅明的"寓言"这个概念，因为它强调差异、碎片和不连续性，同时又强调可以在文本之外找到可以置换（displace）的阐释意义。在《法国批评传统》一文中，他把德里达的解构称之为一种"寓言的精神"，要求尊重这种精神，因为寓言式的重写可以打开许多解释的层次，实质是一种多主题的重写。这事实上是提倡一种寓言论诗学，即把历史看作叙事的寓言式存在，"历史化"也就成了"寓言化"（allegorize）。解码这种"寓言"，就是他始终要做的工作。詹姆逊认为："寓言精神具有极度的断续性，充满了分裂和异质，带有与梦幻一样的多种解释，而不是对符号的单一表述。"② 在詹姆逊看来寓言是一种再现事物的模式，尽管我们说要抓住历史的变化，打破旧有的关于变化的叙事形态，即使我们信奉叙事，叙事却不是一件轻而易举的事情。说世界自有其叙事结构不等于说能够以一个小故事就把它说得清清楚楚，不等于说世上有现成的表现技巧可供人调遣。同样，重视矛盾并不意味着矛盾是看得见

---

① ［美］杰姆逊：《后现代主义与文化理论》，唐小兵译，北京大学出版社 1997 年版，第 66 页。
② ［美］詹明信：《晚期资本主义的文化逻辑》，张旭东编，生活·读书·新知三联书店 1997年版，第 528 页。

摸得着的东西，因而强调寓言便是强调再现深层现实的艰巨性甚至不可能性。詹姆逊认为寓言的解读必须呼唤辩证的思维，从而逃脱意识形态对叙事的捕捉与对历史的压制，恢复一种"真理性"，由此他提出了他的另一个重要命题，也就是"认知测绘"（cognitve mapping）。詹姆逊说它是一种模式，即认知测绘提供一种连接的方式，将最个人的局部（"人们通过世界的特殊道路"）与最全球性的整体（"我们这个政治星球的主要特征"）联系起来。他以电影为例，认为只要把电影置入这种全球关系的政治语境以及电影系统本身内部的语境，就可以对电影进行认知的测绘，画出一张标示电影和政治、心理和社会的关系图，从而以寓言的方式表现出文化和生产方式的关系。

詹姆逊看来马克思主义的历史不是以任何本质存在为中心的既定过程，它强调意识形态，但绝非"理念的叙事"。他由此认同了阿尔杜塞的观点，把意识形态理解为"个人同他所存在于其中的现实环境的想像性关系的表现"①。从而将历史置身于一种意识形态的叙事中。詹姆逊强调，历史并不是二元论中的深层结构，也并非可以直接呈现的实体，而是在意识形态的叙述中隐藏了自身。詹姆逊的贡献在于他指出历史叙事意识形态的意义，"审美或叙事形式的生产将被看作是自身独立的意识形态行为，其功能就是为不可解决的社会矛盾发明想象的或形式的'解决办法'"②。由此，叙事理论要研究的就不仅仅是人们在叙事中所表达的欲望和幻想，也包括叙事所暗含的对现实的逃避即意识形态的遏制。

詹姆逊也发展了历史诗学的审美性，在他看来认知是与审美不可分离的。他说："我历来主张从政治、社会、历史的角度阅读艺术作品，但我决不认为这是着手点。相反，人们应从审美开始，关注纯粹美学的、形式的问题，然后在这些分析的终点与政治历史相遇……"③同时，詹姆逊也反对那种机械地将"历史研究"与"文本研究"简单

---

① 罗刚、刘象愚主编：《文化研究读本》，中国社会科学出版社 2000 年版，第 13—14 页。

② ［美］弗雷德里克·詹姆逊：《政治无意识》，王逢振等译，中国社会科学出版社 1999 年版，第 67—68 页。

③ 同上书，第 7 页。

相加的做法，认为这是一种较为拙劣的马克思主义。他说："我想我会抵制把美学和历史语境分别对待，然后再捏合在一起的做法……但从原则上讲把社会历史领域同审美——意识形态领域熔于一炉应该是更令人兴趣盎然的事情。"① 这样詹姆逊就把历史诗学的思想引入文学批评，认为文学批评就是要分析出作品中隐蔽的意识形态批判和乌托邦幻想。叙事文本实质上是一种社会—象征信息，它必定经过某种确定的社会和历史境遇，并被意识形态普遍化和重新利用。詹姆逊的马克思主义阐释学就是要揭示出文本的意识形态因素，即作品中历史的野性思维或称政治无意识，用寓言的方式从叙事作品中引出社会和历史的解释。换句话说，詹姆逊借用和改造了弗洛伊德的阐释方法，力求找出叙事文本的表征与被压抑的思想之间，显在情节与潜在意义之间的差异。就叙事文类而言，詹姆逊认为神话、传奇都可以看作对客观矛盾的想象性解决。后来他认为科幻小说也是一种奇特类型的愿望的实现，科幻小说中叙述的一切灾变暴力大都是一种托词，它与科学本身没有多大关系，目的在于激发人们最深处的幻想，由此而达到审美和认知的效果。

总之，从怀特提出"历史诗学"到詹姆逊的进一步发展，这种历史诗学有其独特的贡献。首先，怀特以文学和诗学理论的特定模式和概念为基础而研究历史话语和历史潜在结构，代表了作为后结构主义普遍倾向的形式主义文学批评向历史研究领域的密集渗透。这种形式主义按照杰姆逊的说法，是怀特理论最受诟病的地方，但形式主义并不必然就是理论弱点。因为在怀特那里，形式本身是作为内容而存在的，而且他将叙事性作为内容来研究时，并不是要把历史看成"向壁虚构"，而是要对已经是文本的"历史"进行"祛魅"（demystify），暴露历史文本在形成过程中如何受到语言深层模式、历史环境、认识条件以及学术体制等各种作用力的制约，从而将"历史"自身的"历史性"显示出来。其次，历史诗学这个概念打开了历史话语的叙事性

① ［美］詹明信：《晚期资本主义的文化逻辑》，张旭东编，生活·读书·新知三联书店 1997年版，第 13 页。

与意识形态勾连互渗的通道，解决了结构主义模式描述与社会历史批评内容分析相结合的诸多技术难题，确立了一套人文科学研究的行之有效的方法体系。再者，历史诗学的概念全面拆除了学科壁垒，为跨学科研究、文化研究和各学科的自我反思扫清了道路，这些都为后来研究者，特别是詹姆逊奠定了批评的基础。詹姆逊将马克思主义历史主义作为文化阐释的方式，它点明了其对马克思主义和新历史主义的兼容性。使得"历史诗学"突破了形式主义纯粹的文本分析，而向文化这个"大文本"靠拢，将文学批评泛化成文化研究和历史语境研究。它和马克思主义尤为相通的地方在于它重新强调文学的意识形态性和政治作用，这集中体现于"流通"、"塑造"和与历史的互动主题上。在若干认识上超越了马克思主义传统批评的"反映论"和决定论的倾向，然而，詹姆逊的历史诗学也有待考量的地方。特别是他虽然有强调审美和其他问题，但将所以问题最终归结到意识形态上还是有所偏颇；同时詹姆逊在不同的历史阶段会有不同见解，一方面突出了历史的不可理喻和难以捉摸性，另一方面，又肯定历史的绝对性。这让人觉得其理论有相互矛盾性，究其原因实际上主要是由于詹姆逊的理论一直处于发展之中。然而，值得注意的是其理论的最大特点恰恰是他坚持了整体性和辩证法。

老舍的世界意识与文化坚守

　　五四以来，以鲁迅为代表的中国现代知识分子，自觉地对本土文化及其造成的心理积淀进行了空前的历史反省，这种反省的强大动力又来自东西方文化碰撞的大潮。中西方文化碰撞对中国文化的冲击和渗透，使得中国知识分子呈现出空前的大惊喜、大忧患，这使作家们获得了开阔而深沉的文化视野。其中老舍可谓是一个典型。他曾说："文化滋养艺术，艺术翻过头来领导文化，建设文化。"① 显然，他清楚地认识到了文化、艺术之间的密切关联。事实上，在老舍的许多创作谈、文艺杂谈和文艺理论著作中，都贯穿了用文化视角评介和考察作家作品以及文艺思潮的线索。因此，研究老舍若不从文化视角入手，就不可能有效地切入其艺术观及艺术世界的深层。本文从文化视角来考察在东西方文化撞击中老舍所持的文化立场以及其对这种文化立场的坚守。

　　我认为，在中外文化撞击中力持世界意识应是老舍的一贯文化立场。一提到老舍，人们大多会想到《骆驼祥子》、《茶馆》，进而想到北京。那别具风味的小茶馆、大杂院；那满是京腔京味的吆喝以及那三教九流、五行八作的北京市民，这一切在老舍温和而幽默的笔下都栩栩如生。必须承认，老舍是中国现代文学史上最长于描绘市井风俗、民族风情的写家之一，也没有哪一个作家像他一样专注于一个地方——北京。他的作品绝大多数是写北京的人、北京的事。

---

① 　老舍：《我有一个志愿》，载《老舍文集》（十四），人民文学出版社 1990 年版，第 256 页。

就是他那笔下最有生气、有活力的祥子，也没能把他的车拉出北京城。在许多人眼中，老舍只是一个纯民族作家，一个"乡土"作家①。其实这是一个审美错觉，至少在很大程度上是忽视了老舍的世界意识。我认为具体认识老舍的文化立场，必须从两个方面加以考察：一、是否认识到了中西文化的撞击与差异，这是衡量一个作家有无世界意识的必要前提；二、是否深知建设民族文化是一个作家理性地对待世界意识的保障。这两方面是缺一不可，相辅相成的。前者主要区别复古守旧作家与现代作家的不同，后者则断明了西化作家与民族开放作家的界限。老舍作为五四后的伟大作家，尽管在其不同的人生阶段所持的文化观各有偏重，如前期偏重接受西方文化（创作中大量借鉴西方及英国文学，受西方文艺思潮影响），后期多偏重于民族文化（创作大量鼓词、曲艺、相声等）。但长久以来，人们往往只注意到了老舍作品中大量的民族风情或民族艺术形式，或只注意到了部分小说（多为居英国期间所创作的）受西方的影响。实际上从整体观照老舍的一生，我们仍可以看出在浓郁的民族风格下，老舍的文化主张中仍有一种异常清醒的主导倾向，那就是始终不放弃在中外文化撞击中选择世界意识的鲜明文化立场。

一

　　从衡量一个作家是否有世界意识的前提来看，老舍显然是意识到中西文化撞击及其差异的。因为在老舍的创作中，始终贯穿着一种强烈的比较意识，而比较意识是世界意识的重要方面，也是认识事物的有效方法，因为只有经过比较，才能真正认清中西文化的差异及其精华与糟粕。而接受和消化西方文化，乃是把西方文化中国化的过程，因此，是否有比较的意识，是正确对待中西文化差异的重要前提。

　　维柯说过，对不同的事物作"比较"是人天生的本领。当然这是"自然"的比较，而老舍则是有意识的、自觉的比较。老舍是在文学的

　　①　参见［美］C. 白芝《幽默家老舍》，载《中国季刊》第八卷，第 45—62 页；胡全鑫《老舍和他的作品》。

比较中大胆地向西方学习的。在老舍看来，"艺术是普遍的，无国界的，文学既是艺术的一支，我们怎能不看看世界最美的学说，而反倒自甘简陋呢?"① 因此，早在 30 年代初，老舍就系统地对中西文学进行了比较研究，这对于非理论型作家来说是难能可贵的。我们可以看到，老舍以西方文学来观照中国文学，在比较中发现了中国文学的许多问题。他尖锐地指出，"中国没有艺术论"，"中国人在论文时思路多是向后走的，凡事不求逻辑辩证，只求'有诗为证'便足了事"②。老舍还认为："中国人求实效，文人也是如此，他们读书作文原为干禄或遣兴的，而他们一定要把那抽象的哲学搬来应用——道啊，理啊等等总在笔尖转，文学就不准是种无所为，无所求的艺术吗?"③ 他欣赏厨川白村所说的，"文艺是纯然的生命的表现；是能全然离了外界的压抑和强制，站在绝对自由的心境上表现出个性的唯一世界"。④ 他呼吁要丢开"道"之类的尺子，跑入文学的乐园，自由呼吸那带花香的空气。所以通过比较，老舍一开始就认识到中西方在文学本体认识上的差异。他认识到文学的世界性，就大胆地向西方学习，如他在《我怎样写〈老张的哲学〉》中就谈道："况且呢，我刚读了 Nicholas Nickleby（尼考拉斯·尼柯尔贝）和 Pickwick papers（匹克威克外传）等杂乱无章的作品，更是使我大胆放野，写就好，管它什么。"⑤ 可见老舍在文学价值观念上是极力要摆脱那种载道明理、刺点风化的传统束缚，而追求一种"无所为、无所求"的自由艺术。而且通过比较，老舍从表现方法、叙事结构乃至创作思维上，都全方位地向西方学习，关于这些方面许多学者都有论述。但要注意的是，老舍绝对是有选择和经过比较的。他从古希腊以及古典派那儿汲取了"调和匀净之美"的甘露；从狄更斯、梅瑞狄斯、萨克雷等写实派大师那儿承接了"温情幽默"

---

① 老舍：《文学概论讲义·引言》，载《老舍文集》（十五），人民文学出版社 1990 年版，第 4 页。

② 同上书，第 6 页。

③ 同上书，第 8 页。

④ 同上书，第 9 页。

⑤ 老舍：《我怎样写〈老张的哲学〉》，载《老舍生活与创作自叙》，人民文学出版社 1980 年版，第 4 页。

的阳光；而从康拉德等传奇派那儿借来的是海上"梦幻色彩"的风雨。特别是在《文学概论讲义》中，他引用了古今中外 140 余位名家名著，并广泛比较了中西文学的异同，这更体现了他开阔的世界视野。

最为可贵的是，面对东西方文化撞击，老舍不单从文学理论、创作方法上进行了比较，而且在创作中都带着强烈的比较意识。老舍一直是看重文化并对文化有着自己的独到理解。"文化是什么"，老舍说，"一个人群单位，有它古往今来精神的与物质的生活方式；假若我们把这种方式叫做文化，则教育、伦理、宗教、礼仪，与衣食住行，都在其中，所蕴至广，而且变化万端"①。基于这种文化观，老舍从教育、伦理、礼仪、民族性格等文化的多层次对中西文化进行了比较，冀以此找出东西方文化的差异，去两者之糟粕而取双方之精华，探寻"东方文化将来是什么样子"②。诚然，面对西方文化的冲击，自五四以来就有许多知识者如胡适、陈独秀，纷纷撰文从理论上探讨东西方文化的差异。像胡适的《东西方文化之比较》、梁漱溟的《东西方文化及其哲学》都很有代表性。而老舍的独特之处在于，他是从创作上，用艺术形象生动地展现了东西方文化的差异。下面我们从老舍的小说中看他在东西方文化的比较中是如何抉择的。

显型文化比较是老舍独具一格的创作追求。他大胆地将两个民族中不同性格、年龄的人放在同一环境中，让他们在共同生活、相互交流中自然而然的暴露出东西方民族性格与文化的差异。这在小说《二马》中就特别明显，其创作的"动机就是在比较中英两国国民性的不同"。《二马》中马则仁是"老民族的一个'老分子'"，他有着"优秀"的文化传统与美德，可一旦到英国，其全部思想与行为都浮游于英国国民性之外：他的闲适、闲暇与英国人"时间就是金钱"相对立；他重仕轻商的意识在以金钱为本的资本主义制度面前被击得粉碎；他的好虚荣、爱面子的酸毛病与所谓的"温、良、恭、俭、让"的道德礼仪搅在一起，一会儿显得孤傲、虚伪，一会儿又变得媚俗、自贱……

---

① 老舍：《大地龙蛇·序》，载《老舍文集》（十），人民文学出版社 1990 年版，第 287 页。
② 同上书，第 288 页。

这不是对国民性的一种简单的平行比较，而是深刻烛照出了中国传统文化与西方现代文化的差异。英国是一个近代的工商社会，重法理，而中国仍是一个传统的农业社会，重礼俗人情。在这种大的文化比较中，老舍清醒地认识到，中国要现代化，首先必须抛弃传统礼俗的束缚而转向与现代法理社会相适应的文化精神，而在小马、李子荣身上则寄托了他的这种文化理想。李子荣的做事干练、忠于职守、热情诚恳、求实进取等文化品格，恰合老舍对英国人是"很好的公民式办事人"的认识。到30年代老舍所极力推崇的也仍是英国人的这种"公民式办事人"的精神。"他们该办什么就办什么，不必你去套交情"，这使老舍"不能不佩服他们"①。老舍一直是放眼世界，用比较的眼光吸取西方优秀的文化来建设中国新文化，塑造新国民的。像《赵子曰》中的李景纯、《病牛与病鸭》中的汪明远、《不成问题的问题》中的尤大兴等，都是体现这种新文化的新人物。

当然，通过比较，老舍不只是去发掘西方文明之精华，而更多是在其创作的那种以西方文化为背景式写照的隐型文化比较中，不仅探索封闭式小生产模式的文化对国民的束缚，更透析出西方文化中的糟粕在中国殖民化过程中的渗透。在《赵子曰》中，老舍塑造了东西方畸形文化的杂交儿赵子曰的形象。这个愚蠢、荒唐、不学无术、思想迷乱的青年推崇的人生"哲学"的全部内容，只不过是"孔教打底"、"西洋文明"镶边的混杂思想的杂合体。而《文博士》中的"博士"、《四世同堂》里的冠晓荷、端丰等汉奸，还有《老张的哲学》中的兰小山，更是东西方文化中的污水合流而成的。

由上可见，老舍不仅从理论上比较了中西文学的差异，而且从创作上形象地展现了中西文化的冲突与汇合。尽管这种碰撞与汇合充满了种种不平衡的心态且潜藏着浊流，但碰撞与汇合本身却是历史的必然。显然，一味地逃避这种世界大格局，不是一种明智之举，老舍深知这点，且越往后感触越深。他拿起文学的笔，把这种冲突与汇合写出，并将自己的理想投入，他的世界意识亦在此诞生了。

---

① 老舍：《英国人》，载《老舍文集》（十四），人民文学出版社1990年版，第68页。

二

从世界意识的基本保障来看，老舍的确深刻认识到了民族文化的深厚传统，并深知它在建设民族新文化和新文学中的意义。任何民族如果没有自身独立的生存特征，是无法置身于世界大格局中的。难以想象，一个对民族文化一无所知的人，能够真正拥有世界意识。众所周知的是老舍出身满族，长于北平，其深厚的民族传统文化，特别是民间文化修养，恐怕是中国现代文学大家中无人能及的。而老舍的文化坚守则正是对在世界意识观照思考下得来的文学、文化观的坚守，特别是对传统文化、文学的坚守。这些恰好形成了老舍的独特风格与魅力，是其走向世界的原因之所在。而且这种坚守，从某种程度上看避免了日益严重的文化趋同，有利于人类文化的多样性和丰富性。

20 世纪初期，外来文化的冲击与参照，使一代文化新人在中外文化的强烈对比中，纷纷把自己的目光集中到民族传统文化与当代西方文化存在的历史差距上，从而使激烈、彻底的反传统成为当时的一种基本特征。这一方面是时代使然，而且这种批判和否定对一个新社会的创建亦十分必要；而另一方面，一个民族的历史、文化及其精神内核，对于现代人来说，并非只意味着时间上的过去，它还包括现在和未来。传统也并不只是我们继承来的一宗现成之物，而是我们自己把它生产出来的。我们理解着传统的进展，并且参与在传统的进展之中，从而也就靠我们自己进一步地规定了传统。但正如伽达默尔所言："甚至最真实最坚固的传统也并不因为以前存在的东西的惰性就自然而然的实现自身，而是需要肯定、掌握和培养。"① 我们如果能积极开掘传统中对当代中国人依然保持有同一性和力量的东西，用以滋补当代人的精神，这同样会对社会文化进步产生十分积极的意义。它实际上是大变革年代，民族文化与民族精神再造中一个不可缺少的重要内容。而在中国现代文学史上，老舍恰好能将两者有机统一。一方面，他固然是以西方现代文化为参照，对国民的劣根性进行温和的嘲讽，但更

---

① ［德］伽达默尔：《真理与方法》，洪汉鼎译，上海译文出版社 1999 年版，第 361 页。

重要的是，老舍正是以当时其他作家极少涉及的民族传统文化的审美观照，使自己走入了中国社会发展历史一度形成的历史空缺。老舍一直认为："我们有悠久的历史，有古老的文化。"[1] 他最初写《二马》，就是为了驳斥当时把中国人写成"一种奇怪可笑的动物"的作品而写的。其理想人物李子荣既有西方的好学实干，更有中国传统文化的善良淳厚、侠肝义胆。即便是作为嘲讽的老马，我们仍觉得他的一些可爱之处，因为他毕竟负载着中国的文化传统，至少像"懂得智慧、美丽、人生乐趣"[2] 等特点，是西方人特别是温都太太所欣赏的。《小坡的生日》的写作目的也是为了反思历史文化，去发掘中华民族的优良传统，要表明中国人的"祖先确有不甘屈服而苦心焦虑的去克服困难的精神"[3]，要表明中国人开发南洋的精神是其他民族难比的。在其作品中还有一系列人物，或是朴素求实，不尚浮华；或是崇尚人与自然的和谐，重视人的道德情感；或是正直诚实，不畏强暴，这些都是我们民族文化中的优良传统，都是为老舍所推崇的。像勤劳善良的祥子、《四世同堂》中"人格顶得起天来的"常二爷、《正红旗下》硬气的十成等，这些人身上都寄托着老舍对建设民族新文化人格的理想。事实上，无论老舍是通过比较来烛照中西文化差异，还是对传统优良文化的坚守，其目标一直都是立足现代意识，以世界的眼光对历史和传统加以择取，来建构民族新文化的。

同时，正是老舍对传统文化的坚守，才使其作品独具风格。他既不同于追求高雅飘逸、阳春白雪的京派文人，亦不同于逐浪于外国新思潮之浮光声色的海派文人，更与蒸腾着时代血性火气的左翼文学形成了鲜明对照。但在那个以政治为标准的年代，老舍文化坚守的深远意义并未充分为人所识，老舍只被称为"笑王"，至多也是被称为通俗大众文学的写家。但正如弗·杰姆逊所言："第一种文化是精神、心理

---

① 老舍：《南游杂记》，载《老舍文集》（十四），人民文学出版社1990年版，第390页。

② ［英］罗素：《中西文化之比较》，载《中西文化文学比较论文集》，重庆出版社1988年版，第76页。

③ 老舍：《我怎样写〈小坡的生日〉》，载《老舍生活与创作自叙》，人民文学出版社1980年版，第17页。

方面，是个人人格形成的因素，第二种是社会性的，日常的行为举止和生活习惯，是社会形成的，第三种则是一种装饰。"① 显然，单纯从政治的角度，无论是深度还是广度，都不足以衡量老舍作品深刻的文化内涵。总之，文化的坚守既给老舍带来了苦痛，但亦给他的文学带来一种超越。事实上，老舍的许多作品，民族文化性越强，越是为世界所接受。像他后期的《四世同堂》，在西方好评如潮，成为五四以来美国获得最多好评的小说，是该年美国"每月一书"俱乐部最畅销书，这是为什么呢？宋永毅将它归为时代原因，孟泽人认为"要从老舍作品民族性上去找答案"②。在我看来，老舍作品深厚的文化因素应是重要原因。正如《纽约时报书评》所认为的，这部作品最成功的地方在于"它给人以历史感、文化感、民族性"③。又如一位叫康裴尔德的女评论家所言，"《四世同堂》的结局是非凡的，它含蓄地，全面证明了中国光荣的、高尚的道德传统"④。可见虽然有民族性、时尚性等差异，但文化毕竟是人类共同的财富，它最终能在更深的、共同的审美层面上为世界所接受。

老舍的文化坚守还表现在他对传统的艺术形式的坚守。像词曲、大鼓、快板、相声、评书等这些传统艺术的创作，在中国现代文学史上，没有哪一位大家是可以和老舍相比的。特别是他将这些传统的艺术形式、叙事技巧、结构模式融入小说、话剧之中。也许有人会认为老舍的作品太缺乏现代性，这点甚至比不上五四作家，但不要忘记的是，不是那些"全盘西化"的作家而是老舍被提名"诺贝尔文学奖"。我们都知道，老舍早期小说是极有西方现代风格的，很多地方有康拉德的影子，而老舍也曾说过："我走过两条道路，《月牙儿》和《骆驼祥子》各代表了其中一条。我放弃了第一条道路，而采取了第二条。"⑤ 这种逆向

① ［美］弗·杰姆逊：《后现代主义与文化理论》，唐小兵译，陕西师范大学出版社 1986 年版，第 3 页。

② 孟泽人：《印在日本的深深足迹》，《新文学史料》1982 年第 1 期。

③ 胡菊人：《好评最多的书》，香港《明报》1973 年 9 月 30 日。

④ 胡菊人：《美国作家看老舍》，香港《明报》1973 年 9 月 28 日。

⑤ 费德林：《老舍及其创作》，载曾广灿编《老舍研究纵览》，天津教育出版社 1987 年版，第 149 页。

的选择是否错误，是否与老舍的世界意识相悖呢？我认为这倒更体现
了他的世界意识。中国新文学在走向世界的过程中大致有两条道路，
一条是直接引进西方新形式，另一条则是对民族传统形式进行改造或
将中西形式加以改造融合。以鲁迅为代表的五四作家大多走的是前者，
他们在叙事上完全与中国传统决裂，并希望通过新文学来改造国民。
然而一个不争的事实则是《啼笑因缘》、《江湖奇侠传》的销路远远超
过鲁迅的《呐喊》、《彷徨》，五四作家的读者群一般仅限于青年学子。
但他们无视这种冷漠，并不以为耻，在他们看来，投合大众艺术趣味
几乎是一种挖苦和讥讽。事实上，这种态度直到抗战文艺都没有多大
改变，即便那时正在大谈大众文艺，但真正投身其中走第二条道路进
行探索的只有老舍。这其中有多少误解和艰难，在他的《制作通俗文
艺的苦痛》中就谈得很多了。但他仍投身于民族艺术形式之中，因为
他深刻了解中国大众文化和接受水平，所以他表示，"因旧生新易，突
变急转难，使大家马上成最摩登的国民，近乎妄想"①。同时他始终强
调对民间文艺形式的运用，不仅仅是"旧瓶装新酒"的问题，也"绝
非排外或返古，而是因为抗战必胜的信心，发生了对创立本色文艺的
自信"②。因为他深知"本色文艺"、"本位文艺"，是中国现代文学走
向世界的重要保障，因此他特别重视传统文学遗产。但他又始终持有
世界意识，在 30 年代"本位文化"说中、40 年代"民族形式"论中，
身为文协领导人的他都走在最前面。但他又是清醒的，他反复强调要
向西方学习，要扩大"遗产"二字的含义。老舍认为："我们应以世界
文艺作为我们的遗产，而后以我们的文学、材料，写出我们自己的，
同时也是世界的作品来。"③

　　可见，老舍对传统文学、民间艺术形式的继承是有世界眼光的，
是一种更高层次上的理性反思。他在西方文化面前没有迷失自己，在
坚守民族文化时也并没有完全拜倒在古人脚下，而是对世界意识与文

---

① 老舍：《谈通俗文艺》，载《老舍文集》（十五），人民文学出版社 1990 年版，第 334 页。
② 老舍：《略谈抗战文艺》，载《老舍文集》（十五），人民文学出版社 1990 年版，第 474 页。
③ 老舍：《如何接受文学遗产》，载《老舍文集》（十五），人民文学出版社 1990 年版，第
478 页。

化坚守有自己的独到理解。老舍说过:"所谓文艺要本位的,是一种技巧问题,世界的眼光与本位的技巧并无冲突,外来的因素应该接受,本来所有的亦应学习,我们需要有现实的眼光,不能像五四时一样永远模仿西洋的语言和技巧完成自己的东西,明日东方文艺必须走这条道路。"① 事实证明,老舍的这种选择是正确的。这不仅没有使他降低声誉,反而使他的作品进一步走向世界。例如,《茶馆》就是老舍这条道路的典型产品。他将东西方艺术形式相融合而创造出了"老舍式的话剧结构",它在世界上引起了广泛的影响。著名导演彼得·希鲁克看了《茶馆》后说:"看了你们的戏,明白了你所说的民族的形式与现代戏剧是什么含义。"② 瑞士的库克森教授说:"欧洲戏剧路子越来越窄,不仅丢掉了广大观众,连知识分子也都不懂了,你们的现实主义,有人说代表了过去,我认为代表着我们的未来。"③ 日本戏剧界也一致认为,戏剧不能再单纯追随西方。由此可见,正是老舍对传统文化与文学的坚守才使他进一步走向世界,这恐怕亦是他获"诺贝尔文学奖"提名的一个重要原因吧!

三

从上面的分析,我们可以看到,在东西方文化撞击面前,老舍是异常的清醒与镇定的。一方面,他在对传统文化的坚守中将自己的目光投向整个世界;另一方面,他在对东西方文化的比较中始终都是持积极扬弃的态度。在他看来,"我们自己也是世界人,我们也是世界的一环"④,所以"我们要生产出更好的作品,给世界人类的心灵一些新的、珍贵的精神食粮,这是我们应有的志愿与应尽的责任"⑤。可见老舍在东西文化冲突面前的心态是中正平和的。这种平常心,对于全球

---

① 老舍:《抗战以来文艺发展的情形》,载《老舍文集》(十五),人民文学出版社 1990 年版,第 502 页。

② 蒋瑞等编:《〈茶馆〉的舞台艺术》,中国文化艺术出版社 1983 年版,第 396 页。

③ 同上书,第 398 页。

④ 老舍:《旅美杂感》,载《老舍文集》(十四),人民文学出版社 1990 年版,第 310 页。

⑤ 老舍:《敬悼许地山先生》,载《老舍文集》(十五),人民文学出版社 1990 年版,第 482 页。

化时代的我们来说都是难得的，可以说是一种真正的世界意识。诚然，五四时代的先知者是有世界眼光的，他们摆脱了早期对西方文化的"仇视"以及"中学为体，西学为用"的短见，也不再仅从政治历史的角度来考虑，而是抓住东西方文化撞击这一个带有根本性的方面，找到了一个比较准确的历史坐标。但在强大的西方文化面前，有的干脆全盘西化如胡适之类，有的更是苦闷扭曲如郁达夫，即便最为冷静的鲁迅，其主导亦是向西方学习而对传统猛烈抨击，而只有老舍是其中最为理性而非情绪化的，是有真正的世界意识的，这是为何呢？我认为有以下几个方面的原因：（一）老舍生于一个清寒的旗民家庭，在那个旗人江河日下的时代，虽有一定的民族等级观念，但对于满汉平民来说已无多大差别。旗人特别是平民对于接纳汉、蒙、回等族的生活、文化已无所顾忌，这些在《正红旗下》都有反映。而且在老舍生活的时代，满汉文化融合的力度异常强大，老舍对满汉民间文艺更是无所不爱，既喜三弦、八角，又喜评书、大鼓。这种文化交融、容纳百川的活力，可以说极大地影响了老舍对西方文化接触时的大胆与开放以及世界意识的形成。（二）前人已提供足以参考的经验并有一定的心理准备。若说前面所提到的满汉融合、碰撞是属于东方文化范围，它们在文化结构、思维方式和审美心理上大多接近，其文化质的冲突不大，而东西方文化冲突则不同，它们是一种异质文化冲突。幸运的是，老舍是在五四之后才走近西方文化，而五四恰恰又给了老舍"一双新眼睛"①。这"一双新眼睛"正是现代中国文化人的世界眼光，这在很大程度上避免了五四时期文人在东西方文化夹缝之中的痛苦与扭曲。还有一点要补充的是，老舍就读的是已经"西化"的北京师范学校，而且学完了外语、心理学、数学、地理学、植物学等十余门新式课程，这不能不为他日后接触西方文化打下一定的心理基础。（三）有充分的时间和良好的环境进行系统的文化研究。五四及以前的文化人，不了解西方文化本身发展的历史过程，面对他们五花八门的思潮而眼花缭乱，对各种流行的文化思潮"盲目接受"。鲁迅把以上这种心理反应，

---

① 老舍：《五四给了我些什么》，载《老舍文集》（五），人民文学出版社1990年版，第323页。

即对本民族文化的盲目性和对外来文化的盲目性，称为内外两面的桎梏。鲁迅认为，只有摆脱这双重桎梏，才能真正与世界现代潮流合流而又不会桎亡了中国向来的民族性。老舍是幸运的，不仅在于他出道于五四之后，亦不仅在于他生于传统文化的摇篮北京，更在于在那军阀混战而大多数知识者忙于革命的年代。他在伦敦大学东方学院工作了五年之久，此间是其世界意识形成的重要时期。一方面他与英国下层人民进行广泛深入的交流，如与艾支顿同住了三年，助他译了《金瓶梅》，这不仅使他学习了语言，更重要的是更深入地了解了中西民族文化心理的不同。在此期间，他不仅向学生讲授中国文学，如"唐代爱情文学"的讲座就很受好评，而且他更是依次系统地念了荷马史诗、古希腊悲剧喜剧和短诗、古罗马文学、文艺复兴时期的作品、十七八世纪的作品以及英法小说。正如老舍回忆说："1928 年至 1929 年，我开始读近代的英法小说"，"英国的威尔斯、康拉德、梅瑞狄茨和法国的福录贝与莫泊桑，都拿去了我很多的时间。"[①] 1930 年老舍回国后就系统编写了《文学概论讲义》、《世界名著研究》、《欧洲文艺心潮》、《外国教学史》等，同时又系统研究了我国古典文学和历史文论。因此，在中国现代文学史上，老舍以其独特的时代及个人原因摆脱鲁迅所说的双重桎梏而获得真正的世界意识。

从老舍的文化立场我们可以看到，其可贵之处在于，面对东西方文化，他并未将它们视为冲突的，而是将它们作为全人类的文化成果，心平气和地对待和积极扬弃。如此他才能在对西方的学习中不迷失自我，在对传统文化的坚守又能走向世界，这也才是真正的世界意识。

---

① 老舍：《读与写》，载《老舍生活与创作自叙》，人民文学出版社 1980 年版，第 325 页。

欧洲现代主义在30年代
中国综合化走向

关于现代主义在中国的发展一直存在争议。不可否认的一个事实就是，欧洲现代主义文学思潮对二三十年代，以及整个二十世纪中国文学产生了重大影响。但学界对这种影响的评价却众说纷纭，至少分成两大派：一种观点认为，来自欧洲的现代主义不符合中国当时的社会环境与现实，受到中国作家的拒斥，所以现代主义文学思潮到30年代就趋向没落。另一种观点认为，现代主义并没有走向没落，而是与中国的实际相结合，产生了中国的现代主义。总之，中国学界一直纠缠于中国现代主义的"有"、"无"等问题上，而对很多实际问题却有所忽视，比如欧洲现代主义究竟对中国现代文学产生怎样的影响，在30年代中国文学中究竟又以何种状态存在，是受到排斥，抑或发生"创造性的转化"等。所以我们不应拘泥于中国有无自己的现代主义这个问题的争议，而应该着力探讨欧洲现代主义在30年代中国这一特殊历史语境下的传播，以及以何种状态在中国文学中存在。

有研究者认为新文学第一个十年是以为人生的现实主义和为艺术的浪漫主义双峰并峙的时代，而30年代则是中国现代主义蓬勃发展的时期。其实，现实情况并非如此，随着西方众多文学流派的一拥而入，中国现代文艺创作者是同时面对欧洲的现实主义、浪漫主义以及各种令人眼花缭乱的现代主义。茅盾在总结第一个十年新文学的成果时说，

"好像没有开过浪漫主义的花，也没有结写实主义的实"。① 茅盾在 1920 年的《小说新潮栏宣言》中提到，"西洋古典主义的文学到卢骚方才打破，浪漫主义到易卜生告终，自然主义从左拉起，表象主义从梅德林开头来，一直到现在的新浪漫派"。② 他认为中国文学的发展也要遵循：古典主义—浪漫主义—写实主义（自然主义）—新浪漫主义的"文艺进化之大路线"。③ 这也代表了当时的普遍看法，中国现代文学的先行者认为，文化的发展如自然和社会现象一样，也是按照进化的链条一步步前进的，而且晚近出现的新事物，总是比旧的更高级，更完善。照此推论，20 世纪初期开始盛行的现代主义肯定要比 19 世纪的浪漫主义和现实主义要高级，所以现代主义在五四时期和现实主义、浪漫主义一样都受到中国现代作家的礼遇和欢迎。而 30 年代的情况则是出现了浪漫主义、现实主义、现代主义的交错与融合的发展。故而一些研究者一定要找出中国纯粹的浪漫主义或现代主义思潮其实是不现实的。现代主义对现代中国文学的影响之大是有目共睹，但它到底以何种状态存在于中国文学呢？从某种程度上说，现代主义改变了中国现代文学的发展方向，在文学观念、文学方法等层面均有巨大的影响，而且这些都与现实主义、浪漫主义发生交错融合的发展趋势④，这在 30 年代的小说中表现得尤为明显。

一 审美倾向上的综合

在审美倾向上，欧洲现代主义给中国小说带来一种唯美与颓废，

① 茅盾：《新文学大系·小说一集·导言》，载《茅盾全集》第 20 卷，人民文学出版社 1990 版，第 466 页。

② 茅盾：《小说新潮栏宣言》，载《茅盾全集》第 18 卷，人民文学出版社 1989 年版，第 14 页。

③ 茅盾：《文学上的古典主义、浪漫主义与写实主义》，载《茅盾全集》第 32 卷，人民文学出版社 2001 年版，第 83 页。

④ 现代主义文学思潮从起源上讲与浪漫主义有千丝万缕的联系，而且在五四时期，现代主义也是以"新浪漫主义"之名被介绍到中国的。应该说现代主义与浪漫主义在中国综合化发展的情况更明显，很多研究者也有所讨论，例如李殴梵《现代性的追求》（生活·读书·新知三联书店 2000 年版）第二辑"浪漫的与颓废的"就对中国文学的浪漫主义和现代主义关系有所探讨。而现实主义主义与现代主义的综合发展在研究上则重视的不够，所以在文学思潮的融合方面，本文重点探讨现代主义与现实主义在中国的综合化发展趋势。

荒诞与神秘相杂糅综合的美学倾向。依据茅盾的观点，中国唯美主义的来源除了英国的王尔德之外，还有法国的法朗士、比利时的梅特林克、德奥的显尼志勤、霍夫曼斯泰尔、意大利的邓南遮。这些作家的著作在二三十年代大都有译本，总计起来约有二十余种之多。茅盾把这些作家都归于唯美主义范畴未必确切，但这正好表明中国"唯美"观念的产生并非仅仅来源于以英国王尔德为代表的唯美主义，所受到的影响渠道是多方面的，可以说是接受了欧美各种现代主义流派的影响。

20 世纪 30 年代，施蛰存、穆时英、刘呐鸥、徐霞村，以及黑婴等人的创作在唯美的基础上更增添了颓废。当时在风靡上海的新感觉派小说，也是从欧洲多种现代派文学流派（弗洛伊德主义、心理分析小说、意识流小说）中获取艺术技巧和叙事方法。特别是在审美倾向上，该派小说出现唯美与颓废，病态美糅合的倾向。刘呐鸥的短篇小说集《都市风景线》是中国新感觉派小说的最初尝试，小说采用"新感觉体"，描写上海刚形成的现代生活和男女社交情爱场景，展示了资产阶级男女靡烂、空虚的生活，作品在审美探索的意义大于作品的思想意义。穆时英的《上海的狐步舞》、《黑牡丹》、《白金的女体塑像》等小说，描写上海由金钱和性构成的现代人的病态世界。这些现代人以自身的"堕落"来表示自己对社会人生的反抗与无奈，苦闷、孤独既是他们的思想情绪，又是他们的生存方式。30 年代，上海狮吼社的邵洵美、章克标、滕固等为核心还形成了另一个唯美—颓废主义的作家群。章克标后来回忆："我们这些人，都有点'半神经病'，沉溺于唯美派——当时最风行的文学艺术流派之一，讲点奇异怪诞的、自相矛盾的、超越世俗人情的、叫社会上惊诧的风格，是西欧波特莱尔、魏尔伦、王尔德乃至梅特林克这些人所鼓动激扬的东西。"[①] 从总体上看，相对于同时期积极向上的，为人生的文学及革命文学而言，中国现代主义文学中的世纪末情结和颓废情绪或是远离社会现实、逃避政治革命，沉醉于个人主观世界，表现出为艺术而艺术的唯美主义倾向；

---

① 章克标：《回忆邵洵美》，《文教资料简报》1982 年第 5 期。

或是因革命受挫找不到出路而陷入苦闷彷徨的境地，表现出消极悲观的颓丧情绪，与平常意义上的道德堕落、人性沦丧和社会罪恶不能相提并论。作家们通过这种行为方式与社会主流文化之间保持一定的距离，获得一种道德上的独立，最终获得一种反叛社会、批判社会的精神力量。因此中国现代主义文学作家并不是真正的"颓废"派，他们往往是用这种遗世独立的姿态来表明他们出淤泥而不染的心态，表明他们不与社会相妥协的决心。中国现代作家还多借用欧洲现代主义的荒诞手法来表现现实与精神的错位，形成一种荒诞与神秘的美学风格。鲁迅是较早用荒诞手法进行创作的现代作家，他的《狂人日记》就是典型。鲁迅在 30 年代的《故事新编》中将这种手法运用得更加圆熟，《铸剑》中那在金鼎的沸水中能够"随波上下，跳舞百端，且发妙音，欢喜歌唱"的头颅；《起死》中那个死而复活的髑髅；《白光》中那道神秘莫测的"白光"及那块能索索动弹、会笑且能开口说话的下巴骨，都是作家荒诞奇想的产物，是中国式魔幻现实主义小说的经典之笔。鲁迅善于从古代神话传说、民间故事中汲取营养，通过丰富的想象，依靠主观情感的巨大张力，跨越历史与现实的时空阻隔，将现实理性逻辑中根本不相融的事物融为一体。他借古人的外壳安放现代人的灵魂和思想，在荒诞不稽中产生一种嘲讽现实、批判现实并超越现实的艺术效果。鲁迅以此超越一般的讽刺、幽默而步入现代主义的行列。30 年代，施蛰存更是将荒诞手法与心理分析结合起来，创作出了《将军底头》、《魔道》、《旅舍》、《夜叉》等颇具荒诞意味的作品。叶灵凤刻意地追求这种荒诞的艺术效果，创作出了《鸠绿眉》、《摩伽的试探》、《落雁》等荒诞小说，他曾不无自豪地说，"这三篇都是以异怪反常，不科学的事作题材颇类于近日流行的以历史或旧小说中的人物来重新描写的小说但是却加以现代背景的交织，使它发生精神综错的效果，这是我觉得很可以自满的一点。这几篇小说，除了它的措辞的精炼，场面的美丽之外，仅是这一类的故事和这一种手法的运用，我觉得已经是值得向读者推荐"。① 与鲁迅不同的是，施蛰存、叶灵凤等作

---

① 叶凤灵：《叶凤灵小说集·前记》，花城出版社 1999 年版，第 1 页。

家的小说以性为切入点，将现代心理分析与怪诞结合起来，既有历史传说的神韵，又有现代心理科学的依据，突破了现实主义对现实生活的简单模仿与机械的反映，获得了一种综合化的发展。

二 表现手法的综合发展

欧洲现代主义在中国的综合化还表现在各种表现手法的杂糅综合上。我们可以从象征主义在 30 年代小说中的发展看这一特征。李欧梵认为，30 年代中期中国象征主义突然停止，被一种简朴的，无产阶级的风格所取代。① 对此，笔者不敢苟同。30 年代马克思主义文艺思潮主导文坛之后，象征主义在中国确实走向低落，但并没中止。相反，它体现的精神和一些手法融入到了更多作家的创作中。如萧乾所说的，"随着诗坛的转变，近年来的小说在背景叙写上，似正向着象征主义的道上奔驰。"② 萧乾认为中国早期小说，故事一开幕，作者努力布景：搬移一座山，插上一棵树，横贯一道小小的河流，这样那样，一切场面皆排定了，才安排人物出场，而 30 年代小说在融会现代手法上已经趋于自然。他评论穆时英的《公墓》，认为水不仅是背景，是氛围，成了故事中不可分割的一部分，关联着角色的性格和命运。萧乾认为巴金的《海的梦》背景美到催眠了读者，而作者目的实则是要迈过事物表面而探索更深层的意味。按照萧乾的看法，以原始生活景色为背景的沈从文，将色彩和音乐融合的沙汀都能在小说中纯熟的运用象征手法了。其实在 30 年代已经有研究者指出，现代主义可以经过批判而被现实主义吸收。石凌鹤在介绍《尤利西斯》时就提出了所谓新心理写实主义小说。③ 20 世纪中国文学现代主义具有这样的特点：同"一切新思潮的最终命运一样，西方现代主义很快被'普泛化'了……（它的）一些艺术特征被转化为一般的写作技巧而成了'公共财产'"。④

---

① 李欧梵：《现代性的追求》，生活·读书·新知三联书店 1999 年版，第 126 页。

② 萧乾：《小说》，《大公报·文艺》1934 年 7 月 25 日。

③ 凌鹤：《关于新心理写实主义小说》，《质文》1935 年 12 月 15 日第 4 号。

④ 乐黛云、王宁编：《西方文艺思潮与二十世纪中国文学》，中国社会科学出版社 1990 年版，第 162—163 页。

欧洲现代主义这股潮流不仅使上海产生了穆时英、刘呐鸥的新感觉小说，施蛰存的新感觉和弗洛伊德心理分析小说，也引起了一大批在遵循现实主义的作家的回应。诸如张天翼小说叙述的跳跃；芦焚、李健吾的多重心理刻画和多重叙述等。30 年代中国作家并不单纯追随某一文学流派，而是将现代主义的各种表现手法糅合于他们的创作中。

现代主义各种表现手法的综合基础还在于传统文学，以及现实主义的影响。我们可以从被称为"新感觉派的"穆时英、刘呐鸥、施蛰存等人的小说中看出这点，他们以独特的艺术手法来表现现代都市中现代人的浮躁的内心世界，小说呈现出不同的艺术姿态。新感觉派在创作中明显地受到了精神分析学说与意识流文学的影响，但同时他们又受到传统文学与文化的制约，也融合了现实主义的成分。他们的意识流小说并没有完全背离传统的文学实践，意识流手法的运用没有破坏小说的内部结构和逻辑关系。他们在描述人物的潜意识时没有完全退出小说，在相对独立的一些情节和片断中，作者用外部叙述语言开掘人物的内心活动时将意识和潜意识的流动进行了适当的控制，他们还注意揭示内心活动与社会现实之间的内在联系，从而形成了现代主义与现实主义的相互补充。特别是被誉为"新感觉派圣手"的穆时英将蒙太奇、通感等艺术手法有机地融为一体，确立了一种诗化小说的模式。施蛰存则运用弗洛伊德的精神分析学说，通过对人物性心理的分析来塑造性格复杂的人物形象，形成了自己独特的创作风格。他善于用心理叙述代替传统的情节叙述，心理流变本身就具有一定的曲折延宕，一波三折，心理衍变的轨迹作为一条主要的线索，并且外化为一种具体的行动，使心理活动与外在行动融为一体。这样它就不同于欧洲的纯粹的意识流小说，心理意识的流动不是盲目的、散漫的，而是有了一定的方向和规范，将意识纳入一条有形的河道，使其成为一条有迹可循的叙述河床。这样就完成了由传统小说叙述模式向现代心理分析小说模式的转变，也完成了欧洲意识流小说和心理分析小说模式向中国式心理分析小说模式的创造性转化。这既适合中国人的阅读习惯，又能塑造出具有中国特色的人物形象。像《周夫人》、《春阳》、《梅雨之夕》等鲜明地表现出这些特点。施蛰存小说引入精神分析学说的目的就是为了确立人性的世俗基础。《鸠摩罗什》、《将军底头》、《石秀》、《李师师》等新编历史故事，不断把性欲和怪诞主题缠绕在文本现实的背景上，企图将幻想、欲望、潜意识等与现实联系起来。《梅雨之夕》、《善女人行品》、《狮子座流星》、《春阳》等将人物心理的分析与现代都市男女的现实困境相结合，写出了一种经久不息的世俗人性。因此，从历史新编到现代都市想象，施蛰存的心理分析小说都是从人的内在生命方面来表现人性和男女情爱，并确立了人性的世俗基础。如《春阳》、《梅雨之夕》、《白金的女体塑像》等就明显具有东方特色，深深地打上了中国传统文化的印痕。传统道德的控制力不仅制约着人物的行为，也限制了人物的思想，决定了人物的内心。施蛰存、穆时英等新感觉派作家使西方意识流文学东方化的过程，其实就是现实主义成分渗入意识流小说的过程。正如施蛰存自己所说："我自己以为把心理分析、意识流、蒙太奇等各种新兴创作手法纳入了现实主义的轨道。"① 现代主义手法的综合极大地拓宽了文学的表现手法，为中国小说创作打开了新的审美空间。

三 小说文体的综合

在文体方面，30 年代中国作家打破了传统小说的单一模式，对小说的体式进行了多方面的试验与探索，创作出了新颖而又独特的小说形式。30 年代施蛰存采用心理分析手法来创作小说，分析人的复杂的心理活动，确立了中国现代心理分析小说的基本范式。徐訏是对施蛰存小说范式的继承和发展，将中国的心理分析小说又往前推进了一步。穆时英、刘呐鸥则强调作家的主观感觉，用通感、蒙太奇、新鲜的比喻来描写作家体验到的"新现实"，确立了诗化小说的基本范式。中国现代主义小说在他们的探索试验下呈现出新的气象，这些新的文体范式表现出了作家们的新的思想观点、审美观念、价值观念。

小说范式的不断变化，也就是中国现代主义小说不断发展完善的过程。中国现代文学作家在语言和文体形式上的创新探索，改变了中

---

① 施蛰存：《关于"现代派"一席谈》，《文艺报》1983 年 10 月 18 日。

国传统文学的叙述模式、表现手段，确立了新的文学观念，表现出了前所未有的思想内容，展示出了自己独特的个性。在这种交融贯通之中，出现了各种文体的融合，最突出的就是带有抒情诗味道的散文化小说。沈从文认为他的创作只是一种"情绪的体操"，"一种使情感'凝聚成为渊潭，平铺成为湖泊'的体操。一种'扭曲文字试验它的韧性，重捶文字试验它的硬性'的体操"①，他不愿局限于传统小说形式的藩篱，也不愿在自己已有的模式里打转，他努力打破自己已有的小说模式，力争使每一篇都有不同于以前的新颖别致的形式，因此他自豪地宣称"没有写过一篇一般人所谓小说的小说"，这种不断的探索使他成为著名的"文体家"。

随着 30 年代文学的发展，很多作家不满于对外国文学的简单模仿，开始尝试创新。从废名到沈从文，再到萧乾和芦焚，他们在小说创作里自觉地追求诗的境界，扩大了小说的抒情领域和容量。"诗的境界"本是朱光潜诗歌理论的核心，它是指诗人情趣与意象的契合，主观的"情"和外在的"景"消融界限，合而为一，即达到诗境。在小说中，作家的主观体验和情绪酽酽然地渗透在外在景物的枝叶光色之中，客观景物远不止于衬托，不再仅仅是人物的环境或背景，它往往有其独立的意义，成为小说的主角。另外，象征手法的运用也扩大了意象的内涵，加深了这类小说的诗化特征。诗化的特征还来自现实与幻梦的交织，使小说在写实成分之外，笼上浓浓的浪漫主义色彩。研究者们注意到，30 年代很多作家，都喜欢把自己的小说和梦联系起来，有的还直接用小说题目点明。"梦"包括作者的想象和情感，以及美学理想，也包括指向过去时光、乡村世界和传统文化的回忆。这种抒情体小说重视情趣和意象融合的意境营造，对再现"典型环境中的典型人物"并不热衷，与作为 30 年代文坛主流的现实主义"典型"理论形成对照。既然作家感兴趣的是一种诗意境界和情调，传统的情节就不再是重点，表现在小说形式上，多了些散文化的散淡自如。他们承认自己这类小说中一直明显存在散文的成分，那些不直接写人物的

---

① 沈从文：《情绪的体操》，载《沈从文文集》第十一卷，花城出版社 1982 年版，第 59 页。

部分，只是写了一点气氛，写一点情调，但也许气氛和情调即是最重要的人物了。如周作人所说的，小说的行程就像一道小溪，一路流淌，有什么汊湾总要流连一番，"这都不是它的行程的主脑，但除了这些也就别无行程了"①。正如鲁迅指出的，小说的散文化和综合化发展实是30年代小说走向成熟的一种表现，其时这种小说的诗化，特别是散文化在欧洲也是比较晚才发展起来的。② 穆木天说得更清楚，"到了十九世纪末期，在唯美主义，印象主义，——对于现实主义之反动——的空气中，作家大部分离开现实对于 labetise humaine 不敢正视的时候，有些小说抛弃了社会表现的任务，于是小说之散文随笔化倾向，日趋发达"③。不过，穆木天认为小说的这种散文化是与中国当时社会环境相关的。也就是说，30年代小说的这种文体综合化不只是完全按照欧洲现代主义的手法亦步亦趋的简单模仿，而是从审美精神，文学观念上去把握现代主义的表现手法，从而运用到自己的创作中去的。

　　总之，在中国现代主义文学的发生发展中，现代主义和现实主义、浪漫主义的合流是不争的事实，社会历史环境、文学传统和多种外来文学思潮的共时性影响造成了这种合流。有些论者认为，现代主义没有成为当代中国文学的主流就预示着现代主义的消亡，这种看法也是偏颇的。现代主义的衰落并不是走向穷途末路，而实际上是进入了一个新的发展阶段。因为文学思潮和表现手法的融合一般是文学发展到成熟阶段才有可能，它表明了30年代中国作家已经站在一个新的高度看待欧洲文学，如此他们才能大胆地对现代主义文学吸收改造，使之适应中国社会当时的情境。欧洲现代主义文学的基本技巧和思想观念已深深浸入了现实主义的土壤，成为30年代中国文学中活跃和有力的因素。

---

　　① 周作人：《莫须有先生传·序》，开明书店1932年版，第2页。

　　② 鲁迅：《中国新文学大系小说二集·序》，载《鲁迅全集》第6卷，人民文学出版社1981年版，第249页。

　　③ 穆木天：《小说之随笔化》，《申报·自由谈》1934年4月18日。

从《子夜》看茅盾小说现代主义与
现实主义的融合

在 30 年代的作家中，茅盾可以说是能将外国文学技法融合得自然圆熟的一个了。正如瞿秋白所言："1933 年在将来的文学史上，没有疑问地要纪录《子夜》的出版。"[①] 这不仅仅是因为它是当时左翼文学的代表，证明了左翼文学不是"幼稚、粗拙"的。更是在于，它成功地融合了欧洲文学的多种手法，不仅仅有现实主义的、自然主义，更还有象征主义的手法和未来主义等手法。30 年代初，茅盾完成了他那本关于外国文学最为包罗万象的著作《西洋文学通论》，在这本书中可以发现茅盾的兴趣和爱好，他对某些作家完全忽略或一笔带过。对希腊、罗马和北欧神话、希腊悲剧、中世纪传奇给了很大篇幅，然后是雨果、弗洛贝尔、左拉、契诃夫、梅特林克、现代派和先锋派文学运动。人们评论《子夜》时，往往着眼于无产阶级革命文学的价值，同时批评矛盾对农村革命的描绘不足，在论述茅盾及其作品与外国文学关系的时候，往往注意到他与托尔斯泰与左拉自然主义的关系，却忽视了他对欧洲现代派文学手法的纯熟运用，而这正是欧洲现代主义与现实主义在中国综合化走向的典型。

一 《子夜》 与象征主义

茅盾在早期创作中已经有意识地在运用象征的手法，像《蚀》、

---

① 瞿秋白：《瞿秋白文集》，人民文学出版社 1980 年版，第 438 页。

《虹》等作品的标题也都似乎显示了这是一种有意识的艺术追求。关于《创造》，茅盾就说过，"《创造》中，我暗示这样的思想：革命既经发动，就会一发而不可收"①。如果说前期小说只是一种有意识的尝试，那么这种象征手法的运用到《子夜》中就更明显了。茅盾曾说过，"这部小说以上海为背景，反映了中国人民在中国共产党领导下进行长期的反帝反封建斗争中的一个阶段；这个阶段的斗争是残酷的，情况是复杂的，然而从整个形势看来，这是黎明前的黑暗，所以题为《子夜》"。② 这其实体现了一种借助自然景观象征从黑暗走向光明的总体性象征。

其实，《子夜》中的象征比比皆是。比如《子夜》开头描绘的1930年5月傍晚沉落的夕阳就有象征意味，正如马立安·高利克所言，"上海傍晚温和的夕阳暗示现代中国'神'的部分的衰落"。③ 这个"神"也有象征，象征中国的封建势力。吴老太爷刚下船，坐进了汽车，便"叫了起来：《太上感应篇》!"原来这随身的法宝遗落在云飞号大餐间里了。黄绫套着的书取来后，"吴老太接过来恭恭敬敬摆在膝头，就闭了眼睛"。吴老太爷一进上海看到的是最新式的汽车、眼花缭乱的霓虹灯、高耸入云的摩天大厦和无数的电灯、商店，特别是有着丰满的酥胸、裸露的胳臂、穿透明丝衫不着长裤的妇人女郎，吴老太爷眼前看到的只有动物和妖怪。"万恶淫为首!"这句话像鼓槌一样打得吴老太爷全身发抖。接着吴老太爷在吴府人群的扶持下走进灯火通明的大客厅。"吴老太爷心里只是发抖，《太上感应篇》紧紧地抱在怀里。"在他儿子的客厅，在以林佩瑶为首的"乳峰舞阵"的打击下终于口吐白沫，"黄绫套子的《太上感应篇》拍的一声落在地下"。吴老太爷给抬到小客厅去准备抢救了——

留在大客厅里的人们悄悄地等候着，谁也不开口。张素素依

---

① 茅盾：《我走过的道路》(中)，人民文学出版社1984年版，第11页。
② 茅盾：《茅盾全集》第3卷，人民文学出版社1989年版，第556页。
③ ［捷克］马立安·高利克：《中西文学关系的里程碑》，伍晓明等译，北京大学出版社1990年版，第113页。

在一架华美硕大的无线电收音机旁边，垂着头，看地上那部《太上感应篇》，似乎很在那里用心思。①

吴老太爷最终脑溢血而一命呜呼，这个封建时代"神"的代表人物的生命就这样结束了。而吴老太爷常常手捧而颂的《太上感应篇》则是封建伦理道德理念的象征物反复出现的。吴老太爷自从骑马跌伤腿成了"半肢疯"后，他就不曾跨出书斋半步，《太上感应篇》就成为他坐卧不离的法宝。吴老太爷并以此来训导他的"金童玉女"——四小姐蕙芳和七少爷阿萱。哪知一来到上海这个"大魔窟"，他的法宝就失灵，他的"金童玉女"也相继变异，吴老太爷也一命呜呼，为了强化这种象征意义，爱说俏皮话的范文博这么对林佩珊解释：

"难道老太爷已经去世了么？"

"我一点也不以为奇。老太爷在乡下已经是'古老僵尸'，但乡下实际就等于幽暗的'坟墓'，僵尸在坟墓里是不会'风化'的。现在既到了现代大都市上海，自然立刻就要'风化'。去罢！你这古老的僵尸！去罢！我已经看见五千年老僵尸的旧中国也已经在新时代的暴风雨中间很快地在那里风化了！"②

范文博的这段话也寄寓了作者的意向，借助相对应的形象将作品带到一个超越性的象征意境。茅盾 30 年代初出版的那部代表作《子夜》中，《太上感应篇》这样的象征道具还很多，像《少年维特之烦恼》和其中夹着的那朵"枯萎的白玫瑰"随着情场失意的女主人公先后在书中出现三次，其中也是有着象征意味的。其实，《子夜》中象征的手法比比皆是，吴老太爷死后，一群"吊客"临近棺材也是一种象征，象征着新的资产者面临和接近死亡。小说结尾"死亡的跳舞"也和开头的"乳峰舞阵"的象征形成呼应，使得这部小说成为一个完整

---

① 茅盾：《子夜》，载《茅盾全集》第 3 卷，人民文学出版社 1984 年版，第 20 页。

② 同上书，第 29—30 页。

的象征体系。

二　《子夜》中未来主义、表现主义的因素

未来主义在中国在五四时期就开始有人注意到，但人们对它的批评较多，比如宋春舫就称未来派艺术是"胡闹"，他总结未来派的理论说，"未来派坚持何种学说乎？曰排古，曰狂放，吾读此派剧本及遍而研究之结果曰，未来派之剧本直与滑稽影片无异，宜其学说之不惟外人所推许也"。① 宋春舫虽然抓抓住了未来主义排古、狂放等特征，但将未来主义等同于滑稽这在某种程度上是对未来主义的误读。但这不是个别现象，比如郭沫若对未来主义也提出指责，他认为，"未来派只是没有精神的照相器、留音器、极端的物质主义的畸形儿"。② 而且他还认为未来主义是"一种彻底的自然主义"，"彻底地是叙事的"。郭沫若站在浪漫主义的立场上考量未来主义，未来派的创作"并不是由无而有的创造，并不是由内而外的表现"。当然，郭沫若也推崇未来派关于"动"的理论主张，认为它是西方近代艺术精神之所在。欧洲未来主义者认为，机器、速度与力已经成为时代的标志，因此现代艺术就必须横扫传统的一切，要表现现代社会特有的速度与力。发表于1910年《未来派画家宣言》中，未来派将表现动感列为他们纲领之一，宣称应该把万物运动论运用到绘画之中，作为一种动态感。郭沫若十分赞同这点，比如他说未来派画马不画两只脚而要画二十只脚，画运动不画成直线要画成三角形，这都是运动精神的表现。但郭沫若对未来派关于"动"的理论也存在一定的误读，他把未来派动的精神理解为生命的节奏，他实际始终是站在浪漫主义主观表现的立场来看未来主义的。相对而言，茅盾对未来主义的理解则相对客观些，他在《小说月报》第13卷10期上发表一篇《未来派文学之现势》的论文，他在文章的开头指出，"文学上各种新运动之所以发生，一方是社会背景和

---

① 宋春舫：《现代意大利戏剧之特点》，转引自罗钢《历史汇流中的抉择——中国现代文艺思想家与西方文学理论》，中国社会科学出版社2000年版，第185页。

② 郭沫若：《未来派之诗约及其批评》，载《郭沫若文艺论集》，人民文学出版社1979年版，第129页。

时代的反映，一方也是对环境的反动"。由此观点，他分析了未来派产生的根源，"蒸汽、光、电……等等的速与力已成为近代人的意识与下意识的一部分，或者也应该在近代的艺术里占一席之地"①。而且茅盾在创作中明显糅杂了未来主义的手法，我们可以看到《子夜》中可以明显看出，《子夜》是一个现代都市小说，而都市则是现代主义的一体两面而不可分割的，或者说《子夜》所表现的是一个过去所熟知的农村田园是社会向光怪陆离的城市转移的阶段，是一个临界点。所以《子夜》所描绘的都市色彩不是单一的蓝色、灰色或者红色。它是光明与黑暗交织的，是众多驳杂颜色而成的大幅油画，它不是传统的那种和谐，但却强烈的突出了现代都市生活的"光、热、力"：

> 太阳刚刚下了地平线。软风一阵一阵地吹上人面，怪痒痒的。苏州河的浊水幻成金绿色，轻轻地，向西流去。……暮霭挟着薄雾笼罩了外白渡桥的高耸的钢架，电车驶过时，这钢架在横空架挂的电车线时时爆发出几朵碧绿的火花。从桥上向东望，可以看见浦东的洋栈像巨大的怪兽，蹲在瞑色中，闪着千百只小眼睛似的灯火。向西望，叫人猛一惊的，是高高地装在一所洋房顶上而且异常庞大的霓虹电管广告，射出火一样的赤光和青燐似的绿焰：Light，Heat，Power!②

这里，且不说空间上的高耸突兀，繁杂交错的立体构图，仅从色彩上便充分的表现了黄昏时刻五光十色的上海大都市氛围。碧绿，瞑色，青燐似的绿焰，火一样的赤光，这些光怪陆离，多样驳杂的色彩构成了现代都市生活的光谱。而这各种色彩造成的强烈反差正突出了万相杂陈的"光、热、力"的世界。这"光、热、力"的世界对久居都市的人可能司空见惯，在未来主义者看来可能还有一种快感甚至艺

---

① 茅盾：《未来派文学之现势》，载《茅盾全集》第 32 卷，人民文学出版社 2001 年版，第 583 页。

② 茅盾：《子夜》，载《茅盾全集》第 3 卷，人民文学出版社 1984 年版，第 1 页。

术的美感。但对于吴老太爷这样从乡下来的"古老僵尸"来说，这却是一个荒诞的光色世界：

> 汽车发疯似的向前飞跑。吴老太爷向前看。天哪！几百个亮着的灯光的窗洞像几百只怪眼睛，高耸碧霄的摩天建筑，排山倒海般地扑到吴老太爷眼前，忽地又没有了。……长蛇似的一串黑怪物，头上都一对大眼睛放射出叫人目眩的强光。啵——啵地吼着，闪电似的冲将过来，……他眼前是红的，黄的，绿的，黑的，发光的，立体的，圆锥形的，——混杂一团，在那里跳，在那里转；他耳朵里灌满了轰，轰，轰！轧，扎，扎！啵，啵，啵！猛烈嘈杂的声浪会叫人心跳出腔子似的。①

这些变动的光声和色彩对吴老太爷来说完全是一种异化的物体，这种光怪陆离的物理世界和他古久封闭的心理世界产生尖锐冲突。这部作品是茅盾以现实主义理论为指导的创作，为什么会有这么多现代主义的表现手法呢？这只是茅盾以前接受现代主义后无意识的反映吗？其实不然，这些表现手法在《子夜》的整体构思中就已经设定。我们可以看《子夜》的"写作提要"里便有这样的构思：

> 一、色彩与声浪应在此书中占重要地位，且与全书之心理过程相应合。
>
> 二、在前部分，书中主人公之高扬的心情，用鲜明的色彩，人物衣饰，室中布置，都应如此。……
>
> 三、在后半，书中主人公没落心情，用阴暗色彩。衣饰，室中布置，亦都如此。……
>
> 四、前半之背景在大都市，热闹的兴奋的。后半是都市之阴暗面或山中避暑别庄。

---

① 茅盾：《子夜》，载《茅盾全集》第 3 卷，人民文学出版社 1984 年版，第 11 页。

五、插入之音乐，亦复如此。①

这里，我们虽然没有明确看到未来主义，或者表现主义等词汇，但从小说中反复出现的光、声、热等词汇，以及这方面的描写我们还是可以看出茅盾对现代主义表现手法的借鉴。西方有研究者还认为《子夜》的叙述采用了"混合语言"，即在叙述之流中交织着许多不同人物的内心独白。通过这些内心独白"交织着这些人物的不同的声音和语调，暗示着外在的史诗的现实和内在的人物的精神世界的相遇"。② 所以茅盾对欧洲现代主义手法的借鉴是广泛的，而且他并没有盲目地照搬西方现代主义文学手法，他作品中的象征主义、未来主义、表现主义，甚至意识流等非现实主义因素并非以孤立形式单一存在的，而是和现实主义的手法有机结合，相互交融，完全渗透到整个小说的艺术结构中去了。所以《子夜》实际上是融合了西方文学多种表现手法的一个成功范例。从某种意义上说中国的现代主义文学的存在其实是为了现实主义的深化和浪漫主义的扩大，或者说现实主义的深化和浪漫主义的扩大乃是中国的现代主义文学最真实的形态。

三　走向现实主义的现代主义

从茅盾的理论追求和文学创作实践可以清晰地看出，茅盾是有意识地将现代主义与现实主义文学思潮融合发展的。五四时期，茅盾是大力提倡现代主义文学的，他曾说："西洋的小说已经由浪漫主义进而为现实主义、表象主义、新浪漫主义，我国却还停留在写实之前，这个显然又是步人后尘。"③ 在茅盾看来，中国社会充满了黑暗，文学应该反映社会现实，反映社会的黑暗，从这个意义上，他提倡写实主义和自然主义。但是，写实主义、自然主义虽然"能揭破社会之黑幕"，

---

① 茅盾：《〈子夜〉写作的前前后后》，载《茅盾全集》第 34 卷，人民文学出版社 1997 年版，第 499 页。

② ［捷克斯洛伐克］雅罗斯拉夫·普实克：《论茅盾》，尹惠珉译，见李岫编《茅盾研究在外国》，湖南人民出版社 1984 年版，第 627 页。

③ 茅盾：《小说新潮栏宣言》，载《茅盾全集》第 18 卷，人民文学出版社 1989 年版，第 14 页。

但"无健全之人生观以指导读者"。① 这种缺欠，可以为"新浪漫主义"所弥补。茅盾认为，新浪漫主义文学"有可以指人以正路，使人不失望的能力，我们定然要走这路的"②。又说"能帮助新思潮的文学应是新浪漫的文学，能引我们到正确人生观的文该是新浪漫的文学"。③ 茅盾之所以提倡"新浪漫主义"，是因为新浪漫主义有富于理想的一面，这符合"文学是描写人生，犹不能无理想做骨子"。④

到 30 年代后，茅盾则主要致力于现实主义的创作，但也融入了现代主义的因素。他早在 1925 年发表《论无产阶级艺术》时就明确表示要困苦地然而坚决地要脱下他的旧外套，也就是"'自然主义'与'旧写实主义'"的倾向。在 20 年代末、30 年代，茅盾译介了大量外国文学，其重点则是苏联的社会主义现实主义文学。从他翻译了铁霍诺夫的《战争》、卡达耶夫的《团队之子》、格罗斯曼的《人民是不朽的》等作品中，更从他所撰写的有关苏联文学的评论中，我们可以看到他的革命现实主义文学从形成到成熟，都是与苏联社会主义文学的影响分不开的。但 30 年代他出版了《西洋文学通论》和《创作的准备》，两部著名著作集中体现了他有意识将西方现代主义与现实主义融合的理论倾向。在《西洋文学通论》的《结论》一章，茅盾明确指出，文艺不是照相机，也不是镜子，而应该是斧头，不应该只是反映，而应该是创造的。这一认识比早期"丝毫不掺入主观心理"的客观现实主义无疑是更深入的了。茅盾在艺术创造上也主张广开门路，像心理分析、幻觉描写、象征等现代派的艺术技巧亦可吸收，诚如他说："我们也不应当否认，象征主义、印象主义，乃至未来主义在技巧上的新成就可以为现实主义作家或艺术家所吸收，而丰富了现实主义作品的技巧"⑤，这使得中国现实主义有泛化的倾向。在这一思想指导下，我们看到了《子夜》的诞生，实际是茅盾有意识将现代主义与现实主义融

---

① 《〈欧美新文学最近之趋势〉书后》，《东方杂志》第 17 卷第 18 期。
② 茅盾：《我们现在可以提倡表象主义的文学么?》，《小说月报》第 11 卷第 2 期。
③ 茅盾：《为新文学研究者进一解》，《改造》第 3 卷第 1 期。
④ 茅盾：《文学上的古典主义浪漫主义和写实主义》，《学生杂志》第 7 卷第 9 号。
⑤ 茅盾：《夜读偶记》，载《茅盾文艺评论集》（下），文化艺术出版社 1981 年版，第 836 页。

合的产物。

　　20世纪"现实主义"的内涵泛化，这也是世界文学思潮的表现。这首先表现在卢卡奇和布莱希特的论争中，卢卡奇30年代提出了"大现实主义"概念，认为"只有现实主义才符合所有艺术的本性"①。布莱希特对此非常不满，他认为：现实主义不是一种特殊的艺术类型，也不仅仅是形式问题，而是"这样一种艺术，它发掘社会的规律与发展，站在最能解决社会问题的阶级的立场，揭露盛行的思想意识"②，在布莱希特看来，只要能够达到这一政治目的，即使采用现代主义的技巧也能够纳入现实主义的视野。加洛蒂更是提出的"无边的现实主义"，所以在30年代现实主义与现代主义综合化发展也是世界文学的一种趋势。茅盾显然是看到了在中国现代主义文学的发生发展中，现代主义和现实主义的合流是不争的事实，社会历史环境、文学传统和多种外来文学思潮的共时性影响造成了这种合流。所以他在引领中国现实主义小说走向的时候并不是发展所谓纯粹的现实主义，也不是机械地将现实主义与现代主义绝对分开，而是有意识地将二者融合，这实际为中国，乃至世界现实主义理论和创作出了贡献。

---

　　① 〔苏〕M. C. 卡冈主编：《马克思主义美学史》，汤侠生译，北京大学出版社1987年版，第128页。

　　② 同上。

戴望舒诗歌的"欧化"与"民族化"

　　戴望舒 1925 年入上海震旦大学学习法文，开始受到法国象征派的影响。1932 年后留学法国、西班牙。戴望舒 1929 年出版的第一部诗集《我的记忆》标志着中国现代派诗歌新的方向。现代派诗的形成和发展，经历了从 1929 年戴望舒等主编的《新文艺》月刊、1932 年施蛰存主编的《现代》杂志到 1936 年卞之琳等主编的《新诗》月刊七八年的历程。特别是《现代》杂志创办出版（1932 年 5 月—1935 年 5 月，共出 34 期），刊发了戴望舒、施蛰存、李金发、林庚、吴奔星等近 90 位诗人的诗作，形成了以戴望舒为首的声势浩大的现代主义诗潮，至 1936 年前后形成高潮，被人们称之为新诗的"成熟期"与"黄金时代"。30 年代初，现代诗如雨后春笋，迅速发展起来。戴望舒的诗集《望舒草》（1933）既借鉴法国后期象征派诗人的表现方法又结合中国传统诗艺，形成了自己独特的稳健的现代派诗风，成为本时期沟通中西诗艺、寻找中外诗歌艺术融合点的最早实践者。

一　戴望舒诗歌的欧洲渊源

　　在早期，戴望舒主要受到法国浪漫派的影响，他读过许多法国浪漫派作家的作品，如雨果的、夏多布里昂的、拉马丁的等。如戴望舒所言，"初期的戴望舒，从翻译英国颓废派诗人道生和法国浪漫派诗人雨果开始，他的创作诗也有些道生的味道"。[①] 他译过夏多布里昂的《少女

---

　　① 施蛰存：《戴望舒诗全编·引言》，浙江文艺出版社 1989 年版，第 6 页。

之香》，译过富于浪漫传奇色彩的法国古弹词。他对世纪法国浪漫主义文学运动曾给予很高的评价，认为它是法兰西文学的新纪元。由于戴望舒本身的感伤情绪，他更多地倾心于夏多布里昂、拉马丁等人作品中的那种感伤的色彩。这反映在他《旧锦囊》那一辑中的作品里。艾青在《望舒的诗》针对这些诗说，他像一个没落的世家子弟，对人生采取消极的、悲观的态度。这个时期的作品充满了自怨自艾和无病呻吟。这种情绪与他那时所受的浪漫派的影响不能说没有关系的。浪漫主义诗歌的一个主要特征是注重表现诗人的内心世界，但消极浪漫主义在情调上往往染上忧郁、感伤的色彩。注重抒情和情调的感伤性是消极浪漫主义文学影响戴望舒诗歌的主要因素。整个《旧锦囊》中，诗人集中表现自己内心的体验，表现自己悲凉的人生感受，呼应了拉马丁作品中忧郁、孤独的主题。戴望舒接受法国浪漫派影响的又一表现，那就是他采用了浪漫派诗人常用的直抒胸臆的手法来抒发自己的情绪，而不是像后来的象征主义诗人那样着重用象征物来暗示自己的情绪。在《旧锦囊》中，诗人的情绪大多是直接抒发出来的。这种直抒胸臆的方式不同于他后来在象征主义影响下写成的《雨巷》、《单恋者》等篇章时所用的象征、暗示的手法。

20 年代后半期，戴望舒转向对法国象征派诗歌艺术的吸收和借鉴，逐渐形成自己独特的诗歌风格。"中期的戴望舒，偏爱了法国的象征派诗，他的创作就有些保尔·福尔和耶麦的风格"[1]，而这正是他放弃韵律，转向自由诗体的时候。由此可见，戴望舒的创作与法国象征派文学的影响是分不开的。导致这种追求的契机是：戴望舒进入上海大学学习法语，开始直接阅读并认同象征主义诗人特别是保尔·魏尔仑（Paulverlaine）、保尔·福尔（PaulFort）、耶麦（FranlisJarnmes）的作品。关于这一点，戴望舒当时的同学和诗友施蛰存、戴杜衡都有亲切的回忆文字证明。施蛰存回忆说，戴望舒在神父的课堂里读拉马丁、谬塞，在枕头底下却埋藏着魏尔仑和波德莱尔。杜衡则说："1925 到 1926，望舒学习法文。他直接地读了 Verlaine，Fort，Gourmont，Jarnmes 诸人底作

---

① 施蛰存：《戴望舒诗全编·引言》，浙江文艺出版社 1989 年版，第 6 页。

品，而这些人的作品当然也影响他。本来，他所看到而且曾经爱好过的诗派也不单是法国的象征诗人；而象征诗人之所以会对他有特殊的吸引力，却可说是为了那种特殊的手法恰巧合乎他底既不是隐藏自己，也不是表现自己的那种写诗的动机的原故。同时，象征诗派底独特的音节也曾使他感到莫大的兴味，使他以后不再斤斤于被中国旧诗词所笼罩住的平仄韵律的推敲。"① 在这期间，戴望舒陆续翻译了魏尔伦、波特莱尔、福尔、耶麦、果尔蒙、瓦雷里等人的诗作和诗论。这些象征派诗人对戴望舒产生了巨大影响，而这些影响对戴望舒来说，是存在于他的诗艺探索之中的。戴望舒对后期象征主义有强烈的兴趣。他曾翻译过果尔蒙的《西莱纳集》中的首作品，并称赞果尔蒙的诗有着绝端的微妙——心灵的微妙与感觉的微妙。他的诗情完全是呈给读者的神经，给微细到纤毫的感觉。《西莱纳集》不仅体现了"感觉"、"心灵"的微妙和纤细，而且还在诗情上呈现出轻灵和怡然的韵味。戴望舒的诗不仅在感情上比《西莱纳集》要深沉哀怨，在意象的抒写上也笔致细腻，从而使他的诗总体上呈现出了轻盈流丽的风格。正是在"心灵的微妙与感觉的微妙"这一点上，戴望舒在果尔蒙那里找到了相似点和兴趣。戴望舒还翻译了耶麦的《膳厅》、《少女》等 4 首作品。对于耶麦的爱好在戴望舒中的作品中留下了印记。如《我的记忆》一诗明显受到《膳厅》等诗的影响，他在《法国诗选译·译后记》中说，"抛弃了一切虚夸的华丽、精致、娇美，而以他自己的淳朴的心灵来写他的诗"，能够注意"适当地、艺术地抓住"那些"生存在我们日常的生活上"的美感，在《膳厅》里，诗人把衣橱、挂钟、碗橱等具体的物体情感化，认为它们都保留了往日的记忆，在《我的记忆》里，戴望舒是将抽象的情感拟人化，在日常生活的物象上捕捉美感，使一些似乎与诗无缘的琐碎事物具有了丰富象征意象。因此，这些日常生活的常见物，也就富有了诗的光彩和韵味。戴望舒的另一首《村姑》与耶麦的《少女》同写淳朴的乡村少女情窦初开的心情，虽然结构略有不同，但所写的少女都有着相似的情调。

---

① 杜衡：《望舒草·序》，见梁仁编《戴望舒诗全编》，浙江文艺出版社 1989 年版，第 51 页。

30 年代,他开始了对诗歌"音乐的成分"勇敢的反叛,走向对诗的内在情绪韵律的追求。《我的记忆》就是这种追求的一个新的里程碑。这时他对法国象征派的兴趣,已经从魏尔伦、波特莱尔、果尔蒙、耶麦等人转向西班牙的民谣,他吸收了民谣的那种更为自由淳朴的诗风。对戴望舒诗歌文体的演变轨迹与欧洲文学的关系,施蛰存有过清晰的观察和表述。1988 年他曾指出:"从这个译诗集,我们可以看出望舒的译诗工作是和他的创作互为影响的。初期的戴望舒,从翻译英国颓废派诗人道生和法国浪漫派诗人雨果开始,他的创作诗也有些道生和法国浪漫派诗人雨果的味道。中期的戴望舒,偏爱了法国的象征派诗,他的创作诗就有些保尔·福尔和耶麦的风格。后期的译诗,以西班牙的反法西斯诗人为主,尤其热爱洛尔迦的谣曲,我们也可以在《灾难的岁月》中,看到某些诗篇具有西班牙诗人的情绪和气质。"[①]

戴望舒所受欧洲文学的影响是多方面的,并不仅仅局限于法国象征主义。特别是他在 30 年代还有受到国际无产阶级文学运动和苏联文学的影响,创作了《断指》、《我的小母亲》、《流水》等革命思想倾向鲜明的诗篇。他在 30 年代前后与革命文学界的交往相当密切,还积极地介绍和研究欧洲革命文学。1930 年 3 月 2 日中国左翼作家联盟在上海成立,戴望舒由冯雪峰介绍出席了大会,成了第一批成员,从此他与"左联"作家有了更多的联系。在这期间,戴望舒接触了国外的无产阶级文艺理论,并将目光投注到欧洲无产阶级文学运动上。他在《新文艺》月刊上介绍这些国家无产阶级文学运动的情况,并热情歌颂无产阶级文学是一种新生的力量。他还在鲁迅、冯雪峰主编的"科学的文艺论丛书"中翻译出版了苏联理论家伊可维支写的《唯物史观的文学论》。同年又在《小说月报》发表的《诗人玛耶阔夫斯基的死》,显示出他在应用马克思主义理论分析文学现象达到一个新的水平。在该文中,他运用马克思主义的一些基本文艺观点,如文艺是社会生活反映的观点,文艺的阶级性的观点去解释苏联十月革命后复杂的文学

---

① 施蛰存:《戴望舒诗全编·引言》,浙江文艺出版社 1989 年版,第 6 页。

现象。同时，戴望舒还致力于向读者介绍苏联的文学作品。他特别关注其中的"同路人"文学，并著文介绍了苏联文坛年对"同路人"的批判。他翻译了"同路人"作家伊凡诺夫的《铁甲车》。批判其小说"不能真正地把握到革命的真谛"，但也肯定他写实的才能和"对于革命对一切"的"根据本能的认识"。这些认识，对于他大革命以来行动上的革命倾向是一种合理的发展，而对于他长期以来形成的多少有点贵族化的文学主张，却是一个大胆的自我反叛。尽管这种认识也许还仅仅出于粗浅的热情和模糊的追求，他当然还缺乏深刻的自我批判后的深思熟虑，但这种崭新的发现无疑影响了他的创作态度，使他一度克服了早期所遵奉的"超功利"的文学主张，他用积极的态度面对生活，追求诗歌"和革命的联结"。这可以说是国际无产阶级文学运动和苏联文学影响戴望舒最主要的地方。在这种影响下，他写出了《断指》、《我们的小母亲》、《流水》等具有鲜明的社会主义倾向的诗篇。1937 年后，戴望舒投身于民族解放斗争的行列，表现出空前的爱国热情与献身精神，诗的内容和格调都发生了巨大变化。1939 年的《元日祝福》是这种变化的标志。此后写的一批诗作，关注国家民族的命运，在民族的苦难中审视个人的不幸，回荡着爱国主义的激情，格调由枯涩转变为明朗、雄健。这些诗作不仅说明了他对诗的题材、主题及诗的教化功能的理解有了新的变化，而且反映出诗人同祖国与人民的命运息息相通的情感。这是前期《断指》、《我们的小母亲》、《流水》的进一步发展，也可以说是对欧洲无产阶级文学传统的某种继承。

二 戴望舒诗歌的民族化特征

从严格意义上来说，戴望舒并不完全是个象征主义者。这一点在当时就有人感觉到了。杜衡在《望舒草·序》中说："他底诗，曾经有一位远在北京（现在应该说北平）的朋友说，是象征派的形式、古典派的内容。"① 到他被称为现代派诗歌的领袖的时候，他仍然是一个中国式的现代派，他所着重的仍然是中国古典的意象，以及情绪，同强

----

① 杜衡：《望舒草·序》，见梁仁编《戴望舒诗全编》，浙江文艺出版社 1989 年版，第 51 页。

调超验的西方现代派仍然保持距离，在他的诗中，始终没有和古典意象和情绪断绝联系。作为象征派的不纯粹性，正是他的民族的独创性。正是因为这样，戴望舒诗歌的民族化走向主要是表现在诗歌的意象选择，以及由此而来的节奏和韵律。

（1）诗歌意象的选择

戴望舒诗中的意象往往纯粹源自中国，内含传统诗歌的文化底蕴。这就形成了其诗意象的东方艺术之美：细腻、含蓄、典雅。例如在中国古典诗歌中经常出现"蔷薇"、"春花"、"天上的花枝"、"残叶"、"丁香"等意象在戴望舒诗歌中出现频率极高，尤以"丁香"为最具代表性。《花镜》有记载："丁香，叶似茉莉，初春开花，其瓣柔色紫，清香袭人"，由于丁香柔弱易凋谢，故而文人墨客常会对着丁香伤春。李商隐《代赠》诗中有"芭蕉不展丁香结，同向春风各自愁"，可见古人已用丁香来象征愁心、愁情。南唐李煜更用"丁香"寄寓难以言说的深长愁恨和感慨，比如《浣溪沙》：

手卷真珠上玉钩，依前春恨锁重楼。风里落花谁是主？思悠悠！

青鸟不传云外信，丁香空结雨中愁。回首绿波三楚暮，接天流。

这里诗人更把丁香结和雨中愁联系在一起，更渲染出抒情主人公的深沉哀怨。很显然戴望舒《雨巷》是沿用了这一意象的内涵：

撑着油纸伞，
独自彷徨在悠长，
悠长又寂寥的雨巷，
我希望逢着一个丁香一样的结着愁怨的姑娘……①

---

① 戴望舒：《戴望舒全集》（诗歌卷），中国青年出版社1999年版，第41页。

但他又赋予这一"古典意象"以"现代情绪"——由"丁香结"联想到"丁香一样的姑娘"——用丁香一样的姑娘来象征自己心灵深处的一种美好而又飘忽的希望和理想。《雨巷》一咏三叹，低回无垠，而就是此篇，历来多被视为既用象征派之暗示、隐喻，又有借香草、美人托志的古韵，吐露的是对理想的追求和求之不得的沉郁之情。关于"化古为新"，戴望舒《诗论零札》的第十条和第十一条都涉及这个问题："不必一定拿新的事物来作题材（我不反对拿新的事物来做题材），旧的事物中也能找到新的诗情。""旧的古典的应用是无可反对的，在它给予我们一个新情绪的时候。"① 戴望舒认为："古诗和新诗也有着共同之处，那就是永远不会变价值的'诗之精髓'，那维护着古人之诗使不为岁月所伤的，那支撑着今人之诗使生长起来的，便是它。它以不同的姿态存在于古人和今人的诗中，多一点或少一点；它像是一个生物，渐渐地长大起来"②，这种观念驱使戴望舒自觉地去从旧诗中吸取艺术营养，而戴望舒所说的"诗之精髓"指的应该是意境、诗情等等。因此，古诗的意象，凡符合他"新的诗情"的需要，他都会取来入诗，并加以成功地表现。他许多诗作中那些伤春悲秋，游子伤怀的咏叹，也都能在我国古代诗词中找到印证。比如他那首《深闭的园子》：

> 五月的园子，
> 已花繁叶满了，
> 浓荫里却静无鸟喧。
> 小径已铺了苔藓，
> 而篱门的锁也锈了——
> 主人却在迢遥的太阳下。
> ……

---

① 戴望舒：《诗论零札》，载《戴望舒文集》，人民文学出版社 1988 年版，第 34 页。
② 转引自陈丙莹《戴望舒评传》，重庆出版社 1993 年版，第 67 页。

读这首诗，自然会联想起马致远的《天净沙·秋思》那种"夕阳西下，断肠人在天涯"，崔护"人面不知何处去，桃花依旧笑春风"，以及李煜"雕栏玉砌应犹在，只是朱颜改"等诗句，产生一种人去楼空、物是人非的伤感。我们再看《断章》：

> 愿她温温的眼波荡醒我心头的春草；
> 谁希望有花儿果儿？
> 但愿在春天里活几朝。①

"眼波"是古诗常用的，如韩偓的《席上有赠》："小雁斜侵眉柳去，媚霞横接眼波来"。杜牧的《宣州留赠》："为报眼波须稳当，五陵游宕莫知闻"。另外，古人常以芳草喻美人，自屈原《离骚》即开此先河，如苏轼《蝶恋花》："天涯何处无芳草"，而秦观又作了引申，以春色引起的情思为芳思，故有了《望海潮》中"正絮翻蝶舞，芳思交加"之语，而戴望舒在诗中用"心头的春草"被"荡醒"来比喻爱情的袭来，极为贴切而富神韵，从中可看出诗人在创作上与中国传统诗歌的承继关系，与所抒发的苦闷、失落情绪相吻合。戴望舒在诗中选用的意象也多是抑郁感伤的，如《印象》一诗：

> 如果是青色的真珠；
> 它已堕到古井的暗水里。
> 林梢闪着的颓唐的残阳，
> 它轻轻地敛去了跟着脸上浅浅的微笑。……②

除此之外，像他在《寒风中闻雀声》和《残花的泪》两诗中，两次使用了"薤露歌"这一典故。"薤露歌"是汉乐府《相和曲》中的挽歌，为出殡时挽柩人所唱，意指人的生命的短促，就像薤叶上的露珠

---

① 戴望舒：《戴望舒全集》（诗歌卷），中国青年出版社 1999 年版，第 163 页。
② 同上书，第 64 页。

一样，瞬息即消殒。唱此歌是用以引起人们对死者的惋惜和对人生短促的悲哀。戴诗中这一典故的反复运用，便使这种凄婉忧郁的情感，带上了一种典雅古朴的民族色彩。他许多诗作中那些伤春悲秋的吟哦，游子他乡的咏叹，都一一能在我国古代诗词中找到印证。尤其戴望舒还有一些诗如《百合子》、《八重子》等，是以日本舞女的名字为题，诗中所表现的是对流落他乡的卑微女子孤零命运的同情，挖掘出她们酒色生活掩盖之下的内心苦楚，寄寓了诗人自己飘零一生、居无定所的身世之感。这些诗的意象选择也源于中国古诗的传统。流落江湖市井之间的不幸妇女的形象在中国古典诗歌中是常见的，如白居易的《琵琶行》，所传达出来的"同是天涯沦落人，相逢何必曾相识"的感怀，也是中国文人笔下的一个长久不衰的主题，而戴望舒又把这种传统的表现对象与诗人自我"新的情绪"融为一体，使百合子、八重子这些舞女的意象更贴切地暗示了诗人自己的情感体验。

意象的表现方式而论，戴望舒也是继承了中国古典诗词的优良传统。中国古诗注重"白描"，注重以自然之笔抒写诗情，同时中国传统的婉约派又强调诗的"隐"，强调诗的表现的委婉、微妙。戴望舒正是把这些中国古典诗的传统融入诗中，创造出了一种中国化的主观与客观、生命与自然之间的融合。这种白描以平凡的诗句，准确、精炼地表现生活中的诗情、诗境，看似生活、情感的直录，实际上经过了艺术的加工锤炼，因而更富于情思。如《我的记忆》，诗中有两种意象表现方法：一种是"白描"无生命的自然之物如烟卷、笔杆、粉盒、木莓、酒瓶等；另一种是隐约有生命的"我"的"老朋友"，它胆小、琐碎却永不休止。全诗将后一种生命形态叠印在前一种自然之物上，在两种意象和情感的相互交融中展开两种心态的流程。又如《小病》中由病人口中淡而无味，联想到家乡脆嫩可口的莴苣，由此生出对家乡的神往和思念，它所采用的意象都是抒情主人公本色生活的真实再现，自然而生活化，然而我们从这平凡的田园生活中仍能感受到诗人那种深沉的情思。感中获得自我的实现。我们可以看到戴望舒成功的继承我国古代诗歌的优良美学传统，并使之融入自己的诗作，达到自然和谐、水乳交融的程度。

（2）与意境对应的音乐性

我们在阅读戴望舒诗时总能感受到挥之不去的音乐性，这自然与瓦雷里、兰波等象征诗人的影响有关。但他后期却抛弃了对欧洲诗歌注重外在形式的美学规范，而寻求一种与内在情绪相和的音乐性，这根子底的还是受中国古典诗词影响，特别是古典意境的影响。

《雨巷》是戴望舒早期的成名作和代表作。诗歌发表后产生了较大影响，诗人也因此被人称为"雨巷诗人"。诗歌描绘了一幅梅雨时节江南小巷的图景，借此构成了一个富有浓重象征色彩的抒情意境。本诗还体现了作者对于音乐美的追求，全诗回荡着一种流畅的节奏和旋律，诗中重叠反复手法的运用也强化了音乐效果。正如叶圣陶所说，《雨巷》是"替新诗的音节开了一个新的纪元"①。《戴望舒诗全编》编者梁仁指出："《雨巷》所辑，反映出作者对诗的音乐美，诗的形象的流动性和主题的朦胧性的追求；法国早期象征派诗人戴尔伦的意象的'模糊和精确紧密结合'，把强烈情绪寓于朦胧的意象之中等主张，对他影响甚为明显。"《雨巷》产生的 1927 年夏天，是中国现代史上一个最黑暗的时期。诗中表达了诗人对理想事物的模糊追求和在黑暗现实中产生感伤迷惘的情绪。诗中的主要意象，那个"丁香一样地结着愁怨的姑娘"，她的颜色、芬芳、忧愁，甚至她的实在都是隐隐约约的，若有若无的。诗的想象方式在于表现一种诗人在"雨的哀曲"中获得瞬间印象。所以这首诗在主题、意象、想象方式上都有朦胧的特点，诗人的情绪寓于朦胧之中。这种艺术手法与上述魏尔伦的主张是相近的。此外，《雨巷》美妙的音乐成分是备受人们称赞的，实践了魏尔伦"音乐先于一切"的主张。作者还巧妙地借鉴波特莱尔等其他诗人"行断意连"的诗句排列方式，使全诗产生出具有旋律美的诗歌句式。

戴望舒早期从旧诗词脱胎而来的诗作，还称不上是用内在情绪的关照去创造诗美，他更着眼于用词造句，以及结构排列上，即便是最早的翻译诗，也有此如此。但《望舒草》（1932 年）后，戴望舒他开

---

① 叶绍钧语，转引自杜蘅《望舒草·序》，梁仁编《戴望舒诗全编》，浙江文艺出版社 1989年版，第 52 页。

始了对他所谓诗歌的'音乐的成分'勇敢的反叛，走向对诗的内在情绪韵律的追求。这一时期，是戴望舒的成熟时期，也是他进一步民族化的时期。《我的记忆》就是这种追求的一个新的里程碑。这时他对法国象征派的兴趣，已经从魏尔伦、波特莱尔转向了后期象征派诗人果尔蒙、耶麦等人，他吸收了他们那种更为自由淳朴的诗风，但对象征主义的音乐性又有反叛，这在他的十七条《诗论零札》就有论述。《诗论零札》是施蛰存根据戴望舒去法国前"留下的笔记本中抄录来付刊的"，而施蛰存认为"这些零札都是法国象征主义诗人的理论"。① 但是与早期象征主义诗人魏尔伦、兰波对音乐性和色彩感的重视不同，因为这些理论都在强调对音乐性、色彩感和外在韵律的背离：

一、诗不能借重音乐，它应该去了音乐的成分。

二、诗不能借重绘画的长处。

三、单是美的字眼的组合不是诗的特点。

五、诗的韵律不在字的抑扬顿挫上，而在诗的情绪的抑扬顿挫上，即在诗情的程度上。

六、新诗最重要的是在诗情上的 nuance 而不是字句上的 nuance（法文，意为变异，变换）

七、韵和整齐的字句会妨碍诗情，或使诗情成为畸形的。倘把诗的情绪去适应呆滞的，表面的旧规律，就和把自己的足去穿别人的鞋子一样。愚劣的人们削足适履，比较聪明一点的人选择适合脚的鞋子，但是智者却为自己制最合自己的脚的鞋子。②

按照他的这些理论，我们可以来看《我的记忆》：

我的记忆是忠实于我的，

---

① 施蛰存：《〈现代〉杂忆》，载《新文学史料》(1)，人民文学出版社 1981 年版，第 220 页。
② 戴望舒：《望舒诗论》，载《戴望舒全集》（散文卷），中国青年出版社 1999 年版，第 127—128 页。

忠实得甚于我最好的友人。

它存在在燃着的烟卷上，
它存在在绘着百合花的笔杆上。
……
在压干的花片上，
在凄暗的灯上，
在平静的水上，
在一切有灵魂没有灵魂的东西上，
它在到处生存着，像我在这世界一样。
……①

这首诗不再追求那种形式美，以及节奏。但诗中运用了复沓、叠句、重唱等手法，造成了回环往复的旋律和宛转悦耳的乐感。这里记忆由一系列日常生活琐事构成的意象组成，排比句式形成的反复咏叹，使得即一种无法言说的情绪自然流露。复沓、重唱就是一种音乐形式，它使得诗歌内在节奏不断加速，这种环绕加速的节奏正是和那无法言说又无所不在的情绪相对应的，形成一种余音绕梁的音乐效果。

三 从欧化到民族化

戴望舒 30 年代后的诗作，多是把他最真挚的感情，最切实的艺术感受，通过那"感官"或"超感官"的情绪，化为整组的艺术形象和意象。诚如诗人自己所说的，"诗应当将自己的情绪表现出来，而使人感到一种东西，诗本身就像是一个生物，不是无生物"。② 它既没有单纯地追求什么音律上的铿锵和谐，也没有孤立地去勾画什么具体的画面，而是创造出一组能激起人丰富联想的意象，却又独有一种内在的旋律，如歌如泣。如《林下的小雨》、《我用我残损的手掌》、《秋夜思》

---

① 戴望舒:《戴望舒全集》(诗歌卷)，中国青年出版社 1999 年版，第 49 页。
② 戴望舒:《望舒诗论》，载《戴望舒全集》(散文卷)，中国青年出版社 1999 年版，第 129 页。

等诗作，尤其《秋夜思》（1935 年，7 月 6 日）一诗，典型地体现了诗人的美学追求：

> 谁家动刀尺？
> 心也需要秋衣。
> ······
> 但曾一度谛听的飘逝之音。
> 而断裂的吴丝蜀桐，
> 仅使人从弦柱间思想华年。①

　　这首诗从秋夜诗人瞬间的心绪展开联想，其中的意象我们可以想到李白的"长安一片月，万户捣衣声"，杜甫的"寒衣处处催刀尺，白帝城高急暮砧"，白居易的"江人授衣晚，十月始闻砧。一夕高楼月，万里故园心"。但诗人的联想打破时空之限制，透露出一种淡淡的哀愁。诗人既未从韵律美上去追求，以达到一种回忆回环的情致，亦未从画面上勾勒秋夜的风姿。而是从意象的感受，袒露出自己内心情绪的波动。诗人从邻人动刀尺的声响中感到了秋凉，联想到"心也需要秋衣"。接着，诗人又把探微的听觉和触觉伸向广阔的时空，把自己的心比作断裂之琴，发出的枯裂之声，这虽然悲哀、凄凉的，但又使人从断裂的琴思忆起美好的年华，体现了一种对已逝的美好事物的怀恋之情。从听觉感受到的风声，仿佛听他的心的枯裂声音，这种情绪的咏叹有如一曲悲歌。我们可以感受到这首诗歌情感节奏是非常强烈的，这种节奏是通过语言的轻重、长短、缓急等语言属性来实现。当然并不是带有节奏的都具有音乐的特性，但在诗歌中语言的声音要借节奏和音调的和谐来发挥作用，戴望舒对音乐成分的反叛更多是针对格律诗而来的，特别是针对新月派的那种对英语诗歌格律的模仿。诗歌的音律来源于情感，这是诗歌音乐性不变的真理，因而诗歌并不可能完全去掉音乐的成份，只是戴

---

① 戴望舒：《戴望舒全集》（诗歌卷），中国青年出版社 1999 年版，第 127 页。

望舒的诗歌音乐性不再表现为字词的排列技巧，以及音节长短，而是在于诗歌的内在诗情，以及由这种诗情组成的意象组合成自然的韵律。戴望舒诗歌的魅力就在于其"意"之真、"境"之美，以及与意境相对应的音乐性。

戴望舒关于诗歌音乐性的主张，在当时的诗坛上，无异于是继胡适之后又一次"诗体大解放"，只不过这一次不再是针对旧诗，而是针对新诗中的格律派，即"新月派"诗人了。新月诗派又是一个新古典主义流派。他们倡导"新格律诗"，主张新诗的"三美"，即绘画美、建筑美、音乐美。"三美"是新月诗派的诗体、诗的形式方面的特征与标志。因此可以说，新月诗派是象征主义与古典主义的合流。受浪漫主义影响的徐志摩、闻一多等不满足于中国古典诗歌的格律，转而实验英国诗歌的格律，但现代白话的韵律是与英语诗歌的音步、音尺，以及停顿等有着无法跨越的障碍。到 30 年代初，新月诗派在形式的困境逐渐显现，加上内容苍白，形式僵化（流为"豆腐干"的束缚），与时代洪流脱节，而步入末途。以戴望舒为代表的现代派一方面对新月派继承、发展，另一方面又反叛新月诗派。它挣脱一切"格律"的束缚，创作自由体诗，从而将诗歌走向散文化。正如李健吾评论的，"但是，他有一点可贵，就是意象的创造。对于好些人，特别是反对音乐成分的诗作者，意象是他们的首务。他们厌恶徐志摩之流的格式（一个人工的技巧或者拘束）；这和现代的生活杆格；他们第一个需要的是自由的表现，然而表现却不就是形式。……他们所要表现的，是人生微妙的刹那，在这刹那（犹如现代欧西一派小说的趋势）里面，中外古今荟萃，空时集为一体。他们运用许多意象，给你一个复杂的感觉。"①

关于跨文化交流，阿里夫·德里克认为，"从属的或边缘的群体在一些由一个处于支配地位的或世界性的文化输送给他们的材料中进行选择和创造。虽然这些处于从属地位的民族无法轻易控制占支配地位文化的东西，但他们确实能在不同程度上决定自己要采纳和吸收什么，

---

① 李健吾：《新诗的演变》，《大公报》1935 年 7 月 20 日"小公园"第 1740 号。

并将之用作何种用途"。① 如果说，李金发对欧洲现代主义的接受还是
被动的，对中国古典诗歌与西方现代主义诗歌的糅合显得牵强的话，
那么，戴望舒则是有选择的吸收西方现代主义诗歌理论，并与中国古
典诗歌嫁接到一起。30 年代，戴望舒已经能通达圆熟的"化欧"和
"化古"，并在二者的互动对话中完成了中国古典诗歌现代化和西方现
代主义诗歌中国化的双重转化，从诗歌作品到诗歌理论，他都走进了
一个新境界。

---

① ［美］阿里夫·德里克：《后革命氛围》，王宁等译，中国社会科学出版社 1999 年版，第
291 页。

从夷夏之辩到中西比较与对话

  域外文学中所建构起来的异国形象，往往隐含着一个民族或社会的集体无意识和对自身的认识与评价。随着近代中国社会的动荡以及地理状况的改善，晚清域外游记的数量遽然增多，其基本功能也从增广天下见闻、备述异国风情，渐渐过渡到察考政俗制度，到五四时期西方形象的建构主体为留学知识分子，对西方认识上升到文化层面，以期从文化方面革命，推动社会进步。从晚清到五四时期，中国知识者对待西方的态度从夷夏之辩转变为中西文化比较，这些域外游记里所蕴含的观念形态转变，正昭示了国民思想启蒙的演变路径，使作品本身成为观照中国历史的特殊镜像。

  西方文化在中国的传播，有据可考的最早可追溯到唐朝，到元则开始兴起。明朝中期，欧洲各国的殖民扩张扩展到了中国周边地区，在国人眼中，他们只不过是"前代不通中国"，"高鼻深目"、"争利而哄"的"佛朗机国"。从利玛窦东来到清廷禁教，一百多年中，只有西方人东来，鲜有中国人到欧洲，也没有任何一位精通欧洲文字的学者。清廷对这些所谓西夷采取的"节取其技能而禁传其学术"的实用主义的态度，也影响了知识界对于欧洲的全面了解，中国知识界长期认为西方只有天文、算学等"奇技淫巧"，至于道德教化则远逊中华。晚清到五四时期，情况则发生了逆转，中国人开始将目光投向欧洲并开始中西比较，向西方学习。异国形象创造是一个借助他者发现自我和认识自我的过程，是对自我文化身份加以确认的一个过程。"所有对自身身份依据进行思考的文学，甚至通过虚构作品来思考的文学，都传播了一个或多个他者的形象，以便进行自我结构和自我言说：对他者的思辨就变成了自我思辨"①。中国域外文学中西方形象的变迁正好体现了中国知识者对本国文化的自我反思，并且这种自我思辨是以实现自我超越为终极追求的。

一　晚清士大夫眼中的西方

明末清初有不少中国人随传教士到欧洲旅行，但早期有文字记载和得以流传的不多。清初最早有记录，且有一定影响的是《身见录》，它是樊守义（1682—1753）在康熙年间随四位传教士出使罗马而写成。书中作者描写欧洲政治制度、建筑、风俗等，对于中国人对欧洲的认识有不少影响。从而使许多对利玛窦等人著作心存怀疑的中国学者，观点开始有了转变。乾隆年间商人谢清高游历欧洲后所著的《海录》则更广为人所知，书中记录欧洲的贸易、工艺，以及人民生活。鸦片战争以后，自行出洋的中国人更多，1840 年代商人林针的《西海纪游草》，记述其至欧洲及美国的经历，一时广为流传。上述游记多为民间所著，而中国士大夫对西方的认识则是自第一、二次鸦片战争，以及甲午战争之后逐渐深入的。

鸦片战争后，清政府也因洋务运动的推行，在 1866 年派官员斌椿等人考察欧洲 12 个国家，斌椿著有《乘槎笔记》。1868 年至 1870 年由满族人志刚首次正式出使欧洲及美国，著有《初使泰西记》。此外随斌椿考察的同文馆学生张德彝，之后多次出游欧洲，著有《航海述奇》共七部，对欧洲社会学术文化的描写更加深入。随着光绪年间开始设立驻外公使之后，有更多重要官员和士人出使欧美并撰写游记，且由于公使较一般旅行者停留较久，因此对西方思想文化的了解能更加深入。其中对中国思想文化产生重大影响的包括郭嵩焘、刘锡鸿、黎庶昌、曾纪泽、徐建寅、薛福成等人的人的日记、游记，以及相关报告。

斌椿算是鸦片战争后第一批由清政府派往欧洲考察的中国官员，1866 年率领同文馆学生一行五人前往欧洲，并写下《乘槎笔记》。他

---

① 孟华：《比较文学形象学》，北京大学出版社 2001 年版，第 179 页。

的游记多重海程、宴会，对欧洲科技文明反映也不是很多。比如他对自行车描述如下："肆售各物率奇创。有木马，形长三尺许，两耳有转轴。人跨马，手转其耳，机关自动，即驰行不已，殆亦木牛流马之遗意欤？"① 他把自行车看作木牛流马之遗意，显然是从中华帝国的眼光看待这些奇技巧。所以当欧洲人向他"询问大中华，何如外邦侈"的时候，他则答曰："答以我圣教，所重在书礼；纲常天地经，五伦首孝悌；……今圣上且仁，不尚奇巧技。"②

第二次鸦片战争后，天朝帝国的皇帝终于认识到"辟居荒远"的西夷奇巧技的厉害，遂开展洋务运动，并派外交大臣出使欧洲。近代著名的政治思想家王韬在 1867 年出游欧洲，1870 年出版《法国志略》、《普法战纪》二书。郭嵩焘 1876 年奉命出使英国，兼任法国大使，并写下《伦敦与巴黎日记》。在游记中，郭嵩焘指出现在的狄夷和以前所有的都不同，他们也有两千年的文明，这下就引起轩然大波，激起满朝士大夫公愤，最后还闹到皇帝下旨毁书。因为当时统治阶级的保守派还希望中国能与外界保持完全隔绝状态，郭嵩焘却说，西洋技术发达，七万里一瞬而至，想隔绝都不得；当时洋务派认为只要师夷长技以制夷，但郭嵩焘认为这是治末而忘其本，他认为西洋立国有本有末，其本在朝廷政教，其末在商贾，而造船制器又是末中之一节而已；特别是郭嵩焘认为西洋的政教优于中国，他认为英国的巴力门（parliament，国会），买阿尔（mayor，民选市长）治民顺从民意，优于中国。这就打破了"天朝上国"政教优于狄夷的神话。

甲午战争的失败证明了郭嵩焘的论断，他的游记虽毁，但对后来的知识者，特别是康有为、梁启超有极大影响，康有为《欧洲十一国游记》的第一编《意大利游记》是光绪三十一年（1905 年）出版的，第二编《法兰西游记》于 1907 年出版。这两编游记实际上是他欧洲政治考察的记录。康有为考察后认为，中国问题是"但于物质、民权二者缺少耳"。在物质方面，康有为完全承认欧洲比中国进步。书中写

---

① 斌椿：《乘槎笔记》，湖南人民出版社 1981 年版，第 18 页。
② 转引自钟叔河《从东方到西方》，上海人民出版社 1989 年版，第 27 页。

道："自华忒（瓦特）之后，机器日新；汽船铁路之交通，电、光、化、重之日出；机器一日一人之力，可代三十餘任，或可代百许人。于是器物宫室之精奇，礼乐歌舞之妙，盖突出大地万国数千年之所无，而驾之上。"① 在民权方面，康有为则推崇欧洲议院制度的政教修明。康有为认为欧洲各国"立法出自议众院公众之伦；民讼皆又陪审辩护之人。人民皆预闻国政，有选举议员之特权；国王皆律于宪法，无以国土人民为私有。医院、公园、聋盲哑校、博物馆都邑相望，公馆壮丽，狱舍精洁，道路广净，为民之仁政备举周悉。"②

　　上面两段文字我们可以看出，康有为对欧洲物质和政治的推崇，连"狱舍精洁"都有注意到，让人不竟想起几百年前另一个欧洲人到中华帝国来时写下的游记，也就是意大利人马可波罗，他对元大都的描述简直就是满地金银，树缠丝绸，君王仁德，政治修明。几百年后，到康有为这儿这种描述终于颠倒过来了。欧洲文化输入的主体前后有所变化，戊戌维新前，国人虽逐渐关注"洋务"、"西学"，也派遣了留学生和驻外使领，但欧洲文化的主要来源还是来华欧洲人，尤其是传教士。但自戊戌后，国人逐渐取代欧洲人成为欧洲文化传播的主体。以康有为，梁启超师徒为首的维新派，提倡吸取西方资本主义的民主主义思想，把西方立宪制作为他们的政治理想，开始了又一向西方学习的高潮；谭嗣同、黄遵宪、康有为、梁启超所提倡的"诗界革命"、"文界革命"，以及"小说界革命"，都已大不同于历史上所有带有复古意味的所谓文学革新运动，它们一个重要的特点是视野的开阔和境界的拓展。有一点值得注意就是康有为欧洲游记中对法国大革命的态度，我们来看《法国游记·法国大革命记》中的一段：

　　（西一七八九年）八月十九日，开革命法院，选酷吏主之。大索官商民家，有嫌疑于革命者皆捕杀。……自八月三十至九月一日，按户搜索形迹可疑者囚之巴黎，日五千人。以屠者三百人为

---

① 转引自钟叔河《从东方到西方》，上海人民出版社1989年版，第479页。
② 同上。

一团，每屠者杀数百十人。……尚以刑迟烦，置囚于大漏舟而沉之，名曰"革命宣礼式"；或对缚合年男女投水中，名曰"革命结婚刑"。凡台刑、水刑死者一万八千馀。此外死者三万馀。河流皆臭，两百里间水赤，鸟雀啄人尸，鱼含毒不能食，舟夫拔锚多获尸。尸投海者，沙鱼海兽食焉。①

由上面的文字可以看出，康有为很明显的大肆渲染法国大革命所造成的恐怖和血腥。一方面，康有为大写欧洲民权和物质繁盛，何以另一方面又夸张描述革命的血腥呢？其实鲁迅先生对康有为等复古派的评价是形象的："原是拉车前进的好身手，腿肚大，胳臂也粗。这回还是请他拉，拉还是拉，然而是拉扯屁股向后。这里只好用古文：'呜呼哀哉，尚飨'了。"②

康有为这部游记是在维新变法之后，流亡海外而作的。游记第一编出版于1905年，当时已经是保皇派和革命派斗争日趋激烈的时候。不仅海外华商，国内外各阶层倾向革命的人也越来越多，而孙中山也在同年组建了革命组织中国同盟会。所以在游记第二编中康有为不仅大量描写欧洲物质丰富，以及议会昌明的景象，他更在《法兰西游记》中花大量笔墨来塑造了"大革命"这个怪兽形象。他塑造革命恐怖的形象显然是要吓唬全国人民不要跟在革命派后面，不要跟着革命派走。康有为在维新变法中是走在中国前列，在中国历史走到这个时刻还宣扬君主立宪显然不合时宜，所以鲁迅先生说他是拉车屁股向后了。但康有为又确实是出色的鼓动家，他的游记不像郭嵩焘遭查禁，而且只是少数士大夫中间有所流传，康有为的思想在当时的中国得到了较大传播，他的欧洲观念无疑对五四以及后来中国人对欧洲的认识有极大的影响。

总体来看，晚清以后对西方文明的引入是为挽救清政府统治危机，

---

① 康有为：《欧洲十一国游记二种》，岳麓书社1985年版，第317页。

② 鲁迅：《花边文学·趋时和复古》，载《鲁迅全集》第5卷，人民文学出版社1981年版，第536页。

无论是洋务运动时期的近代军事技术的引进，还是戊戌维新、预备立宪、辛亥革命对近代政治体制的吸纳，根本上都是把欧洲文化看作是"富强"之术，对于军事技术背后的近代科学和民主政治背后的政治理念，以及更深层的文化问题都没有及时发现。当然，晚清对西方文学，以及相关典籍的译介为西方文化在中国产生全面影响播下了种子。

二 五四时期知识者眼中的西方形象

五四新文化运动时期，中国知识者开始全面拥抱西方文化。这一时期中国出现大量的公派留学，同时私人留学西方也是盛况空前。伴随中国留学西方日盛，虽然有关西方的游记发表不多，但对西方文化的译介却更详细。这一时期对西方的看法分两个阶段：新文化运动前期（1915—1919 年），以《新青年》为主导的对西方的看法；新文化运动后期（1919 年—1923 年）中国逐渐兴起的保守主义对西方的看法。

新文化运动前期国内出现大量与西方相关的游记和报道，在这个时期中国对西方的介绍和认识抱有极大热情，当时主要是通过西方文学来破除旧的文学传统，建立新文学。其中最典型的是 1915 年 9 月在上海创刊《青年杂志》。该刊 1916 年第二卷第一期起改名为《新青年》，陈独秀、李大钊、钱玄同、高一涵、沈默、胡适等先后任主编。该刊物是五四时期的著名刊物，把宣传民主、科学，反对封建旧制度、旧道德、旧礼教、旧文学作为宗旨。《新青年》特别注重鼓励和引导青年关注国外思潮和时政，引导青年"放眼以观世界"。陈独秀认为："今后时会，一举一措皆有世界关系。我国青年，虽处蛰伏研求之时，然不可不放眼以观世界。本志于各国事情、学术、思潮，尽心灌输，可备攻错。"因为"国民而无世界智识。其国将何以图存於世界之中。"① 基于这样的指导思想，《新青年》在内容不但刊登了大量由陈独秀、高一涵、李亦民等人撰写的传播欧美新思潮、新思想的文章，而且开辟"国外大事记"和"世界说苑"两个固定栏目，用国外的一

---

① 陈独秀：《敬告青年》，《新青年》1915 年第 1 卷第 1 期。

件件具体事实，尽心灌输"各国事情，学术思潮"。我们看 1915 年的创刊号，全刊共 27 篇文章，其中 13 篇关于欧洲的，占全刊近一半篇幅。《新青年》非常重视翻译国外的文艺作品形象展示国外的全新世界。《新青年》的翻译文章一般不少于全刊的三分之一。其中在 1915 年创刊号中，有 13 篇就是翻译的。有诸如陈独秀译的《现代文明史》（薛纽伯著）等介绍欧洲文明发展的。这些内容切合引导青年"放眼看世界"与"修身以治国"的宗旨，所以《新青年》确实很能吸引青年，加速了西方文学和各种思想在中国的传播。

《新青年》不批评国内时政，但对国外时政极为敏锐，"国外大事记"就具有浓烈的政治色彩，几乎介绍的全是欧洲政府的政治活动，评述世界政治热点问题，呈现出极为鲜明突出的"西化"色彩。其目的是让青年读者了解世界的政治现状和变化，引导青年具体掌握各国的各种思潮思想，了解和掌握国外的新思潮、新思想，从而形成"西化"的思想文化观念。国外大事表面上都与中国无关，但实际有助于青年开阔视野。国外大事记突出时政性，而"世界说苑"突出形象性、知识性、趣味性，这其实更能传递西方形象。像 1915 年创刊号中包括像李亦民翻译的《柏林之宫殿》、《柏林之情景》、《柏林之公园及娱乐场所》、《柏林之除夕》、《德国之交通机关》、《德意志之军人》、《德意志皇帝》等，这些文章从日常生活、交通，到德国皇帝都作了介绍。其实这些趣味性很强，类似游记的文章更能形象传播了异国文化。

新文化运动过程中出现很多关于东西方问题讨论的文章，这些文章喜中西对比，其中典型的有陈独秀的《东西民族思想之根本差异》：

（一）西洋民族以战争为本位。东洋民族以安息为本位。儒者不尚力争。何况於战。老氏之教。不尚贤。使民不争。……欧罗巴之全部文明史无一字非鲜血所书。英吉利人以鲜血取得世界之霸权。德意志人以鲜血造成今日之荣誉。

（二）西洋民族以个人为本位。东洋民族以家族为本位。西洋民族。自古讫今。彻头彻尾个人主义之民族也。英美如此。法德亦何独不然。尼采如此。康德亦何独不然。

（三）西洋民族以法治为本位。以实利为本位。东洋民族以感情为本位。以虚文为本位。西洋民族之重视法治。不独国政为然。社会家庭。无不如是。商业往还。对法信用者多。对人信用者寡。些微授受。恒依法立据。浅见者每讥其俗薄而不惮烦也。父子昆季之间。称贷责偿。锱铢必较。违之者不惜诉诸法律。①

陈独秀最后进一步强调指出："自西洋文明输入吾国，最初促吾人之觉悟者为学术，相形见绌，举国所知矣；其次为政治，年来政象所证明，已有不克守缺抱残之势。继今以往，国人所怀疑莫决者，当为伦理问题。此而不能觉悟，则前之所谓觉悟者，非彻底之觉悟，盖犹在惝恍迷离之境。吾敢断言曰：伦理的觉悟，为吾人最后觉悟之最后觉悟。"② 可见，陈独秀的观点不仅仅是在学术，而且政治上要向西方学习，在伦理道德上也要全面革新。

新文化运动后期，国人对西方的认识开始发生转变。特别是有些一战后亲身游历欧洲的中国人，他们看到了欧洲在战争中所受的灾难："但是现在的欧洲，仍然是战争状态的欧洲。我到欧洲的时候，停战的条约虽然是已经签过了六个月，但是各方面仍然维持着战争的状态。战场上的铁丝，铁纲，枪炮，子弹，人骨，兽骨，还没有收拾清楚。莱因河畔所驻屯的联军都在那里严装待发。现在西欧的国家正是一个大危机。这个危机远出我们想象之外。我这次看了各国战后的情状，觉得西欧的国家，正遇着一个大难关。好像他们进行的路程到了山穷水尽的时候。战前战后所积累的政治，经济，社会，诸问题，一时都如潮的涌出来，要所有的人民一齐努力去解决。"③ 一战使得一部分中国人对西方文化思想开始了怀疑，中国的文化保守主义思想也开始抬头了。像梁启超在游欧期间撰写的《欧游心影录》就一反以往对西方文明的极力赞颂，着笔点尽在西方近代文明的破产和中国传统文化的

---

① 陈独秀：《东西民族思想之根本差异》，《新青年》1915 年第 1 卷第 4 期。
② 同上。
③ 李思纯：《旅法的断片思想》，《少年中国》1920 年第 2 卷第 4 期。

优点，因而被人们视为其晚年思想上的一大转折，标志着他从西方文明向中国传统文化的回归。1919 年五四运动之后各种社会主义思潮传入中国，中国先进青年比较研究，掀起了追求社会主义革命，以苏俄为师的社会主义革命。梁启超在文中谈到社会主义思潮时甚至说其精神"原是我所固有"，孔子的"均无贫，和无寡"、孟子的"恒产恒心"就是这个主义"最精要的论据"。① 从中可以看出梁启超在比较之中对传统文化的大加推崇。

由此可知，以一战为分水岭，五四时期中国知识者对西方的看法出现很大差异：一战前，中国知识者是全面拥抱西方的民主、科学等理念；一战后，中国一些知识者开始反思西方思想文化的弊端，试图从中国传统文化中挖掘有普世价值的因素。

三　从夷夏之辩到中西比较

从晚清到五四，中国知识者对西方的讨论可以说经历了从夷夏之辩到中西比较这么一个过程。国人对这西方他者的这个态度，其实体现的是中国思想界对自身文化的反思和中国社会发展的思考。

夷夏有别的观念是随着华夏族（汉族的前身）的形成及其与周边其他部族的冲突融合中逐步发展起来的。在远古时代，中华大地上分布着拥有共同文化特征的部落或部落集团，各个部落之间在文明程度上的差异并不明显。到夏、商、周时代，黄河中下游地区进入了较高一级的文明发展水平，同周边各族的差距日益拉大，夷夏有别的观念才逐渐形成并明确起来。夷夏之辩可以说在中国源远流长。《尚书·商书·仲虺之诰》曰："东征，西夷怨；南征，北狄怨。"面对"南夷与北狄交，中国不绝若线"的严峻形势，文化的、心理的、族类上的巨大落差使得中国本能地爆发出"夷夏大防"的"华夏意识"，这说明在商代就有"四夷"之分。随着佛教传入中国，儒释道三教之间的夷夏之争最为激烈，南朝顾欢的《夷夏论》就是其中典型。"异内外、别夷

---

① 梁启超：《欧游心影录节录》，载《饮冰室文集点校》第六集，云南教育出版社 2001 年版，第 3493 页。

夏"一直是中华政治传统中重要的基石，天下有夷夏、"中国——诸夏"有内外，族、家有亲疏，内外之礼有异同，夷夏之间有大防。随着数千年来中国政治的进步，国之外交、内政逐步区隔，作为处理国家间事务基本政治理念的夷夏内外观念，逐渐演化成复杂的政治实践。晚清开始就是以华夏帝国为本位中心来看西方的，但西方的坚船利炮颠覆了数千年来的夷夏观念。第一次鸦片战争后魏源开始提出"师夷长技以制夷"。到第二次鸦片战争，国人对欧洲看法开始演变为"中体西用"，这其实是一个重大转变。冯桂芬的思想上承林则徐和魏源，但他的认识较魏源有较大的进步。他总结出中国五不如夷。除了认识到船坚炮利不如夷外，还认识到"人无弃才不如夷，地无遗利不如夷，君民不隔不如夷，名实必符不如夷"。1861 年冯桂芬在《校邠庐抗议》中提出"以中国之伦常名教为原本，辅以诸国富强之术"的主张①。随后对这一主题表述最详备、最明快、社会反响也最大的文字，则当推郑观应《盛世危言》中的《游历》、《道器》和《西学》等篇。《西学》略谓："故善学者必先明本末，更明所谓大本末而后可。以西学言之，如格致制造等学其本也，语言文字其末也。合而言之，则中学其本也，西学其末也。主以中学，辅以西学。知其缓急，审其变通，操纵刚柔，洞达政体。"②张之洞 1898 年撰写的《劝学篇》中提出的派游学、译西书等思想很难说没有郑观应的影响。

　　从鸦片战争到甲午战争，随着欧洲文化的入侵，不断动摇了传统夷夏之辩和中体西用的思想，而变法要求兴起。据梁启超回忆："甲午丧师，举国震动，年少气盛之士疾首扼腕言'维新变法'……而其流行语，则有所谓'中学为体，西学为用'者，张之洞最乐道之，而举国以为至言。"③可见，"中体西用"在当时已经成了大多数有志变法者的共识。后期洋务派如张之洞等人，经过甲午惨败的刺激，逐渐走出洋务运动前期的误区，对于世界大势有了深切的了解，对于中国的

---

① 中外文化资源开发中心编：《中国哲学全书》，上海人民出版社 1994 年版，第 852 页。
② 郑观应：《盛世危言》，中州古籍出版社 1998 年版，第 76 页。
③ 梁启超：《清代学术概论》，上海古籍出版社 2000 年版，第 97 页。

改革事业也积累了丰厚的经验，形成干练稳健的处事作风，在具体事务上步步为营，平缓而有力地推动着晚清中国社会改革的进程。而"中体西用"论，在某种意义上不妨视作是他们调和激进派与保守派的矛盾，求得稳定发展机会的一种手段。陈寅恪曾说："当时之言变法者，盖有不同之二源，未可混一论之也。咸丰之世，先祖亦应进士举，居京师。亲见圆明园干宵之火，痛哭南归。其后治军治民，益知中国旧法之不可不变。后交湘阴郭筠仙侍郎嵩焘，极相倾服，许为孤忠闳识。先君亦从郭公论文论学，而郭公者，亦颂美西法，当时士大夫目为汉奸国贼，群欲得杀之而甘心者也。至南海康先生治今文公羊之学，附会孔子改制以言变法。其与历验世务欲借镜西国以变神州旧法者，本自不同。故先祖先君见义乌朱鼎甫先生一新《无邪堂答问》驳斥南海公羊春秋之说，深以为然。据是可知余家之主变法，其思想源流之所在矣。"① 陈寅恪这里其实指出清朝变法和对西方看法的转变：早期是"历验世务派"，以其先祖和郭嵩焘为代表，欲借镜西方以变法，却仍"不忘本来民族之地位"；后期则转变为"附会"派，假借孔子之名而行"用夷变夏"。当然陈寅恪承其家传儒学，坚持其学术观念"夷夏之大防"且不论，但他这里的确指出了康梁对西方思想态度与之前士大夫的差异。

到新文化运动期间，以陈独秀、李大钊、梁启超、辜鸿铭等为代表的一大批人开始发表论文讨论东西方文化差异问题。无论是激进的新文化运动的旗手，还是守旧保皇的首领，对东西文明多持一种简单的比较。他们大多认为东方文明是精神的文明，西方文明是物质的文明等等。现总当时众多论述东西文明的文章里所举的几点不同之处，列表如下：

东方文明的特色	西方文明的特色
重血缘	重利益

---

① 陈寅恪：《读吴其昌撰梁启超传书后》，载《寒柳堂集》，生活·读书·新知三联书店 2001年版，第 149 页。

重过去	重现在
重保守	重进取
重玄想	重实践
重经验	重科学
重退让	重竞争
重和谐	重矛盾
重出世	重入世

从上面我们可以大致看出，五四时期知识者对欧洲的认识主要是从二元对立的角度对东方文化作一种比较。这种观点从根本上就是当时欧洲的中国学者的看法，而且概括总是避开了现实的复杂性。虽然当时有少数亲身游历欧洲的人也看到欧洲的问题和矛盾，但他们观点并没有被大多数人所重视和接受，这里也存在一个传播与接受不对称的问题。因为五四时期，中国主要破除传统，所以高举"科学"、"民主"大旗向西方学习。这个时期中国人对欧洲的认识从某种程度上讲是仍然一种"西方景观"，以欧洲为民主、科学的天堂。一般西方人说什么，我们就跟着说什么，惟西方人是瞻，欲以欧洲社会文化全面改造中国社会。在某种程度上，这也是受到东方学的影响。中国不仅接受了欧洲文学和现代文明的世界观念，也接受了西方中心的世界秩序。中国知识者接受了西方进步、进化的观念，即西方是进步的、文明的，与之相对应的中国则是落后的、小农的、宗法的"停滞的文明"的形象。五四知识者所认同的是西方塑造的中国形象，这种中国形象其实是西方权力话语在知识中行使权力的方式。承认中国停滞落后，是变法以及革命的前提，也是中国现代化运动的前提。然而，承认停滞落后，接受进步，以此为前提的中国现代化和文化建设在观念上从一开始就陷入某种困境，进入了东方学的框架和藩篱中。

实际上，中西比较只是东西方认识到双方的差异，这是对话和交流的前提，但最终中西比较还是需要走向中西融合。梁启超曾指出："盖大地今日只有两文明：一泰西文明，欧美是也；二泰东文明，中华是也。二十世纪，则两文明结婚之时代也。吾欲我同胞张灯置酒，逛轮俟门，三揖三让，以行亲迎之大典。彼西方美人，必能为我家育宁馨儿以亢我宗也。"[1] 这里梁启超的他把欧洲文明比喻为"西方美人"，主张中西联姻，以育宁馨儿，读之令人欢欣鼓舞。其实梁启超的心态比较健康，既不妄自尊大，也不妄自菲薄，更不是要搞大杂烩。他思想的主要倾向还是中西交融，产生一种新的文化，以期用新文化培育新国民。"苟有新民，何患无新制度，无新政府，无新国家!"[2] 即中西比较最终的出路还是要走向中西融合，创造出新的国民和文化。

总之，从夷夏之辨到中西比较可以看作国人对传统文化观念，以及他者文化和态度，这对今天仍然有一定的借鉴作用。一方面，我们不需要恢复所谓"诸夏—夷狄"的世界体系；另一方面，我们也不必要有所谓"文明落后论"。夷夏之辨的历史表明，文化观念上的本位主义和保守主义往往是底气不足的外在表露，是弱者的护身符，但最终难逃疲于应付的窘境。夷夏之辨到中西比较告诉我们要有开阔的胸襟和平等的心态，这是对待异质文化的理智抉择。我们所要做的是中国重新开始平等地审视中西文化，并展开对话和交流。在此基础上，我们重新建立自己的思想框架和基本概念，价值观和思想体系。我们要重新思考自身与世界的关系，也就是去思考中国的前途、未来理念以及在世界中应有的作用和责任。

---

① 梁启超：《论中国学术思想变迁之大势》，载《饮冰室合集》卷一，中华书局 1989 年版，第 4 页。

② 梁启超：《新民说》，中州古籍出版社 1998 年版，第 48 页。

a